Rita Mae Brown & Sneaky Pie Brown

DA BEISST DIE MAUS KEINEN FADEN AB

Rita Mae Brown
& Sneaky Pie Brown

DA BEISST DIE MAUS KEINEN FADEN AB

Ein Fall für Mrs. Murphy

Roman

Ins Deutsche übertragen
von Margarete Längsfeld

Ullstein

Titel der amerikanischen Originalausgabe:
CAT'S EYEWITNESS

Amerikanische Originalausgabe 2005 by
Bantam Books, New York

ISBN-13: 978-3-550-08634-2
ISBN-10: 3-550-08634-2

Gesetzt aus der Janson Text
Satz: LVD GmbH, Berlin
Druck und Bindearbeiten: Bercker Graphischer Betrieb, Kevelaer
Printed in Germany

Dem Almost Home Pet Adoption Center
in Nelson County gewidmet

Personen und Ort der Handlung

Mary Minor Haristeen (Harry), die Posthalterin von Crozet, Virginia, ist neugierig, manchmal stur und steckt oft mitten im Schlamassel. Ihr Leben ändert sich, und sie rackert sich ab, um sich mit ihm zu ändern.

Mrs. Murphy, Harrys Tigerkatze, kommt mit Veränderungen besser zurecht als ihr Mensch. Sie ist zäh, klug, voller Tatendrang und genießt jederzeit gern etwas Katzenminze.

Tee Tucker, Harrys Corgihündin, birst gleichermaßen vor Glück wie vor Tapferkeit. Sie liebt Harry, wie nur ein Hund lieben kann.

Pewter, Harrys graue Katze, tut unbeteiligt, ist aber im Grunde alles andere als teilnahmslos. Was sie ärgert, sind Bemerkungen über ihre Körperfülle und ihr jägerisches Können.

Mrs. Miranda Hogendobber beobachtet eine Menge, behält aber das meiste für sich. Die Witwe ist so etwas wie Harrys Ersatzmutter, und die Beziehung bedeutet beiden sehr viel.

Susan Tucker, Harrys beste Freundin, erträgt deren Neugierde und Gefahrsucht, seit sie Kinder waren. Sie haben ihre Höhen und Tiefen wie die meisten Freundinnen, aber sie halten zusammen.

Ned Tucker, Susans Ehemann, Rechtsanwalt, kandidiert jetzt für ein politisches Amt.

Fair Haristeen, Doktor der Veterinärmedizin, war einst Harrys Kindheitsschwarm und später ihr Ehemann, und jetzt hofft er, wieder ihr Ehemann zu werden. Er hat ein nettes Wesen, ein redliches Herz und die Geduld, es mit ihr auszuhalten.

Olivia Craycroft (BoomBoom) war einmal Harrys Nemesis, doch die zwei haben zu einer leicht angespannten Annäherung gefunden. BoomBoom ist sehr schön, ein Umstand, der Männer niemals kalt lässt.

Alicia Palmer, ehemalige Bewohnerin von Crozet, unterhält dort ein Gestüt. Sie hat als Schauspielerin Hollywood erobert und ist jetzt, mit Ende fünfzig, nach Hause zurückgekehrt. Sie hat allen Glamour bewahrt, aber die meisten Illusionen aufgegeben.

Reverend Herbert C. Jones ist beliebt, humorvoll und ein passionierter Angler. Ganz Crozet weiß, wenn es hart auf hart kommt, der Reverend wird es überstehen.

Marilyn Sanburne (Big Mim), die Queen von Crozet, übt ihre gesellschaftliche Macht mit so viel Druck aus, wie nötig ist, um ihrer Aufgabe nachzukommen. Sie kann ein Snob sein, aber sie ist auf ihre Art fair und glaubt felsenfest an die Gerechtigkeit.

Jim Sanburne herrscht als Bürgermeister von Crozet über die Stadt, was manchmal leichter zu bewältigen ist als die Aufgabe, Big Mims Ehemann zu sein.

Marilyn Sanburne jun. (Little Mim) entzieht sich dem Einfluss ihrer Mutter. Sie ist im gleichen Alter wie Harry, Susan und BoomBoom, war aber durch den Reichtum ihrer Familie immer abgegrenzt. Sie ist Vizebürgermeisterin von Crozet und Republikanerin; dies ist insofern hochinteressant, als ihr Vater Demokrat ist.

Deputy Cynthia Cooper, die junge, intelligente Beamtin im Sheriffbezirk, liebt den Polizeidienst, fragt sich aber, ob sie das von Romanzen fern hält. Sie hat sich mit Harry angefreundet, und die Katzen und der Hund mögen sie auch.

Sheriff Rick Shaw. Es gibt jetzt Tage, da hat Rick die Verbrecher satt, er hat ihre Lügen satt, hat es satt, die Bezirksoberen um mehr Mittel anzugehen. Aber wenn ein Mord geschieht, konzentriert er seinen scharfen Verstand darauf, die Puzzleteile zusammenzufügen – wenn ihm dabei nur die verflixte Harry und ihre Tiere nicht immer im Weg wären.

Tazio Chappars, die junge Architektin gemischter Abstammung, bringt Männerherzen zum Rasen. Sie ist eine ziemlich ernste Frau, aber freundlich und umgänglich.

Paul de Silva, Big Mims neuer Stallmeister, sieht gut aus, ist tüchtig und ein bisschen schüchtern. Er ist scharf auf Tazio.

Pater Handle, der Prior des Klosters Mt. Carmel, ist ein Sturkopf und darauf erpicht, seinen Orden in einer zunehmend säkularisierten Welt zu erhalten. Die Vorgänge im Kloster erschüttern ihn bis ins Mark.

Frater Prescott, Stellvertreter des Priors, sucht Handle bei Laune zu halten und den Frieden unter den Mönchen zu bewahren.

Frater Frank ist der mürrische, misstrauische und fleißige Schatzmeister. Andere können in Phantasien schwelgen, er muss die Rechnungen bezahlen.

Frater Thomas, Susan Tuckers Großonkel, ist gütig, geduldig, einem guten Kognak nicht abgeneigt und mit zweiundachtzig Jahren der älteste Mönch.

Frater Mark muss alles ausprobieren, was ihm in die Hände gerät. In einer bitterkalten Winternacht wachte er mitten auf der Beverly Street in Staunton auf und fand Jesus. Er ist ein sehr gefühlsbetonter Mensch.

Nordy Elliott ist ein junger, gut aussehender, selbstgefälliger Moderator bei Channel 29. Er hat einen Riecher für die große Chance, und wenn sie kommt, nutzt er sie.

Frater Andrew ist Arzt im Kloster, der schon mal Bestimmungen umgeht, wenn er sich dazu berechtigt fühlt.

Frater John, ebenfalls Arzt, macht beim Umgehen der Bestimmungen mit.

Bo und Nancy Newell sind Besitzer und Betreiber von Mountain Area Realty in Nellysford.

Pete Osborne, Programmdirektor von Channel 29, verschafft Nordy Elliott den großen Durchbruch und bereut es bitter, dessen übersteigertes Ego entfesselt zu haben. Er hat bald Grund zu anderen Sorgen.

Mt. Carmel ist ein Kloster, das 1866 nach dem Vorbild des Karmelitenordens gegründet wurde.

1

Ein dünnes Rinnsal lief über das kalte Antlitz der Jungfrau Maria. Sie blickte von der Höhe des Blue-Ridge-Gebirges zwischen Afton Gap und Humpback Mountain gen Westen. Ihr Standort befand sich auf zirka sechshundertsechzig Meter Höhe. Unten erstreckte sich das fruchtbare Shenandoah-Tal, das sich westwärts bis zum Allegheny Gebirge zog. Das Tal, durch das militärische Genie von Stonewall Jackson unsterblich geworden, hatten die Ureinwohner Amerikas geliebt, lange bevor europäische Einwanderer, Flüchtlinge und Quacksalber seine wohltuende Schönheit erblickten.

Wäre es der heiligen Jungfrau Maria möglich gewesen, den Kopf zu drehen und nach Osten zu blicken, dann würden von Schluchten und Kämmen durchzogene wellige Hügel, die an der Südwestkette endeten, ihr Auge entzückt haben. Die Osthänge der Südwestkette, letzte Vorhut des Appalachengebirges, gehen in leicht hügeliges Land über. Dessen fruchtbare Felder und Wälder erstrecken sich bis zur Falllinie, der eigentlichen geografischen Grenze zwischen Tiefland und Hochland, zwischen Sandboden, roter Tonerde und Lehmmischungen. Diese Grenze schied außerdem die irokesischsprechenden Völker von den siouxsprechenden. Keine Seite konnte die andere leiden, es kam regelmäßig zu brutalen Kämpfen und Überfällen. In dieses politisch brisante Gebiet marschierten die Engländer ein; die erste Kolonie, die Bestand hatte, wurde 1607 gegründet. Wer überlebte, lernte.

Das Ende des Unabhängigkeitskrieges anno 1781, einhundertvierundsiebzig Jahre nach der Gründung von Jamestown, löste eine Flut von Handel, Erforschung, Geburten und Optimismus aus. Sogar der grimmige Stamm der Monocaner und seine Verbündeten, die zunächst verhindert hatten, dass die Weißen geschützte Ortschaften westlich der Falllinie bauten, konnten sie nicht zurückhalten.

Das Land, auf dem Maria stand, war 1794 von Katholiken besiedelt worden, die sich auf dem Berggipfel wohler fühlten als unter ihren emsigen protestantischen Nachbarn in Richmond oder an der Meeresküste. Sie errichteten eine Kapelle aus Holzbohlen. Land und Höhe waren gut für Äpfelbäume geeignet, und die Obstwiesen gediehen prächtig. Nach der verfassunggebenden Versammlung machte die neue Verfassung die Trennung von Kirche und Staat fest. Viele katholische Apfelbauern zogen vom Berg herunter nach Nelson oder Albemarle County an den Osthängen, Augusta County am Westhang. In den Tälern, wo es wärmer war und die Winde nicht so grimmig bliesen wie auf dem Berggipfel, waren die einstigen Religionsflüchtlinge vom Glück begünstigt.

Die hartgesottenen Bergmenschen, viele von ihnen Schnapsbrenner – die Bergbäche waren für diesen Zweck hervorragend geeignet –, blieben in den Höhlen. Sie wollten nicht auf einem Berggipfel leben.

Schließlich gründete ein kriegsmüder Konföderiertenhauptmann im Jahre 1866 einen Mönchsorden, der sich an die Karmeliten anlehnte. Er nannte ihn Mt. Carmel nach dem Ursprung in Palästina. Nach dem Bürgerkrieg wurden im Norden Karmelitenorden gegründet. Hauptmann Ainsly war trotzig und blieb unabhängig von dem internationalen Mönchsorden, wenngleich er dessen Regeln befolgte. Statt Whitefriars – Weißbrüder –, wie man die Karmeliten auch nannte, hießen die Mönche auf dem Afton Mountain wegen ihrer grauen Wollkutten Greyfriars – Graubrüder.

Das eigentliche Kloster war für die Öffentlichkeit nicht zugänglich. Jedoch die Molkerei, die Kerzenzieherei, der Lebensmittelladen, wo es Honig und Marmelade gab, und die Eisenschmiede standen dem Publikum ebenso offen wie der schmucke Garten. Die Erzeugnisse wurden von den Mönchen hergestellt. Ihr Apfelschnaps verkaufte sich am besten. Er wurde an Ort und Stelle aus den Äpfeln von den alten Obstwiesen gebrannt, und die Mönche gaben sich große Mühe mit dem Brennen. Die Leute behaupteten, der Apfelschnaps der Greyfriars würde einen schneller umwerfen als der Tritt eines Maultiers.

Die Jungfrau Maria stand an der höchsten Stelle des Landes, unter ihr lag geschützt der Frühlingsgarten. Ein anderer kriegs- und korruptionsmüder Konföderiertenveteran hatte sie aus heimischem Speckstein geschnitzt. Die heilige Jungfrau Maria strahlte Kummer aus, eine Versöhnlichkeit, die viele, die sie betrachteten, rührte. Die von zahlreichen Füßen ausgehöhlten Steine, die zu ihr führten, zeugten von ihrer Anziehungskraft.

Am heutigen 24. November, dem Thanksgiving-Tag, legte sich Schnee in die Falten ihres Gewandes. Er bedeckte die Erde bis hinunter auf dreihundert Meter über dem Meeresspiegel. Weiter unten prasselte Eisregen auf Farmen und Wälder.

Mary Minor »Harry« Haristeen war hinaufgefahren, bevor der Regen die Ostweiden erreichte. Aber als sie in den bleiernen Himmel blinzelte, wusste sie, dass die Abfahrt vom Afton Mountain eine sichere Hand und einen sicheren Fuß ohne gewagte Bremsmanöver erfordern würde.

Ihre drei liebsten Gefährtinnen – Mrs. Murphy, eine Tigerkatze, Pewter, eine graue Katze und Tee Tucker, eine tapfere Corgihündin – hatten den Wetterwechsel bereits gewittert, noch ehe ihre menschliche Freundin etwas merkte. Im Vertrauen auf ihre Fahrkünste wäre Harry auch dann nicht umgekehrt, wenn sie den Wetterumschwung vorhergesehen hätte. Sie war entschlossen, eine Stunde allein und in Gedanken auf dem Berg zu verbringen, bevor sie sich ins Thanksgiving-Vergnügen stürzte. Sie hatte ihre Stellung als Posthalterin nach sechzehn Jahren gekündigt, weil die Postbehörde in Crozet an den Bahngleisen ein großes, modernes Postamt baute. Im Zuge dieser Verbesserung hatte die Obrigkeit beschlossen, dass Mrs. Murphy, Pewter und Tucker nicht mehr mit Harry »arbeiten« durften. Wie konnte sie ohne die Katzen und den Hund leben? Wie konnten Millionen Amerikaner in fensterlosen Kabuffs sitzen, ohne dass auch nur ein Vogel sie mit dem wahren Leben verband? Harry konnte nicht so leben. Noch keine vierzig, fühlte sie eine beunruhigende Entfremdung vom so genannten modernen Leben. Was andere für wesentlich hielten, etwa ihre E-Mails checken, kam ihr wie ein Pseudoleben vor. Harry stand an einem Scheideweg und wusste nicht so recht, welche Richtung sie einschlagen sollte.

Die liebenswerte ältere Dame Miranda Hogendobber, ihre Mitarbeiterin, hatte demonstrativ zusammen mit ihr gekündigt. Doch Miranda konnte von ihrer Witwenrente zehren; sie hatte sparsam gelebt und stand sich ziemlich gut.

Harry stand sich finanziell nicht gut. Die Steuern wucherten wie Kudzu und drohten die spärlichen Erträge ihrer Farm im Besonderen sowie letztlich das freie Unternehmertum im Allgemeinen zu ersticken. Dienstleistungen wurden immer teurer, und die Benzinpreise hüpften auf und ab wie ein Basketball in einem Profispiel.

Den Gipfel ihrer Sorgen bildete ihr Ex-Mann Fair Haristeen, der sie noch liebte und reichlich Wiedergutmachung geleistet hatte für das, was Harry als schlechtes Benehmen ansah. Fair war erwachsen geworden und wollte sie zurückhaben, wollte eine reife Bindung. Er sah blendend aus. Harry hatte eine Schwäche für gutaussehende Männer. Mit seinen einsfünfundneunzig, den blonden Haaren und kräftigen Muskeln qualifizierte er sich als gut aussehend. Als Pferdearzt hatte er sich auf Fortpflanzung spezialisiert. Ihn und Harry verband eine große Liebe zu Pferden.

Harry hatte endlich ihren Frieden mit der Sexbombe gemacht, mit der Fair vor vier Jahren herumgeschäkert hatte, als die Ehe in die Brüche ging. Olivia »BoomBoom« Craycroft mähte Männer nieder, wie der langhaarige Samson seine Feinde niedergemäht hatte. BoomBoom hatten es Fairs beeindruckende Statur und seine höfliche virginische Art angetan, aber sie war schnell gelangweilt und hatte ihm bald den Laufpass gegeben. »Betrachte es einfach als kleine Abwechslung«, hatte sie wörtlich gesagt. Bei aller Herzlosigkeit gegenüber Männern in Liebesdingen, liebte BoomBoom Tiere, sie war eine gute Sportlerin und bewies großen Gemeinschaftssinn. Mit einem Wort, sie war fabelhaft, solange man nicht mit ihr schlief oder solange man nicht die Frau war, die von ihrem Freund oder Ehemann mit BoomBoom betrogen wurde.

Als Harry zu dem unirdischen Antlitz der Jungfrau Maria aufsah, erschauerte sie. Tucker zu ihren Füßen schüttelte den dichter fallenden Schnee ab.

»Sie ist schön«, fand die Corgihündin.

Harry bückte sich und tätschelte ihr den glänzenden Kopf. »Du hältst mich bestimmt für verrückt, weil ich hier draußen stehe. Bin ich vermutlich auch.«

Tucker hob die Nase und atmete tief durch. *»Susan.«* Die kleine Hündin sauste der verlockenden Witterung entgegen und bremste nach etwa vierzig Metern ab, wo eine geschwungene Bank stand. Die Bank, die man an einem gewundenen Pfad unterhalb der Statue aufgestellt hatte, war den Blicken verborgen, wenn man vor der Jungfrau Maria stand.

Im Tal war es gewöhnlich kälter als an den Osthängen. Da unten, sechshundert Meter tiefer, fiel Schnee auf eine Patchworkdecke aus Weiß, Beige und Getreidestoppeln.

»Tucker«, sagte Susan erstaunt. »Wo ist Mom?«

Harry, die ihrem Hund nachlief, schlitterte auf dem Gehweg zwischen prächtigem hohen Buchsbaum entlang und war ebenso erstaunt, ihre beste Freundin zu sehen. »Susan, was machst du denn hier?«

Susan lächelte. »Dasselbe könnte ich dich fragen.«

Harry wischte den Schnee fort und setzte sich neben Susan. Tucker quetschte sich dazwischen. »Ich bin hier, weil, hm, weil ich Hilfe brauche. Der heiligen Jungfrau Maria wurde immer eine besondere Macht zugeschrieben – der Statue, meine ich. Miranda sagt, in schweren Zeiten kommt sie immer hier rauf und spricht mit Maria.«

»Gespräch von Frau zu Frau.« Susan lächelte; ihre kupferroten Haare lugten unter der Mütze hervor.

»Ich wünschte, sie könnte sprechen. Ich würde gerne hören, dass Jesus nicht vollkommen war.« Harry seufzte. »Es ist einfach anstrengend, vollkommene Götter zu haben – du weißt schon, Gott Vater, Gott Sohn, und ich hab keine Ahnung, was der Heilige Geist ist. Ich mein's ernst«, sagte sie, als Susan lachte. »Du bist im Sommer in die Bibelstunde gegangen, genau wie ich; wir haben gemeinsam zwei Jahre Kathechismus durchlitten. Wir haben die Konfirmation nur geschafft, weil Reverend Jones Mitleid mit uns hatte. Ich kann das Nizäische Glaubensbekenntnis aufsagen, aber ich kann dir immer noch nicht sagen, warum mir das was bedeuten soll. Was ist der Heilige Geist?« Sie hob die Hände, ihre roten Handschuhe leuchteten in der dunstigen Luft. »Aber ich verstehe Maria, die heilige jungfräuliche Mutter. Sie ist eine von uns; oh, sie ist besser als wir, trotzdem ist sie eine von uns.«

»Ja.« Susan nahm die Hand ihrer Freundin; ihr hellbrauner Handschuh verschränkte sich mit dem roten. »Ich spreche auch mit ihr. Stelle Fragen. Über das Leben. Große Fragen, kleine Fragen.« Susan hob die Schultern.

»Die Fragen werden größer, je älter wir werden, findest du nicht?«

»Ja.«

Harry atmete tief durch, die Luft reinigte ihre Lungen. »Ich bin hier, weil ich nicht weiß, was ich tue. Ich komme mir blöd vor, und vielleicht bin ich wirklich blöd. Und Fair hat mich gebeten, ihn wieder zu heiraten.«

»Aha.« Susan lächelte.

»Das heißt, du hältst das für eine gute Idee.«

»Ich bin froh, dass er dich liebt. Du bist es wert, geliebt zu werden.« Sie drückte Harrys Hand.

»Susan.« Tränen traten in Harrys Augen; denn Güte und Lob berührten sie tiefer als Kritik oder Bosheit. Mit Letzteren konnte sie besser umgehen.

»Doch, das bist du, Schätzchen. Du bist meine beste Freundin, und du weißt, du kannst mir alles sagen.«

»Sagen? Susan, in den letzten drei Monaten hab ich nichts anderes getan als rumgezickt und gestöhnt.«

»Ach was, hast du nicht. Jeder in deiner Situation muss sich Sorgen machen. Es kommt kein Geld rein, und du musst umsichtig sein. Wenigstens ist die Farm nicht belastet und die Maschinen sind abbezahlt.«

»Da sind noch die Raten für den Kombi.« Harry sprach von dem großen Ford-Eintonner mit der doppelten Bereifung, den sie zu einem guten Preis bei Art Bushey junior gekauft hatte, dem Fordhändler und guten Freund. Er hatte denselben verqueren Sinn für Humor wie sie, weswegen sie sich gegenseitig bewunderten.

»Vierhundert und ein paar zerquetschte im Monat.«

»Ja. Die Futterrechnung, Benzin und Strom. Ich meine, ich komme zurecht, aber ich muss unbedingt bald was tun.«

»Du informierst dich immer noch über Weinanbau, stimmt's? Klingt nach 'ner guten Idee«, meinte Susan aufmunternd.

»Ich muss Geld ranschaffen, während ich das untersuche. Ich kann es mir nicht leisten, schon bald anzufangen, weil der Kapitalbedarf horrend ist. Patricia Kluge sagt, sie will sich mal mit mir zusammensetzen. Ihre Weinberge sind ein voller Erfolg. Auch Felicia Rogan, die den Weinanbau in Virginia wiederbelebt hat, will sich mit mir unterhalten. Trotzdem, ich muss was tun, damit ein bisschen Geld reinkommt. Fair sagt, ich kann bei ihm als tiermedizinische Assistentin arbeiten. Ich kenn mich da aus, aber das ist keine gute Idee. Nicht, solange ich zu keinem Entschluss gekommen bin, und ich ziehe es schon viel zu lange hin. Ich bin so ein Schisshase.« Ihre Miene hellte sich kurz auf. »Wovon ich was verstehe, und was ich kenne wie meine Westentasche, ist Heu. Ich denke, ich könnte einen Heuhandel aufmachen, nicht nur hier, sondern es im Mittelwesten, Pennsylvania und Kanada beziehen und dann verkaufen. Währenddessen kann ich mich über Reben informieren und sehen, ob ich mir noch ein zweites Standbein zulege.«

»Hört sich gut an.«

»Bloß, dass ich jetzt Geld ranschaffen muss.«

»Pug würde dich wieder im Postamt einstellen.« Susan sprach von dem Staatsbeamten, der für den Postdienst dieses Bezirks zuständig war.

»Nein.«

»Hochmut kommt vor dem Fall.«

»Das ist kein Hochmut. Ich arbeite nicht ohne meine Babys.«

»Wo sind Mrs. Murphy und Pewter?«

»Im Wagen, die Scheiben anhauchen.« Harry lehnte sich an Susan. »Warum bist du hier?«

Susan blickte schweigend über das Shenandoah-Tal. »Da kommt echt was runter. Hoffentlich schneit es auf unserer

Seite, wenn wir die Route 250 runterfahren. Dann haben wir wenigstens kein Glatteis unter den Reifen.«

»Susan.« Harry kannte ihre Freundin in- und auswendig.

»Ned und ich leben uns auseinander.«

»Inwiefern? Ich hab den Eindruck, dass ihr euch gut versteht.«

»Er ist reserviert. Er will nicht mehr so oft Sex. Er geht ganz in seiner neuen Rolle als Senator in Richmond auf. Er verbringt mehr Zeit in der Wohnung, die er dort vor kurzem gemietet hat, als zu Hause.«

»Hm, das mit dem Sex ist beunruhigend.«

»Wem sagst du das.«

»Er muss viel über den Posten lernen.« Harry hoffte, dies würde Susan helfen, die beunruhigenden Gedanken über Ned zu verdrängen.

»Brooks hat dieses Jahr ihren Highschool-Abschluss gemacht. Danny fühlt sich wohl in Cornell. Das Haus wird bald leer sein. Ned fängt ein komplett neues Leben an. Ich habe das Gefühl, mein Leben, oder zumindest der Sinn meines Lebens, schwindet, geht zu Ende.«

Harry lehnte sich an Tucker, Susan desgleichen. »Das Ganze ist eine große Chance für euch beide. Er geht nur anders damit um als du, das ist alles.«

»Das hoffe ich.« Tränen liefen jetzt über Susans Gesicht. »Weißt du, ich bin nicht zur Politikerfrau geboren. Dazu tauge ich nicht.« Sie wischte eine Träne fort. »Ned sieht gut aus. Ich kenne die Geschichten von Politikern und hübschen Praktikantinnen.«

Harry legte den Arm um Susans Schultern. »Ach Herzchen, nicht weinen.«

»Ich weiß noch, wie es dir damals ergangen ist.«

»Fair und Ned sind ganz verschiedene Typen. Ich hab gewusst – es war wie ein kleines seismisches Rumoren im Untergrund –, dass Fair meinte, er verpasst was, als er seine Highschool-Liebe heiratete. Er« – sie machte eine Pause – »na ja, er ist einfach aus der Koppel gesprungen.«

Susan weinte heftiger. »Ich fühle mich so schrecklich. Ich weiß jetzt, wie du dich gefühlt hast.«

»Du warst lieb zu mir.« Harry umarmte sie.

»Aber ich habe nicht richtig gewusst, wie du dich gefühlt hast. Jetzt weiß ich es.«

Harry umarmte sie noch einmal, dann richtete sie sich auf. »Weißt du, wer uns helfen kann?« Susan schüttelte den Kopf, und Harry fuhr fort: »BoomBoom. Sie hat den besten Riecher für unsere Männer. Wenn einer was Mieses vorhat, kriegt sie's raus. Und ehrlich, Susan, ich glaube nicht, dass es bei Ned so ist.«

Susan dachte darüber nach, während sie sich wieder die Tränen fortwischte; das weiche Leder des Handschuhs lag kühl auf ihrer noch kälteren Haut. »Meinst du, sie würde es tun?«

»Helfen? Bestimmt.«

»Na denn ...«

»Komm, wir rufen sie von meinem Autotelefon aus an. Wenn sie Zeit hat, können wir runterfahren und uns mit ihr treffen. Das wird dich beruhigen.«

»Ich kann nicht sofort«, erwiderte Susan. »Ich bin hergekommen, um nachzudenken, aber auch, um Großonkel Thomas zum Thanksgiving-Essen abzuholen. Er ist jetzt zweiundachtzig. Kaum zu glauben. Wie auch immer« – sie hielt inne –, »es ist höchst merkwürdig. Er hat zu mir gesagt, ›Susan, meine Zeit läuft ab. Ich möchte Thanksgiving mit euch verbringen.‹ Er ist gesund wie ein Pferd. Ich hab ihm gesagt, er ist noch weit weg von der Himmelspforte.«

»Manche Menschen spüren es. Wie Tiere.« Harry dachte über das nach, was Thomas zu Susan gesagt hatte.

»Fang bloß nicht mit so was an.« Susan runzelte leicht die Stirn. »Die Menschen werden älter, und jedes Mal, wenn ihnen was passiert, schieben sie's auf das Alter. Ich sag dir, G-Onkel« – Susan sagte »G« für »Groß« – »wird seine meisten Ordensbrüder überleben.«

»Hat er bereits.« Harry lachte.

»Stimmt.« Susan schüttelte sich eine Schneeflocke von der Nase. »Er hat gequasselt wie ein Wasserfall. Er hat ununterbrochen davon geredet, wie sehr er seine Arbeit hier liebt. Er repariert die Leitungen, er hält die Brunnen im Garten in Gang. Er erledigt Gartenarbeiten. Es war richtig rührend, ihm zuzuhören.« Susan machte eine Pause. »Er ist auf die Legende von der Marienstatue zu sprechen gekommen. Wie sie 1914 geweint hat, und dann wieder 1941 nach dem Angriff auf Pearl Harbor. Er hat gesagt, er möchte es gerne glauben, möchte ihre Tränen gerne sehen, aber wenn, dann würde es eine furchtbare Krise ankündigen, daher meinte er, er würde lieber sterben, ohne die Tränen zu sehen. Er glaubt, sie wirkt Wunder für diejenigen, die daran glauben. Er ist wirklich rührend.«

»Ob's wahr ist?« Harry war skeptisch. »Dünnflüssige Vogelkacke könnte wie Tränen aussehen.«

»Harry, du bist unmöglich!«

»Das sagst ausgerechnet du«, meinte Harry und lachte.

Susan stand auf und hakte sich bei Harry unter, worauf Tucker von der Bank sprang und vor ihnen her sauste. »Komm, ich begleite dich zu der Statue, dann geh ich G-Onkel abholen. Er dürfte jetzt so weit sein.«

Tucker, die schärfere Sinne hatte, wollte die Menschen beschützen, deren Sinne – abgesehen von ihren Augen – nicht so scharf waren. Sie raste vorneweg, blieb stehen, schnupperte, spitzte die Ohren. Die Luft war rein, darum drehte sie sich nach den Menschen um, wartete auf sie, lief dann wieder wachsam voraus. Tucker erreichte den Sockel der Marienstatue, wo sie auf die zwei Freundinnen wartete.

Bei der hohen Statue angekommen, blickten beide erwartungsvoll zu ihrem Gesicht auf.

»Mein Gott!«, rief Susan aus.

Harry fasste sich ans Herz. »Sie weint Blut.«

2

Die Hände in die dicken grauen Ärmel seiner Wollkutte geschoben, betrachtete Frater Prescott aufmerksam das Antlitz der Jungfrau Maria. Ohne die großen, wasserblauen Augen von ihr abzuwenden, machte er »hmm«.

Ein blassrosa Rinnsal lief ihre Wangen hinab.

»Es war Blut, als wir von ihr weggegangen sind.« Harry kam sich ein bisschen blöd vor.

»Irgendwas ist da anscheinend, aber ...« Er stellte sich auf die Zehenspitzen. Die Statue ragte auf dem großen Findling vor ihm auf, auf den man sie zurückgestellt hatte, nachdem sie den Sommer über restauriert worden war.

»Es tut mir so Leid, dass ich Sie nach draußen in die Kälte kommen ließ. Das Barometer fällt.« Susan fröstelte.

»Oh, das macht mir nichts aus. Tief drinnen im Stein könnten rote Adern sein. Sie stammt ja aus einem Steinbruch in Nelson County, drüben in Schuyler.« Stolz schwang in seiner Stimme mit.

»Ja, sie ist einer der Schätze von Blue Ridge.« Harry, der ihr Kunstgeschichtsstudium am Smith College sehr zustatten kam, bewunderte die künstlerische Gestaltung der Statue.

»Die heilige Jungfrau wirkt Wunder. Die Visionen von Lourdes finden bis zum heutigen Tag Beachtung, doch die heilige Jungfrau wirkt jeden Tag Wunder auf der ganzen Welt. Ihre Liebe übersteigt ihr Verständnis«, sagte Frater Prescott, der zweite Mann im Kloster.

Harry machte den Mund auf, doch es kam nichts heraus. Eine große weiße Schneeflocke landete auf ihrer Zunge und schmolz. Harry hatte etwas Skeptisches sagen wollen, aber die Worte waren ihr entfallen. Es war besser, Frater Prescott seinen Glauben zu lassen – und auch Frater Thomas, der stumm daneben stand. Sie wusste nicht, was sie im Hinblick auf die Jungfrau Maria glauben sollte, war aber froh, dass es in der Hierarchie der Heiligen eine Frau gab. Harrys Pastor, Reverend Herbert Jones, ein kluger und mitfühlender Mann, wich Dogmen aus, den Dogmen aller Kirchen einschließlich der seinen, der lutheranischen. Ihm war es mehr um das emotionale und geistige Wohlergehen seiner Schäfchen zu tun. Er sagte oft, Marias Geschick im Laufe der Jahrhunderte spiegele den jeweiligen Status der Frau wider.

Harry wollte ihn anrufen.

»Herb?«, flüsterte Susan Harry zu.

»Woher weißt du, was ich gedacht habe?«, flüsterte Harry zurück, als sie sich von der Statue entfernten. Frater Thomas eilte in seine Zelle, um ein paar Kleinigkeiten für das Abendessen zu holen. Prescott verabschiedete sich von ihnen, dann folgte er Thomas.

Susan hob die Augenbrauen. »Harry, ich weiß meistens, was du denkst.«

»Ach ja, stimmt.« Sie hielten sich gegenseitig fest, als sie den abfallenden, gewundenen Weg zu dem Parkplatz hinunterschlitterten, wo Susans Audi-Kombi stand. Die Windschutzscheibe war zugeschneit.

»Mom!« Owen, Susans Corgi, Tuckers Bruder, begrüßte sie freudig.

»Ich bin auch da«, verkündete Tucker munter.

Susan machte die Tür auf, und Schwester und Bruder gaben sich entzückt einen Nasenkuss und wedelten mit den nicht vorhandenen Schwänzen; unterdessen wischte Harry die Windschutzscheibe auf der Beifahrerseite ab, und Susan säuberte sie auf der Fahrerseite.

»Schade, dass der Wagen keinen Kriechgang hat.« Susan seufzte. Sie meinte den ersten Gang in Fahrzeugen wie dem Wrangler, der es dem Fahrer ermöglicht, langsam zu fahren, ohne den Motor abzuwürgen. Sie überlegte kurz. »G-Onkel war von den verblassenden Tränen überwältigt. Er konnte nicht sprechen.«

»Ja. Hoffentlich sagt das keine Katastrophe voraus.«

Harry verließ Susan, die jetzt ihren Wagen warmlaufen ließ. Als sie zu ihrem alten Ford-150-Transporter kam, war ihre Jeans unten an den Beinen klitschnass.

Sie machte die Tür auf.

»Ich hasse dich!« Mrs. Murphy sprang vom Sitz in den Schnee und bereute es augenblicklich.

Harry, Tucker und Pewter kicherten über die Tigerkatze, die die Ohren anlegte und abwechselnd alle Pfoten schüttelte.

»Na so was.« Harry hob die hübsche Katze hoch, wischte ihr die Pfoten ab und setzte sie wieder auf den Vordersitz neben Pewter, die sich nicht rührte. *Sie* würde sich die Pfoten nicht nass machen. Harry stieg ein, schaltete die Zündung ein und trat gleichzeitig die Kupplung. Sie hatte beim Parken den Gang dringelassen und die Bremse angezogen. Der Transporter hatte Handschaltung und gut zweihundertfünfzigtausend Kilometer auf dem Tacho. Harry mochte Handschaltung lieber als Automatik; sie hatte das Gefühl, so eine bessere Kontrolle über den Wagen zu haben. Sie hatte insofern Recht, als dies ein 1978er-Ford-Halbtonner war. Die neuen Transporter mit Automatik hatten einen Computerchip, der besser fühlte, wann ein anderer Gang eingelegt werden musste, als die meisten Menschen. In den neuen F-150ern war ein Automatikgetriebe gar nicht so schlecht.

Der starke Achtzylindermotor sprang trotz der Kälte sofort an, das tiefe Brummen war Musik in Harrys Ohren. Sie liebte alles, was einen Motor hatte. Sie schaltete in den Leerlauf, zog die Handbremse an. Hinter der Sitzbank, über die eine alte Decke gebreitet war, zog sie eine Bürste mit langem Stiel hervor. Sie wischte den Schnee von der Windschutzscheibe, dann drehte sie mit der Hand an den vorderen Radkappen, bis es klickte.

»Ich hab dir gleich gesagt, du sollst im Wagen bleiben«, sagte Pewter selbstgefällig zu Mrs. Murphy, die sich die Pfoten leckte. *»Wo hättest du überhaupt hinlaufen wollen? Du versetzt sie nur in schlechte Laune, das ist alles, was du erreichst. Keine Katzenminze.«*

»Dachte, ich lauf mal den Hügel hoch, bring sie zum Schnaufen.« Die Tigerkatze knibbelte mit den Zähnen ein Eisbröckchen zwischen ihren Zehen heraus. *»Die Putzerei braucht so viel Zeit.«*

»Du bist übers Ziel hinausgeschossen«, rief Tucker, die noch draußen war, hinauf. Harry hob sie hoch und setzte sie neben die Katzen.

»Du bist 'n olles Ferkel.« Mrs. Murphys Laune hätte besser sein können.

»Nörglerin. Weil du so 'ne olle Nörglerin bist, erzähl ich dir nicht, was ich gesehen hab.«

Augenblicklich zerknirscht, schaute Mrs. Murphy, ein Hinterbein noch mitten in der Luft, zu Tucker hin. *»Was? Ich hab doch gar keine schlechte Laune. Das Eisbröckchen stört mich, das ist alles«*, flunkerte sie.

»Los, erzähl schon, Tucker. Ich lass dich auch mit meinem Katzen-

minzemäuschen spielen.« Pewter, die so leicht zu bestechen war, dachte, sie könnte es mit der Corgihündin genauso machen.

»Das alte Ding.« Tucker kostete ihre Überlegenheit aus. Auspuffgase entströmten dem neuen Auspuffrohr, das Harry vorigen Sommer hatte einbauen lassen.

Harry setzte zurück, schaltete auf Allradantrieb.

Während sie vorsichtig auf dem Skyline Drive zu der Abzweigung zur Route 250 East fuhr, berichtete Tucker den Katzen aufgeregt von der Jungfrau Maria, die Blut weinte.

»Aber das ist doch eine Statue«, erwiderte die vernünftige Pewter.

»War das echtes Blut?«, fragte Mrs. Murphy verwundert.

»Ich weiß nicht so recht. Es hatte die Farbe und die Konsistenz von Blut, aber ich konnte es nicht riechen. Sie ist so weit oben, und es ist zu kalt. Bis das Blut bei ihrem Herz ankam, war es verwässert.«

»Blut hat einen starken Geruch, fast metallisch.« Mrs. Murphy kannte den Geruch gut.

»Als wir mit Frater Prescott und Frater Thomas zurückkamen, hat sie blassrosa geweint. Die Tränen flossen langsamer. Hat vermutlich mit der Temperatur zu tun.«

»Hat Mom gebetet?«, fragte Pewter, die die frommen Impulse der Menschen spannend fand.

»Sie war nachdenklich und still, ehe wir die Tränen sahen. Ich hab Susan gewittert, drum bin ich zu ihr gelaufen. Mom ist hinterher gekommen. Die Statue hat geweint, als Susan und Mom hingegangen sind. Susan ist ganz durcheinander.«

»Warum?«, fragten beide Katzen gleichzeitig.

Mrs. Murphy rief schnell: *»Thunfisch für mich!«*

Pewters lange Schnurrhaare schnellten nach vorn, und sie murrte: *»Du hast gewonnen.«*

Wenn im Süden zwei gleichzeitig dasselbe sagen, kriegt der Erste, der »… für mich« ruft, was er verlangt – in diesem Fall Thunfisch. Die stets um ihren Magen besorgte Pewter würde ein Krümelchen von ihrem Thunfisch abgeben müssen.

»Susan fürchtet um ihre Ehe.« Tucker gab ihre Auffassung von dem Gespräch wieder. *»Womöglich durch junge Frauen in Richmond in Versuchung geführt.«*

»Uuh«, summte Pewter.

»O Mann, das wird ihn teuer zu stehen kommen, wenn er der Versuchung nicht widersteht.« Mrs. Murphy hielt die Monogamie für eine abwegige Doktrin der Menschen. Sie gaben sich Mühe, aber es war wider ihre Natur. Manche konnten sich daran halten, aber die meisten konnten es nicht, und sie fand die Vorstellung ausgesprochen bejammernswert.

»Bin ich froh, dass Mom letzte Woche Winterreifen aufgezogen hat.« Pewter nickte beifällig.

»Ja.« Mrs. Murphy, die Hinterpfoten auf dem Sitz, beugte sich vor und stützte sich mit den Vorderpfoten auf das Armaturenbrett. *»Jetzt kommt's aber richtig dicke runter. Ein Glück, dass die Temperatur gefallen ist, da regnet's wenigstens nicht mehr. Regen ist am schlimmsten.«*

»Der Frühling ist noch so weit weg.« Tucker hoffte, dass unter dem frisch gefallenen Schnee kein Eis war.

Harry wählte BoomBooms Nummer erst, als sie sicher unten am Afton Mountain angekommen war. »Boom, Harry.«

»Wo bist du?«

»Fuß vom Afton Mountain.«

»Wird ungemütlich da draußen«, meinte die wohlproportionierte Blondine.

»Kann ich kurz vorbeikommen, oder bist du grad mitten beim Kochen?«

»Komm nur. Alicia ist hier. Wir gehen nachher zum Thanksgiving-Essen in den Club. Wir haben jede Menge Zeit.«

»'ne Viertelstunde«, antwortete Harry knapp. Sie waren zusammen aufgewachsen, weshalb sie sich stenoartig ausdrücken konnten, ohne beleidigend zu wirken.

Alicia Palmer, Mitte fünfzig, war einst ein großer Filmstar gewesen. Sie hatte sich mit Mitte vierzig zurückgezogen, nachdem sie sich mehrmals gut verheiratet hatte – und auch gut geschieden worden war. Doch die große Liebe ihres Lebens war Mary Pat Reines gewesen, eine liebenswürdige, großzügige und sagenhaft reiche Frau, die starb, als Alicia Mitte zwanzig war. Alicia hatte Mary Pats Vermögen geerbt. Im Laufe der Jahre hatte sie das Anwesen ein-, zweimal im Jahr besucht und war im vergangenen Jahr endgültig von Santa

Barbara nach Hause gekommen. Sie fragte sich, warum sie so lange gebraucht hatte, um nach Virginia zurückzukehren, doch als sie dann zu Hause war, wurde ihr bewusst, dass sie Mary Pats Geist nie zur letzten Ruhe gebettet hatte. Sobald dieser emotionale Meilenstein überquert war, wurde es Alicia leichter ums Herz.

BoomBoom, eine begeisterte Golferin und Reiterin, hatte in Alicia eine herzliche, verständnisvolle Freundin gefunden. Da beide Frauen umwerfende Schönheiten waren, hatten sie ihr Leben lang Männer abgewehrt oder, in BoomBooms Fall, mit ihnen gespielt. Das hatte Alicia nicht getan. Sie hatte sich bemüht, ihre zwei Ehemänner zu lieben. Die Anstrengung war größer, als sie ertragen konnte, weil sie sich keinem Mann jemals sehr nahe oder tief verbunden fühlte.

Als BoomBoom aufgelegt hatte, sagte sie zu Alicia, die Kirschholz auf das Feuer in dem großen Küchenkamin warf: »Harry kommt vorbei.«

»Schön. Eine erfrischende Person.« Alicia zeigte ihr strahlendes Lächeln.

Die älteren Leute fanden, sie sehe aus wie Hedy Lamarr, die jüngeren meinten, sie würde wie Catherine Zeta-Jones aussehen, aber in Wirklichkeit sah Alicia aus wie Alicia.

»Was mag da los sein? Harry klang so anders.« BoomBoom hatte einen dringlichen Ton in Harrys Stimme gehört.

»Ihr zwei habt euch versöhnt.«

»So ziemlich.« BoomBoom, deren blonde Haare sich um ihre Schultern ringelten, atmete ein. »Ich war eine Gans. Ich hätte mit jeder Menge Männer schlafen können. Ich hätte mir ihren Mann nicht aussuchen müssen, auch wenn sie sich bereits getrennt hatten.«

»Er sieht ungewöhnlich gut aus. Und nett ist er auch. Fair ist ein richtig netter Mensch.«

»Sechs Monate, das ist das Äußerste bei mir.« BoomBoom warf das ein, während sie sich vor der gigantischen Espressomaschine aufbaute. »Espresso mit Sahne und einem Streifen Orangenschale wäre ideal an einem Tag wie heute. Man braucht ein Ingenieursexamen, um das Ding zu bedienen.«

»Mokka latte mit viel Sahne.« Alicia sah BoomBooms zwei

gerettete Kätzchen in die Küche stürmen, wobei sie übereinander purzelten. »Sahne. Ich schwöre, sie kennen das Wort.«

Die zwei Frauen lachten. BoomBoom kniete sich hin, um den Katzen die Ohren zu kraulen; die eine war schwarzweiß, die andere rot gescheckt.

»Kaum zu glauben, dass sie aus demselben Wurf stammen.«

»Ich weiß.« BoomBoom befasste sich wieder mit der Espressomaschine. »Seit ich das Ding bedienen kann, bin ich zuversichtlich, dass ich bei der NASA arbeiten könnte. Hast du in deinem Leben schon mal so was Kompliziertes gesehen?«

»Ja, den iDrive der BMW-Siebenerserie. Die besch ... Neuheit, die man sich denken kann. Und das hässliche Heck mit der wie abgesägten Kofferraumklappe. Die Designer müssen den Verstand verloren haben, eine so tolle Maschine dermaßen zu versauen.«

»Ich hab gehört, BMW hat so viele Beschwerden gekriegt, dass sie den iDrive bald vereinfachen werden.«

»Nicht bald genug. Das scheußliche Design hat jetzt auf die Fünferserie übergegriffen, die Fünferserie!« Alicia hob die Hände; der große Diamant an ihrem Ringfinger reflektierte das Licht. »Wie konnten sie nur?«

Beide Frauen waren Motorfans, genau wie Harry, und die drei konnten stundenlang über PKWs, Transporter und Traktoren reden. BoomBoom war mit den Veränderungen, die BMW vorgenommen hatte, ebenfalls nicht einverstanden, weswegen sie ihren vier Jahre alten Siebener, anstatt ihn gegen einen neuen einzutauschen, gegen einen Mercedes S600 eingetauscht hatte.

Alicia fuhr bei schönem Wetter einen Porsche C4911. Sie hatte außerdem einen Land Cruiser, einen nagelneuen F-150, und einen älteren F-350-Kombi. Bei ihrem Reichtum hätte sie eine ganze Autovertragshandlung aufkaufen können.

Das tief kehlige Brummen des alten Ford-Transporters verkündete ihnen und den Kätzchen, dass Harry eingetrudelt war.

»Jetzt ist nicht die richtige Gelegenheit, aber wir müssen Harry mal über den neuen F-150 ausquetschen. Sie wird alles darüber wissen.« BoomBoom schälte eine Orange, Alicia stellte Kaffeetassen hin.

»Ich könnte mein berühmtes Hühnerfrikassee machen. Ich weiß nicht, ob ich bei dem Wetter zum Club fahren will. Ich kann gut auf Truthahn und Süßkartoffelpastete verzichten.«

»Ich glaube nicht, dass sie so lange bleibt«, antwortete BoomBoom.

»Sollte ich wohl auch nicht. Ich mach lieber, dass ich nach Hause komme, bevor es stockfinster ist.« Alicia bemerkte den immer dunkler werdenden Himmel.

BoomBoom ging auf den Vorraum der Küche zu, wo sich die Hintertür befand, blieb stehen und hörte sich zu ihrer eigenen Überraschung zu Alicia sagen: »Ich vermisse dich, wenn wir nicht zusammen sind.«

»BoomBoom, das ist das schönste Kompliment, das du mir machen konntest.« Alicia strahlte sie an.

»Klopf, klopf.« Harry öffnete die Hintertür einen Spalt.

»Komm schon rein.« BoomBoom guckte in den Schnee hinaus. »Hol die Kinder rein. Die wollen bestimmt nicht im Wagen sitzen bleiben.«

»Macht's dir nichts aus? Ich hab gehört, du hast zwei Kätzchen gefunden.« Harry liebte junge Katzen über alles und hatte soeben die Schwarzweiße erspäht, die, ihre vier Beine von sich gestreckt, unter einem Küchenstuhl zu ihr hochsah.

»Lucy und Desi müssen sich an andere Tiere gewöhnen. Deine haben so gute Manieren.«

»Meistens.«

Binnen Sekunden marschierten Mrs. Murphy, Pewter und Tucker durch den Vorraum in die Küche, wo ihnen verlockende Düfte in die Nasen stiegen.

Desi, das schwarzweiße, und Lucy, das rot gescheckte Kätzchen, plusterten sich auf wie Kugelfische.

Tucker scherte sich nicht um sie, als sie sie anfauchten.

»Würmchen«, meinte Pewter.

»Ach Pewts, ihnen ist eh schon bange genug.«

Während die Kätzchen geduckt auf die Tiere zukrochen, setzte Harry sich hin und trank einen Schluck Espresso, mit einem Berg Schlagsahne obendrauf. »Gott, der ist ja sagenhaft.« Dann berichtete sie von Susans Befürchtungen.

»Sie könnte ihn fragen«, schlug Alicia sanftmütig vor.

»Das macht Susan nicht. Sie ist irgendwie gelähmt«, bemerkte Harry. »Außerdem will sie keine Lüge zu hören kriegen.«

»Sie fühlt sich vernachlässigt. Und reagiert übertrieben. Im Augenblick kann er sich halt nicht so viel um sie kümmern«, erklärte BoomBoom. »Und er hat nie mit mir geflirtet. Sie hat keinen Grund zur Sorge.«

»Damit ist er eine Ausnahme.« Alicia aß mit ihrem Mokkalöffel ein bisschen Schlagsahne. »Ich kenne Ned nicht so gut wie ihr, aber es passiert nun mal, dass Menschen sich, ohne die Absicht fremdzugehen, in die Arme fallen.« Alicia sagte zu Harry, die sich an diesen sagenhaften violetten Augen nicht satt sehen konnte: »Und Susan ist meilenweit weg und kriegt langsam Muffensausen, weil sie vierzig wird, nehme ich an. Ich sage nicht, dass Ned eine Affäre hat, aber manchmal … passiert es halt.«

»Mir ist das nie passiert.«

BoomBoom konnte es sich nicht verkneifen: »Schmink dich ein bisschen, steck deine Titten in einen BH, der hebt und formt, und Harry, es wird passieren.«

Die zwei Frauen lachten, Harry, deren Gesicht rot angelaufen war, guckte tief in ihre Tasse. »Ich kann in Schlagsahne lesen. Habt ihr das gewusst? Andere Wahrsagerinnen lesen in Teeblättern oder Tarotkarten, aber ich lese in Schlagsahne, und diese Schlagsahne sagt mir, da sind zwei schlimme Mädchen, die eine Heilige quälen. Karma! Hütet euch vor Karma.« Sie lachten, dabei flogen Harrys Gedanken zurück zu der Statue. Da sie mit BoomBoom aufgewachsen war, wusste sie, die Blondine war daran gewöhnt, dass sie von einem Thema zum anderen sprang. »Susan und ich haben die Jungfrau Maria Blut weinen sehen! Heute. Unheimlich. Geradezu beängstigend.«

Harry schilderte BoomBoom und Alicia das eigenartige Vorkommnis und erzählte ihnen auch, warum sie und Susan auf dem Klostergelände waren.

Die Kätzchen waren inzwischen so mutig, zu den erwachsenen Katzen hinzuschleichen.

Die kleine Lucy, den Bauch flach auf dem Fichtenkernholzboden, streckte die Pfote aus und schlug auf Pewters dicken, buschigen Schwanz.

»Hey.« Pewter schnippte mit dem Schwanz.

»Der ist lebendig!«, quiekte Lucy und sprang zurück.

Desi, der mit geweiteten Augen vor und zurück schaukelte, war fassungslos über Pewters Schwanz.

»Der ist zu kurz. Also, meiner hat die richtige Länge für meinen Körper.« Mrs. Murphy schlug ihren Schwanz listig ein bisschen hin und her.

»Mein Schwanz ist nicht zu kurz. Er ist üppig. Ich hab Russisch-Blau-Blut. Meine Knochen sind kräftig.«

»Oha.« Mrs. Murphy verdrehte die glänzenden Augen.

»Was ist russisch-blau?«, piepste Desi.

»Ein Produkt ihrer stets regen Phantasie.« Mrs. Murphy rollte sich herum und zeigte ihren beigefarbenen Bauch.

Pewter kehrte Mrs. Murphy den Rücken zu. *»Streunerkatze.«*

»Ach Quatsch, Pewter, wir sind alle Streuner. Wir sind in Amerika. Sogar die Menschen sind Streuner.«

»Bin ich eine Streunerkatze?« Die kleine Lucy kam vorsichtig zu Mrs. Murphy, die sich herumrollte, um dem kleinen roten Fellbündel in die Augen zu sehen.

»Ja.«

»Bist du meine Mommy?«, fragte Lucy.

»Ha!«, grölte Pewter los.

Desi tappte zu Mrs. Murphy. Er drückte sich eng an seine Schwester. *»Wir erinnern uns nicht sehr gut an unsere Mommy. Sie ist eines Abends nicht mehr nach Hause gekommen.«*

»Wo wart ihr?« Tucker gesellte sich zu den Katzen.

Zuerst sträubten die Kätzchen ihr Fell, dann beruhigten sie sich, weil Tucker, die ihnen sehr groß vorkam, sie aufmunternd anlächelte.

»Wir haben in einer Waschmaschine unten in der Schlucht gewohnt.«

»Ah.« Hierauf sagte keins von den erwachsenen Tieren was, weil alle wussten, dass ihre Mutter auf irgendeine Art zu Tode gekommen war.

»Wie habt ihr BoomBoom gefunden?«, erkundigte sich Mrs. Murphy.

»Sie und die andere hübsche Dame waren reiten, und wir haben geschrien. Sie ist vom Pferd gestiegen, und uns war angst und bange, aber sie hat uns zugeredet, und wir hatten solchen Hunger. Da hat sie uns hochgehoben und in ihre Jacke gesteckt, und uns ist warm geworden. Uns war so kalt. Sie ist nett.«

»Sie hat uns gefüttert«, warf Desi ein. Er war nicht so gesprächig wie seine Schwester.

»Und dann« – Lucy hob die Stimme –, *»am nächsten Tag hat sie uns zu einem Mann gebracht, der hatte einen Bart und hat uns Pillen und Spritzen gegeben. Das war schrecklich.«*

»Aber nötig.« Tuckers braune Augen blitzten.

»Ich geh da nicht wieder hin«, protzte Desi.

Tucker lachte. *»Das sagen wir alle.«*

»Ich hab beim Tierarzt einen Hund gesehen, der hatte genau dieselbe Haarfarbe wie BoomBoom«, erzählte Lucy. *»Sind sie verwandt?«*

Hierauf lachten die erwachsenen Katzen und der Hund so laut, dass die Menschen es merkten.

»Ist das nicht süß? Mrs. Murphy putzt Lucy.« Alicia lächelte übers ganze Gesicht.

»Sie hat einen mütterlichen Zug«, erklärte Harry.

»Oh, ich muss gleich kotzen.« Pewter tat so, als ob sie würgte.

»Spulwürmer«, sagte Mrs. Murphy sarkastisch und schubste Pewter mit der Vorderpfote.

Pewter schubste zurück. Das eskalierte zu einem Boxkampf, dann nahm Pewter Reißaus, und Mrs. Murphy sauste wie eine Wilde hinterdrein.

Desi klappte die Kinnlade herunter. *»Meine Güte!«*

»Plemplem.« Tucker gab dem Kerlchen einen Nasenkuss. *»Wenn die eine hü sagt, sagt die andere hott. Sie leben, um sich zu kabbeln.«* Sie seufzte, fügte dann hinzu: *»Dumme Katzbalgereien.«*

»Wir sind Katzen.« Lucy blinzelte, ihre Augen waren noch blau.

»Versteh mich nicht falsch. Katzen sind was Wunderbares.« Tucker klang sehr weltklug. *»Aber Hunde sind logischer, besonders Corgis.«*

»Glaub ihr kein Wort.« Mrs. Murphy, die alles gehört hatte, segelte in einer glänzenden Zurschaustellung ihrer akrobatischen Künste über sämtliche sitzenden Tiere hinweg.

Pewter setzte über die Kätzchen hinweg, landete aber mit einem Plumps auf Tucker, die es wie immer mit Humor nahm.

Katze und Hund wälzten sich übereinander, die Menschen lachten, schenkten ihre Tassen wieder voll und versuchten Susans Dilemma auszuloten.

»Wie wär's, wenn ich mal diskret herumschnüffle?« BoomBoom guckte kurz zum Fernseher, der lief, aber ohne Ton. Die Nachrichtensendung fing gerade an.

»Susan ist ganz aufgeregt. Das erstaunt mich. Ich meine, dass sie sich was Unbewiesenes einbildet. Wenn Susan sich aufregt, ist es meistens wegen einem Vorfall oder weil jemand krank ist. Es ist nicht ihre Art.« Harry, die sonst kaum Kaffee trank, fand den Espresso köstlich, vor allem nach der beißenden Kälte auf dem Afton Mountain.

»Die Menschen reagieren auf verschiedene Situationen auf eine Art, die sie selbst nicht verstehen.« BoomBoom schaute wieder zum Fernseher.

Harry schlug die Beine übereinander. »Ist es nicht komisch, dass wir uns selbst nicht kennen? Wir denken, wir kennen uns, aber wenn das Leben ein Kreis von dreihundertsechzig Grad ist, hat es je einen Menschen gegeben, der die ganzen dreihundertsechzig Grad erlebt hat? Wir werden uns selbst nie ganz kennen.«

»Wie können wir dann andere kennen?«, fragte BoomBoom.

»Weil es leichter ist, nach außen zu blicken als nach innen«, antwortete Alicia munter. »Findet ihr nicht?«

»Ich weiß nicht«, antwortete BoomBoom aufrichtig.

»Ich bin mir da auch nicht sicher.« Harry lächelte.

»Vermutlich verbringen wir unser Leben damit, es herauszufinden.« BoomBoom lachte.

»Ich arbeite lieber auf meinem Traktor oder repariere das Stalldach.« Harry schüttelte den Kopf. »Die Innenbeschau ist mir zu viel.«

»Du hast ein gutes Gespür für Problemlösungen«, schmeichelte BoomBoom ihr, dann blinzelte sie und reckte leicht den Kopf, als ein gut aussehender junger Mann auf dem Bildschirm erschien. Sie stand auf, um den Ton anzustellen.

Nordy Elliott, der eine dunkelgrüne Seidenkrawatte auf einem naturfarbenen Hemd und darüber ein teures Tweedsakko trug, lächelte die kleine Rothaarige, die neben ihm saß, mit dem breitesten, falschesten Lächeln an, das er aufbringen konnte. »Nun, Jessica, wie sieht's beim Football aus? Und wie sieht's heute Abend mit dem Verkehr aus? Sind 'ne Menge Leute unterwegs am Truthahntag.«

»Nordy, ein Tiefdruckgebiet ist ...«

BoomBoom, die die Fernbedienung mit an den Tisch genommen hatte, schaltete den Ton ab. »Nordy Elliott ist wie ein Sandkorn in meinem Auge, so was von lästig. Ich halte den falschen dringlichen Ton in seiner Stimme nicht aus, es ist immer derselbe, ob er nun Käufer im Einkaufszentrum interviewt oder über einen Verkehrsunfall berichtet.«

»Er ist dir lästig, weil er dir keine Ruhe lässt.« Alicia bückte sich, um eine Katze zu sich zu locken.

»Er hört nicht zu.« BoomBoom sagte zu Harry: »Ich hab's ihm immer wieder gesagt – ich meine, ich sag ihm jedes Mal, wenn ich ihn sehe oder er anruft, dass ich mir eine Auszeit von Verabredungen genommen habe. Drum ruft er jede Woche an und sagt« – sie ahmte seine Sprechweise nach – »noch eine Woche, und ich beiß ins Gras. Und es sind noch zwanzig!«

Alicia lachte. »Beharrlich ist er, das musst du ihm lassen.«

BoomBoom zuckte verzagt mit den Schultern. »Ja und nein. Ich hasse es, wenn Männer nicht zuhören.«

»Manchmal können sie's nicht.« Harry gab eine unerwartete Einsicht zum Besten. »Ihr Körper übertrumpft ihren Verstand. Wenn die meisten Männer eine von euch angucken, strömt ihr Blut nach unten.«

»Harry, Sie schmeicheln mir.« Alicia machte auf zimperlich.

»Ist aber wahr.« BoomBoom atmete aus. »Männer verlieben sich mit den Augen.«

»Das Wesentliche für uns ist ›Schatz, das mach ich schon.‹« Harrys Lippen kräuselten sich, und die anderen beiden lachten; denn auch das war wahr.

»Von einem Mann gesagt, klingt das süßer als ›ich liebe dich.‹« Alicia berührte Harry am Unterarm.

»›Ich liebe dich‹ ist zu einfach. Die leere Autobatterie aufladen oder deine Steuererklärung machen – das ist Liebe.«

BoomBooms Lachen, das klang, als würde man an reines Kristall schlagen, durchdrang die Küche.

»Das kann ich alles selbst«, brüstete sich Harry.

»Können wir das nicht alle?«, meinte Alicia. »Aber es ist doch großartig, wenn es ein Mann tut.«

»Manchmal.« BoomBoom deutete auf Harrys Tasse, und Harry gab ihr ein Zeichen, dass sie genug hatte. »Aber manchmal mache ich mir lieber die Hände schmutzig. Ist das nur bei mir so? Mag ja sein, aber wenn ein Mann in der Nähe ist, fühle ich mich eingeengt, und ich will ihm nichts schuldig bleiben.«

»Du bist schön, Boom. Ein Mann will dich für sich behalten. Ich nehme an, das ist ein, hm, einschränkendes Gefühl?«, erwiderte Alicia.

»Du bist die schönste Frau, die ich je gesehen habe, Alicia. Ist das bei dir nicht so?« BoomBooms große, ausdrucksvolle Augen wirkten noch größer.

»Doch.«

»Eingeengt ist ein interessantes Wort.« Harry wackelte in ihren Stiefeln mit den Zehen. »Ich will mir von einem Mann nicht sagen lassen, was ich zu tun habe. Ich will mir von niemand sagen lassen, was ich zu tun habe, die verdammte Regierung eingeschlossen. Ich kann meine Entscheidungen allein treffen. Wenn ich einen Fehler mache, dann ist es mein Fehler.«

»Genau«, stimmte Alicia ihr zu.

»Oh, ruf die Duncans an.« BoomBoom wechselte das Thema. Sie meinte das Ehepaar Fred und Doris Duncan, die Alicias Farm in Schuss hielten, zwei wunderbare Menschen. »Du kannst hier bleiben, da bist du gut aufgehoben. Wir setzen uns an den Kamin und erzählen uns Geschichten.«

Alicia antwortete nicht direkt. »Lass uns raufgehen und die Jungfrau Maria besuchen, wenn der Sturm sich gelegt hat.«

»Apropos gehen, ich mache mich lieber auf den Weg. Die Sonne ist untergegangen, und es sieht nach einem heftigen Sturm aus.« Harry sah aus dem Fenster, dann wieder auf den Fernseher, da die Nachrichtensendung erneut zu Jessica, der Wetterfrau, umschaltete.

BoomBoom sah ebenfalls hin. »Hat sich zu uns hergeschlichen, der Sturm. Alicia, wir sollten den Country Club lieber sausen lassen.«

»Das macht es so aufregend, am Fuße der Berge zu leben«, sagte Alicia und stand auf. »Ich sehe lieber auch zu, dass ich nach Hause komme.«

3

Die roten Rücklichter von Alicias Land Cruiser verschwanden im dichter werdenden Schnee. Durch die Fenster ihres eleganten Wohnzimmers sah BoomBoom, wie die zwei rubinroten Punkte regelrecht verschluckt wurden.

Sie verschränkte die Arme vor dem üppigen Busen, dem sie ihren Spitznamen verdankte. Der weiche Pullover aus dreifädiger Kaschmirwolle fühlte sich herrlich an auf ihrer Haut.

Lucy und Desi, die auf einem fest gepolsterten Sessel hockten, beobachteten BoomBoom dabei, wie sie Alicia beobachtete.

»Wenn sie den Pullover ausziehen und auf den Fußboden legen würde, könnten wir darauf schlafen.« Desi hatte sich in den Pullover verliebt, als BoomBoom den Kater hochgenommen hatte, um ihn zu streicheln und zu küssen. Das liebte er auch.

»Schubladen«, erwiderte Lucy.

»Häh?«

»Schubladen. Sie legt ihre Sachen in Schubladen. Die Schachteln, die in die große Kiste im Schlafzimmer rutschen.«

»Woher weißt du, wie die heißen?« Desi bewunderte den Scharfsinn seiner Schwester.

»Als sie Alicia den Pullover gezeigt hat, den sie in dem teuren Geschäft in New York gekauft hat, was immer New York ist, war Alicia beeindruckt. Sie hat ›Paul Stuart‹ gesagt. Dann hat BoomBoom gesagt, sie müssten mal nach New York.« Lucy spitzte die Ohren, weil der Wind draußen an den Fensterläden rüttelte. *»Und sie hat gesagt, ›ich verwahre alle meine Pullover in Schubladen.‹«*

BoomBoom atmete durch die Nase aus, ein Zeichen von Unmut, einem Hauch Trübsinn. Sie ging zu den Kätzchen und streichelte beide. »Wenn sie ein Mann wäre, dann wäre sie hier geblieben.« Darauf folgte Schweigen. »Was fällt mir ein?«

Die große Blondine schlenderte in ihr Arbeitszimmer, einen hellen Hightechraum, ganz anders als der Rest des Hauses. Sie setzte sich an ihren blutrot emaillierten geschwungenen Schreibtisch mit der schweren eingelassenen Glasplatte. Auf der linken Seite stand ihr Computer. In der Mitte war das schimmernde eingelassene Glas, hier konnte sie auf von Tiffany's bedrucktem Briefpapier mit der Hand Briefe schreiben. Auf der rechten Seite dieses edlen Stückes lagen einige in hellbraunes, grünes oder rotes Leder gebundene Fuchsjagd-Bücher aus dem neunzehnten Jahrhundert.

BoomBoom leitete den Steinbruch und die Firma ihres verstorbenen Mannes. Mit ihrem scharfen Verstand und ihrer Freude am Profit erwies sie sich hierin besser als Kelly. Sie importierte Marmor aus Italien sowie aus Barre, Vermont. Sie hatte sich auf Steine für Einzäunungen spezialisiert. In ihrem Steinbruch gab es zudem jede Sorte Kies, der bei Bauarbeiten Verwendung fand. Zweifach gewaschener Sand für Manegen, für Steinmetzarbeiten war er ebenfalls lukrativ. BoomBoom erfreute sich eines Geschäfts, das seine Verkaufspraktiken und die Liefergeschwindigkeit ändern, den Kundendienst verbessern konnte, doch der eigentliche Vorgang, einen Steinzaun zu bauen, Marmor für einen Kamin zuzuschneiden oder Grobschotter auf einer Farmstraße aufzubringen, würde sich nie ändern. Darüber war sie überaus froh.

Sie war auch froh, dass die Leute, die in der Firma Craycroft arbeiteten, ihr gegenüber loyal blieben. Als sie erst mal bewiesen hatte, dass sie ihr Handwerk verstand, und als die Weihnachtsgratifikation üppiger ausfiel, klappte die Zusammenarbeit immer besser.

Jeden Tag schaute sie im Büro vorbei. Sie überprüfte alle Aufträge. Sie hörte auf ihre Kunden, sie hörte auf ihre Angestellten. Sie konnte keine geregelten Arbeitszeiten einhalten, aber an vielen Tagen arbeitete sie von morgens um fünf bis abends um elf. Es war ihre Firma, und sie liebte diese Arbeit. Oft konnte sie ihre Passionen – Fuchsjagd im Herbst und Winter, Golf im Frühjahr und Sommer – um die Arbeit herum planen.

Ihr war bewusst, dass sie ein fabelhaftes Leben führte, mit einer Ausnahme: Sie hatte keinen Partner, keine wahre Liebe.

BoomBoom suchte Adressen aus ihrem Computer heraus und schrieb sich die Leute auf, mit denen sie diskret über Ned sprechen konnte. Da BoomBoom der Demokratischen Partei großzügig Spenden zukommen ließ, konnte sie viele Hebel in Bewegung setzen.

»Verdammte Republikaner«, sagte sie laut, was Lucy zu dem Versuch veranlasste, an ihrem Bein hochzukrabbeln und nachzuschauen, was es mit diesem Ausbruch auf sich hatte. »Komm, Kleine. Und du auch, Desi!« Sie setzte sie auf den Schreibtisch. Beide waren gebannt von dem Computer, als sie ihn umschaltete, so dass ein Muster aus sich verändernden, verschiedenfarbigen Formen auf dem Bildschirm zu sehen war. »Dies sind die Schreibtischregeln. Ihr dürft jederzeit hier rauf, sobald ihr groß genug seid, um alleine hochzukommen. Aber ihr dürft nie hierhin oder sonst wohin pinkeln außer in euer Katzenklo. Ihr dürft nicht an meinen Papieren kauen. Ich hab auch nichts dagegen, wenn ihr mit dem Computer spielt, aber ihr dürft nicht an den Kabeln knabbern oder sie hinten aus der Wand ziehen. Ihr dürft die Telefontasten nicht drücken und, o ja, das ist das Wichtigste, nicht in meine alten in Leder gebundenen Bücher beißen oder dran rumkauen. Seht ihr das Buch hier?« Sie hielt einen großen Band in die Höhe, dunkelgrün mit Goldprägung, *Notitia Venatica*. Das hat mich mehr als dreihundertfünfundsiebzig Dollar gekostet. Dreihundertfünfundsiebzig Dollar!«

»Was ist dreihundertfünfundsiebzig Dollar?« Lucy legte den Kopf schief.

»Muss was Wichtiges sein.« Desi hatte BoomBooms strengen Ton wahrgenommen.

»Wenn ihr die Regeln einhaltet, wird das Leben für uns alle wunderbar sein.« Sie küsste die weichen Köpfchen zwischen den Ohren. »Unser Leben ist jetzt schon wunderbar.«

»Ich kann Mäuse fangen.« Desi blähte die weiße Brust, die sich von seinem schwarzen Körper abhob, so dass es aussah, als hätte er einen Smoking an.

»Kannst du nicht.« Lucy kicherte.

»Kann ich doch.« Er schlug nach ihr, sie schlug zurück.

»Ihr zwei seid ja wohl die niedlichsten kleinen Kätzchen, die Gott erschaffen hat.« BoomBoom lachte, dann wählte sie eine Nummer an ihrem schmalen, flachen Telefon. »Du bist zu Hause. Ich hab mir Sorgen um dich gemacht.«

Ein helles Lachen begegnete ihrer Besorgnis. »Herzelchen, ich bin schon Auto gefahren, bevor du auf der Welt warst.«

»Gar nicht wahr.«

»Aber fast«, erwiderte Alicia. »Es ist süß von dir, mich nicht für alt zu halten. Wenn ich mich recht erinnere, bist du siebenunddreißig« – sie machte eine Pause –, »bloß ein Schößling, ein Grünschnabel, und so ein hübscher noch dazu.«

BoomBoom lachte. »Flirtest du mit mir, Alicia? So was bin ich nicht gewöhnt.«

»Erwartest du von mir, dass ich das glaube? Schönheit ist ein Magnet.«

»Das musst du gerade sagen.« Sie hielt inne. »Ehrlich, Frauen haben nie mit mir geflirtet, oder wenn, dann ist es über mich hinweggesaust, wusch, wie eine Kunstflugstaffel.« Ihr »Wusch« erschreckte die Kätzchen, die auf dem Schreibtisch eingeschlafen waren.

»Wie dumm von den Mädels.« Alicias Stimme, die Teil ihrer ungeheuren Anziehungskraft war, klang genau wie sie auf der Leinwand geklungen hatte.

BoomBoom spürte ein ungewohntes Flattern; sie stammelte kurz, dann fing sie sich wieder. »Ich bin so froh, dass du heil und gesund nach Hause gekommen bist.«

»Lass uns zu den Greyfriars rauffahren, sobald das Wetter sich bessert. Das wolltest du doch, oder?«, fragte Alicia.

»Ich kann's nicht erwarten«, antwortete BoomBoom. »Ich suche Erleuchtung bei Maria. Nicht, dass ich in Gefahr wäre, eine gute Katholikin zu werden, beileibe nicht.«

»An sich, Süße, bin ich eine schlechte Christin, aber es ist zu spät, eine gute Sonstwas zu sein.« Alicia lachte.

Während die zwei Frauen sich mit dem Versprechen verabschiedeten, morgen früh als Erstes anzurufen, weinte die Jungfrau Maria hoch oben im Blue-Ridge-Gebirge wieder Tränen aus Blut, die in der Kälte rasch gefroren.

4

»Was sagen Sie dazu?« Ein Lufthauch entströmte Harrys Mund, als sie in ihr Handy sprach, ein Geburtstagsgeschenk von Fair.

Die Pferde einschließlich der Zuchtstuten mampften in ihren Boxen. Sobald Harry nach Hause kam, hatte sie die Pferde reingeholt, ihnen Heuscheiben hingeworfen und ihre Wassereimer aufgefüllt. Sie brachte die Tiere tagsüber ins Freie, es sei denn, der Boden war mit Eis bedeckt. Pferde, die die meiste Zeit grasend und spielend im Freien verbringen, sind viel zufriedener als Pferde, die in Boxen gesperrt sind.

Sie hatte einen kleinen Knopf im Ohr, das Telefon steckte an ihrem Gürtel, als sie die Gänge kehrte. Das Barometer würde wohl auf minus sieben Grad fallen, doch im Stall sank die Temperatur selten unter null. Draußen müßte es schon minus zwölf oder noch kälter sein, ehe drinnen das Wasser in den Eimern gefror. Das lag zum Teil an der guten Konstruktion des Stalls, solide gebaut, aber trotzdem luftig. Ein dichter Stall ist schlecht für die Atmung der Pferde. Die Wärme der großen, über fünfhundert Kilo schweren Leiber tat ein Übriges, so dass es im Stall einigermaßen warm blieb – sofern man zwei bis fünf Grad plus warm nennen kann.

»›Die Wege des Herrn sind wunderbar, und er führet alles herrlich hinaus‹«, erwiderte Miranda Hogendobber, nachdem Harry ihr von der Jungfrau Maria erzählt hatte.

»Ach Miranda, Sie glauben doch nicht an ein Wunder?«

»Spielt das denn eine Rolle? Spielt es eine Rolle, ob es sich durch eine natürliche Ursache erklären lässt, oder ob sie wirklich Blut weint? Wenn es jemandem hilft, und wenn es Licht in eine dunkle Welt bringt, dann ist es ein Wunder.«

Harry blieb stehen, lehnte den Besen an Tomahawks Box. »So habe ich das noch nie bedacht.«

»Sie bedenken vieles nicht«, sagte Miranda warmherzig, ohne Groll.

Harry stöhnte. »Fair sagt, ich habe mehr von einem Mann als er, verstandesmäßig gesehen. Tatsächlich sagen das alle. Sogar meine Mutter hat es immer gesagt. Das ärgert mich maßlos.«

»Ich sag das nicht.« Für Miranda war Harry wie eine Tochter, weil sie selbst nicht mit Kindern gesegnet war. »Ich sage, Sie suchen nach praktischen Lösungen. Von Zeit zu Zeit müssen Sie stillsitzen oder einen Spaziergang machen, Ihrem Geist ermöglichen, zu schweifen. Gottes Liebe wird Sie finden.«

»Sie haben Recht. Ich sollte wohl sagen, ›nimm dir Zeit, um die Rosen zu riechen.‹«

»Ich bin dem Herrn nie näher als in meinem Garten.« Miranda, eine begnadete Gärtnerin, befand sich in heißem Wettstreit mit Mim Sanburne, die nicht annähernd so begnadet, aber ungeheuer reich war. »Sie wissen ja, Tazio und ich zeichnen Pläne für meinen Traum von einem Gartenhäuschen.« Sie sprach von einer jungen Freundin, die Architektin war.

»Apropos Garten, im Klostergarten habe ich Susan getroffen. Ich hab Susan noch nie so niedergeschlagen erlebt. Sie meint, Ned entfremdet sich ihr. Sie zweifelt an ihrer Ehe.«

»Sie braucht ihre Freundinnen.« Miranda, nicht für Klatsch anfällig, war stets bereit, einer Freundin beizustehen. »Ich werde sie zum Tee einladen. Es hat damit zu tun, dass Ned in den Senat gewählt werden wird. Das verändert ihr ganzes Leben. Susan rückt ins Licht der Öffentlichkeit, und das erfordert sowohl viel Disziplin als auch eine aufwendige Garderobe.«

»Dafür wird sie aber allerhand aufwenden müssen.«

»Ja. Politikerfrauen werden ziemlich scharf unter die Lupe genommen.«

»Gott sei Dank hat Fair keine politischen Ambitionen.«

»Dann werden Sie ihn *doch* wieder heiraten?«

»Deswegen habe ich das Kloster aufgesucht. Ich habe um Antworten gebetet. Die Marienstatue hat etwas, das mein Gemüt beruhigt.« Sie hielt kurz inne, dann nahm sie den Besen wieder zur Hand. »Ich kann's nicht glauben, dass Sie mich nicht als Erstes gefragt haben, warum ich dort war.«

»Ich wusste, Sie würden von selbst drauf zu sprechen kommen.« Miranda kicherte.

»Sie kennen mich einfach zu gut.«

»Ich habe Sie aufwachsen sehen, Schätzchen. Es dauert immer ein Weilchen, bis Sie zur Sache kommen, vor allem, wenn es sich um Gefühle handelt.«

»Komisch, nicht, Fair dagegen trägt das Herz auf der Zunge.«

»Er hat Selbstvertrauen.«

»Oh.« Das war Harry nie in den Sinn gekommen.

»Hat die heilige Jungfrau Maria auf Ihre Gebete geantwortet?«

»Noch nicht. Ich habe zu ihr auch über Geld gesprochen. Gehe ich den richtigen Weg? Ich habe sogar vom Sinn des Lebens zu ihr gesprochen. Hört sich lächerlich an, wenn das von mir kommt, aber bin ich hier, um Rechnungen zu bezahlen? Bin ich hier, um eine Farm zu betreiben? Bin ich hier, um dem Pfarrbeirat von St. Lukas zu dienen, was ich ausgesprochen gern tue? Ich habe so viele tiefsinnige Fragen gestellt, dass mir selber schwindlig wurde.«

»Die Antworten werden kommen.«

Harry atmete aus. In ihrer Stimme lag aufrichtige Bewegtheit, weil sie Miranda voll und ganz vertraute. »Das hoffe ich, Miranda, wirklich. Manchmal wache ich mitten in der Nacht auf und ängstige mich zu Tode. Mein Herz rast. Ich weiß nicht, ob ich die Futterrechnungen bezahlen kann, ich weiß nicht, ob ich es mir leisten kann, die Dieselpumpen aufzufüllen.« Sie meinte die großen Pumpen draußen, mit unterirdischen Tanks, die sie für den Traktor benutzte. »Ich kann mir keine schicken Kleider kaufen, und ich weiß, dass ich Susan, BoomBoom, Big Mim damit in Verlegenheit bringe. Vermutlich auch Fair, aber er ist zu sehr Gentleman, um es zu sagen.«

»Jetzt hören Sie mir mal zu, Schätzchen. Ich kann nicht für die heilige Mutter Maria sprechen, aber ich kann als jemand sprechen, der Sie gern hat. Sie sind hübsch, auch ohne dass Sie was mit sich anstellen. Sicher, Sie brauchen ein paar Kleider. Aber es hat keinen Sinn, sich darüber zu grämen, bevor wieder Geld reinkommt. Lassen Sie's gut sein. Sie erwägen, Wein anzubauen. Das braucht Zeit, Bodenuntersuchungen und Sonnenscheinanalysen. Vielleicht finden Sie ja vorübergehend einen Job, damit Sie die Strom- und Telefonrechnung bezahlen können.«

»Ich hab mir bereits das Hirn zermartert.«

»Was ist mit Fairs Angebot, bei ihm zu arbeiten?«

»Ich will nicht vierundzwanzig Stunden täglich mit ihm zusammen sein. Dafür liebe ich ihn nicht genug.«

Miranda brach in Lachen aus. »Ehrlich gesagt, so sehr ich George geliebt habe, ich hätte auch nicht rund um die Uhr mit ihm zusammen sein mögen. Mit Tracy ist das allerdings etwas anderes.« Sie sprach von ihrem gegenwärtigen Freund, einem sportlichen Typ, der ihr Highschool-Schwarm gewesen und vor zwei Jahren nach dem Tod seiner Frau wieder nach Crozet gezogen war.

»Aus demselben Holz geschnitzt.«

»Manchmal frage ich mich, wie mein Leben wohl verlaufen wäre, wenn ich Tracy gleich nach der Highschool geheiratet hätte«, sinnierte Miranda. »Aber ich kann mich nicht beklagen.«

»Wenn man eine Beziehung kaputtmachen will, soll man heiraten«, sagte Harry schalkhaft mit einer Spur Ernst.

»Na, na, Harry, das haben Sie nicht so gemeint.«

»Die Menschen heiraten und denken, sie besitzen einander. Die unausgesprochenen Erwartungen, die machen einen fertig. Ist eine Frau erst Ehefrau, stellt die Gesellschaft Erwartungen an sie, die nicht mal ihr Mann stellt. Ich kann Freundin sein, Geliebte, Kumpel, aber ich bin keine gute Ehefrau. Fair macht das besser als ich, von Kopf bis Fuß, und das sind immerhin ein Meter fünfundneunzig. Und Sie waren eine gute Ehefrau. Ich nicht.«

Miranda überlegte einen Augenblick. »Ehefrau. Ehemann. Das sind Wörter, und ihre Bedeutung verändert sich mit der Zeit, aber die Ehe ist ein Sakrament. Es ist ein Gelöbnis vor Gott und den Menschen. Ob ich glaube, dass die Ehe die Menschen zusammenhalten kann? Nein. Aber hüten Sie sich, das laut zu sagen. Die Leute sind da eigenartig.«

»Scheinheilig trifft es wohl eher.«

»Das auch«, stimmte Miranda zu.

Während sie plauderten, kam Fair zum Stall gefahren. Er stemmte die große Schiebetür einen Spalt auf, schob sich durch und machte sie wieder zu.

»Fair, wir haben gerade über dich gesprochen.« Harry küsste ihn auf die Wange. »Deine andere Freundin will dir hallo sagen.«

In der warmen Sattelkammer, die elektrisch beheizt wurde, spitzte Pewter die Ohren. Sie hörte die Mäuse hinter den getäfelten Wänden. Mrs. Murphy war auf den Heuboden geklettert, um Simon, das Opossum, zu besuchen. Pewter könnte die Leiter hochsteigen, die flach an die Wand genagelt war, aber sie blieb lieber im Warmen. Zumal Simon, der Kleptomane, seine neuesten Schätze vorzeigen musste, was die graue Katze ungemein langweilte. Tucker blieb dicht bei Harry. Pewter hatte Tucker gern, aber sie fand, Hunde waren so unterwürfig. Sie schloss die Augen, machte dann aber eins wieder auf. Die Mäuse sangen *»The old grey mare« – die alte graue Stute.* Da sie grau war, wusste sie, dass es auf sie gemünzt war.

Pewter erhob sich von der behaglichen Satteldecke aus Schaffell und schlich zu der kleinen Öffnung, die geschickt hinter der Satteltruhe verborgen war.

»Ihr seid nicht so komisch, wie ihr denkt«, fauchte sie.

Winzige dunkelgraue Barthaare erschienen im Eingang zum Mäuseloch, dann kam ein Köpfchen zum Vorschein. *»Du hast mich fast zu Tode erschreckt«*, bekam sie in patzigem Ton zu hören.

»Dein Tag wird kommen«, warnte Pewter. *»Aber seid lieber still. Wenn Harry hier reinkommt und euch hört, sitzen wir alle in der Patsche. Abgemacht ist abgemacht.«*

Abgemacht war, dass die Stallmäuse weder an die Kornbehälter gingen noch das Sattelzeug zerkauten oder die Karamellbonbons klauten, die Harry in einer Schale auf dem alten Schreibtisch aufbewahrte. Dafür durften sie alle Körner haben, die die Pferde aus den Eimern fallen ließen, und das taten sie zur Genüge. Die Katzen würden die Mäuse nicht töten. Wenn ein Mensch, Harry oder ein Gast, uneingepacktes Essen da ließ, durften die Mäuse es haben.

»Sie ist im Mittelgang«, erwiderte die Obermaus.

»Fair ist reingekommen, und sie werden gleich hier sein, und erzählt mir ja nicht, Menschen haben keine guten Ohren; Harry hört

nämlich fast so gut wie wir. Es ist ihr schärfster Sinn. Irgendwie eigenartig.«

»*Okay, okay*«, murrte die Obermaus, dann rief sie nach hinten zu den anderen: »*Aufhören.*«

Oben beim Kloster war es an diesem Donnerstagabend um einige Grade kälter als unten. Der Wind peitschte durch die Koniferen, das Heulen wurde stärker. Schnee wirbelte umher.

Die Neugierde gewann die Oberhand über Frater Prescott. Er stapfte durch die Dunkelheit, in der Hand eine stark strahlende Taschenlampe. Ihm folgte Frater Mark, ein junger Mann, der sich, als er noch in Michigan lebte, mit Drogen fast umgebracht hatte, sich aber jetzt aus ganzem Herzen Jesus und den Regeln des Ordens hingab. Frater Frank, ein vernünftiger Mann im mittleren Alter, der Schatzmeister des Klosters, begleitete sie.

Keiner sprach ein Wort, weil jeder sich darauf konzentrierte, nicht auszurutschen. Ihre weiten Ärmel und langen Kutten flatterten im Wind.

Schließlich kamen sie bei der Jungfrau Maria an.

Frater Prescott richtete den Strahl der Taschenlampe auf ihr Gesicht. Der Schnee fiel so dicht, dass er blinzeln und die Augen mit der linken Hand beschirmen musste.

Der Wind flaute für kurze Zeit ab.

»Heilige Maria, Mutter unseres Herrn Jesus Christus.« Frater Mark sank auf die Knie, dann warf er sich in den Schnee.

Frank, der nicht zu Gefühlsausbrüchen neigte, trat einen Schritt zurück.

Prescott bekreuzigte sich. »Gegrüßet seist du Maria, voll der Gnaden, der Herr ist mit dir, du bist gebenedeit unter den Frauen.«

»Sie blutet für unsere Sünden. Sie weint blutige Tränen, um die Menschheit zu retten.« Als Frater Mark das Gesicht aus dem Schnee erhob, weinte auch er, kalte Tränen liefen ihm über die rosigen Wangen.

»Steh auf.« Frank packte die Hand des jungen Mannes und zog ihn hoch.

»Sie ermahnt uns, die Menschheit zu retten«, schluchzte Mark bebend.

»Ein Mann, eine Frau, ein Kind, jedes für sich, nur so kann man die Menschheit retten«, erwiderte Prescott gelassen, aber auch er war tief bewegt über den Anblick des gefrorenen Blutes, das Marias Wangen hinabgelaufen und auf die oberen Falten ihres Gewandes gespritzt war.

»Nur keine voreiligen Schlüsse ziehen«, mahnte Frank, dessen Gesicht von der Kapuze seiner Kutte umrahmt war. »Wir wissen nicht, was hier vorgeht. Es sieht aus wie Tränen, es sieht aus wie Blut, aber wir wissen es nicht und werden es mitten in diesem Schneesturm auch nicht erfahren. Daher rate ich, dass jeder von uns Stillschweigen bewahrt.«

»Sie spricht zu uns, Frank, sie spricht zu uns durch ihre Tränen. Wir können nicht schweigen.«

»Nur ein paar Tage.« Der Ältere blieb bei seiner Meinung. »Prescott, du sagst, zwei Frauen waren bei dir? Und du und Thomas seid ihnen hierher gefolgt?«

»Harry Haristeen und Susan Tucker.« Frater Prescott kannte sie, nicht gut, eher flüchtig, Frater Frank ebenso.

»Dann wird es kein Geheimnis bleiben.« Frank kniff die Lippen zusammen. »Frauen können keine Geheimnisse für sich behalten.«

»Männer auch nicht.« Prescott ärgerte sich über Franks Sexismus.

»Wir müssen es den anderen sagen. Wir müssen es Handle mitteilen«, erklärte Mark. Die Augen des jungen Mannes weiteten sich.

»Das hat Zeit bis morgen. Ich muss darüber nachdenken.« Frank nahm Prescott die eiskalte Taschenlampe aus der Hand, trat vor und schaute eindringlich auf das selige Antlitz; es begann wieder zu stürmen. »Vergib mir, heilige Mutter Maria, ich bin Skeptiker und muss Untersuchungen anstellen«, sagte er sachlich.

Weil der Wind jetzt ein ständiges Brausen war, rief Prescott laut: »Es könnte das Beste sein, was uns passieren kann. Du bist der Schatzmeister, du weißt das.«

»Es könnte auch das Schlimmste sein«, lautete die wohlbedachte Antwort; Frater Frank fragte sich nicht nur, was vorging, sondern auch, was deswegen zu tun war.

5

So eine schöne Farbe, so voll und dunkel«, beschrieb Susan die Preiselbeersoße und reichte sie Brooks, die rechts von ihr saß.

»Die Farbe passt gut zu dir, Mom.«

»Du bist süß.« Susan strahlte ihre Tochter an. »Ich kann mir die Soße ja ans Gesicht halten.«

»Ich weiß noch, als du klein warst, Susan, da hast du mehr von deinem Essen runterfallen lassen als in den Mund gekriegt.« Frater Thomas ließ sich von Brooks die Preiselbeersoße reichen. Er schaute aus dem Fenster. »Seht euch das mal an.«

Ned, der an der Stirnseite des Tisches saß, beobachtete den Schnee, der an den alten, mundgeblasenen Fensterscheiben vorüberwirbelte. »Wir hatten einen frühen und strengen Winter. Ich setze auf die Januarschmelze.«

»Könnte diesen Winter eher eine Märzschmelze werden.« Der magere alte Mönch lächelte. »Wann fangen in Dannys College die Weihnachtsferien an?«

»Am elften Dezember. Er fehlt mir heute beim Thanksgiving-Essen, aber es ist so weit von Ithaca, New York, bis hierher. Er ist über Weihnachten bei den Wadsworth, gleich außerhalb von Cazenovia. Er hat dort so viele Freunde gewonnen. Alle raufen sich um ihn«, erzählte Susan stolz.

»Brooks, wie denkst du übers College?«, fragte ihr Urgroßonkel.

Sie nannte ihn einfach Onkel. »Onkel Thomas, ich würde gern nach Stanford gehen. Bloß, das ist richtig teuer.«

Susan und Ned sahen sich an, sagten aber nichts.

»Ich war in Kalifornien, als ich beim Militär war.« Frater Thomas schnitt fröhlich in eine saftige Truthahnscheibe auf seinem Teller. »Ich würde es heute wahrscheinlich nicht mehr wiedererkennen, aber es war sehr schön. Ich konnte mich gar nicht daran gewöhnen, dass es tagsüber heiß war und nachts so kalt.« Er lachte.

»Das Mary-Baldwin-College würde mir auch gefallen, obwohl es ganz anders ist als Stanford«, fügte Brooks nachträglich an.

Sie setzten die Mahlzeit mit Gesprächen über die Zukunft fort, darüber, was Ned in Richmond zu erreichen hoffte, über Susans Entschluss, endlich in die Golf-Spitzenklasse im Country Club aufzurücken.

Draußen türmte sich der Schnee, da war es drinnen umso behaglicher.

Nach dem Festmahl zogen sie sich in den kleinen Salon zurück, den Susan über und über mit Chintz ausgestattet hatte. Sie hatte einfach nicht widerstehen können.

Ned und Frater Thomas unterhielten sich darüber, ob Ned seine Anwaltspraxis weiterführen konnte. Susan und Brooks räumten auf, bevor sie sich zu ihnen gesellten, und trugen noch Nachtisch und Kaffee herein.

Das Feuer knisterte. Frater Thomas nahm sich ein in Bitterschokolade getauchtes Plätzchen. »Wenn wir doch oben bei uns auch so essen würden.«

Susan lachte. »Dann wärt ihr alle Dickwänste.«

Thomas erwiderte voll Überzeugung: »Die Bland Wades werden nicht dick.«

»Tja, ich bin nach der anderen Seite der Familie geschlagen«, stöhnte Susan.

»Ach was, Susan, die Familie deines Vaters war nicht dick.« Er hielt kurz inne. »Da fällt mir ein, Minnie war breit wie hoch. Erinnerst du dich an Minnie?«

»Diese Tupfenkleider!« Susans Augen leuchteten auf, dann sagte sie zu Brooks: »Herzchen, schade, dass du Minnie nicht gekannt hast, sie war die Tante von meinem Vater. Sie ist lange vor deiner Geburt gestorben. Sie hatte eine Schwäche für Süßigkeiten, aber sie war lustig.«

»Dein Vater ist ein bisschen aus dem Leim gegangen, als er die fünfzig überschritten hatte«, bemerkte Ned und wünschte sogleich, er hätte es nicht gesagt.

»Wenigstens ist er nicht aufgegangen wie Tante Minnie.« Susan kuschelte sich in den fest gepolsterten Sessel, ein Petitpoint-Kissen im Rücken.

»Ein Segen, dass wir ein ruhiges Thanksgiving zusammen

verbringen können.« Frater Thomas lehnte sich in seinem ebenfalls fest gepolsterten Sessel zurück, den Komfort sichtlich genießend. »Ihr müsst wissen, das kontemplative Leben schwindet immer mehr. Wenige junge Menschen sind heutzutage berufen. Es wird ja jeder, der den Wunsch hat, sich Arbeit, Gebet, Enthaltsamkeit und, so möglich, guten Werken zu widmen, für verrückt erklärt.« Er machte eine wegwerfende Handbewegung. »Alles geht dahin. Zweitausend Jahre Geistesleben, dahin. Jedes Jahr müht sich unser Prior, mit weniger Einkünften hauszuhalten. Das lässt ihn merklich altern. Frater Frank auch. Es ist niemand da, dem sie ihr Wissen weitergeben können.«

Brooks, die zu einer artigen Virginia-Lady erzogen worden war, wusste, dass ihr Urgroßonkel als Ehrengast im Mittelpunkt stehen musste. »Hältst du es nicht für möglich, dass sich ein paar junge Menschen dem kontemplativen Leben zuwenden? Meinst du nicht, manch einer findet den Erfolg – was wir Erfolg nennen – banal?«

Er lächelte Brooks an, dieses reizende junge Mädchen, das ins Leben hinausging, während er dabei war, sich daraus zu verabschieden. »Ah, das will ich hoffen, aber um das kontemplative Leben zu schätzen, damit es gedeiht, muss das geistliche Leben obenan stehen. Wenn man es recht bedenkt, waren das frühe Mittelalter, auch das dunkle Zeitalter genannt, und dann das Mittelalter ein Nährboden für diese Lebensweise.« Während er sprach, beleuchtete das Kaminfeuer sein Gesicht. Er fuhr fort: »Als Heinrich der Achte die Klöster in England auflöste, war das der eigentliche Beginn des säkularen Lebens. Jedes Jahrhundert hat eine weitere Zersetzung geistlicher Werte als Mittelpunkt des Einzellebens und des Gemeinschaftslebens erfahren. O ja, es gibt Wiederbelebungen, Ausbrüche von religiösen Kräften, aber eigentlich ist es vorbei. Jene Zeit ist vergangen und kehrt nie in den Mittelpunkt der Zivilisation zurück. So verstehe ich Geschichte. Und mit jedem Jahrhundert, das verging, ist der Begriff von der Beziehung einer ganzen Gemeinschaft zu Gott, der Begriff von der Beziehung des einzelnen zu Gott, weiter ausgehöhlt worden. Heute geht es um die Beziehung zum Dollar.« Er hob die knochigen Schultern. »Womit nicht gesagt sein soll, dass den Menschen im Mittelalter nicht an Geld gelegen war, aber da hatte es einen anderen Stellenwert.«

»Neue schreckliche Ereignisse bringen die Menschen vielleicht in die Klöster zurück«, dachte Ned laut. »Nicht, dass ich ihnen solche Ereignisse wünsche.«

»Das glaube ich nicht.« Frater Thomas kostete den starken Kaffee. »Susan, der ist wunderbar.«

»Mein Mann hat mir zum Geburtstag eine Kaffeemaschine gekauft, die mehr gekostet hat als die monatliche Ratenzahlung für mein Auto. Ich liebe Kaffee, und ich liebe Ned.« Sie lächelte ihrem Mann zu, ein bisschen nervös, und er lächelte zurück.

»Ah.« Frater Thomas liebte Susan, wie er vor ihr ihre Mutter und ihre Großmutter geliebt hatte. Wenn er Susan ansah, konnte er in ihrem Gesicht drei Generationen gespiegelt sehen. »Ned, du hast in allem die richtige Wahl getroffen.« Er stellte die Porzellantasse auf den Beistelltisch und faltete die Hände. »Ich habe lange gelebt. Ich weiß nicht, ob ich in diesem Leben viel Gutes getan habe, aber ich hoffe, ich habe nichts Unrechtes getan. Der Krieg ...« Er hielt inne. »Im Krieg habe ich Unrecht getan, wofür ich Gott um Vergebung bitte. Ich habe die Wünsche meiner Regierung über Gottes Gebot gestellt. ›Du sollst nicht töten‹, und ich habe getötet.«

Susan unterbrach ihn. »Wenn du nicht im Krieg gewesen wärst, Onkel Thomas, wären wir heute vielleicht nicht hier.«

»Vielleicht.« Er lächelte sie an. »Ich werde nächstes Jahr an Thanksgiving nicht hier sein. Es geht mir gut, aber ich fühle, meine Zeit auf Erden ist fast abgelaufen. Es geht mir wirklich gut. Der arme Sidney, erst zweiundsechzig, muss Bluttransfusionen bekommen, um am Leben zu bleiben. Und ich sitze hier ohne nennenswerte Probleme. Ja, ich spüre, der Herr wird mich bald zu sich rufen. Du sollst wissen, Susan, ich habe dafür gesorgt, dass das Bland-Wade-Land, die fünfzehnhundert Morgen, die sich hinter Tally Urquharts Grundstück bis an die Grenze des Anwesens der Minors« – er nannte Harrys Mädchennamen – »erstrecken, an dich geht. Viel mehr an Werten habe ich nicht. Ich habe jahrelang überlegt, was ich mit dem Land anfangen soll. Da unsere Anzahl schrumpft, weiß ich, dass das Kloster das Bland-Wade-Land nicht bewirtschaften kann, und ich kann den Gedanken nicht ertragen, dass es aufgeteilt und verkauft wird. Es gibt heutzutage nur noch wenige große Flächen. Jammerschade. Wie ihr wisst, ist Land das höchste Gut.« Er hielt wieder inne und atmete tief ein. »Die Weiden sind alle überwuchert, auf vielen ist Wald nachgewachsen. Ich kann dir nicht sagen, was du tun sollst, aber wenn ich ein junger Mann wäre, würde ich die Weiden in Schuss bringen; denn der Boden ist gut. Und ich würde die Laubbäume nicht fällen, nur ausästen. Was immer du tust, Susan, und du auch, Brooks, verkauft es nicht. Ich nehme an, eines Tages wird das Bland-Wade-Land an dich und Danny übergehen. Wie groß die Versuchung auch sein mag, verkauft das Land nicht. Es ist eine der letzten großen zusammenhängenden Flächen, die einstmals von der Regierung an die Siedler verteilt wurden. Land ist ein lebendes Wesen.«

Hierauf folgte Stille, bis Susan überwältigt sagte: »Onkel, etwas Derartiges hatte ich nicht erwartet. Ich verspreche, wir werden das Land in Ehren halten, und ich verspreche, Ned wird eine Klausel aufsetzen, dass es nicht aufgeteilt werden darf.«

»Lass mir nur genug Platz, um ein Haus darauf zu bauen, Dad«, platzte Brooks heraus.

Ned erhob sich feierlich, trat zu dem alten Mann und reichte ihm die Hand, dabei atmete er den Lanolingeruch der Schurwolle von Frater Thomas' Kutte ein. »Das ist ein großer Segen für unsere Familie. Ich weiß nicht, ob ich meine Dankbarkeit gebührend zum Ausdruck bringen kann.«

Frater Thomas lächelte und drückte Ned die Hand. »Kümmere du dich um das Land, Ned. Es liegt unter uns allen.« Dann lachte er. »Weil keiner von euch ein guter Katholik ist, kann ich euch darin nicht ermahnen.« Er lachte wieder. »Eine Lutheranerin, Susan. Ich hätte sterben mögen vor Verdruss, als deine Mutter vor ihrer Heirat Lutheranerin wurde.« Er brach kurz ab. »Aber dann habe ich mit den Jahren gelernt, dass die Konfession vielleicht nicht so wichtig ist, wie ich einst dachte, solange man Gott fürchtet und liebt.«

Das mit dem Fürchten behagte Brook nicht so, aber das behielt sie für sich. »Onkel Thomas, woran merke ich, dass Gott mich liebt?«

Er blinzelte, dann antwortete er mit tiefer Bewegung, die auf alle übergriff: »Jedes Mal, wenn du das Blue-Ridge- Gebirge siehst, jedes Mal, wenn du eine Schneeflocke auf deiner Wimper spürst, jedes Mal, wenn du einen Frosch auf einer Seerose siehst, jedes Mal, wenn ein Freund dir die Hand gibt, Brooks, liebt Gott dich. Du bist von seiner Liebe umgeben. Wir suchen sie am falschen Ort, wenn wir um irdischen Erfolg beten. Wir sagen, das muss der Beweis für Gottes Liebe sein. Manch einer betet nicht um materiellen Erfolg, sondern um ein leichtes Leben.« Er schüttelte den Kopf. »Nein, sogar unsere Leiden sind ein Zeichen seiner Liebe, denn sie werden euch auf den rechten Weg führen, wenn ihr nur zuhört.« Er machte die Augen weit auf, legte die Fingerspitzen aneinander. »Nun ja, ich bin kein großer Prediger. Ich wollte gar nicht drauflos reden. Ich habe so viel Zeit auf Beten oder das Reparieren von Rohren oder auf beides verwendet« – er lachte –, »oder auf Frater Mark, meinen Lehrling. Als wir in diesem Sommer die Marienstatue restauriert haben, hat er so viele Fragen gestellt, dass mir schwindlig wurde. Wenn ich ihn um mich habe, redet er wie ein Wasserfall.« Seine Augen blitzten. »Manchmal vergesse ich, wie man ein richtiges Gespräch führt.«

»Wir werden nie vergessen, was du gesagt hast«, erwiderte Ned.

»Ihr seid lieb. Ich bin ein alter Mann mit Zuhörern. Das ist berauschender als Wein.« Er lachte vor sich hin. »Oder Kognak?« Er hob die weißen Augenbrauen.

Ned stand auf und kam mit drei Sorten Kognak zurück – lauter teure Marken – und vier Schwenkern, alles auf einem silbernen Tablett. »Ich glaube, der hier wurde zuerst von Mönchen gebrannt.« Ned war sich nicht sicher, dass der kostbare Trank in einem Kloster hergestellt worden war, aber die Möglichkeit sollte man nicht ausschließen.

»Ja. Dann darf ich meine Brüder nicht enttäuschen. Ich probiere nur ein Schlückchen von jedem, um herauszufinden, ob das geistliche Leben das Erzeugnis verbessert hat.«

Ned schenkte Susan einen Hennessy Paradis und Brooks ein Tröpfchen Rémy Martin Louis XIII. ein, nachdem er Onkel Thomas einen Hors d'Age No. 9 eingeschenkt hatte. Dann goss er etwas von dem bernsteinfarbenen Trank in seinen eigenen Schwenker und hielt ihn in die Höhe. »Auf Thomas, Mann der Liebe und Mann der Erleuchtung.«

Sie tranken auf Frater Thomas, der die Anerkennung entgegennahm, dann hielt er Ned sein Glas hin, damit er ihm eine andere Marke einschenkte. Er kostete. »Hmm, der Destillateur mag vielleicht kein Mönch gewesen sein, aber ich bin sicher, er war ein Christ.« Er nahm noch einen Schluck. »Ein sehr guter Christ.«

6

Fair fuhr langsam durch den dicht fallenden Schnee, den Blick auf die Straße gerichtet.

Harry blinzelte. »Ich kann die Mittellinie nicht erkennen.«

»Mir macht eher die Seite Sorgen. Verdammt, man kann so leicht wegrutschen. Wir würden bis morgen in einer Schneewehe festsitzen.«

»Wenigstens haben wir gut gegessen. Miranda hat sich selbst übertroffen.«

Fair lächelte. »Und wer hätte gedacht, dass ein großer, kräftiger Koreaveteran wie Tracy backen kann? Ich kann's immer noch nicht glauben, dass er die Kürbistorte gemacht hat.« Seine Schultern entspannten sich ein wenig, als er das Schild erkennen konnte, das auf die Farm hinwies. »Puh!«

Als er mit seinem Transporter von der Straße abbog, sanken die Räder tief in den Schnee ein. Er schaltete herunter.

»Gut, dass ich den Schneepflug an den Traktor montiert habe. Es schneit bestimmt fünf Zentimeter in der Stunde. Herrje, ich werde den ganzen Tag mit dem Traktor draußen sein«, rief Harry. »Hast du feste Termine?«

»Den Kalender voll, aber nur Untersuchungen und Röntgenaufnahmen; die kann ich notfalls verschieben. Die Notrufe machen mir Sorgen.«

»Vielleicht sollte ich die Einfahrt lieber noch heute Abend freischaufeln. Dann liegt morgen zwar wieder Schnee, aber nicht so hoch.« Sie sah zu ihm hin, als die Ladefläche des Transporters leicht nach rechts ausscherte.

Er steuerte gegen, atmete aber erst wieder normal, als er vor der hinteren Veranda anhielt. »Gott sei Dank.«

Sie liefen schnell ins Haus, Harry trug eine Tüte. »Tante Miranda hat euch ein Thanksgiving-Essen gekocht.«

Sie füllte die Futternäpfe mit Innereien, Soße und etwas Fleisch.

»Hurra«, jubelten die drei wie aus einem Munde und fielen über das Essen her, als Harry es ihnen hinstellte.

»Schatz, nicht mehr schaufeln. Es ist spät. Vielleicht haben wir ja Glück. Wir können uns immer noch drum kümmern, falls ich einen Notruf kriege.«

»Meinst du wirklich?«

»Klar. Komm, wir setzen uns an den Kamin und erinnern uns an frühere Thanksgivings.« Er ging ins Wohnzimmer, entfernte den Schutzschirm vom Kamin und machte sich daran, Hartholz – Eiche, Walnuss und obenauf einen Klotz aus edlem Birnenholz – im Quadrat zu stapeln.

Harry sammelte die Futternäpfe ein, die im Nu sauber geleckt waren. Sie spülte sie im Spülbecken.

»Ist eine Heilige größer als die Mutter Maria?«, überlegte Tucker.

»Nein, die heilige Jungfrau ist die Butter auf dem Sandwich.« Mrs. Murphy putzte ihre Schnurrhaare.

»Meint ihr, ein Mensch hat schon mal eine Sandwichstatue gemacht?« Pewter hielt es für keine schlechte Idee, Nahrungsmittel mit einer Statue zu ehren.

»Nicht dass ich wüsste.« Mrs. Murphy wollte sich eigentlich Harry anschließen, die gerade ins Wohnzimmer gegangen war, aber ihr Bauch war so voll und der Weg schien ihr zu weit.

Harry atmete ein. »Birnenholz riecht sagenhaft.«

Fair lächelte und streckte die Hand nach ihr aus.

Sie nahm seine Hand, und er führte Harry zum Sofa. Sie legten die Füße auf den Couchtisch, hielten sich weiterhin an den Händen.

»Weißt du noch, wann es an Thanksgiving schon mal so heftig geschneit hat? Kommt nicht so oft vor. Wir waren in der elften Highschool-Klasse.«

»Ja. Dad musste Schneeketten auf die Reifen montieren.«

Das Feuer brannte knisternd. In der Küche schliefen die zwei Katzen fest in dem großen Korb auf den alten Handtüchern, die Harry dafür aufbewahrt hatte. Tucker schaffte es noch, zum Kamin zu wanken, bevor sie wegsackte.

»Ich weiß noch, wie ich Mrs. Clark damals aus dem tiefen Schnee gegraben habe. So viele von unseren Lehrern sind bereits tot. Mrs. Clark ist 1989 gestorben. An einem Leberleiden, dabei hat sie nie Alkohol getrunken.«

»Eine ganze Generation verlässt uns. Komisch, wie schnell die Zeit vergeht.« Er drückte Harrys Hand. »Ich habe nichts mehr dazu zu sagen, was ich getan habe, was ich gelernt habe, wo ich in eben diesem Augenblick bin. Das hast du alles schon gehört. Ich will dich heiraten. Ich werde nicht noch einmal fragen. Ich weiß, es fällt dir sehr schwer, eine große Entscheidung zu treffen. Du kannst mit einer Krise sehr gut umgehen, du magst jedoch keine Veränderungen, aber das Leben besteht nun mal aus Veränderungen.«

»Ich gebe mir Mühe. Ich informiere mich über Weinanbau und andere Möglichkeiten, Geld zu verdienen«, erwiderte sie leise.

»Ich weiß. Skeezits, gib mir Heiligabend eine Antwort.« Er nannte sie beim Spitznamen ihrer Kindheit.

»Ist das ein Ultimatum?« Ein Ultimatum war ihr ungefähr so lieb wie Veränderungen.

»Hört sich danach an, aber ich sehe es nicht ganz so. Mir steht noch eine Menge Leben bevor. Ich gehe auf die vierzig zu. Ich will eine echte Partnerin lieben. Ich möchte eine Familie. Ich liebe dich.« Er atmete tief ein. »Aber wenn ich nicht der richtige Mann für dich bin, muss ich weiterziehen. Es wird mich zwar umbringen, aber ich muss. Ich kann nicht in einem Schwebezustand leben.«

Harry hörte ihn mit dem Herzen, aber sie hatte Angst, zweimal denselben Fehler zu machen. Und es stimmte, ihr war bange vor Veränderungen. Sie hatte sich ans Alleinleben gewöhnt. Es gefiel ihr. Nein, es war nicht so erfüllend wie eine tiefe Partnerschaft, aber konnte sie diese Partnerin sein?

»Fair, Heiligabend kriegst du deine Antwort.« Sie machte eine Pause. »Und wie immer sie ausfällt, ich liebe dich.«

Tucker, die Ohren offen, die Augen zu, hörte jedes Wort.

7

Die langen schrägen Strahlen der aufgehenden Sonne fielen Freitagmorgen um 7.02 auf die Marienstatue. Die Rückseite ihres schneebedeckten Gewandes schimmerte zuerst blassrosa, dann karmesinrot. Das gefrorene Blut auf ihren Wangen glühte dunkel in dem blauen Licht; denn sie blickte nach Westen, und es würde Stunden dauern, bis die Sonne hoch genug gestiegen war, um ihr das Gesicht zu wärmen.

Frater Mark, der in der eiskalten Luft zitterte, warf sich wieder in den Schnee. Er weinte, er wimmerte, er betete.

Er zog sich auf die Knie; er verschränkte die Hände, die von der Kälte knallrot waren, und hob das Gesicht zu dem vollkommensten aller Antlitze.

»Heilige Mutter Maria, vergib mir, denn ich habe gesündigt. Vergib mir die Stunden, die ich verschwendet, die Zerstörungen, die ich angerichtet habe. Vergib mir, dass ich schwach war.« Die beharrliche Erinnerung, wie er um drei Uhr morgens apathisch mitten auf der Beverly Street in Staunton lag, schlich sich in seine Gedanken. Er war fast an einer Überdosis gestorben, einer Mischung aus Heroin, Kokain und Amphetaminen. »Ich komme zu dir. Ich komme zu deinem Sohn. Ich gebe mein Leben für dieses Dasein, für deine Wünsche. Mache du mich zu deinem Werkzeug.«

Er betete theatralisch, inbrünstig. Er hörte nicht, dass sich hinter ihm Schritte näherten.

»Mark, du holst dir den Tod«, herrschte Frank ihn an.

»Mein Leben ist nicht von Bedeutung.«

Frater Frank wollte schon sagen, »dein Vorleben bestätigt diese Einstellung«, sagte aber stattdessen: »Dein Leben ist unserer heiligen Jungfrau wichtig, sonst würdest du nicht vor ihr auf den Knien liegen. Du musst stark bleiben und weise werden, Mark. Es gibt so viel zu tun und immer weniger junge Männer, die es tun.«

Hierauf huschte ein Strahlen über das Gesicht des jungen Mannes. Er verschränkte die Hände fester. »Ja, ja, natürlich muss ich stark sein. Wir müssen die Wunden der Welt verbinden.«

»Soweit wir können.« Frater Frank hatte es schon lange aufgegeben, die Welt zu verbessern. Er hatte es sogar aufgegeben, sich selbst zu verbessern. »Bitte, Mark, steh jetzt auf und geh wieder rein.«

»Ist sie nicht schön?« Mark konnte seinen Blick nicht von dem Antlitz losreißen.

»Ja.« Frater Frank erinnerte sich nur zu gut an die Schönheit der Frauen. Er fühlte sich von Frauen auf Abwege geleitet. Vielleicht war es so, aber andererseits war es ja ein wesentlicher Bestandteil von Judaismus und Christentum, Frauen für die eigene Schwäche verantwortlich zu machen, angefangen bei Adam und Eva.

Während die zwei Männer, der eine im mittleren Alter und kräftig, der andere jünger und schmächtig, vorsichtig zum Haupthaus der alten Steinbauten gingen, wechselte Mark zwischen Tränen und Euphorie.

»Das Zeichen muss bekannt gemacht werden. Ich weiß es. Im tiefsten Inneren.«

»Noch nicht«, mahnte Frank.

»Wir müssen es der Welt mitteilen.«

»Nein. Die Welt ist, nun ja, Welten entfernt. Hier ist jetzt unsere Welt, Mark. Wir müssen es durchdenken, bevor wir die Büchse öffnen wie Pandora.«

»Unsere Liebe Frau wird alle Hindernisse überwinden, die Sünden der Menschen eingeschlossen.«

»Warum ihr die Aufgabe erschweren?«

»Zwei Frauen wissen es bereits. Warum sollen wir schweigen?«

»Mark, gib mir einen Tag. Du bist ein brennender Feuerofen, und ich gestehe, ich bin Glutasche. Doch die Jahre schenken einem Perspektive. Wenn du das vorzeitig bekannt gibst, wird unsere Zuflucht überlaufen, und nicht nur von denen, die zur Anbetung kommen, oder um Maria um Fürsprache zu bitten. Die Medien, die Scharlatane, werden diese Stätte in einen Zirkus, in ein entartetes Entertainment verwandeln.« Er atmete tief ein; die kalte Luft füllte seine Lungen, so dass es schmerzte. »Sie verdient etwas Besseres.«

Ohne Überzeugung versprach Mark: »Vierundzwanzig Stunden.«

Leute besuchten das Gelände und die diversen Läden. Dies war für die Greyfriars das einzige Anzeichen von der Außenwelt. Die Erzeugnisse der Mönche hielten den Orden kaum in den schwarzen Zahlen. Einige Mönche hatten dank ihrer besonderen Kenntnisse mehr Kontakt zur Außenwelt als andere. Alle Mönche, seien sie vollkommen zurückgezogen oder eher »weltlich«, würden den Ansturm der Menschen zu spüren bekommen, die herbeiströmten, um das Wunder zu sehen.

Die Verlockungen des Internet beunruhigten die älteren Mönche stark, teils, weil die Versuchungen dort so leicht vor anderen verborgen werden konnten. Jeder Laden verfügte über einen Computer, um Buch über die Waren zu führen: Kerzen, Ziegenmilchseife, Gelees und Marmeladen, Kleinkram aus Eisen, Blumen und starker Apfelschnaps, der sich am besten verkaufte. Der Orden vertrieb Apfelerzeugnisse aller Art, sogar getrocknete Äpfel für Dekorationen. Jedes Jahr zu Weihnachten flochten die Mönche riesengroße Kränze, manche fünfhundert Dollar teuer, mit glänzenden roten Äpfeln und allerlei getrockneten Leckerbissen; breite goldene und rote Bänder zierten den Kranz aus Kiefernnadeln.

Frater Frank ging durch den langen, kalten Korridor in sein Büro. Die Arbeit als Schatzmeister sagte ihm zu. Er hatte gehofft, unter den wenigen jüngeren Männern des Ordens einen Nachfolger zu finden, aber keiner schien ihm geeignet.

Als Schatzmeister benutzte er einen Computer für geschäftliche Zwecke. Das Telefon benutzte er selten. Er fand die verdeckten Kosten für Online-Dienst und Telefon ärgerlich. Er sah in seinem Verzeichnis nach, dann wählte er eine Nummer.

Harry hörte im Stall die alberne »Jingle Bells«-Melodie von ihrem Handy. Fair hatte sie ihr für die Weihnachtszeit programmiert. Sie nahm das kleine Gerät vom Gürtel.

»Hallo.«

»Mrs. Haristeen, hier spricht Frater Frank.«

Harry spürte, dass Frater Frank, ungeachtet seiner guten Manieren, eine Abneigung gegen Frauen hegte. »Hallo, Frater Frank, wie geht es Ihnen an diesem frischen Morgen?«

»Frisch? Es ist eisig. Aber es geht mir gut, danke. Und Ihnen?«

»Ich liebe den Schnee.«

»Schön, dann mag ihn wenigstens einer von uns. Ich rufe an, um Sie um einen Gefallen zu bitten. Sie haben gestern eine ungewöhnliche Erscheinung erblickt, glaube ich.«

»Die Statue. Ja.« Harry senkte die Stimme ein wenig. »Sehr seltsam.«

»Das ist es in der Tat, und ich möchte keine voreiligen Schlüsse ziehen. Würde es Ihnen etwas ausmachen, über die Sache Stillschweigen zu bewahren? Gewiss haben Sie es der einen oder anderen Freundin bereits erzählt. Kann ich mich darauf verlassen, dass Sie sie bitten, dem Kloster zuliebe ebenfalls zu schweigen? Ich fürchte, eine vorzeitige Bekanntgabe könnte die Leute hierher locken, um, hm, vielleicht, um ein Wunder zu sehen. Wir müssen zuerst Genaueres wissen.«

»Ja, das verstehe ich. Ich werde selbstverständlich tun, was ich kann. Zum Glück wird heute niemand auf den vereisten Straßen zum Berg fahren wollen; Sie werden ungestört sein.«

»Ich danke Ihnen. Gott segne Sie.«

»Sie auch, Frater Frank.«

Harry rief zuerst Susan an, weil sie beide die Tränen gesehen hatten, und informierte sie über das Gespräch.

»Keine unvernünftige Bitte.« Susan griff sich einen Aschenbecher. »Es war anstrengend für Ned, als er G-Onkel gestern Abend zum Kloster fuhr. Wir wollten, dass er bei uns übernachtet, aber er bat darum, zurückgebracht zu werden. Er ist ein bisschen besessen von der Statue – und vielleicht auch ein bisschen plemplem. Aber zurzeit vertraue ich meinem eigenen Urteil nicht. Vielleicht bin ich plemplem.«

Susan, die heimlich eine Zigarette paffte, stieß den Rauch vernehmlich aus. Eine Gewichtszunahme von zehn Pfund in letzter Zeit hatte sie wieder zu ihren Marlboro-Menthols greifen lassen. Die Sorge wegen Ned verstärkte ihren Verdruss über ihr Gewicht. Sie fand, ihre Küche brauchte mal eine Renovierung, und sie war mit Dekorieren im Rückstand. Sie war wegen so vieler Dinge nervös.

»Du hast keine Macke.« Harry hielt inne. »Da oben auf dem Berg stimmt was nicht.«

»Harry, du suchst immer nach einem dunklen Geheimnis.« Susan lachte, dann hustete sie.

»Ich hab dir doch gesagt, Rauchen ist keine gute Methode, um abzunehmen. Hilf mir beim Ausmisten oder geh ins Fitness-Studio. ACAC ist echt gut.« Sie sprach von einem Studio im Ort.

»Wer sagt, dass ich rauche?«

»Susan!«

»Oh, schon gut. Eine.«

»Wenn du abnehmen willst, dann reicht eine nicht, oder? Entweder du qualmst, oder du gehst ins Studio. So einfach ist das.«

»Du bist mir eine große Hilfe.«

»Was willst du denn von mir hören? Ich finde, du siehst toll aus. Du bist diejenige, die klagt, dass deine Oberschenkel beim Gehen aneinander reiben.«

»Musst du immer so drastisch sein?«

Harry kicherte. »Du siehst gut aus. Du und Brooks könntet Schwestern sein.«

»Lügnerin.«

»Nein, es ist wahr. Ich will dich mit einem Vortrag übers Rauchen verschonen. Es ist schließlich dein Körper. Aber zurück zur Jungfrau Maria. Mein sechster Sinn sagt mir, da stimmt was nicht.«

»Dein sechster Sinn hat uns zwei in einen Schlamassel nach dem anderen gebracht. Ich wollte, du würdest ihn abschalten.«

Aber Harry hatte Recht. Frater Mark war außerstande, seine tiefe Bewegung für sich zu behalten. Er schlich in den Kerzenladen, wo der kurzsichtige Frater Michael einen Kunden bediente. Da Mark mit einem Computer sozusagen aufgewachsen war, war er den Umgang damit gewöhnt. Mark schickte eine E-Mail an Pete Osborne, den Leiter der Charlottesviller NBC-Station, Channel 29. Wann immer er konnte, guckte er den Lokalsender, weil Nordy Elliott, sein College-Freund, die Nachrichten moderierte. Er hatte erfahren, wer wer war bei Channel 29.

Als Pete, ein gewitzter Mann, die E-Mail gelesen hatte, blinzelte er und las sie noch einmal.

> Pete, die heilige Mutter Maria, die vom Gipfel des Blue-Ridge-Gebirges auf uns alle herabsieht, weint blutige Tränen. Sie vergießt sie für die Sünden der Welt. Ich habe sie mit meinen eigenen Augen weinen sehen. Einige Fratres wollen nicht, dass die Menschen es erfahren. Sie fürchten sich vor dem, was geschehen könnte. Wie können sie sich vor einem Wunder fürchten? Ein Wunder von unserer Lieben Frau, die Liebe ist und nichts als Liebe! Die Welt sollte erfahren, dass unsere heilige Gottesmutter zu uns spricht.
>
> Frater Mark (Mark Croydon)

Pete las die Nachricht noch ein drittes Mal, blieb einen Moment an seinem Schreibtisch sitzen, klopfte mit einem gelben Bleistift an eine große weiße Kaffeetasse. Sicher, Mark Croydon war nicht ganz bei Troste. Pete war ihm im letzten Jahr einmal begegnet, als der Sender ein Frühjahrs-Special über die Apfelblüte im Obstgarten brachte. Er fand den jungen Mann äußerst sonderbar. Andererseits würde es einen Reporter nur zwei Stunden und einen viertel Tank Benzin kosten, um auf den Afton Mountain zu fahren, dann eine Meile nach Norden bis zu dem Eisentor, dem Eingang zu Mt. Carmel. Okay, vielleicht einen halben Tank, weil er einen Geländewagen brauchte.

Er erhob sich, riss die Tür seines Büros auf und marschierte in die Nachrichtenzentrale. »Nordy!«

8

Also, das wäre alles.« Harry hob halb abwehrend die Hände, Mrs. Murphy, Tucker und Pewter sowie BoomBoom, Alicia, Susan, Miranda, Big Mim und Little Mim sahen ihr dabei zu.

Es war ein improvisiertes Treffen auf Alicias Farm. Harry hatte herumtelefoniert, BoomBoom hatte sie informiert, dass die Staatsstraßen geräumt waren. Alicias Farm lag unweit der Route 250, deshalb hatten sie sich hier eingefunden.

Die in Eierschalenbeige gestrichenen Wohnzimmerwände und die leinenweiß eingefassten Holzpaneele strahlten verhaltene Eleganz und Wärme aus, ganz wie Alicia selbst. Obwohl sie die Farm, die sie geerbt hatte, regelmäßig besuchte, hatte sie im Laufe der Jahrzehnte im Großen und Ganzen wenig an dem geändert, was Mary Pat hinterlassen hatte. Seit sie aber für immer nach Hause gekommen war, entfaltete Alicia nach und nach ihren eigenen Geschmack, der sich als gewagter erwies als Mary Pats. So gern Alicia die Kunst der Alten Meister liebte, sie hatte keine Scheu vor moderner Kunst. Auch scheute sie nicht vor einem leuchtenden Farbtupfer hier und da zurück, etwa magentaroten Seidenmoirékissen auf der senfgelben Sheraton-Couch.

Big Mim, in Geschmackssachen führend in Crozet, war anfangs schockiert über Alicias »Statements«, wie sie es nannte. Allmählich erwärmte sich die Herrscherin über alles für die Farbigkeit und Ungezwungenheit der Einrichtung. Ihre Tochter Little Mim, die in Harrys Alter war, schwärmte von Alicias Sinn für Farben, ihrem Stilgefühl, ihrem Geschick. Little Mim, stets darauf bedacht, sich von ihrer Mutter zu unterscheiden, strich sogar, von Alicia inspiriert, ihr Schlafzimmer blasslavendelblau.

Die Damen aßen mit Hühnerfleisch belegte und dünn mit Kräutermayonnaise bestrichene Sandwiches; das Brot war frisch gebacken. Alicia, eine stets aufmerksame Gastgeberin, hatte knackiges Gemüse zum Knabbern, eine üppige Käseauswahl und eine Reihe Getränke aufgetischt, darunter einen Matetee, der die Mädels aufputschte. Zum Spaß hatte sie alle Speisen und Getränke mit einem Kärtchen versehen, auf dem die Kalorienzahl angegeben war.

»Kein Wunder, dass du so gut in Form bleibst«, bemerkte Big Mim, die über sechzig war und selbst eine ausgezeichnete Figur hatte.

»Gymnastik, spazieren gehen, reiten und zu essen aufhören, bevor man pappsatt ist.« Alicia lächelte ihr unglaubliches Lächeln, das ein bisschen schief war, was ihren verführerischen Charme noch steigerte. Sogar so, wie sie da saß in einer Levi's-501-Männerjeans, einem weißen Brooks-Brothers-Hemd, ein rotes Farmer-Halstuch umgebunden und große Kreolen von Tiffany's an den Ohren, konnte Alicia nichts anderes sein als ein Filmstar.

»Ausgezeichnete Gene.« Mim nahm sich eine rohe Möhre. »Gut für die Augen.«

»Vielleicht mögen Pferde sie deswegen so gern«, meinte Harry. »Was haltet ihr von der Geschichte?«

Susan nahm sich ein zweites Sandwich. Ihre Willenskraft, ohnehin nicht ihr stärkster Charakterzug, hatte sie über die Feiertage verlassen – daher die Zigaretten. Harry zog sie auf, der eigentliche Grund, weshalb sie am 24. November auf dem Berggipfel war, sei Thanksgiving gewesen, und sie habe darum gebetet, nicht zu viel zu essen.

»Was haltet ihr von Frater Franks Anruf?«

Big Mim sprach als Erste, wie es ihre Gewohnheit war. »Bis er feststellen kann, ob es irgendwas im Stein ist, etwas, das sich erklären lässt, ist seine Bitte um eine Nachrichtensperre, wenn ihr so wollt, plausibel. Das so genannte Wunder könnte eine furchtbare Blamage werden.«

»Alles Gottes Werk.« Miranda lächelte. »Ob es sich erklären lässt oder nicht.«

»Natürlich, Miranda« – Big Mim und Miranda waren gleich alt, deshalb konnte Mim ihre Freundin nicht durch Hochmut einschüchtern –, »aber wenn das Kloster das Wunder von Blue Ridge bekannt gibt und sich hinterher herausstellt, dass es nichts weiter ist als eine Eisenader tief drinnen im Speckstein, dann wird der Orden in einem alles andere als heiligen Licht dastehen.«

»Kann das schlimmer sein, als wenn Priester Jungen belästigen?«, fragte Alicia mit einem Anflug von Sarkasmus.

»Und es vertuschen!« Little Mim knallte ihr Sandwich auf den Teller. »Wisst ihr was? Ich glaube, sie vertuschen es immer noch.«

»Warum Jungen?« BoomBoom zuckte mit den Schultern. »Sind die alle schwul? Zweitausend Jahre lang sind wir von einer Bande Päderasten gehütet und gegängelt worden. Wenn das nicht vieles erklärt – überlegt mal.«

»Damit wollen Sie doch nicht sagen, Sie wünschten, sie hätten Mädchen belästigt, meine Liebe.« Big Mim trank gelassen einen Schluck kochend heißen Matetee. »Aber es ist höchst sonderbar, ebenso die Reaktion des Vatikan.«

»Weil sie unter einer Decke stecken.« Alicia trank ebenfalls einen Schluck von dem stärkenden Getränk. »Papst Pius der Zwölfte hat ganz genau gewusst, was in Nazideutschland geschah. Nicht ein Wort. Politik ist Politik. Im Vatikan geht es um Macht, nicht um die Rettung von Seelen.«

»Man findet Gott nicht in einem Gebäude mit einem Kreuz darauf, man findet Gott in seinem Herzen und in den Herzen anderer«, pflichtete Miranda, die fromme Seele, bei. »Aber das heißt nicht, dass wir über die Kümmernisse der katholischen Kirche frohlocken. Auch bei uns in der Kirche zum Heiligen Licht ist eine kleine Misslichkeit passiert.« Sie sprach von ihrer charismatischen Baptistenkirche, wo sie im Chor sang. »Und alles wegen Geld.«

»So ist es immer. Als ich im Pfarrbeirat war, bin ich fast kahl geworden vom Haareausraufen.« Susan lachte. »Jetzt hat Harry meinen Platz eingenommen. Und du warst begeistert, als du gewählt wurdest.«

»Es ist nicht übel, bloß, man muss dabeisitzen, wenn alle den Mund aufreißen. Zeitraubend. Sobald wir das mit dem neuen Teppichboden geregelt hatten, hat sich die Lage beruhigt.« Sie nahm sich ein süßes Brownie. »Aber ich schwöre, was der Marienstatue übers Gesicht lief, war kein Rost.«

»Sie hat Recht. Es sah wirklich aus wie Blut, die Farbe, die

Konsistenz. Ich sage euch, es war unheimlich.« Susan schüttelte den Kopf.

»Wollen wir nicht rauffahren, wenn die Straßen eisfrei sind?«, schlug Mig Mim vor, nicht ahnend, dass die anderen mit Ausnahme ihrer Tochter das bereits beschlossen hatten.

Miranda nickte. »Wenn wir es mit eigenen Augen sehen, wissen wir mehr.«

Als das geregelt war, wechselte Harry das Thema. »Ich sitze an der Weintraubenforschung. Hoffentlich hängen die Trauben nicht zu hoch.« Alle stöhnten auf. Sie fuhr unbeirrt fort: »Virginia beherbergt achtzig Winzereibetriebe, die jährlich fünfhunderttausend Touristen anlocken und fünfundneunzig Millionen Dollar in die Staatskasse bringen. Hab ich im *Daily Progress* gelesen.« Das war die Lokalzeitung, die ihren Leuten einen Hungerlohn bezahlte, aber weil sie engagierte Journalisten waren, leisteten sie erstklassige Arbeit, allein schon aus Stolz, aus purem Stolz auf ihre Zunft.

»Schön und gut, aber vergessen wir nicht, dass der Pferdebetrieb diesem Staat jährlich mehr als eins Komma fünf Milliarden Dollar einbringt, und da es mit Colonial Downs immer weiter aufwärts geht, und wenn wir die Legislative endlich dazu bringen können, mehr Wettbüros abseits der Rennbahn zuzulassen, werdet ihr sehen, dass sich das in fünf Jahren verdoppelt. Das *verspreche* ich euch.« Big Mim züchtete Vollblutpferde, überwiegend für Hindernisrennen, einige für die Fuchsjagd, aber sie behielt den Überblick über die gesamte Pferdewelt.

»Der Pferdebetrieb sollte zu unseren bestgeschützten Unternehmungen gehören. Da es mit dem Tabak bergab geht, werden Pferde die entgangenen Einnahmen ausgleichen, wenn der Staat so klug ist, großzügige Anreize zu bieten.« Little Mim, die Vizebürgermeisterin von Crozet, stimmte auf diesem Gebiet hundertprozentig mit ihrer Mutter überein.

»Man weiß ja nie, was in Richmond vor sich geht.« Harry lachte. »Rauchen die dort Tabak, Hasch oder Opium? Wenn man sich so manche Entscheidung von denen anguckt, muss man sich das echt fragen.«

»Harry, Sie sind ja eine verkappte Rebellin.« Alicia lächelte sie liebevoll an. »Jeder Staat hat seinen Anteil an Idioten, die in ein öffentliches Amt gewählt wurden, aber dieser Staat hat eine solide Regierung. Wenn Sie eine tief verwurzelte Korruption sehen wollen, dann gucken Sie sich mal Massachusetts an; die haben deswegen als einziger Staat nicht für Nixon gestimmt, weil die Wähler einen Gauner eher ausmachen konnten als alle anderen.« Sie hielt inne. »Ah, aber Sie sind zu jung, um sich daran zu erinnern, und ich höre mich an wie jemand, dem die Trauben zu sauer sind. Kommen wir auf Ihre Trauben zurück.«

»Ich bin erst bei den Voruntersuchungen. Guter Boden, Niederschlagsmenge und Sonnenschein für weiße Trauben habe ich schon durch. Vielleicht kann ich ein paar Reihen anpflanzen, um zu sehen, wie sie sich machen. Nur gut, dass unsere Legislative 1990 das Weinbaugesetz verabschiedet hat, das Winzereibetriebe wie Farmen besteuert, nicht wie kaufmännische Unternehmen. Das zeugt von Weitsicht. Doch vorerst bleibe ich bei Heu und Nutzholz.«

»Wie steht es mit Ginseng?« Big Mim hielt sich über Landwirtschaft auf dem Laufenden.

»Am Bach könnte ich welchen anpflanzen.« Harry blickte in die Runde. »Tja, hier sitze ich und spreche von mir und meiner kleinen Welt. Ein Glück für mich, dass ihr es mit mir aushaltet. Ein größeres Glück ist es für mich ist, dass ihr mir alle helft.«

»Harry, wir sind alle eine Familie.« Miranda meinte es ernst. »Wir bilden einen Schutzring, wenn es sein muss.«

»Oder öffnen ihn.« Little Mims Gesicht war gerötet.

»Was?« Big Mim schob ihre Brille auf die Nase und schaute darüber weg.

»Nichts, Mutter, bloß ein Beitrag zum Gespäch.« Little Mim flunkerte nicht; sie hielt nur die große Neuigkeit zurück, dass Blair Bainbridge ihr nach dem Thanksgiving-Essen einen Heiratsantrag gemacht hatte. Während ihre Eltern die Gäste in das Zimmer lotsten, das Mim den »Dessertraum« nannte, hatte Blair Little Mims Hand genommen und war mit ihr in den Salon gegangen. Sie dachte sich, dass die große Frage kam, und sagte blitzschnell ja. Sie küssten sich, gingen dann zu den anderen, nachdem sie beschlossen hatten, es Mims Eltern im kleinsten Kreis mitzuteilen, wenn die Gelegenheit günstig war.

»Mal sehen, was der Wetterbericht sagt. Wenn wir auf den Berg wollen, können wir es ja schon mal planen.« Alicia schaltete den großen Flachbildschirmfernseher ein, der im Nebenzimmer an die Wand montiert war.

»Sie können ihn von hier aus einschalten? Vom Wohnzimmer aus?« Miranda war fassungslos.

Alicia hielt eine kleine Fernbedienung in die Höhe. »Ich kann das Radio, den Fernseher, die Alarmanlage einschalten. Für jedes Zimmer einzeln. Ganz einfach.«

»Sie hat das letzte an Hightech.« BoomBoom war beeindruckt. »Ich dachte, ich bin auf dem neuesten Stand, aber Alicia ist mir weit voraus. Wisst ihr, dass sie sich einen Computer nach ihren Vorgaben hat bauen lassen?«

»So beeindruckend ist das gar nicht. Wenn man einen Film dreht, sitzt man die meiste Zeit auf einem Stuhl und passt auf, dass das Make-up nicht verwischt oder das Kostüm nicht zerknittert. Ich hatte also massenhaft Zeit, von den Technikern zu lernen. Hat Spaß gemacht.«

»Lasst uns nach nebenan gehen und den Wetterbericht schauen. Den Tee können wir mitnehmen, den Nachtisch natürlich auch, falls jemand noch etwas möchte.«

Susans Blick fiel auf die Brownies neben den Zitronencremetörtchen. Sie überkamen Gelüste. »Ich kann nicht mehr.«

»Susan, wirklich, mir wird ganz elend, wenn du dich kasteist«, jammerte Harry.

»Ich kasteie mich nicht genug.«

Sie schlenderten nach nebenan in einen großen Raum, krebsrosa gestrichen, mit cremeweißer Umrandung. In den Regalen standen Bücher über Geschichte, Militärgeschichte und Naturwissenschaften. Alicia, eine eifrige Leserin, überflog ein Buch in zwei bis drei Tagen. In Hollywood hatte sie ihren Verstand zurückgehalten, was nur bewies, wie klug sie war.

Als sie sich gesetzt hatten, waren die Nachrichten gerade zu Ende. Es folgte der Wetterbericht.

»Könnte morgen schön werden. Über sieben Grad. Man weiß ja nie.« Wie die meisten Bewohner Virginias war Big Mim von dem veränderlichen Wetter immer wieder überrascht, ja bezaubert.

Nach der Werbung für Teppichreiniger, Aspirin, den Dodge Durango und Tierfutter ging es weiter mit den Nachrichten.

»Hey!«, rief Harry, was ihre Tiere veranlasste, ins Zimmer zu laufen, gefolgt von Maxwell, Alicias gesetztem, gutmütigem und bildschönem Gordon Setter.

Eine Nahaufnahme vom Antlitz der Jungfrau Maria, die blutigen Tränen noch gefroren, füllte den Bildschirm aus. Die Kamera fuhr zurück und zeigte die ganze Statue, am Sockel Nordy Elliott, todschick in einem marineblauen Wintermantel, mit hellbraunen Handschuhen und rot kariertem Kaschmirschal.

»Die Mönche haben diese außergewöhnliche Erscheinung am Tanksgiving-Morgen entdeckt.« Es waren keine Mönche zu sehen, während Nordy sprach, aus dessen Mund große Atemwolken kamen wie Comic-Sprechblasen. »Im Moment kann niemand sagen, was genau im Gange ist, aber wie es aussieht, weint die Statue blutige Tränen.«

Während er fortfuhr, platzten die Frauen los, alle redeten auf einmal.

»Ich muss doch sehr bitten«, rief Big Mim sie schließlich zur Ordnung.

»So ein Lügner!« Harrys Wangen brannten. »Frater Frank hat gelogen, was das Zeug hält oder seine Kutte oder was auch immer!«

»Nur keine voreiligen Schlüsse«, ermahnte BoomBoom sie streng. »Er ist kalt wie ein Fisch, aber kein Lügner. Jemand anders hat die Katze aus dem Sack gelassen.«

»Warum sagen die Menschen das?«, fragte Pewter.

Mrs. Murphy kicherte. *»Um dich zu ärgern.«*

9

Norton »Nordy« Elliott schwelgte im Glück. Pete Osborne nannte ihn glattweg »Nerdy«, Armleuchter, aber heute Abend war Nerdy/Nordy ein Star. Das musste sogar Pete anerkennen.

Während die Skandale in der katholischen Kirche die Opfer in tiefes Elend stürzten, waren die Kirchenhierarchie und diejenigen Priester, die sich dennoch bemühten, Gottes Werk zu verrichten, ein gefundenes Fressen für die Medien. Ein Kirchturm musste repariert werden. War eine Meldung wert. Eine einzige Nonne in den gesamten USA verließ das Kloster, um Striptänzerin zu werden. Kam in den Nachrichten groß raus. Ein Priester und eine Nonne verliebten sich ineinander, sagten sich von ihren Gelübden los und heirateten. Kam in den Nachrichten. Das Bild vom Blut auf den Wangen der Jungfrau Maria wurde von allen NBC-Stationen in sämtlichen Staaten übernommen.

Obwohl Pete in Nordy wenig mehr als eine sprechende Ken-Puppe sah, hatte er nichts gegen die Aufmerksamkeit, die Channel 29 zuteil wurde.

In der Telefonzentrale liefen nach der ersten Ausstrahlung, derjenigen, die die Damen am frühen Nachmittag gesehen hatten, die Drähte heiß. Nach den Achtzehn-Uhr-Nachrichten flimmerte die Telefonzentrale wie eine Weihnachtsbeleuchtung. Zu den Dreiundzwanzig-Uhr-Nachrichten herrschte im Sender Karnevalsatmosphäre. E-Mails blockierten die vernetzten Computer.

Nordy weitete die Story aus. Als nächsten Schachzug plante er, die Mönche zu interviewen. Prior Handle hatte es strikt abgelehnt, ein Interview zu geben oder irgendwen mit dem Reporter sprechen zu lassen. Pete ließ Nordy freie Hand, er konnte alles an Ausrüstung haben, was er brauchte. Nordy war überglücklich.

Die Reaktionen im Kloster waren das Gegenteil.

Prior Handle, der Ende fünfzig war und seinen Lebensabend spürte, schaltete erzürnt den Fernseher ab, einen von zweien im Kloster; der andere stand in Frater Franks Büro. Als Erstes rief er Frank und Prescott in sein Büro. Nach einer ausführlichen Besprechung, bei der beide Männer dem Prior ihre volle Zustimmung bekundeten, rief er Frater Mark herein. Der eh schon hauchdünne Geduldsfaden des Priors wurde noch dünner, so dass er fast riss. Am Ende befahl er dem jungen Mann, zu schweigen und sich zu entfernen. Der Anblick, wie Mark sich davonschlich, ließ ihn noch wütender werden. Der Prior konnte gefühlsbetonte Typen nicht ertragen. Anschließend nahm er am Chorgesang teil.

Als die Dreiundzwanzig-Uhr-Nachrichten gesendet wurden, sangen die Mönche noch in der Kapelle. Um halb zwölf beendete der Prior die musikalische Kontemplation, wie er das gerne nannte. Die ohnehin schon kühle Kapelle wirkte noch kälter.

»Um Mitternacht beginnen wir mit Buße und Schweigen. Nach zwei Stunden stillen Gebets erfolgt die Rückkehr in eure Zellen. Um fünf versammeln wir uns wieder zur Messe, anschließend gibt es Frühstück. Ihr werdet eure Aufgaben schweigend wahrnehmen. Das Tor wird verschlossen. Niemand darf sich auf dem Gelände aufhalten, und keiner darf hinausgehen. Demjenigen, der spricht, bevor ich das strikte Gebets- und Reinigungsgebot aufhebe, wird eine schwere Buße auferlegt.« Er machte auf dem Absatz kehrt, die Sandale quietschte auf dem Steinboden, und schritt durch den Mittelgang, wobei die Falten seiner derben grauen Wollkutte sich nach außen bauschten und das weiße Cape sich hinter seinen Schultern ein wenig hob. Er sagte vor sich hin: »Schweigen, Gebet, Arbeit, Enthaltsamkeit, Askese, Zurückgezogenheit.«

Den Mönchen blieben zwanzig Minuten zum Sprechen, aber beim Hinausgehen sagte keiner ein Wort.

Sobald sie aus der Kapelle waren, winkte Frank Frater Prescott heran.

Prescott flüsterte: »Er führt ein strenges Regiment, unser Prior.«

»Unser Regiment weist Lücken auf«, flüsterte Frank, und beide schmunzelten über den Doppelsinn.

10

Hätte ich bloß nicht auf dich gehört.« Susan blickte besorgt aus dem Fenster von Harrys 1978er-Ford F-150.

Trotz Allradantrieb und Winterreifen hatte der Transporter auf der steilen Strecke zum Afton Mountain Mühe mit der Bodenhaftung, zudem wurde alle drei Meter bergauf der Nebel dichter.

»Das sagst du immer.« Nach vorn starrend, hielt Harry nach roten Rücklichtern Ausschau.

Mrs. Murphy und Pewter beobachteten die Straße genau. Tucker saß auf Susans Schoß.

»Die reinste Waschküche.«

»Der Berg hüllt sich viel zu oft in Nebel.« Harry erinnerte sich, wie einmal eine Massenkarambolage mit dreißig Autos die Interstate 64 blockiert hatte.

Sie hielt sich auf der Route 250, in die sie von Crozet aus leicht einschwenken konnte. Es war eine zweispurige Schnellstraße, weshalb man sein Tempo nach dem Fahrzeug richten musste, das vor einem tuckerte. Das sagte sie sich jedenfalls, während sie gleichmäßig aufs Gaspedal trat und das Lenkrad in Rutschrichtung und anschließend geradeaus steuerte.

»Hätten wir bloß die Tränen nie gesehen.«

»Hör doch mal mit deinem Gemeckere auf. Wir sind gleich da. Reg dich ab.« Sie fuhr durch die Unterführung, bog nach Süden in den Skyline Drive ein. Der Nebel war nahezu undurchdringlich. Der Skyline Drive war geräumt. Bei tückischer Witterung wurde er oft gesperrt, weil viel zu viele Leute meinten, sie könnten bei Eis und Schnee Auto fahren, die Unfälle jedoch etwas anderes bewiesen. Abschnittsweise hatte das Gelände auf der Talseite dieser außergewöhnlichen Landstraße ein Gefälle von mehreren hundert Metern. Die Stelle, wo man am Afton Mountain in den Skyline Drive einbog, lag auf einer Höhe von fünfhundertfünfzig Metern.

Harry konnte nichts erkennen, als sie auf dem Afton Mountain an dem Gasthof vorbeifuhr, dessen Lichter im grauen Nebel diffuse gelbe Kreise bildeten. Sie übersah den Übertragungswagen von Channel 29, aber die Leute konnten sie auch nicht sehen. Wären sie außerhalb des Wagens gewesen, dann hätten sie das tiefe Brummen des starken Achtzylindermotors gehört.

Sie schaute auf den Kilometerzähler. Das Kloster war nur einen knappen Kilometer von dem Gasthof entfernt.

»Die Eiszapfen sind blau.« Susan sah das Eis auf den Felsvorsprüngen. »Richtig eisblau.« Sie verschränkte die Hände auf Tuckers Rücken. »Ich bin wirklich verrückt, auf dich gehört zu haben.«

»Hey, das lenkt dich von deinen Problemen ab.« Obwohl Harry äußerst konzentriert fuhr, schoss es ihr durch den Kopf, dass sie ihrer besten Freundin nichts von Fairs letztem Heiratsantrag und dem Ultimatum erzählt hatte.

Wie aus dem Nichts ragte plötzlich das große Eisentor auf.

Harry war so klug, nicht kräftig auf die Bremse zu treten, sondern vorsichtig Druck zu geben. Der Wagen rutschte leicht nach links zur abfallenden Seite der Straße. Susan griff stöhnend nach der Halteschlaufe über dem Fenster an der Beifahrertür. Harry steuerte ruhig gegen und kam langsam zum Stehen.

Sie stieg aus, auch Susan trat murrend in den Schnee, der schon dreißig Zentimeter tief war.

»Verflucht!« Susan stampfte mit den Füßen, ihre Montrail-Stiefel hinterließen einen deutlichen Abdruck.

»Beruhige dich, Susan. Mein Gott, bist du neuerdings grantig.« Harry bereute es, kaum dass es ihr über die Lippen gekommen war. »Tut mir Leid. Ehrlich. Ich wär genauso.« Sie beschloss, bei Susans augenblicklichem Zustand lieber nicht über Fair zu sprechen.

Tucker und die zwei Katzen sprangen in den Schnee. Immer wenn Mrs. Murphy und Pewter bis über den Kopf versanken und sich wieder herauskämpften, hatten sie Zipfelmützen aus Schnee auf. Sie sahen aus wie Katzenwichtel. Tucker, die größer war, hatte es da leichter.

Die Katzen quetschten sich durch das Eisentor. Die Menschen blieben auf der anderen Seite. Tucker sah sich nach einem Weg hinein um, weil sie zu groß war, um sich durch die Gitterstäbe zu zwängen.

»Mädels, lauft nicht so weit weg«, ermahnte Harry sie.

»Machen wir nicht«, schwindelten sie und stapften mühsam durch den Schnee.

»Hätten wir unser Hirn eingeschaltet, dann hätten wir gewusst, dass die Mönche sich abschotten würden. Ich kann's ihnen nicht verdenken. Das ist alles ziemlich eigenartig.«

»Es war noch jemand hier. Drei noch Jemands.« Harry deutete auf die Spuren, die schon wieder zuschneiten, als der nächste Windstoß auf sie herabfuhr.

»Hmm.« Susan kniete sich hin, um einen gefrorenen Stiefelabdruck in dem fest gedrückten Schnee zu untersuchen. »Mann oder Frau mit großen Füßen.«

»Die Mönche waren es nicht, das wissen wir. Sie tragen Sandalen, egal wie das Wetter ist.«

»Das hat nichts zu sagen, Harry. Es ist nicht verdächtig, wenn Leute hier raufkommen. So wie wir. Das Tor ist normalerweise offen.«

»Ja, aber die Meldung über die Statue ...« Harry brach mitten im Satz ab; denn sie sah ihre zwei Katzenfreundinnen im Schnee verschwinden, wieder auftauchen, mit Schnee um sich werfen. Gelangten sie auf ein glattes, vom Wind frei gewehtes Stück, wo sie nicht einsanken, dann jagten sie sich.

»Kannst du dir vorstellen, so ausgelassen zu sein?« Susan sah den Katzen neidisch zu.

»Ja, kann ich.«

Tucker wand sich unter dem Zaun durch, indem sie Schnee ausgrub. Schließlich hatte sie es geschafft und stürmte hinter den Katzen her. *»Ich krieg euch.«*

Die zwei Katzen plusterten sich auf, stellten sich an die Seite. *»Stirb, Hund!«*, fauchten sie.

Tucker sauste an ihnen vorbei, Schnee flog den Katzen ins Gesicht. Ihre Schnurrhaare senkten sich ein bisschen unter der Last.

Sie schüttelten sich und rannten hinter Tucker her, was wegen der wechselnden Schneehöhe schwierig war. Sie gaben nicht auf.

»Tucker! Mrs. Murphy! Pewter!«, rief Harry vergebens.

»Vergiß es.« Susan legte ihre Hand so fest auf Harrys Unterarm, dass der Stoff ihres Parkas sich verzog.

Harry hatte daran gedacht, über den Zaun zu klettern. »Ich mach's ja nicht.«

Die Tiere tollten ausgelassen. Sie hatten zu Hause jede Menge Gelegenheiten zum Spielen, aber Harrys Unmut erhöhte den Spaß. Sie blieben stehen, weil sie Bussarde aufsteigen und über sich kreisen hörten. Es war Jagdsaison, und einige verantwortungslose Jäger hatten Kadaver zurückgelassen. Die meisten weideten das Wild an Ort und Stelle aus. Die Jagdsaison war eine Zeit der Festmähler für Aasgeier.

Ehe sie sich's versahen, langten die Tiere bei der Statue an, von Schnee umwirbelt, auf den Wangen gefrorenes Blut. Sie blieben wie angewurzelt stehen.

Dort kniete, die zum Gebet gefalteten Hände auf den Steinsockel gestützt, ohne Handschuhe, die Kapuze über den Kopf gezogen, ein Mönch im Schnee.

»*Psst*«, gebot Tucker respektvoll den Katzen.

Mrs. Murphy reckte die Nase, gefolgt von Tucker, dann Pewter. Die Temperatur war auf knapp acht Grad gesunken; bei dieser Höhe konnten sie nichts wittern. Das war das Problem. Einem lebenden Menschen mit normaler Körpertemperatur würde ein Geruch entströmen.

Die drei schlichen vorsichtig näher. Tucker beschnupperte die Rückseite der dicken grauen Kutte, die weiß war vom Schnee, so weiß wie das wollene Cape, das zu den Kutten getragen wurde.

Mrs. Murphy ging um die Gestalt herum, Pewter desgleichen. Die Katzen erstarrten, dann sprangen sie zurück.

Die Augenhöhlen des Mönchs waren voll Schnee. Schnee hatte sich am Hals angesammelt und bedeckte sein Gesicht bis zur halben Höhe. Das Gesicht aber war zu dem Antlitz der heiligen Jungfrau erhoben, die herabblickte, das eigene Gesicht mit Schnee überzogen.

»Er ist steif gefroren!«, konnte Pewter endlich hauchen. *»Ein tiefgekühltes menschliches Fischstäbchen.«*

Mrs. Murphy machte mutig einen Schritt nach vorn, als Tucker herbeikam. *»Ich kann sein Gesicht nicht erkennen.«*

»Selbst wenn du es könntest, womöglich kennen wir ihn gar nicht. Es gibt viele Mönche, die wir nie sehen«, erklärte Tucker ruhig. *»Die in den Läden arbeiten und mit uns sprechen, sind handverlesen.«*

»Warum wollte irgendwer in der bitteren Kälte rauskommen – und er war eine ganze Weile hier« – Pewters dunkle Schnurrhaare schnellten vor und wieder zurück –, *»um sich hinzuknien und zu beten? Das hat nichts mehr mit Hingebung zu tun. Würde die Jungfrau Maria wollen, dass einer so leidet? Nein.«* Die graue Katze schüttelte den Kopf, Schneeflocken flogen umher wie weißes Konfetti.

»Vielleicht hat er schwere Sünden zu sühnen.« Tucker traute ihren Augen nicht.

»Hmm, was immer das für Sünden waren, sie hatten mit Menschen zu tun. Sie bitten nie um Vergebung für das, was sie uns antun.« Ein bitterer Ton schlich sich in Mrs. Murphys Stimme. *»Die Menschen denken nur an sich.«*

»Mom nicht. Fair nicht.« Tucker nahm seine geliebte Harry und ihren Ex-Mann tüchtig in Schutz.

»Das ist wahr«, stimmte Mrs. Murphy zu.

Pewter setzte sich in den Schnee, das Fell aufgeplustert. *»Es ist scheußlich kalt. Lasst uns umkehren. Für den hier können wir nichts mehr tun. Vielleicht hat er die Mutter Maria gefunden.«*

»Wir sollten nach Spuren suchen«, bemerkte Tucker weise. *»Falls es mehr sind als welche von Schuhen.«*

Die drei schwärmten aus, kehrten aber bald zu dem gefrorenen Leichnam zurück.

»Tucker, es geht ein starker Wind, und der Schnee ist tief. Die Statue steht hier an der höchsten Stelle. Falls da noch jemand war, sind die Spuren zugeschneit, und das lässt mich annehmen, dass er seit Mitternacht hier war«, sagte Mrs. Murphy.

»Warum haben wir überhaupt nach Spuren gesucht?« Pewter merkte, dass sie mitgemacht hatte, ohne sich anzustellen oder einen Grund wissen zu wollen.

»Weil er vielleicht nicht beim Gebet gestorben ist«, antwortete Tucker.

»Oder vielleicht mit etwas Nachhilfe gestorben ist«, fügte Mrs. Murphy hinzu, die den Anblick der voll geschneiten Augen unheimlich fand.

»Absurd. Wer wollte schon einen betenden Mönch ermorden?« Pewter schüttelte erneut Schnee aus dem Fell.

»Vielleicht soll ich bellen und jemand herholen.«

»Die Gebäude sind unten am Hügel. Die Mönche können dich nicht hören, und wenn Mutter dich hören kann, machst du ihr bloß Angst.« Mrs. Murphy ging den Hügel hinunter, hier und da versank sie in dem tiefen Schnee.

Tucker schob sich vor sie. *»Ich gehe zuerst. Du und Pewter könnt in meine Stapfen treten.«* Sie senkte den Kopf, arbeitete sich voran; der Wind blies plötzlich aus Nordwest.

Pewter grummelte von hinten: *»Ich kann mir einfach nicht vorstellen, mitten in einer Schneenacht rauszugehen, um vor einer Statue zu beten, auch wenn ihr Blut im Gesicht klebt.«*

»An den Händen«, schoss Mrs. Murphy zurück, dann korrigierte sie sich. *»Nein. Nicht die Jungfrau Maria. Sie ist die Liebe selbst.«*

»Er ist beim Beten erfroren oder hatte einen Herzanfall oder so was. Wir waren zu viel um Harry herum. Sie kann keinem Geheimnis widerstehen. Sie versucht immer noch dahinter zu kommen, wem Charlie Ashcraft vor fast zwanzig Jahren sein erstes uneheliches Kind gemacht hat. Sie färbt auf uns ab.«

Pewter lachte über ihre Freundinnen und über sich selbst. *»Du hast Recht. Die Mönche werden ihn finden, wer immer er ist, dann gibt es ein Begräbnis und einen Gottesdienst. Und damit Schluss.«* Tucker stolperte über schneebedeckte Steine.

»Ja. Wer wollte schon einen Mönch umbringen? Bei denen gibt's doch nichts zu stehlen.« Pewter konnte Harry in der Ferne schwach rufen hören. Sie waren weiter gegangen, als sie gedacht hatte.

»Wie gesagt, der Gottesdienst wird in der Zeitung bekannt gegeben, dann wissen wir, wer es war, und damit ist Schluss.« Tucker hörte Harry auch. *»Murph, du sagst ja gar nichts.«*

»Ich glaube nicht, dass damit Schluss ist. Das ist der Anfang.« Die Tigerkatze fühlte, wie der Schnee zwischen ihren Zehen zu winzigen Eisstückchen wurde. Sie wollte zurück ins Auto. Sie wünschte, das seltsame, beklommene Gefühl, das über sie gekommen war, würde abflauen, ein Gefühl, das noch verstärkt wurde durch die Flügelschläge über ihr; sie konnte die Bussarde nicht sehen, weil der Schnee so dicht fiel. *»Ein Glück für die Bussarde«*, dachte sie bei sich.

11

Nicht unbedingt.« Reverend Herb Jones' raue Stimme wirkte hypnotisch auf die Menschen.

»Ich fürchte, ich bin zynisch geworden.« Alicia sah Herb mit ihren glänzenden, innig blickenden Augen an.

Sie waren sich bei Pet Food Discounters begegnet, dem Tierfutter-Discount. Alicia kaufte Spielsachen und Schweinsohren für Maxwell, Herb hatte Kartons mit Spezialfutter für seine zwei Katzen auf die Ablage geladen, war dann in die Spielzeugabteilung gegangen, um pelzige Mausimitationen zu besorgen, als er auf Alicia traf.

Das »Wunder« war zur Sprache gekommen, und Alicia hatte gefragt, ob Herb es für Betrug hielt.

»Ihre Arbeit hat Sie gelehrt, kein Vertrauen zu haben.« Herb legte die Hand auf Alicias Schulter, wobei er ein angenehmes Kribbeln spürte. Kein Mann war unempfänglich für ihre Schönheit.

»Und Ihre Arbeit hat Sie das Gegenteil gelehrt.« Sie lächelte ihn an.

Er griff nach den pelzigen Mäusen mit rosafarbenen Öhrchen, schwarzen Näschen, Perläugelein und Schwänzchen aus einem dünnen Stückchen gefärbten Leder. »Ich werde mir das durch den Kopf gehen lassen, Alicia. Ich habe gelernt, Gott in seiner unendlichen Weisheit zu vertrauen, aber ich weiß nicht, kann man – oder muss ich sagen, der Mensch – den Leuten immer vertrauen?« Er wurde rot. »Wörter ändern sich. Ich bin alles andere als politisch korrekt, ich, nun ja, ich halte es noch immer für schicklich, einer Dame die Tür aufzuhalten.«

»Ich auch.« Ihr Lachen klang wie das Glissando einer Harfe. »Aber, Herb, denken Sie, ich bin eine eingefleischte Feministin und nehme Anstoß, wenn Sie ›man‹ sagen?« Er hob die Augenbrauen, und sie fuhr fort: »Ich nehme nicht Anstoß, aber ich nehme Notiz.« Jetzt hob sie die Augenbrauen. »Solange ›man‹ oder der ›Mann‹ das Maß aller Dinge ist, haben die Frauen das Nachsehen. Garantiert.«

»Da ist was dran.« Er streichelte das Fell der Mäuschen.

»Antonia Fraser hat vor ein paar Jahren ein Buch geschrieben. Der Titel fällt mir leider nicht ein, aber es ging um den Mann als das Maß aller Dinge im siebzehnten Jahrhundert, glaube ich. Sehr gut. Das Buch gefällt mir, auch wenn ich den Titel vergessen habe.«

»Mir auch. Wissen Sie, da haben wir etwas gemeinsam, die Liebe zu Büchern.« Sie legte eine Puppe aus imitiertem Schaffell und einen Schaffellknochen in ihren Einkaufswagen. »Maxwell liebt solche Spielsachen. Wenn ich ihm sage, ›fass den Mann‹, läuft er die Puppe holen. Wenn ich sage, ›fass den Knochen‹, läuft er hin, schüttelt ihn und bringt ihn mir. Sie müssen wissen, Herb, die Liebe eines Hundes ist die vollkommenste Liebe auf der Welt.«

Er kicherte. »Eloquenz und Cazenovia werden Ihnen widersprechen.«

»Ihre Abendmahlkatzen.« Sie lachte wieder; ganz Crozet hatte die Geschichte von Herbs Katzen gehört, die sich an den Oblaten gelabt hatten und bei diesem Frevel von Mrs. Murphy, Pewter und Tucker unterstützt worden waren.

»Es sind sehr fromme Katzen.«

Da mussten sie beide lachen.

Er begleitete Alicia den Gang entlang, der voll gestopft war mit Futter, Arzneien, Spielsachen und neuen Produkten. Es war wundervoll, neben einer Frau zu gehen. Seine Frau war vor ein paar Jahren gestorben. Der Kummer bedrückte ihn noch sehr, aber er bemühte sich, seine Freunde nicht damit zu belasten. Erst in den letzten sechs Monaten konnte er sich vorstellen, sich wieder zu verabreden. Zwischen vorstellen und ausführen lagen noch Welten. Er machte sich Gedanken über sein Alter. War er zu alt? War er zu konservativ? War er zu übergewichtig? Ja. Wollte er eine Diät machen? Vielleicht. Essen hatte etwas Tröstliches. Er hatte mit sich gerungen, bis ihm klar geworden war, dass er höchstwahrscheinlich nicht viel ändern würde, bis er eine Frau fände, die er gerne ansah. Bei Alicia war das der Fall. Aber ihr Anblick haute ja jeden um.

Wie er plaudernd mit ihr durch den Gang schlenderte, ihr Sachen von den hohen Regalen holte, Zwanzig-Pfund-Säcke mit Futter in ihren Wagen stellte, durchströmte ihn Energie.

Als er jung war, hatten sein Vater und seine Mutter ihn geduldig über die Qualitäten einer guten Gefährtin beraten, und er hatte auf sie gehört. Seine sehr attraktive Frau war ihm Geliebte, Freundin, Partnerin gewesen. Er hatte klug gewählt.

Er fühlte sich leer ohne Frau, und nicht nur wegen Sex. Es gefiel ihm, etwas für eine Frau zu tun. Es gefiel ihm, die Zwanzig-Pfund-Säcke mit Hundefutter für Alicia herunterzuwuchten. Sie hätte das selbst tun können, aber er schaffte es ganz mühelos. Die tausend kleinen Aufmerksamkeiten, die ein Virginia-Gentleman einer Frau angedeihen lässt, ließen ihn sich männlicher fühlen. Wirklich, was war das Leben ohne eine Frau, die er umsorgen, verwöhnen konnte, mit der er sich gelegentlich kabbelte, um sie dann zu küssen, und alles war wieder gut?

»Ich bin so froh, wieder zu Hause zu sein. Ich weiß nicht, warum ich so lange damit gewartet habe.« Alicia legte die pelzigen Mäuse in Herbs Wagen.

Herb stellte eine Probierdose mit Katzenfutter hinein, das angeblich die Bildung von Haarknäueln reduzierte. »Wer Haarknäuel loswerden will, muss die Katzen rasieren.« Er lachte.

»Dann müssten Sie ihnen Nerzmäntelchen kaufen.«

Sie lachten. Die Glastür ging auf. Harry und Susan stürmten herein, Susan vorneweg. Sie erspähte Alicia und Herb.

»Herb, beten Sie für mich. Ich hab nicht mehr alle Tassen im Schrank. Im Ernst. Sssst.« Sie deutete an, dass ihre Hirnsicherungen durchgebrannt waren.

Harry trat hinzu und meinte: »Hören Sie nicht auf sie. Sie ist …«

»Nein. Lass mich erzählen. Erstens«, Susan hielt den Zeigefinger hoch, »guckt aus dem Fenster. Grauer Himmel, Schneefall, nicht ganz grauenhaft, aber auch nicht gerade toll. Und wenn es schon hier unten so ist, dann könnt ihr euch denken, wie es auf dem Berg aussieht. Habe ich das bedacht? Hab ich. Habe ich mich von meiner besten Freundin überreden lassen, noch mal auf den Afton zu fahren? Hab ich. Tucker, Mrs. Murphy und Pewter sind durch den Eisenzaun …«

Harry unterbrach sie: »Die Mönche haben das große Eisentor zugesperrt.«

»Und wir standen da in der Kälte, die da oben noch schlimmer war, es hat geschneit, und wir haben gewartet, dass die drei kleinen Scheißer zurückkommen. Entschuldigen Sie den Ausdruck. Wir hatten von vornherein da oben nichts zu suchen, und man kann die Hand vor Augen nicht sehen. Ein Wunder, dass wir nicht vom Afton Mountain runtergerutscht sind.«

»Die Jungfrau Maria wirkt Wunder«, sagte Alicia mit ernster Miene, dann lachte sie. Herb musste auch lachen.

»Herb!« Harry sah ihn mit gespieltem Entsetzen an.

»Ich bin lutheranischer Pastor, kein katholischer. Ich glaube nicht an Wunder.«

»Tun Sie wohl.« Susan schob die Unterlippe vor.

»Tu ich nicht – hmmm, wie soll ich das ausdrücken –, nehmen wir mal an, es existiert eine Reliquie, ein Zahn von Petrus. Glaube ich daran, dass er Krankheiten heilt? Nein.«

»Aber wenn Sie Zahnarzt wären, könnte es das Geschäft ankurbeln, würden Sie die Reliquie besitzen.« Alicia lehnte sich eine Sekunde lang an ihn.

Sogar Susan, die sich langsam von ihrem Wutausbruch erholte, lachte. Es bekümmerte sie, dass sie ihre schlechte Laune, ihre Ängste nicht unter Kontrolle hatte. Harry überredete sie immerzu zu Dummheiten. Dann blaffte Susan sie an, und damit hatte es sich, aber in letzter Zeit ärgerte sie sich über jede Kleinigkeit bei jedem, sich eingeschlossen.

»Das Tor zugesperrt?« Alicia verschränkte die Arme und lehnte sich an den Handgriff des Wagens. Die Perlenkette, die sie oft trug, schimmerte auf ihrer Haut, jede vollendet geformte Perle war so groß wie eine dicke Erbse. Ihre Bluse stand so weit offen, dass der hübsche Busenansatz zu sehen war.

Harry bemerkte es wie die meisten Frauen, die eine andere Frau betrachten. Sie nahm Alicias Schönheit wahr, aber ohne Begehrlichkeit. Eine schöne Frau sehen war wie ein schönes Pferd sehen. Es machte ihr Freude.

Susan nahm keine Notiz davon. Herb schon, und Wärme verbreitete sich in den Bereichen seiner Anatomie, die er für abgestorben gehalten hatte.

»Was tut sich bloß da oben?« Harry konnte es nicht ausstehen, etwas nicht zu wissen.

»Nichts«, sagte Susan.

»Susan, du hast die Statue gesehen. Wie kannst du so was sagen?« Harry hatte genug von Susans Launen.

»Ja, ich hab sie gesehen. Es hat mich berührt, aber das heißt nicht, dass sich da was tut. Am besten, wir vergessen es einfach.«

»Das wird nicht gehen«, erwiderte Harry weise. »Dafür ist die Geschichte in vieler Hinsicht einfach zu gut. Und wenn es etwas ist, das wir nicht erklären können, schön. Warum müssen wir alles erklären wollen? Warum es nicht einfach erleben und Gott danken für die Gelegenheit, es erlebt zu haben?«

Alicia nickte. »Gut gesagt.«

»Erzählen Sie das Miss Marple.« Susan fand ihren Humor wieder.

»Lacht ihr nur.« Harry warf den Kopf zurück, um Verachtung zu bekunden, was die anderen wiederum zum Lachen brachte.

Herb schaute auf die Uhr. »Ich verlasse so viel Schönheit ungern, aber ich bin mit Tazio Chappars in ihrem Büro verabredet. Sie hat Entwürfe für die Umgestaltung des Versammlungsraumes im Anbau gezeichnet. Sie entwirft auch ein Gartenhäuschen für Miranda. Ich möchte mir die fertigen Pläne gerne ansehen.«

»Einen Moment noch, Herb.« Harry lief in die Spielzeugabteilung, griff nach einer zotteligen Puppe, entfernte das Etikett und gab sie Herb. »Für Brinkley.« Sie meinte den gelben Labrador, den Tazio letztes Jahr bei sich aufgenommen hatte. »Ich bezahl's.«

»Oh, stimmt ja. Ich muss ja noch bezahlen.« Er sah auf die lange Schlange. Bei Pet Food Discounters war es immer brechend voll. »Ich stelle die Sachen besser wieder zurück. Sonst schaffe ich es nicht pünktlich zu meiner Verabredung.«

»Herb, machen Sie sich keine Gedanken. Ich bringe Ihnen das Katzenfutter und die Spielsachen heute Nachmittag vorbei, falls Sie zu Hause sind«, erbot sich Alicia.

»Ich bin bestimmt zu Hause.« Dafür würde er jede Verabredung absagen oder verschieben. »Ich gebe Ihnen das Geld.« Er griff in seine Tasche.

Alicia hielt ihn am Handgelenk zurück. »Das können wir später erledigen. Sie müssen los, sonst verpassen Sie Ihre Verabredung. Tazio wirkt echte Wunder, wie Sie wissen. Ich bin gespannt, was sie vorschlägt.«

Tazio Chappars war eine junge Architektin, die von der Universität den großen Auftrag erhalten hatte, eine neue Sportanlage zu bauen. Dem waren bald weitere Großaufträge gefolgt. Sie hatte ihr Büro in Crozet behalten. Der sich einstellende Ruhm stieg ihr nicht zu Kopf. Sie war mit Harry im Pfarrbeirat, die zwei Frauen bewiesen viel gesunden Menschenverstand. Sie arbeiteten gut zusammen.

Herb küsste beide Frauen auf die Wange und eilte dann zur Tür hinaus.

»Er ist vielleicht der beste Mensch, dem ich je begegnet bin.« Susan schob die Hand in ihre Tasche.

»Und hier kommt einer der schlimmsten.« Harry stemmte die Hand in die Hüfte und rief dem kraushaarigen Mann, der durch die Tür trat, zu: »Sie verfolgen uns!«

Bo Newell, Absolvent der US-Marineakademie, Besitzer von Mountain Area Realty, grinste beim Anblick der Damen. »Das fröhliche Musentrio. Ich verfolge Sie nicht, ich suche göttliche Inspiration.«

»Kaufen Sie Futter fürs ›Almost Home Center‹?«, fragte Susan. Bo und seine Frau Nancy leiteten zusammen mit Bette Graham eine Kampagne für den Bau eines Heims in Nelson County, das obdachlose Tiere aufnahm und Tiere nicht einschläferte.

»Ja. Ich will auf den Afton Mountain und um einen Engel beten. Wir brauchen Spenden.«

»Nicht heute. Es braut sich schon wieder ein Sturm zusammen«, erwiderte Susan. »Und die Mönche haben das Tor zugesperrt.«

Seine hellen Augen weiteten sich. »Machen Sie Witze?«

»Nein. Harry hat mich gezwungen, da raufzufahren.«

»Mit vorgehaltener Pistole, da bin ich mir sicher«, meinte er verschmitzt.

»Gekidnappt«, sagte Harry.

»Gegen ihren Willen als Geisel gehalten«, spann Alicia den Faden weiter.

»So wie beim Raub der Sabinerinnen, die gegen ihren Willen entführt wurden? Harry hat Sie einfach auf den Berg entführt?«, fragte Bo ernsthaft.

»Nein, nicht bei uns beiden.« Susans Laune sank. »Eher passiert ein Mord.«

»Was!«

Susan nickte. »Harry, der Gedanke kommt mir wirklich dann und wann.«

»Direkt hier im Laden.« Bo rieb sich die Hände und hob die Stimme. »Aber mal ehrlich, Susan, die Mönche haben das Tor zugesperrt?«

»Ja.«

»Dann muss Nordy draußen bleiben. Herrgott, der Kerl ist wie eine Hämorrhoide. Schleicht sich an und bleibt haften.« Bo kam in Fahrt, er brachte seinen typischen unverschämten Humor ins Spiel. Er hielt inne, senkte die Stimme, klang jetzt quälend aufrichtig. »Eigentlich muss ich nicht auf den Afton Mountain fahren. Die Madonna steht vor mir.« Er küsste Alicia die Hand.

»Bo, Sie haben's faustdick hinter den Ohren«, meinte Harry.

»Sehen Sie mich als die unheilige Maria«, scherzte Alicia.

Bo liebte witzige Frauen. »Ich werde oft an Sie denken.« Er seufzte. »Meine Damen, ich muss die Streuner füttern. Für so einen muss Nancy mich halten. Hab ich ein Glück gehabt! Hab meine Armesündermiene aufgesetzt.«

»Sie hatten in der Tat Glück.« Susan lächelte, als er winkend den Stapeln mit den Fünfzig-Pfund-Futtersäcken zustrebte.

Alicia sah Bo einen Moment nach, dann wandte sie sich den zwei Freundinnen zu. »Meine Freundin Maggie Sheraton kommt mich nächste Woche besuchen. Ich dachte, ich gebe ein kleines Abendessen und lade Herb dazu ein. Maggie hat vor ein paar Jahren ihren Mann verloren. Ich denke, die zwei werden sich gut verstehen.«

»Meinen Sie die Schauspielerin Margaret Sheraton?« Harry klappte die Kinnlade herunter.

»Ja.«

»Hat sie nicht einen Oscar gewonnen?« Susan kramte in ihrem Gedächtnis nach dem Film.

»Als beste Nebendarstellerin. Hm, vor zwölf Jahren. Sie arbeitet noch ab und zu, aber Maggie ist Anfang sechzig. Die Branche übergeht alternde Schauspielerinnen. In Hollywood ist es eine Sünde, alt zu werden. Sie sieht immer noch gut aus. Ein Mann mit Herbs starkem Charakter und seiner Herzlichkeit würde ihr gefallen.«

»Ist er nicht zu dick?«, entfuhr es Harry.

»Harry.« Susan stieß sie an.

»Verzeihung.«

»Er ist korpulent. Sie wird darüber wegsehen, aber sollte es zwischen ihnen funken, wird er was für seine Figur tun, da bin ich ganz sicher. Er lässt sich gehen.«

»Wie Miranda nach Georges Tod«, erinnerte sich Harry.

»Und gucken Sie sie sich jetzt an. Sie sieht um Jahre jünger aus. Gewicht verloren, Liebe gefunden – noch so ein Wunder.« Alicia lächelte.

»Vielleicht ist für mich noch eins übrig«, sagte Susan wehmütig.

»Schätzchen, es wird alles gut. Wirklich. Ich weiß genau, es ist nicht so, wie du denkst.« Harry umarmte Susan. »Es gibt keinen Grund zur Sorge.«

Alicia nahm Susans Hand. »Nur Mut. Das Leben verlangt nach Mut.« Sie drückte ihr die Hand. »Und Harry hat Recht, es wird sich alles zum Guten wenden.«

»Meinen Sie, dass Sie noch einmal Liebe finden?« Harry konnte es sich nicht verkneifen. Sie hätte nicht so direkt fragen sollen, und schon gar nicht an einem öffentlichen Ort.

»Ja«, antwortete Alicia freimütig. »Die Liebe hält den Lauf der Welt nicht in Gang, aber sie macht, dass der Gang sich lohnt.«

»Daran habe ich nie gedacht.« Harry verschränkte die Arme.

»Du denkst an nichts, was mit Gefühlen zu tun hat. Du bist schlimmer als alle Männer, denen ich je begegnet bin.« Susan verdrehte die Augen.

»Du bist ja bescheuert. Wenn wir hier nicht mitten im Laden stünden, würde ich was Schlimmeres sagen.«

»Ihr zwei könnt ohne einander nicht leben«, erklärte Alicia.

»Ich könnte es versuchen.« Susan kicherte.

»Wäre langweilig.« Harry kicherte auch.

»Ich habe zwei Kinder, Harry, ich brauche kein drittes.«

»Reden wir nicht über mich.« Harry wandte sich wieder an Alicia. »Sind wir Ihnen jetzt nicht zu provinziell? Als Sie als junge Frau hier waren, hatten Sie noch nichts von der Welt gesehen. Da waren Sie noch kein großer Filmstar.«

»Ach Harry, lieber verliebe ich mich in jemand Provinziellen als in den Präsidenten der größten Entertainmentgruppe der Welt. Glauben Sie mir. Ich bin so froh, zu Hause zu sein, zu Hause bei richtigen Menschen, die ein richtiges Leben führen. Hollywood hat mir viele Möglichkeiten und sehr viel Geld gegeben. Dafür bin ich dankbar, aber wenn man nicht aufpasst, kann es das Realitätsgefühl und am Ende das Selbstgefühl auslöschen. Das Milieu laugt einen aus.«

»Ich bin so froh.« Susan korrigierte sich: »Nicht wegen dem Milieu, sondern weil Sie sich in jemand aus Virginia verlieben könnten, einen Farmer, einen Banker, ein –« Sie brach ab.

Alicia sah von Susan zu Harry und wieder zu Susan. »Ich weiß genau, was Sie denken.«

»Ja?«, fragten sie wie aus einem Munde.

»Werde ich mich in einen Mann verlieben oder in eine Frau?« Beide wurden rot, dann bestätigte Susan nickend, dass Alicia den Nagel auf den Kopf getroffen hatte.

»Das geht uns nichts an.« Harry nahm die Mäuschen in die Hand.

»Und das sagst du?« Susan war fassungslos.

Alicia lachte. »Nehmen Sie doch Mäuschen für Mrs. Murphy und Pewter mit. Da Sie sich schon für mein Leben interessieren, lassen Sie mich eins sagen: Jeder, der die Liebe zurückweist, ist ein Dummkopf. Das mag zwar Ihre Frage nicht beantworten, aber ich habe gelernt, dass es wahr ist. Was weiß denn ich? Doch, irgendwie weiß ich es. Bei den zwei Männern, die ich in meinem Leben geliebt habe, war ein Teil von mir immer auf der Hut. Ich möchte lieber bei einem anderen Menschen vollkommen locker sein. Einfach ich selbst.«

»Ah.« Susan hatte verstanden. »Aber Alicia, sind nicht alle

Frauen vor Männern auf der Hut, selbst vor denen, mit denen sie seit Jahrzehnten zusammenleben?«

»Susan, ich kann nicht glauben, dass du das gesagt hast.« Harry machte große Augen. »Auf der Hut?«

»Ja. Es gibt einen Teil von mir, den ich für mich behalte.«

»Heißt das auf der Hut sein?«, rätselte Harry. »Bei Fair habe ich nicht das Gefühl, auf der Hut zu sein. Ich habe überhaupt nie das Gefühl, vor Männern auf der Hut zu sein.«

»Weil du ein Mann im Körper einer Frau bist, einem schönen Körper. Ich meine das nicht als Beleidigung. Harry, du hast mehr Mumm im Gelege, verzeih mir den Ausdruck, als die meisten Männer, die ich kenne«, erklärte Susan.

»Ach komm, das ist nicht wahr. Ich kann das nicht mehr hören. Bloß weil ich nicht gurre und schnurre und verkünde, wie gut ich für andere sorge, weil ich nicht triefe von Liebe und dem ganzen Unsinn, heißt das noch lange nicht, dass ich denke wie ein Mann. Ich bin logisch, na und?«

»Sie beide streiten sich seit dem ersten Schuljahr darüber. Ich gehe jetzt zur Kasse. Susan, ich glaube, Sie können einen Mann lieben, ohne auf der Hut zu sein. Dass ich auf der Hut war, lag daran, dass ich, obwohl ich geliebt habe und geliebt wurde, nicht ehrlich zu mir war. Und Harry, Sie werden von einem guten Mann geliebt. Sie haben offen mit mir gesprochen, jetzt spreche ich offen mit Ihnen. Susan, lassen Sie das Auf-der-Hut-Sein sausen. Harry, packen Sie die Liebe beim Schopf.«

Als Alicia ging, machte Susan ein Gesicht, als ob sie geschlagen worden wäre. Was diese außergewöhnliche Frau gesagt hatte, traf sie bis ins Mark.

»Susan? Susan, alles in Ordnung?« Harry, die auch bewegt war, berührte Susans brennendes Gesicht.

»Ha? Ja. Komm, besorgen wir, was wir brauchen. Mrs. Murphy und Tucker zerfetzen sonst noch den Autositz.«

Draußen im Wagen hielten die drei tierischen Freundinnen unentwegt durch die Windschutzscheibe Ausschau nach Harry. Sie hatten sich wenig zu sagen, seit sie vom Berg heruntergekommen waren. Der Anblick des erfrorenen Mönchs war nicht grotesk, aber makaber, erschreckend, und hatte sie alle drei ernüchtert.

12

Bedrücktheit lastete auf den Mönchen im Gemeinschaftsraum, wo sie ihre Mahlzeit einnahmen. Es war so still, dass man hören konnte, wenn Brot von den frisch gebackenen Laiben gebrochen wurde. Der Prior aß an einem Tisch, der rechtwinklig zu den anderen stand. Sein finsteres Gesicht unterstrich das allgemeine Unbehagen.

Frater Mark, der jüngste, saß bei den anderen jüngeren Mönchen – wobei in diesem Fall als »jünger« alle galten, die um die vierzig waren.

Frater Frank, der den Kopf voll Zahlen hatte, zählte alles Mögliche. Er konnte nicht anders. Er zählte die Schwarzbrotlaibe. Er zählte die Bleistifte auf Handles Schreibtisch, bemerkte diejenigen mit abgebrochenen Minen, mit abgekauten Radiergummis. Er zählte die Schritte von seiner Zelle zu einer anderen. Er zählte die Kiefern von dem großen Torbogen des Hautgebäudes bis hin zur Kerzenzieherei. Er zählte die Bienenkästen am Rand der Weiden. Hier drinnen zählte er die Häupter. Eins fehlte. Er notierte sich im Geiste, im Krankenrevier nachzufragen.

Nach Beendigung der Mahlzeit, nach Gebeten und Gesang, ging Frater Frank eilends durch den langen, kalten Korridor zum Krankenrevier. Die von den Steinplatten aufsteigende Kälte fuhr ihm in die Schienbeine. Frater John und Frater Andrew, die beiden Ärzte, beaufsichtigten das Krankenrevier. Es war sauberer als die meisten Kliniken, in einem verschlossenen Kühlschrank und einem verschlossenen Schränkchen wurden bestimmte Medikamente aufbewahrt. Auch Blut- und Plasmakonserven befanden sich in dem Kühlschrank. Frater Sidney brauchte seine Transfusionen, doch für lebensbedrohende Notfälle waren auch andere Blutgruppen zur Hand als Gruppe 0, Frater Sidneys Blutgruppe. Da diese Art der Vorratshaltung von Blut gegen das Gesetz verstieß, befanden die zwei Ärzte es nicht für nötig, den Prior über die Bestimmungen zu informieren. Er nahm an, sie wussten, was sie taten, und so war es. Die Bestimmung, dass Ärzte außerhalb von Kliniken keine Bluttransfusionen vornehmen durften, war einfach unsinnig in gut sechshundert Meter über dem Meeresspiegel bei einem schlimmen Sturm. Sie brauchten das Blut. Frater Frank wusste von den Medikamenten; denn er bezahlte die Rechnungen. Man nahm an, dass außer den zwei Ärzten und dem Prior niemand von den starken Schmerzmitteln wusste. Die Mitte des kleinen Behandlungszimmers nahm ein Edelstahltisch ein, der bei Routinefällen wie etwa dem Nähen einer Wunde benutzt wurde. Schwerere Fälle wurden im Augusta Medical Center behandelt, wobei ein Mönch in OP-Kleidung anwesend war. Die beiden Ärzte hielten sich ständig auf dem Laufenden, das heißt, sie nahmen an Ärztekongressen teil und taten alles Notwendige, um in ihrem Beruf auf dem neuesten Stand zu sein.

Jeder der beiden hatte seine gut gehende Praxis aus einem anderen Grund aufgegeben, aber beide verließen regelmäßig das Klostergelände, um in diversen Ortskliniken den Armen zu dienen.

Auch Frater Frank nahm an bestimmten Konferenzen teil, wenn sie neue Abrechnungs- oder Finanzierungsmethoden behandelten. Er eignete sich solche Dinge schnell an. Er konnte vieles durch das Internet lernen, wenngleich der Computerbildschirm in seinem Büro seinen Augen wehtat. Das ärgerte ihn ungeheuer, weil erst letzten Sommer ein neues Computersystem angeschafft worden war. Jeder Laden verfügte über ein Terminal und einen Laserdrucker. Jeder Computer konnte mit jedem anderen Computer kommunizieren. Die Kosten hatten Frater Frank fast zur Verzweiflung gebracht. Die teure Anschaffung half bei der Buchführung über die Warenverkäufe. Damit wurde in den Läden viel Zeit gespart. Und Frank war so über die Einnahmen eines jeden Tages auf dem Laufenden. Das war alles von Vorteil, aber der Bildschirm tat seinen Augen trotzdem weh.

Manche Männer ziehen sich in ein Kloster zurück, um ein kontemplatives Leben zu führen, in der Hoffnung, Frieden, Erkenntnis, die Nähe zu Gott zu finden. Frater Frank war aus tiefem Überdruß an der Welt hierher gekommen.

Während er von einem Krankenzimmer zum anderen ging –

von Tür zu Tür waren es zwanzig Schritte auf den Steinplatten –, kam Frater Andrew ins Krankenrevier.

Keiner von beiden fühlte sich gezwungen, in Gegenwart des anderen zu schweigen. Keiner würde den anderen tadeln. Beide respektierten Handle, seine strenge Regel, aber keiner war ihm besonders zugetan.

»Kann ich dir helfen?«

»Andrew, war jemand im Krankenrevier?«

»Nein, aber die Betten werden in den nächsten drei Wochen voll, wenn die neue Grippewelle weiter in Virginia vordringt.«

»Ich denke, du hast uns gegen Grippe geimpft?«

»Das wirkt nicht bei allen.« Andrew lächelte müde.

»Verstehe. Sollen wir die Grippe als eine von Gott gesandte Plage betrachten, als Strafe für unsere Sünden?« Frater Frank stellte andere gerne auf die Probe, um herauszufinden, was sie wirklich dachten. Ungeachtet seines kalten Gehabes, respektierte er, was ihm vertraulich mitgeteilt wurde. Er verdiente das Vertrauen, das ihm die anderen Mönche entgegenbrachten.

»Ich nicht«, antwortete Andrew.

Frank zuckte mit den Schultern. »Mikroben? Bakterien? Viren? Hast du dich nicht gefragt, was Gott mit den winzigen Plagegeistern will?«

»Ich zweifle nicht an Gott, ich zweifle am Menschen. Aber als Wissenschaftler vertrete ich die Ansicht, dass viele dieser scheinbaren Plagen im Großen und Ganzen eine positive Funktion haben.«

»Nur nicht für den Menschen?«

»Genau. Gott hat uns die Macht des Verstandes geschenkt. Als Arzt ist es meine Aufgabe, diesen Verstand zum Wohle anderer zu benutzen. Man könnte sagen, ich stehe mit dem neuesten Virus, mit Bakterien auf Kriegsfuß, und sogar mit Zecken.«

»Borreliose.«

»Eine verheerende Krankheit. Den Menschen ist gar nicht klar, wie verheerend Borreliose sein kann.« Frater Andrew, der froh war, mit einem anderen intelligenten Menschen zu sprechen, setzte sich und zog die Falten seiner Kutte um seine

Beine. Im Krankenrevier war es nicht so warm, wie er es gern gehabt hätte, aber immer noch wärmer als in den Korridoren des Hauptgebäudes.

Frank setzte sich neben ihn; beide lehnten sich an den harten Holzstühlen an und streckten die Füße vor sich aus.

»Was denkst du über die ganze Geschichte?«, fragte Frank den hageren Mönch.

»Die blutigen Tränen?« Andrew hob die Hände. »Ich habe sie nicht gesehen. Und da wir heute Hausarrest haben, werde ich sie wohl erst morgen, am Sonntag, zu sehen bekommen. Wir dürfen doch bestimmt am Sonntag auf dem Gelände herumgehen?«

»Ich habe sie gesehen.« Frank verschränkte die Arme, schob die Hände bis zu den Ellenbogen in die Ärmel. »Ich habe es für mich behalten; vier von uns haben sie gesehen und versprochen, dass es vierundzwanzig Stunden lang unter uns bleibt. Einer hat sein Versprechen nicht gehalten.«

»Aber ich habe gehört, als Erste haben Harry Haristeen und Susan Tucker die Tränen gesehen. Sie könnten es ausgeplaudert haben.«

»Ich habe Harry angerufen und sie gebeten, den Mund zu halten.« Er zuckte mit den Schultern. »Vermutlich konnte sie es nicht. Die Geschichte ist zu gut.«

Andrew zog die Füße zu sich heran. »Frauenfeind.«

»Meine Beobachtungen haben mich zu dem Schluss geführt, dass die meisten Frauen oberflächlich, gefühlsbetont und Klatschtanten sind.«

»Das ist lächerlich, Frank. Nur weil eine Frau Unrecht getan hat, sind doch nicht alle des Teufels Versucherinnen. Ist dir schon einmal der Gedanke gekommen, dass du dir die falsche Frau genommen hast?«

Franks Miene verfinsterte sich. »Ich habe ihr alles gegeben.«

»Das ist nicht der springende Punkt. Der Punkt ist, oft ziehen wir unser eigenes Verderben in Gestalt eines anderen Menschen an. Ist es eine Frau, ist Sex mit im Spiel, umso schlimmer. Das Licht, in dem wir suchen, ist das Feuer, das uns verzehrt.«

»Wenn du die Frauen so liebst, warum bist du dann hier?«

»*Eine* Frau.« Andrew lächelte ein müdes, trauriges Lächeln. »So sehr ich ein Leben in Kontemplation und Gebet befürworte, ich denke, es würde uns allen gut tun, wenn wir uns unsere Vergangenheit mitteilen. Wir lernen von anderen. Ich bin Arzt, und ich konnte meine Frau nicht vor dem Krebs retten. Am Ende konnte ich nicht mal ihre Schmerzen lindern.« Was Andrew nicht preisgab, war, dass er seiner Frau am Schluss eine tödliche Dosis Morphium injiziert hatte, um sie von ihrem furchtbaren Leiden zu erlösen. Er fragte sich, war er wirklich ein Mörder, oder hatte er eine Seele zu Gott geschickt, die er mehr liebte als alle anderen, eine Seele, die endlich frei von Schmerzen war? Das Kloster war seine Zuflucht vor seiner Unzulänglichkeit.

»Das tut mir Leid«, sagte Frank aufrichtig.

»Ich sage mir, es war Gottes Wille.« Andrew legte die Hände auf die Knie. »Um auf Harry zurückzukommen. Ich sehe sie öfter als du, wenn ich in die Krankenhäuser gehe. Manchmal mache ich Halt in Crozet, um Obst zu kaufen oder ein Eis, mein sündiges Vergnügen. Ich unterhalte mich mal mit Harry im Postamt. Sie würde ihr Versprechen halten. Jemand anders hat unseren Frieden hier oben gestört. Könnte einer von uns Mönchen indiskret gewesen sein und sich nicht an sein Versprechen gehalten haben?«

»Keine Ahnung. Von Prescott kann ich mir so etwas nicht vorstellen. Ich kann es mir allerdings von Mark vorstellen, der überzeugt ist, dass dies ein Wunder ist, das Wunder von Blue Ridge, von unserer Lieben Frau vom Blue Ridge.« Er brummte: »Die Leute werden durch das Tor strömen, sobald Handle es aufschließt, was er früher oder später tun muss. Wie können wir die Massen und die Hysterie in den Griff bekommen? Schweigen, so tun, als würde die heilige Jungfrau nicht weinen, wird es nicht aufhalten.«

»Das mag wohl sein, aber vielleicht denkt unser Prior, dass so das Ganze unter uns bleibt.«

»Und es gibt ihm vielleicht Zeit zum Nachdenken.« Es folgte eine lange Pause. »Wir könnten eine Menge Geld daran verdienen.«

»Ah.« Andrew nickte.

»Wird es unsere Schatullen füllen, ohne unserem Orden zu schaden?« Er hob die Hände wie zum Bittgebet. »Als einer, der von der Welt zurückgezogen leben will, missfällt mir die Vorstellung, wie die Leute sich an die Brust schlagen, schreien, sich vor der heiligen Jungfrau oder, zugegeben, vor mir produzieren.«

»Sie hat Schlimmeres gesehen«, sagte Andrew bitter.

Frank gestattete sich ein seltenes Lachen, dann stand er auf. Seine Füße waren eingeschlafen, winzige schmerzhafte Nadelstiche weckten sie langsam auf. »Wenigstens erlaubt Handle uns im Winter, Socken anzuziehen, aber ich habe nie warme Füße. Das ist zum Davonlaufen.«

Andrew streckte die Füße wieder aus. »Finde ich auch. Ich meine, ich kann hier genauso gut beten wie in meiner Zelle, und hier ist es ein bisschen wärmer.« Andrew wackelte zur Bekräftigung mit den Zehen.

Frank erwiderte mit einem Anflug von Schalk in der Stimme: »Fuß fassen.«

»Ganz recht.«

Frank verschränkte die Arme wieder und schob die Hände in die Falten seiner Ärmel. »Dann hast du an den letzten zwei Tagen niemand behandelt?«

»Nein. Warum?«

»Ich habe heute Abend durchgezählt, einer hat gefehlt.«

»Nein, keiner ist krank, soviel ich weiß.« Andrew stand jetzt auf. »Sehen wir in den Zellen nach. Wenn einer so krank ist, dass er nicht zur Abendmahlzeit kommen konnte, muss ich es wissen. In dieser Aura des Schweigens ist es durchaus möglich« – er bemühte sich, nicht sarkastisch zu klingen, was ihm aber nicht gelang –, »dass einer krank ist und es keinem gesagt hat. Wir sind alle so sehr darauf konzentriert, nicht zu sprechen, dass wir nicht aufeinander achten. Mir ist nicht aufgefallen, dass jemand fehlte.«

»Einer fehlt aber.«

»Dann, Frank, schlage ich vor, dem auf den Grund zu gehen.«

Sie gingen zusammen durch den östlichen Korridor. Dort war alles in Ordnung. Dann nahmen sie sich den westlichen Korridor vor, sahen nickend und lächelnd bei jedem Mönch hinein. Sie kamen zu Thomas' Zelle. Sie war leer.

»Wenn wir die anderen fragen, ob sie ihn gesehen haben, brechen wir das Schweigegebot, das Handle uns auferlegt hat«, flüsterte Andrew.

»Dann gehen wir eben zu Handle.«

Sie wussten, dass sie ihn in seinem Büro finden würden, vor Stapeln von Büchern und Papieren und flimmerndem Computerbildschirm. Wenn sie Glück hatten, würde vielleicht sogar der Fernseher laufen. Der wurde nur zu den Nachrichten eingeschaltet. Handle blickte auf, ganz und gar nicht erfreut, dass er bei der Arbeit gestört wurde – Listen zusammenstellen, was er verabscheute.

»Vergib uns, Handle.«

Handle sah Frank erzürnt an. »Was gibt's?«

»Wir können Thomas nicht finden.«

»Seht in der Schreinerei nach.«

»Da wird er nicht sein, Handle. Er würde in der Kapelle sein oder im stillen Gebet, gemäß deiner Anweisung.«

Als ihm seine letzte Anweisung einfiel, änderte sich der Gesichtsausdruck des Priors. »Wo habt ihr nachgeschaut?«

»Im Krankenrevier. Ich habe bei Tisch die Häupter gezählt. Andrew, den ich zum Sprechen genötigt habe« – das ließ Frank in Andrews Gunst steigen –, »sagt, in den letzten zwei Tagen ist niemand dort gewesen, und der einzige Fall, den er oder John in dieser Woche versorgt hat, war ein böser Schnitt in Davids Unterarm.«

Es folgte langes Schweigen. »Ungehorsam oder Leichtfertigkeit ist nicht Thomas' Art. Er muss hier irgendwo sein.«

Endlich sprach auch Frater Andrew. »Wir können ihn nicht finden.«

Handle wusste, dass Thomas trotz seiner starken Konstitution höchstwahrscheinlich vor den anderen Mönchen vor seinen Schöpfer treten würde. Beunruhigt stand er auf. »Andrew, wenn er einen Herzinfarkt hatte, aber keinen tödlichen, könnte er dann verwirrt sein?«

»Ja. Wir müssen ihn suchen.«

Handle sagte zu Frater Frank: »Läute die Glocke, rufe die Fratres zusammen.«

Binnen zehn Minuten saßen alle Mönche auf Bänken in der

großen Halle. Versammlungen wurden hier abgehalten, nicht in der Kapelle. Nachdem der Prior das Schweigegebot aufgehoben hatte, fragte er, ob jemand Thomas gesehen hatte.

Soweit sie sich erinnern konnten, war Frater Thomas zuletzt am Vorabend in der Kapelle gesehen worden.

»Jeder geht an seinen Arbeitsplatz. Falls Thomas zufällig dort ist, schaut nach, ob er Hilfe braucht. Prescott, du teilst die übrigen Fratres in Gruppen auf, weist jeder Gruppe einen Abschnitt zu, und ihr sucht das Gelände ab. Oh, gib ihnen auch eine Pfeife. Du weißt, wo die sind.«

Zwanzig Minuten später hörten diejenigen, die draußen in Kälte und Dunkelheit waren, eine Pfeife durch den steifen Wind schrillen. Alle Mönche liefen hin.

Als sie zu der Marienstatue kamen, fanden sie Frater Thomas. Prescott hatte ihn zuerst entdeckt. Er hatte eine Ahnung gehabt, dass der alte Mann hierher kommen würde, einem Lieblingsplatz von ihm, deswegen hatte er sich zusammen mit Mark und John diesen Abschnitt vorgenommen. John kümmerte sich um Mark, der bei dem Anblick zusammengebrochen war.

Frater Prescott zitierte leise aus dem ersten Brief an die Korinther, Kapitel fünfzehn, Vers zweiundzwanzig: »Denn gleichwie sie in Adam alle sterben, also werden sie in Christo alle lebendig gemacht werden.«

13

Mausetot«, rief Harry Fair zu, nachdem sie den Hörer aufgelegt hatte.

»Was?« Er steckte den blonden Kopf in die Sattelkammer.

»Die Mönche haben Frater Thomas tot vor der Statue gefunden, die noch immer Blut weint. Das war eben Susan am Telefon.«

»Arme Susan.« Fair fürchtete, dass Susan emotional überlastet war.

»Sie ist natürlich traurig, aber er war zweiundachtzig, und

sie sagt, er hatte eine Vorahnung. Ich glaube, sie verkraftet es ganz gut.«

Mrs. Murphy spitzte die Ohren. *»Er war das also.«*

Tucker verzog das Gesicht. *»Der Ärmste. Einfach erfroren.«*

Pewter bemerkte überlegen: *»Gefriergetrocknet. Stell dir vor, es gibt Menschen, die gefriertrocknen ihre Haustiere oder Hirschköpfe. Das ist eine Alternative zum Ausstopfen.«*

Mrs. Murphy und Tucker starrten sie an, worauf sie ihnen den Rücken zukehrte und ihre Pfote leckte.

»Ob es wehtut, wenn man so stirbt?«, fragte Harry sich laut.

»Wie fühlt es sich an, wenn man friert? Es brennt, es beißt. Ja, es tut weh, aber vielleicht war er am Ende ja so verwirrt, dass er nicht viel gespürt hat.« Fair, der sich Heu von den Ärmeln wischte, hoffte, dass es so gewesen war. »Warum ist er bloß bei diesem Wetter rausgegangen?«

»Wegen der Tränen. Er wollte sie noch mal sehen.« Harry war gerade damit fertig, eine Kandare blank zu wischen; das weiche Waschleder hatte sie noch in der Hand.

»Vermutlich.« Fair zog seine Lederhandschuhe aus, rote Fingerspitzen kamen zum Vorschein.

»Ich fahre noch mal rauf.«

»Jetzt gleich?«

»Nein, bei Tageslicht. Immerhin habe ich die Tränen zuerst gesehen.«

»Halt dich da raus!«

»Aha!«

»Was aha?« Er blies auf seine Fingerspitzen.

»Du denkst, es war kein natürlicher Tod.«

Er schlug die Hände aneinander, die Fingerspitzen brannten. »Um Gottes willen, Harry.«

»Du hast gesagt, ich soll mich raushalten. Das sagst du nur, wenn du findest, ich bin, äh …«

»Naseweis.«

»Neugierig ist mir lieber.«

»Nenn es, wie du willst; du steckst deine Nase in Sachen, wo sie nicht hingehört. Und dies ist so eine.«

»Hör mal, Fair, Susan und ich haben die Erscheinung gesehen. Die Katzen und Tucker auch. Es war beklemmend.«

»Wir konnten aber nichts riechen. Zu kalt und zu weit oben.« Tucker hatte diesen gewissen Ton in Harrys Stimme wahrgenommen und wusste, dass nichts sie aufhalten würde.

»Ganz sicher wird die Zeugenaussage von Mrs. Murphy, Pewter und Tucker die Mönche ungeheuer erleichtern. Halt du dich fern von Afton. Zum einen, Harry, haben sie einen Verlust zu beklagen, und unter diesen Umständen kannst du nicht rumschnüffeln gehen.«

»Es wird eine Beisetzung geben. Sie werden die Erde aufhacken müssen. Vermutlich müssen sie ihn auftauen oder in kniender Haltung beerdigen, was nicht so schlimm wäre.«

»Harry, du denkst …«

»Praktisch«, beendete sie seinen Satz.

»Plastisch.«

»Fair, denkst du, ich denke wie ein Mann?«

An ihre abrupten Wechsel gewöhnt und an die Landminen, die sie gewöhnlich begleiteten, zögerte er. Manche Fragen, die eine Frau stellt, können von einem Mann, egal wie er darauf eingeht, nicht ohne Streit oder ausführliche Diskussion beantwortet werden. »Warum fragst du?«

»Das hat Susan zu mir gesagt. Ich krieg das ja schon seit meiner Kindheit zu hören, wie du weißt.«

Er rieb die Hände aneinander. »Du denkst logisch. Das ist nicht geschlechtsspezifisch, Klischeevorstellungen hin oder her.«

Sie war erleichtert. »Es stört dich nicht, dass ich nicht … ach, du weißt schon.«

»Was?«

»Dass ich nicht mädchenhaft und anschmiegsam bin.«

»Es hat mich früher nie gestört, warum sollte es mich jetzt stören?«

Mrs. Murphy kicherte. *»Gute Antwort.«*

»Sie will mehr als das«, bemerkte Pewter weise.

»Na ja, BoomBoom ist weiblich. Sie hat einen sehr weiblichen Körper. Vom Kopf her ist sie nicht so mädchenhaft. Irgendwie dazwischen.«

»Harry, ich hab nichts mit ihr.«

»Schon gut, schon gut. Es spricht für BoomBoom, dass sie

kein Feigling ist, das ist mal sicher.« Harry hängte das nächste Zaumzeug über den vierzinkigen Haken, der von der Decke hing, und rieb es ein. »Ich möchte wissen, wie das für sie ist, eine in der Stadt zu haben, die so schön ist wie sie oder womöglich noch schöner.«

»Alicia?« Fair hängte einen Zügel auf den Haken gegenüber, dann griff er sich einen Schwamm. »Sie sind fast zwanzig Jahre auseinander – fünfzehn bis zwanzig, schätze ich. Sie kommen prima miteinander aus. Vielleicht bremst der Altersunterschied BoomBooms natürliches Konkurrenzdenken.«

»Ich mag Alicia wirklich gern.«

»Ich auch.« Er lächelte. »Ich mochte sie schon, als ich in die Grundschule ging. Sie war nicht hochnäsig, sie hat mit mir gesprochen wie mit einem Erwachsenen.«

»Ich weiß, warum du sie gern hast«, neckte sie ihn.

»Nur dich, Skeezits.«

»Wirklich?«

»Wirklich.« Warum musste er sich ihr ständig beweisen?, fragte er sich. Aber weil sich das die meisten Männer fragten, fühlte er sich nicht allein.

»Miranda hat mir Hühnersuppe mit Mais gebracht. Möchtest du welche, wenn wir hier fertig sind?«

»Hat sie auch Maisbrot gebracht?«

»Ja.«

»Ruf sie an und frag, ob sie mit uns essen möchte; schließlich hat sie's ja gekocht.« Er lachte.

»Sie ist mit Tracy verabredet.«

»Weißt du was, ich mache Brownies.« Er warf einen Blick auf die alte Wanduhr. »Halbe Stunde.«

»Abgemacht.« Sie mochte Brownies für ihr Leben gern, wie alles mit Schokolade.

Im selben Augenblick, als Fair aus der Sattelkammer ging, wischte sie mit einer Hand einen Zügel ab und wählte mit der anderen BoomBoooms Nummer.

Harry berichtete BoomBoom, was sie soeben von Susan erfahren hatte. Dann bat sie sie, mit ihr auf den Berg zu kommen. Sie wusste, dass BoomBoom Ja sagen würde.

Als sie auflegte, war sie von sich begeistert; sie hatte eine

Komplizin. Harry tat nichts gern allein, und BoomBoom schlug vor, auch Alicia mitzunehmen. Zu dritt würden sie Fairs Vorwürfen den Wind aus den Segeln nehmen – nicht, dass sie es ihm erzählen würde. Er würde natürlich dahinterkommen, aber bis dahin könnten ein paar Tage vergehen.

Vor sich hin summend, atmete sie den Geruch von Horsemen's One Step ein, einer weißlichen Paste in einem Kübel. Wenn sie einmal im Jahr das Zaumzeug auseinander nahm, wusch sie es mit Kernseife, spülte mit klarem Wasser, tauchte es dann in ein leichtes Öl und hängte es draußen zum Abtropfen über einen Eimer. In der Kälte benutzte sie Horseman's One Step; es hielt das Leder geschmeidig, nachdem sie es gereinigt hatte.

»Erinnert mich daran, dass ich Bonbons für Simon rauslege«, wies Harry ihre Tiere fröhlich an.

Simon, das halb zahme Opossum, liebte Bonbons.

Gelegentlich legte Harry kleine Stückchen rohes Rindfleisch aus für die große Eule in der Kuppel, aber die Eule war so eine fleißige Jägerin, dass sie wenig Zusatznahrung brauchte; Simon dagegen war faul wie die Sünde.

Harry plapperte mit ihren Tieren.

»Sie kriegt garantiert Ärger.« Pewter schüttelte den Kopf.

»Ist nie ein gutes Zeichen, wenn sie so geschwätzig ist«, erklärte Tucker.

Mrs. Murphy seufzte. *»Dann wollen wir lieber hoffen, dass die heilige Jungfrau wirklich Wunder wirken kann.«*

14

BoomBoom versank bis zur Wadenmitte in einer Schneewehe. Sie schüttelte den Fuß frei, tastete sich vorsichtig voran, hoffte auf festeren Grund. Und sie sank wieder ein.

Alicia, die, gegen die bittere Kälte einen königsblauen Schal vor den Mund gezogen, sich ebenfalls vorwärts kämpfte, musste unwillkürlich lachen.

Harry, die mit gesenktem Kopf vorandrängte, rutschte auf dem frischen Pulverschnee aus, der über dem festen Schnee lag; es war wie eine Schichttorte mit dünnen Eisschichten zwischen den Schneelagen.

Tucker hielt sich dicht hinter Harry. Die Katzen, die zu Hause bleiben mussten, wollten sich für diese Gemeinheit rächen.

Ein rosiger Hauch streifte den Schnee. Am fernen östlichen Horizont erschien an diesem Montagmorgen eine schmale mauvefarbene Linie.

Die drei Frauen, die es gewöhnt waren, früh aufzustehen, hatten sich bei BoomBoom getroffen und waren auf den Berg gefahren. BoomBoom hatte ihren Transporter auf dem geräumten Parkplatz des Gasthofs am Afton Mountain abgestellt. Sie nahmen den Fußweg, der hinter dem Kloster vorbeiführte; vom Parkplatz bis zum Kloster waren es vierhundert Meter. Das ganze Grundstück nahm jedoch eine Fläche von zweitausend Morgen ein, und die Marienstatue stand knapp zweieinhalb Kilometer vom nördlichsten Rand des Geländes entfernt.

Es zeugte von der Courage der Frauen, dass jede sich zu diesem Unternehmen entschlossen hatte. Aber Harry hätte es auch geschafft, einen Hund zu überreden, Vegetarier zu werden.

Der Wind wehte Schnee in Alicias Nacken, winzige kalte Kristalle drangen unter ihren Schal. Ihr ging der Gedanke durch den Kopf, dass dieses Abenteuer sie von den Weihnachtsvorbereitungen abhielt. Sie fühlte sich von Weihnachten überwältigt. In Hollywood hatte ihr Personal alles geschmückt, und ihr Mann – egal, welcher – hatte das Geld rausgerückt. In diesem Jahr wollte sie es mit Fred und Doris anpacken, die sie jederzeit aufmuntern konnten.

Als der Himmel in der Ferne hell wurde, stand Maria wie ein einsamer Wächter an der höchsten Stelle des Berges.

Harry blieb einen Moment stehen. Der Anblick, wie die Madonna sich vor den kahlen Bäumen abhob, war unwiderstehlich.

BoomBoom stieß einen leisen Pfiff aus. Die anderen beiden

stapften zu ihr. Sie hatte eine Wildspur entdeckt, die sich zum Garten unterhalb von Maria und auch zu dem Pumpenhaus wand, das Garten, Gewächshaus und Gartenhaus versorgte. Sie gingen im Gänsemarsch, Tucker heftete sich nach wie vor an Harrys Fersen. Sie kamen jetzt besser voran.

Die Indianer haben den Schneeschuh erfunden. Die Stämme im Appalachengebirge hatten sie dringend nötig. Harry wünschte, sie hätte welche.

Als die drei Frauen und Tucker zu der Statue kamen, überstieg die Sonne gerade den Horizont, eine hellrote Kugel, die begann, sich flammend rot zu färben.

Es erstaunte Harry immer wieder, wie schnell die Sonne die Farben wechselte, wie die von Licht überflutete Welt zu lächeln schien.

Meisen, Distelfinken, Kardinalvögel und Hauszaunkönige sausten zwitschernd zwischen Büschen hin und her, viele steuerten die Plätze an, wo die Mönche Körner gestreut hatten. Ein beherztes Kardinalmännchen flog der Jungfrau Maria auf den Kopf und spähte auf die Menschen und den Hund herab.

BoomBoom griff sich unwillkürlich mit der Hand ans Herz. »Mein Gott.«

Ohne sich etwas dabei zu denken, legte Alicia ihren Arm um BoomBooms Taille, da auch sie auf die Tränen in diesem Antlitz starrte, das in der aufgehenden Sonne strahlte.

Obwohl Harry das schon einmal gesehen hatte, stand sie da wie gebannt.

»Ist das Blut?«, fragte der Hund den Kardinalvogel; Vögel besaßen nämlich einen phantastischen Geruchssinn. Bei Raubvögeln war er besonders stark ausgeprägt, aber auch Körnerfresser wie dieser farbenprächtige Kardinal hatten einen Geruchssinn, der alles für einen Menschen Vorstellbare weit übertraf.

Der Kardinalvogel legte den Kopf schief, ein Auge auf die kühne Corgihündin gerichtet, auf deren langer Schnauze Schnee lag. Dann beugte er sich nach unten und wies mit dem Kopf auf die Tränen. *»Ja.«*

»Weißt du das genau? Blut hat so einen kupferartigen Geruch.«

Der Kardinalvogel, der wusste, dass der Corgi ihn nicht jagen würde, tippelte vorsichtig auf Marias Stirn; die Schneebröckchen, die seine Klauen herunterwarfen, fingen das Licht ein und fielen wie winzige Regenbögen. Er beugte sich so weit vor, wie er konnte. »*Das weiß ich, du trübe Tasse! Es ist Blut, Menschenblut. Ich kann den Unterschied erkennen, und du, blöde Töle, kannst du das auch?*«, konterte er die Herausforderung.

»*Klar kann ich das.*« Tucker blähte die weiße Brust. »*Für die Menschen ist das Maria, die Mutter von Jesus Christus, daher ist sie sehr heilig. Sogar eine Statue von ihr ist heilig. Die Menschen sind außer Rand und Band wegen ihrer Tränen. Nicht die drei hier, aber andere.*«

»*Hmm.*« Der Kardinalvogel entfaltete seinen prächtigen Kamm, weil sein Weibchen auf einen nahen Ast geflogen kam. »*Ich weiß über Maria Bescheid. Über Jesus auch. Du kannst nicht unter den Mönchen leben, ohne ihre Geschichten zu hören. Jede Spezies hat ihre Geschichten, denke ich.*« Er plusterte seine mächtige Brust auf. »*Die Kirche hat Kardinäle, ja, die ahmen uns nach, was von Vernunft zeugt, findest du nicht?*«

»*Darauf bin ich nie gekommen.*« Tucker hatte einmal einen katholischen Kardinal in seiner prachtvollen roten Soutane gesehen.

»*O ja*«, erwiderte der Vogel selbstsicher. »*Deswegen heißen sie Kardinäle. Sie wissen, dass wir Gott näher sind als sie. Ich kann näher heranfliegen, verstehst du. Sie haften an der Erde.*«

»Munteres Kerlchen, was?«, flüsterte Harry.

»Quietschvergnügt.« Alicia lächelte und schob ihren Schal vom Mund weg.

»*Hab nie an Fliegen gedacht.*« Tucker sann über die Bemerkung des Kardinals nach.

»*Wie denn auch? Du bist ja auch an die Erde gebunden. Ich krieg alles zu sehen.*«

»*Hast du Gott da oben gesehen?*« Der kräftige kleine Hund glaubte nicht, dass Gott auf dem höchsten Ast eines Baumes hockte.

»*Nein.*« Der Kardinal ließ den Kamm wieder erschlaffen und hob einen Fuß vom Schnee; die kleinen scharfen Krallen glänzten. »*Der große Kardinal im Himmel geht über mein Begriffsvermögen.*«

»Woher weißt du, dass es kein Weißkopfseeadler ist?« Tucker hatte in den letzten vier Jahren etliche Weißkopfseeadler gesehen. Dieser Vogel, das Wappentier der Vereinigten Staaten, erlebte an den großen Flüssen Virginias und nahe der unvergleichlichen Chesapeake Bay eine Wiedergeburt, ein neues Weltwunder.

Der Vogel blies Luft aus den zwei winzigen Schnabellöchern. *»Ha! Was tun die schon außer Fische fressen? Sitzen auf Bäumen, stoßen herab und schnappen sich 'nen Fisch. Die sind so eigennützig, diese Adler. Sind keinen Pfifferling wert.«* Er beugte sich ein bisschen nach vorn, dem Hund entgegen. *»Wenn die ausgewachsenen Männchen nicht die weiße Haube hätten – so ähnlich wie die echten Karmelitenmönche, verstehst du, weiße Kapuze über braun –, dann würde man sie keines zweiten Blickes würdigen.«*

»Sie sind verflixt groß.« Tuckers braune Augen blickten nach oben. Sogar sie fand den Anblick der blutigen Tränen sonderbar.

»Blödsinn.« Der Vogel warf den Kopf zurück, sein Kamm entfaltete sich wieder, was seine Gefährtin zum Lachen brachte. *»Blödsinn, sag ich, Blödsinn. Wenn ich dicht neben einem Weißkopfadler fliegen würde, würdest du zuerst auf mich gucken.«*

Die Frauen untersuchten den Sockel der Statue, den großen Felsblock, auf dem sie stand, und die Fläche ringsum, aber sie konnten nicht mehr erkennen, wo Frater Thomas' Leichnam gefunden worden war, weil in dieser Höhe der heftige Wind und die Schneeböen alle Abdrücke im Schnee mit neuem Schnee zudeckten.

»Du sagst, du kannst alles sehen, wenn du fliegst? Hast du Frater Thomas' Leiche gesehen?«

»Natürlich.«

Seine Gefährtin erhob sich von dem Ast und landete anmutig auf Marias ausgestreckter Hand. *»Wir haben alles gesehen«*, prahlte sie.

»Was soll das heißen?« Tucker spitzte die Ohren. Sie machte die Schnauze ein wenig auf und zeigte kräftige Fangzähne, so weiß wie der Schnee.

»Eine Stunde nach der Abenddämmerung, da haben wir, wir wohnen ja gleich da drüben.« Sie deutete zu einem knorrigen alten Walnussbaum mit dicken Knubbeln an der Seite. *»Stock-*

finster war's, es hat geschneit, und wir haben ein komisches Geräusch gehört, drum hab ich rausgeguckt, und da war er.«

»Raufgekommen zum Beten?« Tucker setzte sich hin, der Schnee kühlte ihr schwanzloses Hinterteil.

»Nehm ich an«, antwortete sie.

»Der Ärmste muss einen Herzanfall gehabt haben und dann erfroren sein.« Tucker tat der alte Mann Leid, aber vielleicht war es ihm ja irgendwie ein Trost gewesen, im Angesicht der heiligen Jungfrau Maria zu sterben.

»O nein«, sagte der Vogel. *»Nein. Er hat gebetet. Wir haben uns wieder reingekuschelt, aber dann haben wir Schritte gehört. Weil Frater Thomas ein Mensch ist, konnte er sie im Schnee nicht hören. Wir sind rechtzeitig hochgeflogen, um so viel zu sehen, wie wir konnten, aber es hat so geschneit, dicke Flocken, und dicht. Jemand hat sich hinter ihm rangeschlichen, hat Frater Thomas mit der rechten Hand den Mund zugehalten und ihm die linke Hand auf die Schulter gelegt und ihn so runtergedrückt.«*

»Was?«, bellte Tucker lauter als beabsichtigt.

»Es war schwer zu erkennen, der Schnee ist rumgewirbelt. Er hat sich zu dem Mönch gebeugt und ihn irgendwie wieder in seine Bethaltung gebracht. Der hat ihn ermordet, das ist so sicher wie das Amen in der Kirche.«

»Konntet ihr sein Gesicht sehen?«

»Seine Kapuze und seine Kutte haben es verdeckt«, erklärte das Kardinalweibchen, das von bräunlich-hellgrüner Farbe war, mit dunkleren, rötlich getönten Flügeln und Schwanzfedern.

»Ein Mönch hat einen Mönch ermordet.« Tucker fand das besonders schrecklich.

»Ein Mensch ermordet einen Menschen.« Das Kardinalmännchen hüpfte herunter und setzte sich neben seine Gefährtin. *»Wenn Menschen ihre natürliche Wesensart unterdrücken, handeln sie verdreht.«*

»Ja, da stimme ich dir zu, aber ich glaube nicht, dass Töten Teil ihrer natürlichen Wesensart ist.«

»Ha!« Er legte den Kopf nach hinten und stieß einen Triller aus. *»Sie töten Wild, sie töten Fasane, sie töten Wale und Delphine, sie töten Löwen und Tiger, und sie töten sich gegenseitig morgens, mittags, abends. Alles was sie tun, ist töten.«*

»Meine beste Freundin tötet nicht«, verteidigte Tucker Harry standhaft.

»Sie ist eine Frau. Frauen laufen nicht rum und töten. Das tun die Männer. Ich sag dir, sie leben, um zu töten.« Der Kardinal bemerkte unten in den alten Stechpalmensträuchern sechs Distelfinken, die sich angeregt unterhielten.

»Das glaub ich nicht.« Tucker war nicht unhöflich, aber sie mochte nicht etwas beipflichten, das sie für irrig oder falsch hielt. *»Die meisten wollen leben und leben lassen; die das nicht wollen, das sind die, die den ganzen Schlamassel verursachen. Und ich sehe nicht, dass wir da viel dran ändern könnten.«*

»Wohl wahr«, erwiderte das Kardinalweibchen.

»Passieren hier oben seltsame Dinge? Ich meine abgesehen davon, dass Frater Thomas ermordet wurde?«, fragte Tucker.

Das Weibchen senkte die Stimme. *»Meine Güte, ja.«*

»Nicht alle im heiligen Orden sind heilig«, sagte das Männchen. *»Sie trinken, sie rauchen und nehmen Drogen.«* Er breitete die Flügel aus. *»Mach lieber, dass du hier weggkommst.«*

Die Vögel flogen davon, Tucker drehte sich um, atmete tief ein. Drei weitere Menschen kamen herauf; sie nahm schwach den warmen Lanolingeruch wahr, der durch die kalte Luft wehte.

Alicia berührte Harrys Arm. »Ich glaube nicht, dass wir was finden.«

BoomBoom erspähte Frater Frank, Frater Andrew und Frater Mark, bevor Harry sie sah.

»Harry«, rief Frater Frank.

»O Scheiße«, murmelte Harry vor sich hin.

15

Das Hinscheiden von Frater Thomas ging den drei Mönchen sehr nahe. Man nahm an, dass er eines natürlichen Todes gestorben war. Er war schließlich sehr alt. Hätte der Kardinalvogel sich den drei Männern mitteilen können, dann hätte Frater Andrew sicher eine Autopsie vornehmen lassen. Da der Leichnam nicht einbalsamiert worden war, hatte man den Verstorbenen rasch mit dem angemessenen Zeremoniell beerdigt.

»Was machen Sie hier?«, fragte Frater Frank Harry erzürnt, während er die anderen zwei Frauen musterte.

»Ich bin gekommen, um die Tränen der heiligen Jungfrau Maria zu sehen.« Sie sprach die halbe Wahrheit. Tucker setzte sich beschützend auf Harrys rechten Fuß und ließ die drei Mönche nicht aus den Augen.

»Tod von den Knöcheln abwärts«, lautete Tuckers Devise.

»Das Eingangstor ist verschlossen. Wie sind Sie hereingekommen?« Frater Franks Gesicht war von der Erregung und der Kälte gerötet.

»Zu Fuß«, erwiderte Harry.

»Schwieriges Vorankommen.« Frater Andrew stellte fest, dass alle drei Frauen offensichtlich bei bemerkenswert guter Gesundheit waren. Er lächelte müde. »Die Mediengeier können nicht hinten herum kommen. Die Kamera ist schwer, und sie sind nicht gut zu Fuß.«

»Wir sind Mädels vom Land.« BoomBoom hoffte, die Situation entspannen zu können. »Und entschuldigen Sie die Störung. Harry hat dieses Phänomen als Erste gesehen. Wir wollten es mit eigenen Augen sehen.«

»Es ist das Wunder von Blue Ridge.« Marks Augen wurden feucht. »Die Mutter Gottes schickt uns ihre Liebe, und sie weint für uns. Ihre Tränen werden uns von unseren Sünden reinwaschen.«

»Es ist nicht deine Sache, Wunder zu verkünden«, fuhr Frank ihn an; eine graue Haarsträhne rutschte unter seiner Kapuze hervor.

»Ich verkünde nichts.« Mark zeigte eine seltene Anwandlung von Trotz. »Unsere Liebe Frau steht vor uns, und wir können ihre Tränen nicht leugnen.«

»Genug jetzt.« Frank hatte die Stimme gehoben, was Andrew veranlasste, dem Schatzmeister sanft die Hand auf die Schulter zu legen.

»Du hast Recht, Frank, aber das hier ist so außergewöhnlich, dass jeder von uns auf seine Weise reagiert.« Er drehte sich zu Mark um, lächelte ihm gütig zu und sagte dann zu Alicia, die er kannte: »Es ist eine Sache, aus Neugier durch Schnee und Kälte zu kommen, aber vielleicht haben Sie noch andere Gründe?«

»Kennen Sie jemanden, der aus Gebeten keinen Nutzen zieht?« Alicia hatte durchaus ihre Gründe. Sie war drauf und dran, sich zu verlieben, und sie war sich absolut nicht sicher, ob sie das wollte, weil die Liebe in ihrem Leben immer alles auf den Kopf stellte.

»Nein«, erwiderte Frater Andrew herzlich. Er war weder für ihre noch für BoomBooms Schönheit unempfänglich.

»Verzeihen Sie, dass wir Sie gestört haben«, meinte Alicia. »Aber ich muss schon sagen, der Anblick der Tränen ist tief bewegend.«

»Ja.« Andrew lächelte wieder.

»Die Liebe der Mutter Gottes wird allen zuteil, die zu ihr beten. Diese äußerlichen Anzeichen sind« – Frank suchte nach dem Wort – »Firlefanz.«

»Das ist nicht wahr!«, platzte Mark heraus; seine Hand packte den Strick, der um seine Taille gebunden war. »Es ist ein Zeichen von …«

Frank hob die Hände, als wollte er den aufsässigen Burschen schlagen, hielt aber mitten in der Luft inne. »Haben wir nicht genug erlitten ohne deine ausgefallenen Ausbrüche?« Dann packte er Mark am Ärmel. »Es gibt Offenbarungen, und es gibt Vernunft. Versuche, ein bisschen Vernunft walten zu lassen. Du kannst keine Wunder verkünden.«

Frater Andrew blies ins gleiche Horn: »Er hat Recht. Ich sage nicht, dass unsere Liebe Frau nicht die Hand nach uns ausstreckt, aber wir müssen bei der Bekanntgabe besonnen und verantwortungsvoll vorgehen.«

»Warum? Channel 29 war doch bereits hier.« Frater Mark war nicht so einsichtig, den Mund zu halten.

Frater Frank zog eine Augenbraue hoch und sah Harry offen an. Der Blick, mit dem sie den seinen erwiderte, sagte ihm, was er schon wusste: Sie hatte ihr Versprechen gehalten. »Sind Sie wirklich gekommen, um sie noch einmal zu sehen?«

»Ja.« Harry zögerte kurz. »Ja, und ich dachte, wenn wir durch den Wald kommen, stören wir niemanden. Und ich gebe zu, ich weiß, dass Frater Thomas in betender Haltung erfroren vor der Statue aufgefunden wurde.«

Frater Andrew wandte ihr ruckartig den Kopf zu. »Woher wissen Sie das?«

»Von Susan Tucker. Frater Thomas war ihr Großonkel mütterlicherseits, von der Familie Bland Wade. Die Angehörigen sind von seinem Tod verständigt worden. Sie wussten doch, dass sie verwandt waren?«

»Ah.« Frater Frank hatte Susan in seinem augenblicklichen Zustand ganz vergessen.

»Er war ein alter Mann, ein guter Mensch. Ich weiß nicht, was wir ohne ihn anfangen werden. Er war dabei, Frater Mark im Umgang mit altem Werkzeug zu unterweisen, ihm beizubringen, wie man alte Geräte pflegt und instand setzt«, erzählte Frater Andrew gefühlvoll. »Wenn der Boiler versagte, hat Thomas ihn zum Leben erweckt. War ein alter Deckenbalken schadhaft, konnte er ihn mit Werkzeug aus der Zeit, als dieses Kloster gebaut wurde, ausbessern.« Er sagte es voll Bewunderung.

»Wenigstens hat das Antlitz unserer Lieben Frau auf ihn herabgeblickt, als er starb.« Frater Mark sah aus, als würde er gleich einen neuen Gefühlsausbruch erleiden.

»Ja, ja«, murmelte Frater Frank geistesabwesend.

»Die Anstrengung, hier heraufzugehen, und die bittere Kälte waren wohl zu viel für ihn«, erklärte Frater Andrew.

»Es tut mir Leid. Ehrlich. Ich wollte Ihnen keinen Ärger machen, und ich habe BoomBoom und Alicia überredet, mitzukommen.« Harry war zerknirscht.

»Harry, Ihre Neugier ... na ja.« Frater Frank schüttelte den Kopf.

Ein Atemwölkchen entströmte ihrem Mund. »Ich weiß. Es tut mir leid.«

»Es tut uns Leid«, sagte BoomBoom. »Wir lassen Sie jetzt in Ruhe.«

Frank sah zu Marias Antlitz hinauf. »Solange sie weint, werden wir hier wohl keine Ruhe haben.«

Mark wollte etwas sagen, doch Andrew legte dem jungen Mann seine kräftige Hand auf den Arm.

Die drei Fauen eilten den Hohlweg hinunter, der Kardinalvogel flog über ihnen.

»War nett, sich mit dir zu unterhalten.«

»Ganz meinerseits. Halt die Augen offen. Ich komme wieder«, verkündete Tucker.

»Dein Mensch kommt hiernach bestimmt nicht wieder«, prophezeite der Kardinalvogel zuversichtlich.

»Da kennst du Harry aber schlecht.«

Da sie in ihren alten Fußspuren gingen, die in dem wirbelnden Schnee schon zu verwischen begannen, war der Rückweg leichter zu bewältigen als der Weg hinauf zu der Statue, auch wenn sie hier und da mal ausrutschten.

Kaum saßen sie in der Fahrerkabine von BoomBooms Transporter, brach Alicia in Lachen aus. »Ich komm mir vor wie ein Kind.«

BoomBoom lachte ebenfalls. »Ich auch. Es war, als wären wir in der Schule beim Abschreiben erwischt worden.«

Harry, die am Fenster saß, damit Tucker rausschauen konnte, drückte sich fester dagegen. »Frater Frank kann meinetwegen über seinen Rosenkranz stolpern. Sie sollten zum heiligen Valerian beten, den man gegen Unterkühlung und Schneestürme anruft.«

»Harry, Sie sind eine Zynikerin.« Alicia lachte über sie. »Lasst uns nach Staunton fahren, es sind zwanzig Minuten von hier bis zu Shorty's Diner. Zeit fürs Frühstück.«

»Ich bin dafür«, stimmte BoomBoom zu, die sich eng an Alicia drückte.

»Ich auch.«

»Ich auch«, sprach Tucker ihr nach.

BoomBoom startete den Motor und ließ ihn kurz warmlaufen. Der mit Telefon ausgestattete Wagen gab ein Signal, als der Motor ansprang. BoomBoom drückte die 4 auf dem Zahlenfeld neben dem Radio.

»Cool.« Harry bewunderte alles, was mit Technik zu tun hatte.

»Ich hab die Nummern, die ich am meisten wähle, eingespeichert.«

»Wer ist die Nummer eins?« Alicia wackelte mit den Zehen, die langsam warm wurden.

»Wird nicht verraten.«

»Ihre Mutter, die es sich in Montecito in Kalifornien gut gehen lässt, wetten?« Neid regte sich in Harry. Sie wollte so ein Telefon in ihrem Transporter haben. Aber weil der Wagen so alt war, würde die Telefonanlage mehr wert sein als der Transporter.

»Nein.« BoomBoom lächelte scheu, dann kam eine weibliche Stimme über den kleinen Lautsprecher, der in der Deckenverkleidung eingebaut war.

»Hallo.«

»Alicia, Harry und ich sind in einer halben Stunde bei Shorty's. Wär klasse, wenn du kommen könntest. Ich lade dich zum Frühstück ein.«

»Momentchen.«

Die anderen erkannten die Stimme von Mary O'Brien, einer Ärztin in Staunton.

»Sie fragt ihren Terminkalender.« BoomBoom knöpfte ihren Mantel auf und wickelte ihren Kaschmirschal ab.

»Wir sehen uns dort.« Damit legte Mary auf.

Als sie in die Interstate 64 Richtung Westen einbogen, fuhr BoomBoom besonders vorsichtig. Nach fünf Minuten tauchten sie aus dem Nebel, der den Gipfel des Afton Mountain einhüllte. Vor ihnen breitete sich das unvergleichliche Shenandoah-Tal aus, das unter einer tiefen grauen Wolkendecke lag.

»Habt ihr den Chinchillamantel gesehen, den Mary letzten Sonntag anhatte?« BoomBoom liebte Anziehsachen.

»Von ihrer Mutter. Wunderschön. Heutzutage sieht man kaum noch Chinchilla.« Alicia streichelte Tucker, die fand, Zuwendung sei schöner als auf die Waynesboro-Ausfahrten gucken.

»Ich wollte immer einen Silberfuchs.« Harry sah das Schild von Wendy's vorbeihuschen, wo sie bei schönem Wetter gerne einkehrte. Sie hatte eine Schwäche für den Milchshake mit Schokoladeneis.

»Ich wusste gar nicht, dass du dich für Pelze interessierst«, tat BoomBoom erstaunt.

»Hm«, dann kam eine lange Pause, »irgendwie schon, aber mein Sinn für Mode ist beschränkt.«

»Keine Modefetischistin.« BoomBoom, die eine war, sagte es ohne Sarkasmus.

Harry zählte ihre Garderobe auf: »Weißes T-Shirt oder weißes Hemd, Levi's 501, Cowboystiefel oder Winterstiefel, ein alter Kaschmirpullover und Dads Lederjacke, außer es ist scheußlich kalt.«

»Sie haben bei der Hospice Foundation zweikarätige Diamant-Ohrstecker getragen.« Alicia mochte Harry. »Sehr kleidsam.«

»Von meiner Mutter. Ähnlich wie bei Marys Chinchillamantel.«

»Deine Mutter ging immer gut angezogen.« BoomBoom erinnerte sich an die elegante, liebenswürdige Mrs. Minor, geborene Hepworth.

»Kennt ihr die Sendung *Schwuler Blick macht Heteros schick?*«, fragte Harry. »Ich bräuchte *Schwuler Blick macht Hetera schick*«, allerdings glaub ich nicht, dass die Jungs sich ausgerechnet ein Mädchen vom Land aussuchen würden.«

»Doch, würden sie. Du hast kräftige Knochen und bist gut gebaut.« BoomBoom machte ihr dieses Kompliment.

»Es ist dir aufgefallen.« Alicia lachte.

BoomBoom wurde rot. »Klar. Ist mir schon im ersten Schuljahr aufgefallen, und Harry und ich haben immer in allen Sportarten konkurriert. Ich hab in den einen gesiegt, sie in den anderen.«

»Dann kam die Pupertät. Dir sind die dicken Möpse gewachsen.« Harry kicherte.

»Wer will schon einen Busen, der mit dem übrigen Körper in keinem Verhältnis steht«, erwiderte BoomBoom schlicht.

»Hören Sie, wenn Sie Ihre Garderobe auffrischen wollen, sagen Sie's mir, dann gehe ich mit Ihnen zu Nordstrom in Short Pump. Nach Tyson's Corner will ich nicht. Da kriegen mich keine zehn Pferde hin, und jetzt vor Weihnachten schon gar nicht, aber nach Short Pump fahre ich gern nach den Feiertagen«, erbot sich Alicia.

»Danke.« Harry erwähnte nicht, dass sie dafür kein Geld hatte, aber die anderen zwei wussten es auch so.

Alicia, großzügig bis zum Gehtnichtmehr, überlegte, wie sie Harry helfen könnte, ohne sie in Verlegenheit zu bringen, indem sie ihr Geld gab. Sie würde einen Weg finden, genau wie sie dem Tierheim »Almost Home Pet Adoption Center« anonym Geld zukommen ließ, nachdem sie Bo Newell getroffen hatte.

»Wenn ich das Geld, das ich jedes Jahr für Kleidung ausgebe, in Aktien anlegen würde, wäre ich eine reiche Frau«, meinte BoomBoom nachdenklich.

»Du bist schon eine reiche Frau«, stellte Alicia richtig. »Du arbeitest dafür. Dann kannst du es auch ruhig ausgeben. Du kannst es nicht mit ins Grab nehmen. Denk nur an Frater Thomas.«

»Hatte er Vermögen?«, fragte BoomBoom.

»Ja«, klärte Harry sie auf. »Er hatte die fünfzehnhundert Morgen Bland-Wade-Land geerbt. Die Mönche haben ein Recht auf Privatbesitz und auf Einkünfte aus ihrer Arbeit. Das hat im Laufe der Jahrhunderte zu Missbrauch geführt. Es gab Ansätze zu Reformen. Aber Frater Thomas hatte Geld. Mehr weiß ich auch nicht.« Sie hielt inne. »Hmm, ich möchte wissen, wer sonst noch davon wusste – von Frater Thomas' Finanzlage.« Harry streichelte Tuckers Ohr.

»Fang bloß nicht an, über Geld zu reden.« BoomBoom lachte.

Bei Shorty's angekommen, musste Tucker im Wagen bleiben. Harry brachte ihr Würstchen, die sie auf Papiertücher auf den Fußboden legte, obwohl es BoomBoom eigentlich egal war. So etepetete sie bei ihrem eigenen Aussehen sein konnte, bei ihrem Transporter war sie nicht penibel. Sie liebte Tiere, fand sich mit dem Haaren ab, mit den Bröckchen, die sie hier und da fallen ließen, mit Rotz aus feuchten Nasen und schmutzigen Pfotenabdrücken an den Fenstern.

Die drei klärten Mary über die Vorkommnisse auf dem Berg auf.

»Keine Autopsie.« Harry stach mit der Gabel in die Eier.

»Das ist nicht ungewöhnlich.« Mary trank eine Tasse starken Kaffee.

»Sie sind Ärztin. Meinen Sie nicht, bei jedem sollte eine Autopsie vorgenommen werden?«, wollte Harry wissen.

»Erst wenn er tot ist«, antwortete Mary trocken.

»Ich habe mal was gelesen, im *Wall Street Journal*, glaub ich, da ging's um nicht-invasive Autopsie, so was wie Magnetresonanztomographie an Leichen«, sagte Alicia. Sie las jeden Tag fünf Zeitungen.

»Das ist so teuer. Im Augusta Medical Center wird man auf keinen Fall eine, sagen wir, reife Leiche in ein MRT-Gerät stecken und es dann für einen lebenden Patienten benutzen. Der Bezirk kann sich keinesfalls eine MRT an Toten leisten. Die Kosten für die Prozedur an einer einzigen Leiche belaufen sich auf ungefähr viertausend Dollar.«

»Viertausend Dollar«, stöhnte Harry. »Dafür würde ich einen Dreibretterzaun für eine Koppel kriegen!«

»Eiche oder behandelte Kiefer?«, fragte Mary, und ihre blauen Augen blitzten.

Da sie alle vom Land waren, waren sie über solche Kosten genau im Bilde. Die schwankenden Nutzholzpreise belasteten sie ganz schön.

»Aber finden Sie es nicht merkwürdig, ohne Autopsie?«

»Nein. Als Ärztin würde ich die genaue Todesursache wissen wollen, aber viele Angehörige nimmt die Prozedur furchtbar mit. Sie denken, es ist eine Entweihung ihrer Lieben, und ich kann das verstehen, auch wenn ich anderer Meinung bin. Die Seele verlässt den Körper, und aus. Man verwendet den Körper, um zu lernen. Ich sehe Frater Andrew und Frater John manchmal im Health Co-op« – das war das Krankenhaus für die Armen –, »sie sehen das genauso. In diesem Fall hätte Susan die Autopsie anordnen müssen.«

»Susan findet, er soll in Frieden ruhen.« Alicia verzehrte munter ihre Spiegeleier.

»Harry, warum bist du so versessen darauf?« BoomBoom meinte die Antwort zu kennen, aber sie fragte trotzdem.

»Tja, und wenn er nun keines natürlichen Todes gestorben ist?«

»Ich hab's gewusst!«, triumphierte BoomBoom. »Harry, ich schwöre, du siehst hinter jedem Gebüsch einen Mörder.«

16

So ein arroganter Trottel.« Pewter sah sich in ihrer geringschätzigen Meinung über alles Gefiederte bestätigt, nachdem sie Tuckers Bericht über das Gespräch mit dem Kardinalvogel gehört hatte.

Mrs. Murphy lauschte dem Knacken der Kirschholzscheite im Wohnzimmerkamin. Sie ruhte in dem Ohrensessel, der vor der alten Kamineinfassung mit den Wedgwood-Intarsien stand. Pewter saß ihr in dem anderen Ohrensessel gegenüber, Tucker hatte sich vors Feuer plumpsen lassen.

Harry machte eine Dose Spargel auf. Weil sie in der Küche war, bekam sie die Unterhaltung nicht mit – nicht, dass sie etwas verstanden hätte, aber sie hörte hin, wenn ihre Tiere sprachen. Von Zeit zu Zeit begriff sie ein bisschen von dem, was sie ihr mitzuteilen versuchten. Sie war nicht im Keller gewesen, sonst hätte sie sofort begriffen, dass die zwei Katzen ihre Wut mitzuteilen wünschten. Sie hatten ihren Groll darüber, dass sie zu Hause bleiben mussten, an den Fünfzig-Pfund-Säcken mit Disteln und Vogelfutter ausgelassen, die Harry dort lagerte. Die Unterseiten waren säuberlich aufgerissen und die Körner überall verstreut worden; das Futter wand sich in langen Ranken über den Betonboden. Zufrieden mit dem, was sie angerichtet hatten, waren die zwei wieder nach oben gegangen, um auf Harry und Tucker zu warten.

»Frater Thomas hat's vom Sockel gehauen«, berichtete Tucker.

»Spatzenhirn«, fügte Pewter an.

»Meinst du Frater Thomas, oder sprichst du noch von dem Kardinalvogel?« Mrs. Murphy setzte sich auf und streckte sich.

»Beide«, antwortete Pewter lakonisch.

»Das ist gemein, Pewts«, sagte Tucker. *»Frater Thomas war kein Spatzenhirn.«*

»Aber er war blöd genug, in bitterer Kälte und blendendem Schnee zu beten und sich dann ersticken oder erwürgen zu lassen.«

»Er wurde nicht erwürgt. Der Kardinal sagt, ein Mönch hat seine Hand auf Frater Thomas' Mund gelegt; er hat es durch den wirbelnden Schnee gesehen.«

»Hmm, wenn er erwürgt worden wäre, hätte man es bemerkt. Abgesehen von den Würgemalen am Hals, wären seine Augen blutunterlaufen gewesen.« Mrs. Murphy, die viele Mäuse und Maulwürfe getötet hatte, allerdings nie durch Erwürgen, hatte je nach Todesart ein Gespür dafür, was passiert war. Und als Katze schreckte sie nicht davor zurück, wie es ein Mensch vielleicht tun würde.

»Man hätte die Male mit Schminke übertünchen können«, dachte Pewter laut.

»Nicht vollständig. An seinen Augäpfeln hätte man nichts ändern können. Was immer ihm verabreicht wurde, es hat schnell gewirkt. Und bedenkt, er ist nicht vornüber gekippt. Er blieb knien, die Hände auf dem Steinsockel.« Mrs. Murphy war von diesem sonderbaren Mord fasziniert.

»War vermutlich schon halb erfroren«, warf Pewter forsch ein.

»Kann sein, kann sein.« Tucker ging einen Schritt vom Feuer weg, weil ihr heiß wurde.

»Wohnt der Kardinal in der Nähe der Statue?«, fragte Mrs. Murphy.

»Auf der Seite, wo's runtergeht. Da sind auch jede Menge Büsche und Lichtungen, ideal für ihn und sein Weibchen. Die ganze Gegend ist voll von Vögeln.«

»Vögel stinken.« Pewter verzog das Gesicht.

»Hühner, Truthähne und Enten stinken, wenn sie im Stall sind. Bei Wildvögeln ist es nicht so schlimm«, erwiderte Mrs. Murphy.

»Riechen kann man sie trotzdem«, beharrte Pewter.

»Wir können sie riechen. Menschen nicht. Menschen können bloß einen Hühnerstall riechen.«

Es war Tucker unbegreiflich, wie irgendein Tier ohne einen ausgeprägten Geruchssinn leben konnte.

»Weil sie rauchen«, bemerkte Pewter.

»Ist ihnen nicht förderlich, aber sie kommen von vornherein nicht mit einem guten Riecher auf die Welt. Guck doch bloß mal, was sie für kleine Nasen haben. Da drin kann sich keine Luft erwärmen.« Tucker lachte.

»Schon, aber guck doch, wie klein unsere Nasen sind, und wir haben einen ausgezeichneten Geruchssinn.« Mrs. Murphy gestand Tucker in Sachen Riecher den ersten Platz zu, aber Katzen

hatten eine sehr gute Nase. *»Es liegt an ihren Rezeptoren – sie haben nicht viele. Sie können nichts dafür.«*

»Für einen Menschen setzt Harry sehr oft auf ihre Nase.« Tucker schaute zu Harry hin. *»Ich glaube, weil sie genau beobachtet, was rings um sie vorgeht, nimmt sie Gerüche eher wahr als andere Menschen, obwohl sie nicht so gut ausgestattet ist wie wir.«*

»Sie sollte lieber beobachten, was in ihr selbst vorgeht«, meinte Pewter; Tucker hatte ihren Freundinnen von Fairs Ultimatum erzählt.

»Ist nicht ihre Art.« Mrs. Murphy nahm Harry so, wie sie war. Die Katze hatte vor langer Zeit gelernt, dass sie niemanden ändern konnte. Es war auch nicht ihr Wunsch, Harry zu ändern, die schließlich einer weniger entwickelten Spezies angehörte als sie selbst. Wenn sie jedoch eine Sache ändern könnte, dann würde sie Harrys Fähigkeit verbessern, Katzen und Hund zu verstehen. *»Sie hat Susan oder Miranda noch nichts von ihrem Thanksgiving-Gespräch mit Fair erzählt. Wer weiß, wann sie sich dazu aufrafft?«*

Tucker kam wieder auf die Statue zu sprechen. *»Der Kardinal hat gesagt, das Blut hat wie Kupfer gerochen, und Blut riecht so, wie ihr wisst.«*

»Höchst merkwürdig.« Mrs. Murphy setzte sich aufrecht, beide Vorderpfoten vor sich wie eine ägyptische Katzenstatue.

»Warum wurde Frater Thomas umgebracht?« Tucker war das Ganze zuwider.

»Vielleicht hat seine Ermordung mit seinem Leben zu tun, ehe er Mönch wurde«, erwiderte die kluge Pewter.

»Frater Thomas hat sein Gelübde abgelegt, bevor die meisten anderen Mönche geboren wurden.« Mrs. Murphy hörte die Kühlschranktür auf- und zugehen. *»Wer wusste überhaupt was von seinem Leben, bevor er ein Greyfriar wurde?«*

»Vielleicht hat er Jungen belästigt, und die haben ihn umgebracht.« Pewter wusste von den Kalamitäten in der katholischen Kirche.

»Wie denn? Die kriegen da oben doch kaum Jungs und Mädchen zu sehen, außer wenn ein Vater oder eine Mutter ein Kind mit in einen Laden nimmt. Es ist kein Ausflugsziel für Kinder.« Mrs. Murphy lauschte mit einem Ohr Richtung Küche. *»Die einzi-*

gen Mönche, die Kinder zu sehen kriegen, sind die zwei Ärzte-Mönche, und ich kann mich zwar irren, aber ich wette mit euch um zehn Feldmäuse, dass Frater Andrew und Frater John ganz bestimmt keine Kinder missbrauchen.«

»Vielleicht missbrauchen sie sich gegenseitig.« Pewter goutierte den Sex-Aspekt.

»Und wenn schon, wen würd's kümmern?« Jetzt lauschte auch Tucker zur Küche hin.

»Mich!«, antwortete Pewter unerschrocken.

Mrs. Murphy lachte. *»Niemand missbraucht dich, Pewter.«*

»Wenn ich ein Mönch wäre, würd's mich kümmern.«

»Das sind erwachsene Männer. Die können sich wehren.« Mrs. Murphy glaubte nicht, dass es hier um Sex ging.

»Aber nicht, wenn sich zwei gegen einen verbünden.«

»Da hat sie Recht«, stimmte Tucker der grauen Katze zu, *»ist aber eher unwahrscheinlich.«*

»Mord auch«, konterte Pewter.

»Wohl wahr.« Mrs. Murphy machte die Augen halb zu.

»Entweder wurde Frater Thomas von was eingeholt, das er gemacht hat, bevor er Mönch wurde, versteht ihr, à la ›Die Rache ist mein‹.« Tucker, die der Bibel zitierenden Miranda jahrelang zugehört hatte, zitierte diesen kurzen Abschnitt aus dem fünften Buch Mose, Kapitel zweiunddreißig, Vers fünfunddreißig.

»Oder er hat was gewusst, was mordsmäßig Wichtiges.« Die Tigerkatze schoss plötzlich aus dem Ohrensessel und raste in die Küche.

Tucker folgte ihr auf der Pfote.

»Hey!«, rief Pewter ihnen nach, dann stieg ihr Rindfleischgeruch in die Nase. Sie sprang aus dem Ohrensessel.

Harry füllte gekochtes Rindfleisch, Trockenfutter und Brühe in drei Näpfe. Tucker bekam eine andere Sorte Trockenfutter als die Katzen. Hundefutter enthält weniger Fett als Katzenfutter, was hieß, wenn Tucker Katzenfutter stibitzen konnte, dann tat sie es.

Harry briet sich ein kleines Steak, während sie den Spargel in einem Kochtopf erhitzte. Fair würde heute Abend nicht kommen. Montagabends blieb er in der Klinik und erledigte liegen gebliebenen Papierkram. Sie versuchten, die Dienstage, Samstage und Sonntage gemeinsam zu verbringen.

Ende November und im Dezember war ihm eine Verschnaufpause gegönnt; denn Fair hatte sich auf Pferdefortpflanzung spezialisiert. Im Januar und Februar hatten die Züchter alle Hände voll zu tun, und Fair natürlich auch. Die Fohlzeit der Vollblüter überschnitt sich zum Teil mit der Zuchtsaison. Fohlen kamen, wann es ihnen passte, ganz so wie Menschenbabys, weswegen Fair an manchen Tagen wenig Schlaf hatte. Gegen Ende März normalisierte sich die Lage dann wieder.

Tucker war als Erste fertig, weil sie ihr Futter regelrecht verschlang. Die Katzen aßen mit mehr Anstand, wiewohl Futterbröckchen an Pewters Schnurrhaaren haften blieben. Dem folgte eine Putzprozedur, die ein Covergirl in den Schatten stellen würde.

»Der Kardinal ist eingebildet, weil er der Staatsvogel von Virginia ist.« Tucker konnte ihn trotz seiner Hochnäsigkeit gut leiden. *»Das steigt denen zu Kopf.«*

»Der Staatshund ist der Foxhound. Ich glaube, denen steigt das nicht zu Kopf.« Mrs. Murphy mochte Foxhounds; sie mochte eigentlich alle Jagdhunde, weil sie gute Problemlöser waren.

»Der Corgi sollte Staatshund sein.« Tucker ließ ein bisschen Selbstgefälligkeit aufblitzen.

»Königin Elizabeth hat die Rechte darauf.« Mrs. Murphy lachte.

»Ja, Tucker, du gehörst in den Buckingham Palast oder nach Sandringham oder so.« Pewter biss in ein leckeres warmes Rindfleischstückchen; das Fett daran machte es besonders köstlich für ihren Gaumen.

»Ja, nicht wahr?« Der stämmige Hund lächelte. *»Der Foxhound ist nur deswegen Sieger geworden, weil Virginia das Zentrum der Fuchsjagd in Amerika ist. Es ist praktisch der Staatssport.«*

»Ja«, sagten beide Katzen und lachten, *»und der Fuchs gewinnt immer.«*

Pewter rief schnell: *»Ein Happen für mich.«* Dann versenkte sie ihr Gesicht in Mrs. Murphys Napf und schnappte sich einen saftigen Rindfleischbrocken.

»Verdammt«, schimpfte Mrs. Murphy.

»Hihi.« Pewter kaute genüsslich.

»Ist ja gut. Hätte ich es bloß zuerst gesagt.«

»Ist euch schon mal aufgefallen, dass der Schnabel von einem Kardinalvogel die Farbe wechselt?« Tucker rückte vorsichtig näher an Pewters Napf heran, der noch nicht ganz leergefuttert war.

»Hey, ich sehe dich. Vergiss es«, knurrte Pewter.

»Wenn du nicht mehr kannst, helfe ich dir gerne.«

»Tucker, du lügst.« Die graue Katze beugte sich über ihren Napf.

»Wenn der Kardinal gerade flügge geworden ist, dann ist sein Schnabel schwarz; der Vogel ist dann graubraun mit farbigen Flügeln. Menschen, die nicht genau hingucken, verwechseln manchmal die männlichen Jungvögel mit den weiblichen.«

»Oh, wieso das denn?«, nuschelte Pewter mit vollem Mund. *»Das Weibchen hat einen orangefarbenen Schnabel, Orange an der Brust und ein schönes Orangerot an Flügeln und Schwanz. Und es hat einen Hauch Farbe an der hellgrauen Brust. Es ist nicht zu übersehen.«*

»Manche sind gelblich. Es gibt so viele Farbvariationen. Einmal hab ich mich mit einem Kardinalweibchen unterhalten, das in Harrys Rhododendron rumstöberte, und ich dachte, es ist ein Seidenschwanz, bis ich merkte, dass die schwarze Maske fehlte.« Mrs. Murphy beendete ihr leckeres Mahl.

»Ich glaube, was sie essen, wirkt sich auf ihre Färbung aus. Was wir essen, wirkt sich auf den Glanz unseres Fells aus.« Pewter schlang den letzten Bissen hinunter, sehr zu Tuckers Verdruss. *»Gierschlund«*, murmelte sie vor sich hin.

»Dickmops«, konterte Tucker.

Blitzschnell knallte die Katze dem Hund eine, der rückwärts davonsauste.

»Wie garstig. Ich will nicht, dass meine Freundinnen so garstig sind.« Harry wendete das Steak in der Bratpfanne.

»Tucker war schuld.«

»Na klar.« Tucker zuckte mit den Schultern. *»Anderes Thema, ich glaub, unsere Mutter ist wieder auf der Fährte.«*

»Aber woher weiß sie's? Sie kann doch nicht verstehen, was der Kardinal sagt.« Pewter hatte ihre Wut auf Tucker bereits vergessen.

»Die blutigen Tränen.« Mrs. Murphy säuberte ihr Gesicht.

»Häh?« Pewter fing ebenfalls an, sich zu putzen.

»Sie hat die blutigen Tränen gesehen. Ursprünglich wollte sie noch mal hin, um genauer hinzugucken, aber Frater Franks Anruf hat sie abgehalten. Dann hat Susan angerufen und ihr erzählt, dass Frater Thomas vor der Statue gestorben ist. Da haben bei ihr die Alarmglocken geläutet. Du weißt ja, wie ihr Hirn funktioniert.« Mrs. Murphy kannte ihren Menschen sehr gut.

»Oder auch nicht«, stöhnte Pewter. *»Noch mehr Märsche in der Kälte.«*

»Musst ja nicht mitgehen«, sagte Tucker leichthin.

Pewter warf ihr einen eisigen Blick zu. Harry setzte sich an den Küchentisch.

»Wir müssen jetzt besonders wachsam sein.« Mrs. Murphy sprang auf einen freien Küchenstuhl.

»Hat Virginia auch eine Staatskatze?«, fragte Tucker.

»Glaube ich nicht.« Pewter hielt das für ein schreckliches Versäumnis.

Die Autokennzeichen von Virginia vermittelten diverse Botschaften. Auf manchen war ein Schiff mit dem Datum 1607, dem Jahr, in dem Jamestown gegründet wurde. Auf anderen war ein gelber Schwalbenschwanzschmetterling, der Staatsschmetterling. Auf manchen war ein Pferd, auf anderen ein Schul-Emblem. Harrys alte Nummernschilder waren nur weiß mit blauer Beschriftung, aber ihr gefielen die mit einer Katze und einem Hund drauf, was die Besitzer als tierlieb auswies. Pewter fand, es müsste ein Nummernschild geben, das ausschließlich Katzen gewidmet war, natürlich mit ihrem eigenen verschlankten Konterfei.

»Wie kann das sein?«, wunderte sich Tucker. *»Wenn wir einen Staatsschmetterling, eine Staatsblume, einen Staatsbaum haben, wieso gibt es dann keine Staatskatze?«*

»Es müsste auf jeden Fall eine Tigerkatze sein.« Mrs. Murphy lächelte.

»Nein, es müsste eine graue Katze sein, genau wie ich.« Pewter sprang auf einen anderen Küchenstuhl und lugte über die Tischplatte.

»Ich sehe dich, und du kriegst nicht einen Krümel von meinem Teller.« Harry schielte zu Pewter hinüber.

»Wir wollen eine Petition einreichen, damit wir Staatskatzen haben können.« Pewter setzte ihre süßeste Stimme ein.

»Und wenn man uns nicht erwählt – gute alte Alltagskatzen –, dann schlage ich vor, wir rufen alle Straßenkatzen in Virginia zusammen, dass sie das Parlamentsgebäude überfallen, die Möbel zerkratzen, Computer ausstöpseln und auf Papiere pinkeln!« Mrs. Murphy malte sich schadenfroh aus, wie das Parlamentsgebäude von randalierenden Katzen überfallen wurde.

»Der Gouverneur würde todsicher einen Anfall kriegen.« Pewter lachte.

»Der hat schon Schlimmeres gesehen, aber es *wär eine Premiere, eine Premiere für die ganze Nation.«* Der Gedanke gefiel Tucker.

»Ihr seid ja so geschwätzig.« Harry warf einen Blick in die Zeitung. »Hmm, wir haben das Geld noch nicht gekriegt, das die Bundesregierung uns für die Sicherheit versprochen hat.«

Die Tiere wussten genau wie die Menschen in Virginia, wenn irgendwas passierte, würden sie an vorderster Front sein. Sie hatten ständig das Bild vom 11. September 2001 in den Köpfen. Auch ein großer Teil des Unabhängigkeitskrieges und auch des Bürgerkrieges war in Virginia ausgetragen worden.

»Warum glauben die Menschen ihrer Regierung?«, fragte Pewter.

»Weil sie an irgendwas glauben müssen. Ohne ein System wird ihnen bange. Sie würden lieber ein System hinnehmen, das nicht funktioniert, als ein neues zu schaffen; sie sind träge. In dieser Hinsicht sind sie wie eine Meute Jagdhunde«, bemerkte Mrs. Murphy, die eine Katze und daher eine Freidenkerin war.

»Ich bin ein Hund.« Tucker hob den Kopf zu der Tigerkatze.

»Natürlich«, sagte Pewter beschwichtigend, *»aber du bist mit uns zusammen. Unsere Gewohnheiten haben auf dich abgefärbt.«*

Mrs. Murphy lachte. *»Vielleicht. Aber Tucker, es ist doch so: Wenn dir oder mir bange ist, dann gibt's einen triftigen Grund – etwa als der Rotluchs uns hinter dem Stall angesprungen hat. Wir kämpfen oder türmen, und damit gut. Die Menschen tragen ihre Angst die ganze Zeit in sich. Das ist es, was sie krank macht, verstehst du. Und darum müssen sie an Dinge glauben, die nicht wahr sein können.«*

»Wie diese Truppe Männer, die ohne Frauen, ohne Kinder auf einem Berg hocken und glauben, eine Muttergottesstatue weint blu-

tige Tränen.« Pewter ließ den Schwanz über die Stuhlkante hängen.

»Glaubt ihr nicht an Wunder?« Tucker hoffte, dass es Wunder gab.

»Jeder Tag, den du lebst und an dem jemand dich liebt, ist ein Wunder«, sagte Mrs. Murphy weise.

»Wenn Frater Thomas aufersteht, dann glaube ich an die Tränen.« Pewter kicherte.

Frater Thomas war gewissermaßen auferstanden. Der glatte Grabstein, in den sein Name, Geburts- und Sterbedatum exakt eingemeißelt waren, zierte ein leeres Grab. Wem würde es auffallen, da es ein frisches Grab war? Und es war unter Schwierigkeiten ausgehoben worden, weil die Erde gefroren war. Man hatte einen kleinen Bagger zu Hilfe genommen, trotzdem war es mühsam gewesen. Die Erde war wieder auf das Grab geschaufelt und festgestampft worden. Der nächste Schneesturm würde auch den schönen Stein verhüllen, an dem Frater Mark schwer gearbeitet hatte, damit er vollkommen wurde.

17

Am Dienstag, dem 29. November, versammelten sich an die zweihundert Menschen vor dem verschlossenen Kloster. Der Prior weigerte sich, das hohe schmiedeeiserne Tor aufzuschließen. Aber als die Menge am Freitag, dem 2. Dezember, auf über tausend anwuchs – viele hielten Kerzen und beteten den Rosenkranz –, hatte er ein Einsehen. Die Menschen gingen langsam, manierlich, zu der Statue der heiligen Jungfrau Maria. Viele fielen auf die Knie wie der verstorbene Frater Thomas. Manche beteten stundenlang reglos in der eisigen Kälte. Wenn sie aufstehen wollten, konnten sie es nicht, und andere Pilger mussten ihnen helfen. Als das Thermometer am Nachmittag auf drei Grad plus kletterte, schmolzen Marias Tränen, und neue liefen ihr die Wangen hinab, tropften auf die Falten ihres Gewandes, auf den Sockel der Statue. Die Menschen tauchten Taschentücher in das Blut auf dem Sockel.

Weil der Prior fromme Exzesse befürchtete – der eine oder andere Pilger geriet womöglich in Ekstase –, organisierte er eiligst eine Wache. Diese Gruppen zu je vier Mönchen bezogen für jeweils drei Stunden Posten – einer an der Statue, die anderen drei am Rand der Menge. Ein weiterer Mönch wurde an dem offenen Tor postiert für den Fall, dass jemand Hilfe brauchte. Als Zugeständnis an die Kälte erlaubte Handle ihnen, Handschuhe anzuziehen. Als Mark vor einem Monat Thomas zu einem Geschäft für Sanitärbedarf begleitete, hatte er sich schlauerweise in dem Bergsportgeschäft auf der Ostseite von Waynesboro mit Wärmepacks eingedeckt. Während die anderen unter brennenden Schmerzen in Füßen und Händen litten, hatte er es schön mollig.

Nordy Elliott wollte mit einer Fernseh-Crew zu der Statue, doch Frater John, der am Tor wachte, wies ihn unerbittlich zurück. Das geriet Nordy letztendlich zum Vorteil, weil er die Gläubigen interviewte, die zu ihren Fahrzeugen zurückgingen. Viele weinten, andere konnten nicht sprechen, aber alle glaubten, dass die Jungfrau Maria ihnen ein Zeichen geschickt hatte. Nordys Kamerafrau Priscilla Friedberg benutzte ein Teleobjektiv, das fast so groß war wie sie selbst. Sie filmte Maria aus großer Entfernung, was die Statue und die Menschenmenge in dem weichen Winterlicht ätherisch aussehen ließ.

Der Film, der in den Sechs-Uhr-Nachrichten gesendet wurde, war fabelhaft. So sehr sich die Menschen vom Fernsehen die Übermittlung von Nachrichten wünschen, kann es das im Grunde nicht leisten. Es kann lediglich mit Wörtern untermalte Bilder übermitteln. Dass Millionen Amerikaner glaubten, sie würden informiert, weil sie die Nachrichten sahen, war eine absurde und erschreckende Tatsache. Um ein Thema oder ein Vorkommnis zu verstehen, muss man sich Zeit lassen, Zeit, um gut geschriebene, gut fundierte Stellungnahmen zu lesen.

Pete Osborne wusste das. Er las Zeitschriften und Zeitungen, weil die Regierung, das Weltgeschehen und die Kunst ihm wirklich am Herzen lagen. Zu seinen Gunsten muss gesagt werden, dass er etwas vom Fernsehen verstand und sich bemühte, die bestmöglichen Bilder zu bekommen, die für das schmale Budget seines kleinen Senders zu haben waren. Er prüfte alles, bevor es auf Sendung ging. Das Material war überzeugend, präzise und enthielt so viele Informationen, wie es in den sprichwörtlichen Zwei-Minuten-Sequenzen möglich war.

Den blutigen Tränen wurde eine lange Sequenz gewidmet.

Nordys beruflicher Aufstieg legte einen höheren Gang ein, Pete Osbornes ebenso, weil alle NBC-Stationen das Material wiederum von Channel 29 übernahmen. Im Gegensatz zu Nordy wusste Pete, dass ein Preis zu bezahlen war. Er konnte natürlich nicht wissen, wie ungeheuer hoch dieser sein würde, doch es war ihm bewusst, dass Erfolg hohe Anforderungen stellte. Es hatte seinen Grund, weshalb der Großteil der Menschheit es vorzog, mittelmäßig zu sein.

Bei der Abendgesellschaft, die Alicia Palmer heute für die temperamentvolle Maggie Sheraton gab, war das Thema in aller Munde.

Alicia hatte sich ursprünglich ein kleines Abendessen vorgestellt, wo Herb und Maggie sich kennen lernen sollten. Boom-Boom wies sie darauf hin, das sei allzu durchsichtig. Was, wenn sie keinen Gefallen aneinander fanden? Lieber zu ihrem Schutz mehr Leute einladen.

Mehr Leute belief sich schließlich auf Harry und Fair, Miranda und Tracy, Bo und Nancy Newell, Susan und Ned Tucker, Tazio Chappars und Paul de Silva (die jetzt zusammen waren), sowie Big Mim und Jim Sanburne. Little Mim und Blair Bainbridge waren in Washington in der Oper. Little Mim hatte ihren Eltern noch nicht gesagt, dass sie verlobt war. Ihr Vater rechnete mit der Verlobung, weil Blair ganz korrekt um die Hand seiner Tochter angehalten hatte, allerdings hatte der gut aussehende Dressman nicht direkt verlauten lassen, wann er sie um ihre Hand, ihren Fuß und andere Körperteile bitten würde. Der Vater war ein bisschen nervös, was er seiner Frau klugerweise nicht mitteilte. Big Mim besaß das Geschick, das Land zu lenken, ihre Tochter jedoch vermochte sie nicht zu lenken. Was sie nicht hinderte, es zu versuchen, noch hinderte es Little Mim an ihrem Unmut darüber.

Alicia Palmer hätte gerne Deputy Cynthia Cooper eingeladen; denn sie war immer ein unterhaltsamer Gast, aber sie war seit Wochen vollauf damit beschäftigt, Sheriff Rick Shaw bei der kompletten Neugestaltung des Polizeireviers zu helfen.

Das Blumengeschäft Patterson hatte einen eleganten, kleinen, länglichen Tischschmuck für Alicias Abendgesellschaft gestaltet. Sie hatte weiße, rosa und violette Blumen bestellt. Es war der 2. Dezember, und Alicia wollte mit den Dekorationen in Rot, Grün und Gold noch ein paar Tage warten. Sie fand es geschmacklos, die Feiertage herbeizuzwingen. Die Dekorationen wurden auch am Neujahrstag wieder abgenommen, genau wie Mary Pat Reines es getan hatte. Alicia hatte an den meisten Gewohnheiten von Mary Pat festgehalten. Mary Pat galt in ihrer Familie als rebellisch, nicht weil sie lesbisch war (in den meisten Familien gab es Homosexuelle, die jedoch heirateten und dann diskrete Affären unterhielten), sondern weil sie sich weigerte, zu heiraten und nach Reines'schen Maßstäben zu leben. Wenn Mary Pats Mutter und Großmutter Abendgesellschaften gaben, hatten sie hinter jeden Stuhl einen Diener postiert. Das Leben war wahrhaft grandios gewesen.

Wenn Mary Pats Mutter die Farm besuchte, hatte sie stets genörgelt: »Du lebst wie eine Bäuerin.«

Alicia hatte das Leben noch weiter vereinfacht, aber nach den meisten Maßstäben, abgesehen von denen eines saudischen Prinzen, führte sie ein schönes, glückliches Leben.

Alicia hatte BoomBoom gefragt, wen sie gerne als Tischherrn hätte. BoomBoom sagte, Alicia könne ihre Tischdame sein. Darüber lachte die Ältere schallend, war aber geschmeichelt. Alicia hatte sich schon vor Jahren von der Gepflogenheit verabschiedet, eine gleiche Anzahl Damen und Herren bei Tisch zu haben.

Mary Pat hatte bei Partys – und so hielten es auch Big Mim und ihre Tante Tally – immer darauf geachtet, dass die Herren in der Überzahl waren. Gewöhnlich waren bei Partys die Damen in der Überzahl; die Umkehrung des Verhältnisses feuerte die Konkurrenz und Energie unter den Herren an. Das schlug nie fehl. Sie bediente sich bei den Verbindungen an der Universität von Virginia oder rief einen guten Freund an, der am Virginia Military Institute unterrichtete. Sie machte der betreffenden Gruppe eine Spende, was sie aber niemandem auf die Nase band. Ihre Partys waren ein Riesenerfolg, weil gut aussehende junge Männer im Überfluss anwesend waren; jeder Einzelne war angewiesen, sich den Damen ungeachtet ihres Alters zu widmen.

Fern von ihren Ehemännern hatte Alicia Partys mit ausschließlich umwerfend schönen Frauen gegeben; viele von ihnen erhofften sich eine Filmkarriere wie die ihrer Gastgeberin. Die Aufmerksamkeit, mit der Alicia überschüttet wurde, belebte sie stärker als Alkohol oder Drogen. Sie fragte sich, warum so viele Menschen in Hollywood sich Pillen, Pulvern und flüssigem Feuer ergaben. Als die Zeit verfloss und mit ihr die Ehemänner, hatte Alicia sich verändert. Die meisten Frauen werden mit dem Alter entschlossener. Sie hatte es nicht mehr nötig, fern ihrer Ehemänner heimliche Partys zu feiern oder sich nebenbei heimliche Geliebte – gewöhnlich weibliche, manchmal männliche – zu halten, um ihrem Leben Würze zu verleihen. Je älter sie wurde, desto klarer wurde ihr, dass sie sich eine Partnerin wünschte, eine richtige Partnerin. Sicher hoffte sie, die Frau werde nicht potthässlich sein, aber mehr als alles andere wünschte sie sich eine Frau in ihrem Leben, die einen übersprudelnden Sinn für Humor, Unternehmungslust, Herzlichkeit und Leidenschaft besaß. Sie würde einen Mann mit diesen Eigenschaften nicht abweisen, aber sie fand sie in Frauen stärker verkörpert als in Männern oder bildete es sich zumindest ein. Vielleicht besaßen genauso viele Männer wie Frauen diese Eigenschaften. Sie neigte intellektuell zu Frauen, und ihr Körper fühlte sich zu der glatten Haut einer Frau hingezogen. Sie hatte vor langer Zeit erkannt, dass es nicht mehr Gründe gibt, homosexuell zu sein, als es Gründe gibt, heterosexuell zu sein. Es ist keine Frage der Wahl. Es ist einfach so. Man ist, was man ist, und man hat es in der Hand, das Beste daraus zu machen.

Sie saß an der einen Stirnseite des Tisches und hatte Herb

an die andere gesetzt. Er wandte ein, die Ehre nicht verdient zu haben, aber sie sagte ihm, es sei so nett, einen Herrn am Tisch zu haben. Sie setzte Maggie zu seiner Rechten. Formell hätte Maggie als der Ehrengast rechts von Alicia sitzen müssen, aber sie pfiff auf Förmlichkeiten.

Sie hatte BoomBoom genau in die Mitte vom Tisch platziert, nicht gerade ein begehrter Platz bei denen, nach deren Verständnis der Platz am Tisch von ihrem Platz in der Gesellschaft bestimmt wurde. Aber BoomBoom kannte ihren Platz in der Gemeinde und hatte eine visuelle Bekräftigung nicht nötig. Sie wollte, dass der Abend ein Erfolg wurde und hatte von sich aus vorgeschlagen, in der Mitte zu sitzen. Falls das Gespräch erlahmte, konnte sie es von hier aus wieder anfachen.

Jim Sanburne saß rechts neben Alicia. Als Bürgermeister von Crozet stand ihm das zu. Seine Frau saß links von Alicia.

Sie hatte Harry klugerweise rechts von Herb gesetzt, denn Harry konnte sehr komisch sein, oft unabsichtlich. Alicia hatte alle so verteilt, wie sie glaubte, das Beste in ihnen zum Vorschein bringen, sie wachsam halten zu können, und sie hielt Paul de Silva gewiss wachsam, indem sie Fair Haristeen neben Tazio platzierte. Sie setzte Bo auf die andere Seite von Tazio und Nancy Newell neben Fair.

Beim zweiten Gang war ein mächtiges Stimmengewirr am Tisch. Jeder freute sich an der Gesellschaft der anderen. Sie hofften, dass zwischen Herb und Maggie ein Funke überspringen würde.

»Sie werden das Wunder mit den Fischen und den Broten brauchen«, war Big Mims Kommentar zu der Menschenmenge bei den Greyfriars.

»Können die Gläubigen sich nichts zu essen mitbringen?«, sagte die praktisch veranlagte Harry, was Gelächter auslöste. »Bin ich wieder ins Fettnäpfchen getreten?«

»Nein, es ist bloß typisch für dich.« Susan lächelte, froh, dass Ned sich ihr widmete.

»Die Jungfrau Maria kann doch ein Schinken-Sandwich genau so segnen wie Fische und Brote«, meinte Harry.

Einen Augenblick war es still, dann sagte Herb mit seiner

tiefen, beruhigenden Stimme: »Ich habe Prior Handle angerufen, um zu hören, ob ich irgendwie behilflich sein kann. Er hat dankend abgelehnt, meinte, sie kommen zurecht. Er sagte aber auch, dass die Leute den Mönchen Geld geben, dass sie Geld bei der Statue, brennende Votivkerzen in Glaszylindern, Spenden in den Läden hinterlassen. Er erklärte, der Orden suche den Wohlstand nicht. Ich habe erwidert, es sei doch sicher nicht verboten, wenn der Wohlstand den Orden sucht.«

Maggie, die viele Werbespots gesprochen hatte, fragte mit ihrer unverwechselbaren Stimme: »Und was hat er geantwortet?«

»Dass er sich Gottes Willen beugen werde.« Herb lächelte übers ganze Gesicht.

»Was bedeutet, nimm das Geld und nichts wie weg.« Ned lachte.

»Susan, hat Frater Thomas dir mal von seinem Leben im Kloster erzählt?«, fragte BoomBoom.

Susan, in einem waldgrünen Kleid, das ihr gut stand, schüttelte den Kopf. »Nicht viel. Er hat nur gesagt, Menschen sind Menschen, und ich habe nie richtig verstanden, wie er das gemeint hat.«

»Dass Politik Politik ist, und wenn man es mit mehr als drei Menschen in einem Raum zu tun hat, dann hat man es mit Politik zu tun«, erwiderte Jim.

»In Virginia braucht man dazu nur einen Menschen.« Tazio, die ursprünglich aus St. Louis kam, lachte. »Ein Virginier kann fünf widersprüchliche Meinungen gleichzeitig vertreten.«

Das Thema der Unterhaltung wechselte zu einem Senator aus Rockingham County, von dem sie annahmen, dass er bei den nächsten Wahlen für das Amt des Gouverneurs kandidieren werde.

Herb neigte den Kopf zu Maggie hin und sagte in besonnenem Ton: »Fiskalisch konservativ, aber recht liberal bei dem, was ich als persönlichen Einsatz bezeichne, eine interessante Mischung.«

»Die Mischung der Zukunft.« Jim Sanburne wurde lebhaft. »Dieses Land kann mit der Polarisierung, die wir jetzt haben, nicht so weitermachen, Polarisierung deshalb, weil die zwei Parteien von ihren Extremen kontrolliert werden. Amerikaner sind keine Extremisten.«

»Nur in der Verteidigung der Freiheit«, sagte Herb ruhig in Anlehnung an den verstorbenen Barry Goldwater, was ihm ein anerkennendes Lächeln von Maggie eintrug.

»Die Extremisten haben die Debatten aus der Mitte abgezogen, was ich sehr gefährlich finde. Damit ist die Mitte jetzt dreißig Grad rechts von da, wo sie sich während der Präsidentschaft von Dwight D. Eisenhower befand, einem Präsidenten, der meiner Meinung nach viel besser war als sein Ruf.«

»Ein wahres Wort«, erwiderte Big Mim auf Alicias scharfsinnige Bemerkung.

»Aber alle Menschen jener Generation, ob Republikaner oder Demokraten, waren im wesentlichen Zentristen«, erklärte Tracy Raz, der sich nach einer langen Laufbahn beim Militär und später beim CIA zur Ruhe gesetzt hatte. »Heute haben wir eine Generation, die der Zweite Weltkrieg nicht gestählt hat.«

Paul de Silva, ein Südamerikaner mit Green Card – und deswegen vom Glück begünstigt –, fragte leise: »Glauben Sie, Krieg bringt Weisheit?«

Herb, Jim und Tracy hatten im Zweiten Weltkrieg oder in Korea gekämpft. Ned, der bei der Marine gewesen war, war um ein Haar an Vietnam vorbeigekommen, hatte aber die Nachkriegszeit mitgestaltet. Bo war während des Vietnamkriegs bei der Flotte gewesen.

Herb reckte das Kinn. »Der Krieg lehrt einen so viel, dass man nie mehr einen erleben will. Ich glaube, die Führungspersönlichkeiten, die aus dem Ersten und dem Zweiten Weltkrieg hervorgingen, besaßen eine tiefe Weisheit, eine große Achtung vor dem menschlichen Leben. Wenn Menschenleben verloren werden mussten, dann musste es für eine gerechte, große Sache geschehen. Das Leben eines Amerikaners zu verschleudern ist ein schlimmes Unglück.«

Die Gruppe schwieg eine Weile. Alle waren mit dem braven Reverend einer Meinung.

Schließlich ergriff Harry das Wort. »Es ist aber doch eigenartig, dass wir jemanden in einer anderen Uniform töten dürfen, aber wenn wir es zu Hause tun, dann ist es Mord.«

»Aber vielleicht ist sogar Mord gelegentlich gerechtfertigt«, sagte Tracy. Er hob rasch die Hände. »Eine Frau tötet ihren betrunkenen Ehemann, der ihr Baby an den Füßen hält und droht, das Kind umzubringen. Es gibt keine einfachen Antworten, leider.«

»Und das ist gut so.« Alicia lächelte strahlend und versetzte alle wieder in eine leichtere Stimmung. »Wenn es einfach wäre, denkt nur, wie langweilig. Sind nicht alle großen Fragen des Lebens irrational, irrational für den menschlichen Geist, aber vielleicht nicht irrational für einen Geist, der größer ist als unserer, oder für die Natur?«

»Zum Beispiel?« Susan beugte sich zu Alicia.

»Die Liebe, das einzige Feuer, gegen das es keine Versicherung gibt. Sagen wir mal, Intelligenz ist keine Garantie, dass man die richtige Liebe findet. Stellt euch vor, Arthur Miller hat immerhin Marilyn Monroe geliebt.«

»Muss ich mir das vorstellen?«, platzte Harry heraus.

»Harry, Gott bewahre, dass du dir irgendwas in der Art vorstellst«, zog Susan sie auf.

»Nehmen wir lieber jemanden, der ihrer Generation näher ist.« Miranda sah Tracy über den Tisch hinweg an, und sie dachte, er sei für sein Alter der bestaussehende Mann, den ihre Augen je erblickt hatten, und er sah sie an und dachte dasselbe über sie.

»Ihr müsst mir keine Beispiele nennen. Ich weiß, was ihr meint.«

»Schatz, ich bin jederzeit gerne dein Arthur Miller«, gelobte Fair galant, und die anderen applaudierten.

»Heißt das, ich muss tief ausgeschnittene Kleider tragen, mit dem Hintern wackeln und mir die Titten ausstopfen lassen?«

Maggie Sheraton blieb einen Moment der Mund offen stehen.

»Das ist unsere Harry.« Herb strahlte Maggie an.

»Herzchen, Sie brauchen keine Brustvergrößerung.« Alicia wählte ihre Worte sorgfältig.

»Das sagen Sie allen Mädchen.« Harry konnte sich das nicht verkneifen.

»Nein, nur den besonderen.« Alicia lachte über sich selbst, was ihre Gäste erst recht in Stimmung brachte.

»Also das ist ein Thema für Philosophen.« Fair nickte seiner Gastgeberin zu. »Schönheit liegt im Auge des Betrachters.«

Darauf brachen alle in Lachen aus.

Maxwell, der geduldig rechts von seinem Frauchen saß, hörte zu. Menschen belustigten ihn, und als Gordon Setter war er in seinem Urteil großzügiger, als es vielleicht ein Jack Russell Terrier gewesen wäre. Tucker, Mrs. Murphy und Pewter hockten unter dem Tisch. Tucker hoffte auf herunterfallende Leckerbissen. Alicia ließ sie an der Gesellschaft teilnehmen, weil sie Tiere liebte, weil sie sich anständig benahmen und weil Tucker und Maxwell sich schnell angefreundet hatten. Brinkley, Tazios gelber Labrador, lag in der Eingangshalle. Er mochte Menschen, aber obwohl Labradors eigentlich keine Wachhunde sind, bewachte er gern die Tür. Tazio hatte Brinkley letzten Winter während eines schlimmen Sturms gerettet. Sein ganzes Leben war Tazio geweiht.

»Liebeskram.« Pewter gähnte.

»Sie quasseln bestimmt die ganze Nacht«, meinte Tucker kichernd.

»Ich hatte mal 'nen Freund«, sagte Mrs. Murphy.

»Wir kennen deinen Freund. Ein Nichtsnutz, dieser Paddy.« Pewter konnte den schwarzweißen Kater nicht ausstehen, der jetzt in Keswick bei Meredith McLaughlin lebte, die ihn aufgenommen hatte.

Er war nicht nur von einer der warmherzigsten Frauen von Albemarle County aufgenommen worden, er wurde zudem von ihren Nachbarinnen Claudia und Andy Lynn verhätschelt, die Tiere so sehr liebten wie Meredith. Die Folge war, dass Paddy unerträglich war – außerdem hatte er eine neue Freundin namens Twisted Sister.

»Er mag ja ein Nichtsnutz gewesen sein, aber er war lustig.« Das war alles, was Mrs. Murphy zu dem Thema zu sagen hatte.

»Während sie über die Liebe reden, überlegt Mom, wann sie wieder zu dem Kloster raufgeht.« Der Geruch des Hauptgangs machte Tucker den Mund wässrig.

Nordy Elliott war bereits oben, er schleppte eine schwere Kamera. Er dachte, wenn er allein und im Dunkeln ging, könnte er drehen, was er unbedingt im Kasten haben wollte: eine Großaufnahme vom Gesicht der Jungfrau Maria. Und er war sich sicher, dass er hinschleichen könnte, ohne entdeckt zu werden. Weit gefehlt!

18

Schweiß strömte Nordy Elliott übers Gesicht; Schweiß lief ihm den Rücken hinunter. Die schwere Kamera trug sehr zu seinem Unbehagen bei. Er war so schlau gewesen, weit weg von dem Eisentor zu parken. Der Fußmarsch war tückisch. Er war gestürzt und flach aufs Gesicht gefallen, aber die Kamera war heil geblieben.

Schwer atmend näherte er sich der Statue, die in dem wächsernen Mondlicht silbrig glänzte. Der ausnahmsweise klare Himmel flimmerte in einem Schwarz, das nur im Winter zu sehen war.

Das Knirschen von Nordys Stiefeln erschreckte Frater Mark, der vor der Statue betete. Die Männer starrten sich an.

Nordy befahl: »Nicht bewegen!«

»Du hast mir nichts zu befehlen«, blaffte Frater Mark ihn an und steckte den Rosenkranz in die tiefe Tasche seiner Kutte. Er stand auf, als Nordy näher an die Statue heranging. Er beobachtete den Gesichtsausdruck des Reporters beim Betrachten der Tränen der Jungfrau. Verzückung. Nicht die Verzückung, von der in frommen Texten die Rede war. Es war die Verzückung der Lüsternheit, der Lüsternheit nach Ruhm, nach einem größeren Sendebereich, einer landesweiten Ausstrahlung. Nordy schwenkte das Okular vor sein Auge, seine Finger waren taub vor Kälte, der Schweiß lief ihm immer noch den Rücken hinunter. Er hielt den Atem an, damit die Kamera nicht wackelte; das Surren des Motors war seine Belohnung. Nordy beglückwünschte sich dazu, dass er zwei Minuten filmte, stoppte, dann aus einem anderen Blickwinkel filmte.

»Alle Aufnahmen gehen von unten auf ihr Gesicht. Ich brauche eine, wo ich auf gleicher Höhe oder nach unten filme.« Er sprach, als hätte er laut gedacht und nicht Frater Mark direkt angesprochen. Er trat einen Schritt zurück, rutschte aus, fing sich aber. Er stapfte vorsichtig zu einem Baum, stellte die Kamera auf die Erde und schwang sich mit Mühe hinauf.

»Ihr Antlitz ist schön in diesem Licht.« Frater Mark schob die Hände in die dicken Ärmel seiner grauen Wollkutte.

»Hmm, reich mir die Kamera rauf, ja?«

Mark hob die Kamera auf und hievte sie über seinen Kopf. Nordy beugte sich herunter und packte sie mit einer Hand.

»Schwer.«

»Keine Ahnung, wie Priscilla das schafft.«

»Oh, du kannst Frauen für alles rumkriegen. Darum hab ich dich auf dem College beneidet.«

»Man muss ihnen nur sagen, sie sind schön, klug, und dass man sie will. Funktioniert zu neunzig Prozent. Du warst immer jenseits von Pluto, Mark. Du hast dich auf deiner eigenen einsamen Umlaufbahn gedreht. Tust du immer noch.« Nordy hob die Kamera ans Auge, erzielte gute Aufnahmen von der Statue. »Das kommt großartig.«

»Die Menschen müssen die Tränen sehen.« Ein frommer Ton durchdrang Frater Marks Stimme; die Kränkung hatte er ignoriert. »Sie müssen empfinden, dass die heilige Jungfrau Maria für sie weint.«

»Jaa.« Nordy stellte den Motor ab. »Hier.« Er reichte die Kamera nach unten, dann rutschte er rückwärts am Baumstamm herunter. »Ich glaube nicht daran, dass der Mensch vom Affen abstammt.«

Frater Mark, der die Kamera hielt, fand diese Bemerkung eigenartig. »Natürlich stammen wir nicht vom Affen ab. Der Mensch wurde nach Gottes Ebenbild erschaffen.«

Nordy lachte. »Wir stammen nicht vom Affen ab, weil wir sonst besser auf Bäume klettern könnten.«

»Also Nerdy ist wirklich der richtige Spitzname für dich.«

Frater Mark gab Nordy die Kamera zurück. »Du hast kein Gefühl für Schönheit, keinen Glauben.«

»Doch, ich glaube nur nicht an dieselben Dinge wie du«, erwiderte der Reporter aufrichtig und in lustigem Tonfall. »Wenn du dich hinkniest wie neulich, als ich zum ersten Mal hier oben war, das gäb einen super Schuss.«

»Nein.«

»Und von hinten?«

»Schuss in den Rücken trifft's schon eher, Nordy. Du würdest über Leichen gehen, um voranzukommen. Die Antwort ist Nein. Wenn Handle dahinter käme, würde er ...« Frater Mark brach ab und lauschte. »Du verschwindest jetzt besser. Da kommt jemand.«

»Vielleicht kann ich die Leute überreden, sich betend vor der Muttergottes filmen zu lassen.«

Frater Mark sagte beschwörend: »Und riskieren, dass sie die Kamera zertrümmern? Dann hast du gar nichts. Du hast deine Aufnahmen von den blutigen Tränen. Die Menschen werden das Wunder sehen. Und jetzt verschwinde.«

Nordy hörte Schritte näher kommen. Er duckte sich hinter die Statue, rutschte den Abhang in den Wald hinunter, wo das Mondlicht ihn nicht verraten konnte. Er hatte zu hart für diese Aufnahmen gearbeitet, um zu riskieren, dass sie zerstört wurden.

Die Stimme von Frater Andrew rief: »Wer ist da?«

»Ich bin's. Mark.«

Sobald Andrew ihn sah, ging er schneller. »Mit wem hast du gesprochen?«

»Niemandem.«

Der hoch aufgeschossene Mönch blickte hinunter auf die Fußabdrücke in dem festgetretenen Schnee. Es waren so viele. »Wer kommt um diese Zeit hier rauf?«

»Niemand.«

»Warum bist du hier?«

»Um zu beten. Und warum bist du hier?«

»Ich weiß es nicht.« Andrew schauderte, da der Wind in den trockenen Eichenblättern und in den Kiefernnadeln raschelte, die erst abfallen würden, wenn im Frühjahr neue wuchsen. »Ich musste nachdenken.«

»Dies ist der beste Ort dafür. Ich komme hierher, so oft ich kann.«

»Warst du ganz bestimmt allein? Ich hätte schwören können, dass ich Stimmen gehört habe. Geräusche tragen weit in einer klaren, kalten Nacht wie dieser.«

»Ja«, log Mark.

Andrew sah ihn eindringlich an, dann sagte er: »Ich glaube dir nicht. Zu deinem eigenen Besten gehst du jetzt in deine Zelle.«

19

Das macht mich krank.« Harry rümpfte die Nase. »So was nennt man Fortschritt.« Susan verlangsamte das Tempo, als sie in ihrem Kombi an dem neuen Postamt vorbeifuhren, das auf der südwestlichen Seite der Eisenbahnüberführung gebaut wurde.

»Dem alten Gebäude hat nichts gefehlt. Es ist klein, aber Miranda und ich sind bestens zurechtgekommen.«

»Vermisst du's?«

»Ja und nein.« Harry sah aus dem Fenster, als sie nach Norden, Richtung White Hall fuhren. »Ich vermisse es, Miranda täglich zu sehen, und ganz bestimmt vermisse ich ihre Zimtteilchen mit Orangenglasur.« Harry lachte. »Wir sehen uns noch, aber es ist nicht dasselbe wie zusammenarbeiten. Sie ist jetzt öfter mit Tracy zusammen.« Sie hielt kurz inne, sah Susan an. »Ich nehme an, sie und Tracy werden heiraten, was meinst du?«

»Ist anzunehmen.« Susan lachte.

Harry kam auf Susans ursprüngliche Frage zurück: »Weißt du, was mir fehlt? Die Postkarten von anderen Leuten lesen.«

Susan lächelte. »Es war richtig, dass du weggegangen bist. War höchste Zeit. Du kannst und wirst dich verbessern.«

»Danke für das entgegengebrachte Vertrauen.« Harry

meinte es ernst. »Ich wechsle zwischen Was-kostet-die Welt und purer Panik.«

»Wenn du Fair wieder heiraten würdest, Schätzchen, wärst du den größten Teil deiner finanziellen Belastungen los.«

»Hast du Ned deswegen geheiratet?« Harry biss sich auf die Zunge.

»Ich habe Ned geheiratet, weil ich neunzehn war und mit Danny schwanger, wie du sehr wohl weißt.«

»Hättest du ihn sowieso geheiratet – später?«

Susan nickte. »Ja.«

»Liebessachen sind zu kompliziert«, seufzte Harry.

Susan bremste, weil ein Eichhörnchen vor dem Kombi vorbeihuschte. »Manchmal.«

»Liebst du Ned?«

»Wo ist das denn hergekommen? Ach, egal.« Susan nahm für einen Moment die rechte Hand vom Lenkrad und winkte ab. »Ja, ich liebe ihn – mehr, als mir bewusst war. Ich stehe Todesängste aus, ihn zu verlieren.«

»Könntest du ihn betrügen?«

»Unter den richtigen oder falschen Umständen könnten wir das alle.«

Die Temperatur war auf zwölf Grad gestiegen, schmelzender Schnee und schmelzendes Eis ließen Gräben und Abwasserkanäle anschwellen. An einigen Stellen waren Bäche über die Ufer getreten. Man hörte nichts als Schmelzwasser, strömendes Wasser, rauschendes Wasser überall. Susan drosselte vor manchen Kurven das Tempo, weil Wasser über den schwarzen Asphalt floss. Die Straße nach White Hall war tückisch.

»Eine heimliche Liebe?«, bohrte Harry weiter. »Hattest du mal eine heimliche Liebe? Von der du niemandem erzählt hast – nicht mal mir?«

»Weißt du, wenn ich zurückdenke, wie ich mich in Brooks Alter gefühlt habe, dann kann ich mich besser an Ereignisse erinnern als an Gefühle. Wenn man zum ersten Mal starke Gefühle erlebt, ist man verwirrt und überwältigt. Mein Verstand hat das eine gesagt, mein Körper was anderes. Das ist keine heimliche Liebe, aber ich war ein paar Mal heimlich verknallt. Komm, holen wir uns was zu trinken. Ich habe Durst.

Hab heute Morgen die Eier versalzen. Ich bin zurzeit auf 'nem Meersalz-Trip, aber Salz ist Salz, und ich muss es aus meiner Ernährung streichen.« Susan hatte keine Lust mehr, über ihre Vergangenheit zu sprechen.

In White Hall war nicht viel Verkehr. Nur ein Auto, ein BMW X5, parkte vor dem mit weißen Schindeln verkleideten Lebensmittelgeschäft.

»Nordy Elliotts Wagen hat 'ne hübsche Stange Geld gekostet. Er muss gut verdienen.« Harry hatte einen Blick für Pferde und Autos. »Was macht er in White Hall?«

Die Antwort ergab sich ziemlich schnell, als sie aus dem Kombi stieg und zur anderen Straßenseite hinübersah. An der südwestlichen Ecke dieser kleinen Kreuzung war eine große, schöne Krippe aufgebaut. Nordy stand dort mit dem Mikrofon in der Hand, Priscilla Friedberg hatte die Kamera geschultert.

»Was möchtest du?« Susan wusste, dass Harry rübergehen und rauskriegen musste, was er da machte.

»Äh, Coca-Cola.«

»Was zu essen?«

»Mmm, ich warte, bis wir in der Stadt sind.«

Susan stieß die Tür zum Laden auf, und Harry ging über die gepflasterte zweispurige Straße. Sie wartete hinter Priscilla, bis Nordy fertig war.

»... die Freuden dieser Jahreszeit. Nordy Elliott, Nachrichten auf Channel 29.« Er wartete kurz, bis Priscilla die Kamera abgeschaltet hatte. »Harry, wie geht's, wie steht's?«

»Was machen Sie denn hier draußen?«

»Bis Weihnachten filme ich jeden Tag eine Krippe oder eine Weihnachtsdekoration.«

»Wir decken ein großes Gebiet ab.« Priscilla klopfte auf die kompakte Panasonic, das Neueste an Profi-Ausrüstung. Das flache Videobild kümmerte sie nicht, weil sie eine Reportage filmte. Hätte sie einen Fernsehfilm gedreht, dann hätte sie sich schwarz geärgert.

»Das glaube ich gern. Die Story mit der Jungfrau Maria ist gut für Sie, Nordy. Alle Welt spricht davon.«

Übers ganze Gesicht grinsend, ging er mit Priscilla zu seinem Auto. »Wird landesweit gesendet. Ist 'ne verdammt gute Story. Verdammt sollte ich wohl lieber nicht sagen.«

»Die heilige Jungfrau Maria ist nicht nachtragend«, erwiderte Harry. »Aber der Prior vielleicht.«

»Er hat keine Freude an mir«, gab Nordy zu.

Susan kam, die Hände voll, aus dem Laden. Harry ging ihr auf den nassen Stufen entgegen, um ihr was abzunehmen.

»Hi, Nordy. Hi, Priscilla«, rief Susan ihnen zu.

Nordy stürmte die Stufen hinauf, überholte Harry und blieb vor der obersten Stufe stehen. Er streckte die Hand nach Susan aus, um ihr hinunter zu helfen. »Schön, Sie zu sehen.«

»Die Jungfrau-Maria-Story haben Sie super gebracht.« Seine ritterliche Geste gefiel Susan.

Harry labte sich mittlerweile an ihrer Cola. In der linken Hand hielt sie die Tüte mit Susans Sandwich. Nordy trug den Becher mit Kaffee, den Susan gekauft hatte.

Sie lehnten sich an den Wagen, und Nordy fragte die zwei Freundinnen: »Ist BoomBoom mit jemand zusammen?«

Priscilla lachte. »Ach komm, Nordy. Die guckt dich nie im Leben an.«

Er ignorierte den Seitenhieb. »Ich habe sie gefragt, ob sie mit mir ausgeht, und sie sagt, sie nimmt ›ein Jahr Auszeit von Beziehungen‹, aber das muss nicht heißen, dass sie mit niemand zusammen ist.«

»Ist sie nicht.« Susan ließ sich den Kaffee schmecken.

»Was sind ihre Lieblingsblumen?«, fragte er.

»Rosa Rosen«, antwortete Harry. »Sie mag auch die großen weißen Lilien mit dem rosafarbenen Kelch.«

Er lächelte. »Danke.«

»Sie nimmt wirklich ein Jahr Auszeit«, sagte Susan und fügte hinzu: »Ich weiß, dass Sie mitzählen.«

»Nach monatelanger Abstinenz könntest du gute Aussichten haben«, neckte Priscilla ihn.

»Ich habe immer gute Aussichten.« Nordy ließ seine kräftigen, gleichmäßigen Zähne aufblitzen.

Als Nordy und Priscilla zu ihrem nächsten Drehort in der Innenstadt von Charlottesville aufbrachen, hoben Susan und Harry die Gesichter der wärmenden Sonne entgegen.

»Immer wenn der Winter mich trübsinnig macht, guck ich auf den Kalender und sag mir, egal, was kommt, die ersten Schneeglöckchen sind Mitte März draußen, und die Krokusse bald danach, und wenn sie durch den Schnee gucken müssen.«

»Ja. Der Winter ist schön.« Harry liebte alles, was sonst verdeckt und jetzt durch die unbelaubten Bäume zu sehen war. »Aber nichts geht über den Frühling hier an den Bergausläufern.«

»Der Herbst.«

»Hmm, hält sich beides die Waage.« Sie trank ihre Dose Cola leer. »Mir scheint, BoomBoom hat eine neue Eroberung gemacht.«

»Wenn sie einen Dollar für jeden Mann hätte, der in ihrer Gegenwart über seine eigenen Füße gestolpert ist, wäre sie fast so reich wie Big Mim.« Susan fragte sich, was es wohl für ein Gefühl sein mochte, eine solche Macht zu besitzen.

»Die Männer verlieben sich in sie, aber sie verliebt sich nicht in die Männer.« Harry verschränkte die Arme.

»Sie ist gerade dabei, sich zu verlieben.«

»BoomBoom?«

Susan nickte heftig. »Und weißt du was, es ist ernst.«

»Wie konnte sie das vor uns verheimlichen?«

»Hat sie ja gar nicht. Sie verliebt sich direkt vor unserer Nase.«

»Echt?«

»Alicia«, erklärte Susan lakonisch.

»Alicia? Niemals. BoomBoom ist nicht lesbisch.«

»Ich hab nicht gesagt, dass sie lesbisch ist.« Susan zerknüllte die Papiertüte, zielte nach dem Abfalleimer und traf. »Ich hab gesagt, sie ist dabei, sich zu verlieben.«

»In einer Idealwelt verliebt man sich in den Menschen, nicht in die Verpackung. Ich kann es kaum glauben.« Harry runzelte die Stirn.

»Wieso? Macht es dich nervös?«

»Nein. Ja. Nicht, weil sie sich in eine Frau verliebt hat, sondern weil ich es nicht kommen sah. Weil ich dachte, ich kenne BoomBoom. Das ändert einiges. Ich kann's nicht ausstehen, wenn ich was nicht weiß.«

»Harry, sie hat vermutlich gar nicht gewusst, dass sie so was empfinden kann. Und es ändert gar nichts. Sie ist die Person, die wir immer gekannt haben. BoomBoom ist eine starke Frau. Sie hat das Missfallen der Gesellschaft wegen ihrer vielen Affären, wegen der Zurschaustellung ihrer Schönheit ertragen. Sie hat es mit Anstand hingenommen.«

»Du hast Recht. Darüber hab ich nie nachgedacht.«

»Wenn ihr erst klar wird, dass sie Alicia wirklich liebt, wird es ihr super gehen.«

»Und Alicia?«

»Alicia? Sie ist verrückt nach BoomBoom.«

»Echt?«

»Harry.« Susan hob verzweifelt die Hände. »Komm, ich nehme dich mit zum John-Deere-Händler, da bist du in deinem Element.«

Harry strahlte. »Hast du die neuen Kompakt-Traktoren gesehen? Susan, die sind sensationell.« Sie hielt inne. »Ach, du fährst gar nicht hin, stimmt's? Du nimmst mich auf den Arm.«

Susan umarmte Harry. »Klar, Skeezits.«

Wieder im Wagen, auf der Fahrt Richtung Osten zur Stadt, fragte Harry: »Hat Frater Thomas mal was zu dir gesagt, was sich dir eingeprägt hat?«

»Er war so ein lieber Mensch. Er hat mir immer gesagt, ich soll Gott vertrauen. Und, äh … ja, ich erinnere mich, wie ich mich auf der Highschool mal schrecklich über was geärgert habe – ich weiß nicht mal mehr, was es war –, und er hat zu mir gesagt, ich soll Gott für meine Kümmernisse danken. Sie seien verkleidete Gaben.«

»Tust du's?«

»Nein. Diese Lektion hab ich nicht gelernt.« Susan gab Gas auf dem steilen Hügel unweit einer ehemaligen Farm namens Rustling Oaks, die Billy Jones gehört hatte, einem legendären Pferdezüchter. Jetzt stand da eine Wohnsiedlung. Susan hoffte, dass Billy in den großen, protzigen Eigenheimen spukte.

»Ich auch nicht.«

»Gewöhnlich bist du diejenige, die für alles einen Riecher hat außer für Romanzen« – Susan lächelte ihre Freundin an –, »aber diesmal hab ich einen Riecher, dass mich Schwierigkeiten erwarten. Ich hoffe, ich hab die Kraft, sie durchzustehen.«

»Bestimmt.« Überzeugung schwang in Harrys Stimme mit. »Ich hab auch einen Riecher. Frater Thomas ist keines natürlichen Todes gestorben.«

»Harry, lass deine Phantasie nicht mit dir durchgehen.« Susan mochte sich nicht vorstellen, dass ihr Großonkel ermordet worden war.

»Warum hätte er bei der höllischen Kälte rausgehen wollen? In seinem Alter? Denk an Dantes *Inferno*. Der letzte Kreis der Hölle ist Eis. Warum hätte er rausgehen wollen?«

»Weil er vor den blutigen Tränen beten wollte.«

Harry legte die Hände aneinander und stützte das Kinn auf die Zeigefinger. »Das glaub ich nicht.«

»Du weißt, wie du bist. Du schluckst jede Verschwörungstheorie, von der du hörst oder liest. Das letzte Buch, das du gelesen hast, handelte davon, dass die Engländer Napoleon nach und nach vergiftet haben, als er nach St. Helena verbannt war.« Sie seufzte, dann fuhr sie fort: »G-Onkel Thomas war lieb und gütig. Niemand hätte ihn umbringen wollen.«

»Jeden Tag werden auf der ganzen Welt liebe, gütige Menschen abgeknallt.« Harry staunte über die Fähigkeit der Menschen, Böses zu tun.

»Warum G-Onkel?«

»Keine Ahnung. Aber du spürst, dass BoomBoom auf Alicia fliegt. Ich vertraue dir in solchen Dingen. Du hast ein erstaunliches Radar für menschliche Beziehungen. Mein Radar funktioniert anders. Ich fange Impulse über diese Dinge auf, über Geheimnisse.«

»Nicht über meine«, erwiderte Susan belustigt. Sie passierten linkerhand die Abzweigung nach Barracks Stud und Barracks, zwei Gestüte.

»Deine sind nicht groß genug.« Harry zog eine Augenbraue hoch.

»Denkste.« Susans Ton war ein kleines bisschen betrübter geworden.

»Dann bist du richtig gut.«

Es folgte eine lange Pause, der Verkehr wurde dichter. »Warum hätte jemand Thomas umbringen wollen? Harry, das ist unbegreiflich.«

»Menschen werden oft umgebracht, weil sie unbequem sind.«

20

Eine riesengroße Silberschale, die Mary Pat Reines 1962 bei der Pennsylvania National Horse Show gewonnen hatte, war mit großen runden Kugeln gefüllt, in die Feuerdornbeeren gesteckt waren. Girlanden hingen über jedem Kaminsims, jedem Türstock und über dem Spiegel in der Eingangshalle. Alicia und BoomBoom hatten Apfelsinen, Walnüsse und Weizenähren in die Girlanden gesteckt. Bevor das schwere Immergrün mit Schätzen bestückt wurde, wurde ein schmales rotes Schleifenband mit sieben Zentimeter breitem goldenem Band verschlungen und beides durch die Girlanden gewunden. Die seitlich mit Draht verstärkten goldenen Bänder waren leicht zu handhaben. Das umwerfende Ergebnis hatte Alicias Lebensgeister aufgeheitert.

Alicias Melancholie verschwand, als sie und BoomBoom an diesem Sonntag herumwerkelten. Sie bewahrte Haltung gegenüber Weihnachten, doch die Feiertage ließen sie bei den geliebten Menschen verweilen, die nicht mehr lebten. Bachs *Magnifikat* hallte durch das Haus.

»Jede Kultur kämpft gegen das Dunkel«, bemerkte Alicia, die einen dicken roten Apfel neben einen blassgrünen legte. »Hmmm, ich denke, ich nehme einen von derselben Größe wie der grüne, was meinst du?«

»Du hast einen besseren Blick als ich, aber Ausgeglichenheit ist alles.« BoomBooms goldene Ohrringe mit Rubinen reflektierten den Feuerschein.

»Man braucht so lange, bis man sie findet. Ausgeglichenheit.« Alicia trat zurück. »So ist's besser. Noch eine halbe

Stunde, dann haben wir's so festlich wie nur möglich – na ja, bis auf den Baum, und das Monstrum kommt nicht vor Donnerstag oder Freitag, ein Mordstrum von einer Douglasfichte.«

»Hast du in Kalifornien auch geschmückt?«

»Mm-hmm. Einmal dachte ich, ich nehme Pflanzen, die in Kalifornien beheimatet sind. Ich habe Kränze aus Eukalyptus gebunden. Ein einziger Eukalyptuskranz hätte es getan, aber nein, ich hatte das Haus voll damit. Es hat gerochen wie in einem Kurbad. Wer zur Tür hereinkam, hat bestimmt damit gerechnet, dass ich im Bademantel runterkommen würde. Sherry fand es wahnsinnig komisch, er hatte einen scharfen Sinn für Humor.«

»Der Studiodirektor?«

»Ein zielstrebiger Mensch. Ausgesprochen brillant.«

»Sprichst du ihn noch?«

»Ein-, zweimal die Woche. Wir konnten nicht zusammenleben, aber seit wir das aufgegeben haben, ist an Stelle der Ehe eine erstaunliche, hilfreiche Freundschaft entstanden. Ich habe großen Massel gehabt.«

»Das ist kein Massel. Du bist gut zu den Menschen, und sie geben es dir zurück.«

»Danke. Ich gebe mir Mühe, aber sobald Sex ins Spiel kommt, wird man irrational. Ich denke, Männer sind noch irrationaler als Frauen. Die Frauen reden darüber, und man gestattet ihnen den Luxus, irrational zu handeln, aber die Männer *sind* irrational.«

»Genau meine Erfahrung, außer mit Fair Haristeen.«

Alicia trank heißen Apfelmost, stellte den Goldrand-Porzellanbecher ab und band die große Schleife aus breitem goldenem und schmalem rotem Band, um der Dekoration den letzten Schliff zu geben. »Na?«

BoomBoom drückte die letzten Walnüsse rein; die raue rundliche Schale scheuerte an ihren Fingerspitzen. Sie glaubte, dass ganze Walnüsse Glück brachten, weswegen sie eine im Handschuhfach ihres PKWs, eine im Handschuhfach ihres Transporters und eine in ihrer Handtasche verwahrte. »Alicia, du sollst nach Einzelheiten fragen, nicht einfach bloß ›na?‹« Sie ahmte Alicias Stimme nach.

»Einzelheiten in den Spätnachrichten.« Alicia sah auf die Uhr. »Meine Güte, schon halb elf. Nicht zu fassen. Ich hab das Gefühl, wir sind erst eine Stunde zugange.«

»Die Zeit verfliegt, wenn man Spaß hat.«

»Stimmt beides – die Zeit verfliegt, und ich habe Spaß. Mit dir. Deine Gesellschaft tut mir gut.« Alicia lächelte. »Also schön, Einzelheiten. Inwiefern war oder ist Fair nicht irrational?«

»Weil er wissenschaftlich denkt, nehme ich an. Es ist doch so: Ein Humanmediziner muss ein einziges Kreislaufsystem kennen, ein einziges Knochengestell und so weiter, aber der Tierarzt muss lauter verschiedene intus haben. Ich meine damit, Tierärzte müssen gescheiter sein.«

»Darüber ließe sich streiten, aber es hat was für sich. Also gut, er ist logisch, richtig?«

»Logisch. Umsichtig. Nicht gerade leidenschaftlich, aber kein Langweiler. Wir hatten Spaß zusammen, aber ich hatte nie das Gefühl, dass er mir gehört. Du weißt ja, wie die Männer sind, wenn sie verrückt nach dir sind, sie können dich nicht aus den Augen lassen, fassen dich dauernd an, sogar in aller Öffentlichkeit, sie wollen ganz nah bei dir sitzen, haben Besitzansprüche. Werden eifersüchtig. Die ganze Nummer.«

»Vielleicht hat er Harry noch geliebt, wusste es aber nicht. Ein Mann in einer anderen Situation würde alles geben, um mit dir zusammen zu sein.«

BoomBoom strahlte. »Meinst du?«

»Ach komm, das weißt du doch. Wissen wir beide. Wir sehen so aus, wie sie es lieben, und die Männer vergucken sich in das, was sie sehen. Sie brauchen länger, um herauszufinden, wer du bist, und manche wollen es gar nicht wissen. Andersrum kann ich manchen Frauen vorwerfen, dass sie den Mann in ihrem Leben nicht kennen wollen, aber sich sein Gehalt schnurstracks unter den Nagel reißen.«

BoomBoom lachte. »›Schnurstracks‹ hab ich ewig nicht gehört.«

»Und, warst du böse auf Fair?«

»Nein. Er sieht gut aus, ist stark, sehr männlich. Ich nehme an, einer, der mit Leben und Tod zu tun hat, mit Blut bespritzt wird, ein Fohlen aus einer Stute holt, der sieht das Leben anders als jemand, der in einem pieksauberen hellen Büro vor einem Computer sitzt.«

»Ja. Wenn irgendwas den Männern die Eier abklemmt, entschuldige den derben Ausdruck, dann ist es der Computer.«

»Ich frag mich, ob es bei mir auch so ist.«

»Männer – Frauen auch – sind nicht dazu geschaffen, stundenlang hintereinander stillzusitzen. Oh, Firmen und Handel beschönigen es, indem sie Wörter verwenden wie ›brennen‹, ›herunterladen‹, ›Firewall‹, so dass alles, was mit Computern zu tun hat, männlich klingt, aber es hat nichts Männliches, wenn man den ganzen Tag auf Tasten rumhämmert und auf einen Bildschirm starrt. Der Körper wird schlaff, und auch der Geist verändert sich. Man kämpft nicht, fällt keine Bäume, pflügt keine Felder, stemmt keine Stahlträger. Man sitzt und sitzt und sitzt. Ich nehme an, heimlich eine Pornoseite aufrufen, bietet ein klitzekleines bisschen Erleichterung, aber das ist auch nichts Wirkliches. Bilder. Wir sind ein Volk, das mit Bildern betrogen wird, und ich weiß das besser als sonst jemand. Ich war einmal ein sechs Meter großes Bild auf einer Kinoleinwand, gedreht auf siebzig Millimeter. Weißt du, BoomBoom, es macht mir Angst; wohin es uns treibt, das macht mir Angst, weil wir der Natur zuwiderhandeln, und Lebewesen, die der Natur Gewalt antun, die sterben oder verursachen eine Katastrophe, durch die alle sterben.«

BoomBoom setzte sich mit ihrem Becher Apfelmost auf das Sofa, das vor dem Kamin stand. Alicia hatte die Schleife befestigt und setzte sich neben BoomBoom. »Komisch, dass wir jetzt hierüber sprechen; denn ich denke oft darüber nach. Ich kann viel Geschäftliches am Computer erledigen. Ich kann Kontostände abrufen, Konten führen, mich über Bestände auf dem Laufenden halten, aber ich verkaufe reale Produkte. Ich muss in den Steinbruch gehen, und ich bin auf der Suche nach anderen Steinbrüchen oder anderen Betrieben, die ein Produkt haben, das ich nicht habe, Marmor zum Beispiel. Was ich mache, ist real, trotz Computer.«

»Du bist gerne Geschäftsfrau.«

»Stimmt. Das muss ich Fair lassen, er hat mich bestärkt. Die meisten anderen Männer in meinem Leben, auch mein Mann, haben diese Seite von mir entweder ignoriert, waren gönnerhaft zu mir, oder noch schlimmer, sie haben versucht, mir ins Geschäft zu pfuschen. So ähnlich, wie wenn untätige Ehemänner anfangen, die Karriere ihrer Frauen zu managen, denke ich.«

»So was hab ich oft beobachtet. Zum Glück hatte keiner meiner Ehemänner einen Hang dazu. Der eine hat ein Studio geleitet, der andere hat 747er Boeings und andere dicke fliegende Dinger für reiche Saudis und Rockstars gewartet.«

»Hast du Mary Pat als Ehemann gesehen?«

Die Frage traf Alicia wie ein Blitz aus heiterem Himmel; sie überlegte einen Augenblick, dann brach sie in Lachen aus. »Nein. Gott, sie würde lachen, wenn sie das hörte. Nein, ich hab sie als einen Engel gesehen. Auch als ich unbedingt Karriere machen wollte, hab ich sie geliebt, aber sie hat sich gehütet, mit Sack und Pack nach Los Angeles zu ziehen. Es hätte sie umgebracht. Sie gehörte aufs Land, und so traurig es ist, das hat sie auch umgebracht, aber, Boom, wenn die Zeit um ist, ist sie um, auch wenn der Todbringer ein Mensch ist.«

»Ja, das ist wahr.«

Das Telefon klingelte, Alicia ging dran. »Hallo.«

»Alicia, hallo, ich bin's, Nordy Elliott. Ich rufe an, um Ihnen zu sagen, dass Sie sich die Elf-Uhr-Nachrichten angucken müssen. Pete bringt den Beitrag über Sie und BoomBoom beim Tierschutzverein. Ich dachte, er würde ihn erst morgen bringen. Ich hab BoomBoom zu Hause nicht erreichen können. Ich hab Kopien von dem Beitrag gemacht, falls Sie die haben wollen, auf DVD.«

»Ich hätte gern eine, und ich schaue mir die Sendung bestimmt an. Danke, dass Sie mich angerufen haben.«

»Ich weiß, es ist schon spät, aber wie gesagt, Pete hat beschlossen, den Beitrag heute Abend zu senden. Sie wissen nicht zufällig, wo BoomBoom sein könnte, oder? Ich würde sie gerne treffen, wenn sie mal in der Nähe von einem Set ist.«

»Bleiben Sie dran.« Alicia reichte BoomBoom das Telefon und formte unhörbar mit den Lippen den Namen: »Nordy.«

BoomBoom hörte Nordy zu, der überschwänglich schwärmte, wie sehr die Kamera sie mochte. Er sagte nicht, dass er sie mochte, sondern dass die Kamera sie mochte. Sie hatte Mühe, ihn abzuhängen. »Ja, ich gehe auf die Weihnachtsfeier bei Jill und Paul Summer. Das ist jedes Mal der Höhepunkt der Saison.« Sie hörte zu. »Wir sehen uns dort, wenn nicht schon vorher. Danke, dass Sie mich aufgespürt haben.« Als sie ihn endlich los war, verdrehte sie die Augen und legte den Kopf an die Sofalehne. »So ein Waschlappen.«

»Sieht aber gut aus.«

»Trotzdem Waschlappen. Wenn einer sich mit einer Frau verabreden will, soll er's doch offen sagen.«

»Männer erfahren viel mehr Zurückweisungen als wir. Jeder geht ein bisschen anders damit um. Geh nicht zu hart mit dem Kerl ins Gericht.«

»Du hast Recht.« BoomBoom gab ihr das Telefon. »Komm, lass uns unser Debüt als Team Palmer und Craycroft angucken.«

Sie gingen ins Fernsehzimmer, Alicia schaltete mit der Fernbedienung den großen Flachbildschirmfernseher ein. Nach Werbespots und aktuellen Meldungen wurden sie mit den Aufnahmen von ihnen beiden belohnt, wie sie eine Wagenladung Katzen- und Hundefutter beim Tierschutzverein ablieferten. Alicia reichte BoomBoom von der Ladefläche Säcke mit Trockenfutter herunter. Arbeiter standen lächelnd in einer Schlange hinter BoomBoom, um die Säcke wegzutragen.

Nordy machte einen Zwischenschnitt auf Hunde und Katzen in dem sauberen, geräumigen Heim. Auch Hamster, ein Kakadu und eine betagte schwarze Ziege waren da. Dann Schnitt zurück auf die Frauen; der Laster war jetzt halb leer, die Arbeiter schleppten immer noch Futtersäcke. Nordy machte seine Sache großartig, warb sogar für Adoptionen und stellte einige Tiere einzeln vor.

BoomBoom kamen die Tränen. »Ich halte das nicht aus.«

»Herzchen, was hast du denn?« Alicia sah sich nach einem Taschentuch oder Kleenex um. Sie stand auf. »Ich hol dir ein ...«

»Ist mir egal, ob ich eine Rotznase und verheulte Augen habe, wenn's dir auch egal ist. Ich ertrag es nicht, diese Tiere zu sehen. Ich verstehe nicht, wie jemand ein Tier aussetzen kann.«

»Menschen setzen Kinder aus. Es gibt Tausende verantwortungslose Arschlöcher auf der Welt. Entschuldige die drastische Ausdrucksweise. Am liebsten würde ich den Pranger wieder einführen, auf dem Stadtplatz aufstellen und die miesen Typen vorführen. Dann würde ich mit einem großen Korb voll fauler Eier und Tomaten aufkreuzen.«

»Du bist besser als ich. Ich will sie einfach erschießen.«

Alicia lief in die Küche und kam mit einer Schachtel Kleenex zurück. »Hier. Apropos schießen. Tontauben?« Sie setzte sich wieder hin. »Diese Woche irgendwann?

BoomBoom nickte. »Wo?«

»Vielleicht in dem tollen Club westlich von Staunton, oder wenn Patricia Lust hat, können wir nach Albemarle House fahren.« Sie sprach von Patricia Kluge; sie und ihr Mann Bill Moses waren gute Schützen.

»Wenn sie in der Stadt ist, lass uns hinfahren, dann können wir was für Harry mitnehmen. Patricia hilft Harry bei der Weinanbaurecherche. Toll, was sie aus den Kluge-Weinbergen gemacht hat.«

»Gute Idee. Weißt du, es spricht sehr für dich, dass du mit Harry befreundet bist. Du magst sie wirklich.«

»Ich habe Harry immer gemocht, auch wenn sie mich nicht mochte, nicht mal auf der Highschool. Dann hab ich mit Fair geschlafen, und sie hat mich *verabscheut*. Sie hatten sich getrennt, aber sie konzentrierte ihre Unzufriedenheit auf mich – nicht dass sie es an die große Glocke gehängt hätte. Harry hat wirklich Klasse. Freundinnen sind wir erst geworden, nachdem wir in der University Hall in der Falle saßen.«

»Ja. Ich habe davon gehört, muss ein schlimmes Erlebnis gewesen sein.« Alicia blieb stehen. »Noch Most? Portwein? Was Starkes?«

»Nein.«

Das Fernsehen fesselte sie wieder. Die Aufnahmen zeigten Nordy auf dem Klostergelände, das Tor war offen. Er erklärte, es sei Sonntag. Die Kamera schwenkte über PKWs und Transporter, die geparkt waren, so weit das Auge reichte, viele standen gefährlich nahe am abschüssigen Straßenrand. Nordy informierte die Zuschauer, dass die Zahl der Besucher ständig anstieg und die Statue immer noch Blut weinte. Schnitt auf die Statue, deren Tränen richtig flossen, da die Temperatur gestiegen war. Im Tal betrug sie zehn Grad plus, bei der Statue waren es sieben, immer noch warm genug, um Schnee und Eis schmelzen zu lassen, warm genug, um Marias Tränen aufzutauen. Der Kardinalvogel flog auf ihre ausgestreckte Hand, legte den Kopf schief, plusterte die Brust auf, pfiff seine unverwechselbaren vier langen Töne, gefolgt von vielen kurzen schrillen. Dann flog er davon. Nordy interviewte Leute, die nicht bei der Statue waren, weil er so vernünftig war, Ehrfurcht zu bezeugen. Er schnappte sie sich in den Läden. Das Kloster machte zwischen Thanksgiving und Weihnachten gute Geschäfte. Die Interviews waren ergreifend. Die einen kamen, um ihre Sünden zu sühnen, andere, um geheilt zu werden; viele beteten für den Frieden oder für jemanden in Not. Alle Interviewten strahlten Hoffnung und Friedfertigkeit aus.

Als der Beitrag zu Ende war, sagte Alicia zu BoomBoom: »Diese Sache wird Nordy einen großen Karriereschub bringen.«

»Hat es dich geärgert, dass er dich nicht als Filmstar vorgestellt hat?«

»Gott, nein. Ich bin erleichtert. Das war früher. Jetzt ist jetzt.«

»Was bist du jetzt?«

»Farmerin.« Sie betrachtete BoomBooms Gesicht. »Möchtest du Lippenbalsam? Den kannst du dir auf die Nase reiben.«

»Ich werde doch von ein paar Tränen und einer Schniefnase keine rissige Haut kriegen, aber danke.«

»Ich kann ohne das Zeug nicht leben.« Alicia entnahm einem silbernen Tiffany-Kästchen ein etwa fünf Zentimeter großes rundes Blechdöschen und legte es auf den Couchtisch. »Hier.«

»Danke.« BoomBoom rieb sich die angenehme Mixtur aus nativem Olivenöl, Rizinus, Bienenwachs, Aloe Vera und anderen lindernden Bestandteilen auf die Nase, danach trug sie einen dünnen Film auf ihre Lippen auf. »Riecht wunderbar.«

»Gibt's auch als Cinnamon Bay, Tangerine Breeze, Highland Mint, Ginger-Lemon und in anderen Variationen. Ich habe auch eine große Dose Handcreme.«

Hierauf folgte eine lange Pause. BoomBoom wusste, es war halb zwölf, spät für sie beide. »Die Straßen werden glatt sein.«

Alicia stand auf, um auf das Thermometer am Fenster zu schauen. »Immer noch sieben Grad plus. Du hast Glück, aber stellenweise könnten die Straßen überfroren sein. Das Glatteis ist gefährlich.«

BoomBoom wurde rot. »Es wäre ein Glück für mich, wenn die Straßen vereist wären.«

Alicia lachte. »Was du nicht sagst.«

»Ich kapier das nicht. Wenn du ein Mann wärst, hättest du dich schon vor Monaten auf mich gestürzt. Vielleicht kapier ich's doch. Ich bin nicht dein Typ.«

»BoomBoom.« Alicias Stimme klang ganz weich. »Du bist sehr schmeichlerisch. Du steckst voller Energie und Ideen. Du bist eine schöne Frau. Ich bin nicht immun gegen dich.«

»Nein?« BoomBoom strahlte.

Alicia lachte. »Natürlich nicht, aber du hast ein Jahr Auszeit von Beziehungen genommen. Außerdem bist du diesen Weg noch nie gegangen. Es geht nicht ums Geschlecht, es geht darum, einen anderen Menschen zu erfahren. Das braucht Zeit. Und du rast auf deine Midlife Crisis zu, falls du mir zugestehst, dass ich älter und in eben diesem Augenblick ein kleines bisschen weiser bin.«

»Du hast nichts mit meiner Midlife Crisis zu tun. Ich hab noch drei Jahre.« Sie lächelte. »Aber ich sehe es bei Harry und Susan und sogar bei Little Mim. Die Vierzig lugt über den Horizont, da müssen sie es auch bei mir sehen. Diesen Wechsel. Abwerfen, was nicht funktioniert, finden, worauf es im Leben wirklich ankommt.«

»Es ist nur eine Zahl, aber unsere Kultur macht so ein Gewese darum. Ich bin nicht mehr weit von der Sechzig weg, und weißt du was, es ist mir schnurzegal.« Sie schnippte mit den Fingern.

»Heißt das, du wirst nicht über mich herfallen? Ich meine, wie machen Frauen das? Welche tut den ersten Schritt? Du machst mich verrückt. Ich weiß nicht, was ich tun soll. Soll ich dich anspringen und zu Boden werfen?«

»Gibt blaue Flecke.« Alicia spürte jedes Luftmolekül, das in ihre Lungen hinein- und wieder hinausging.

»Also, was soll ich tun? Ich weiß, was ich mit Männern tun muss. Ich habe keine Ahnung, was ich mit dir tun soll, aber ich weiß, dass ich mich bei dir glücklicher fühle, auch ohne Sex und so genannte Liebeserklärungen, als ich es je im Leben war. Ich fühle mich« – sie suchte nach dem richtigen Wort – »verbunden. Als ob ich dich kenne. Als ob ich dich immer gekannt hätte. Ich weiß bloß nichts über die romantische Seite, und ich weiß nicht, was du fühlst. Ich will dir aber auf keinen Fall zur Last fallen.«

»Du kannst mir nicht zur Last fallen. Ich hätte nicht gedacht, dass ich noch mal so was fühlen würde«, antwortete Alicia aufrichtig. »Und ich denke, tief drinnen habe ich gedacht, ich will den Schritt nicht tun. Ich hatte Angst, unsere Freundschaft zu ruinieren.«

»Du meinst, du hast nicht gemerkt, was ich fühle?«

»Ich habe es gehofft, aber ich wollte es nicht erzwingen.«

BoomBoom stand auf und trat zu Alicia ans Fenster. »Alicia, zum ersten Mal in meinem Leben kann ich mich nicht verstecken.«

Alicia nahm BoomBooms Hand, und die jüngere Frau spürte einen Blitzstrahl durch ihren Arm schießen.

Sie war in dieser Nacht nicht der einzige Mensch, der sich nicht verstecken konnte, aber für den anderen konnten die Umstände nicht erschreckender sein.

21

Schwarz glänzte der Asphalt von der Schneeschmelze, die die Straße mit einem Wasserfilm überzog. Nordy Elliott, dessen Hoffnungen durch sein Telefonat mit BoomBoom gestiegen waren, fuhr zu schnell am Supermarkt und an Pattersons Blumengeschäft vorbei. Er ließ sich seine gute Laune nicht vermiesen, obwohl er auf dieser spätabendlichen Fahrt nach Crozet Anfälle von Verärgerung erlitten hatte. Kaum war das Gespräch mit BoomBoom beendet, klingelte sein Handy. Der Mann am anderen Ende hatte von Nordy verlangt, sich am Postamt von Crozet mit ihm zu treffen.

So verärgert er auch war, er amüsierte sich über die hellen Lichter der Amoco-Tankstelle. Die saubere, gut sichtbare moderne Tankstelle wirkte hier irgendwie fehl am Platz.

Er bog links ab, fuhr durch die Eisenbahnunterführung; gleich rechts von ihm auf der Südseite der Gleise befand sich das Seniorenheim. Linkerhand gab es ein paar kleine Geschäfte, dazwischen zwei Restaurants. Das *Ombra* mit den Nischen war Nordys Lieblingslokal. Im Moment hatte er keinen Hunger. Er wollte das improvisierte Treffen hinter sich bringen und dann schnell nach Hause.

Als Reporter hatte er sich an merkwürdige Forderungen, Begegnungen, Auftritte gewöhnt, die darauf abzielten, ins Fernsehen zu kommen. Die meisten Amerikaner wussten inzwischen, je unverfrorener man sich gab, desto größer war die Chance, dass Gesicht, Produkt oder Anliegen ins Fernsehen kamen. Wer sachlich, verlässlich und nachdenklich wirkte, war von vornherein im Nachteil. Nordy hatte gelernt, die Leute aufzustacheln, anzufeuern und sich damit noch bessere Storys zu sichern.

Nach hundert Metern war das im Bau befindliche neue Postamt zu erkennen. In einem Backsteinbau links von Nordy hatte man ein provisorisches Postamt eingerichtet, und dort wollte sein Kontaktmann ihn treffen. Postämter sind bis auf den Hintereingang unverschlossen, damit die Kunden an ihre Schließfächer können. Gelegentlich sah Sheriff Rick Shaw oder seine Stellvertreterin Cynthia Cooper dort nach, wenn ein Anruf einging, dass bei eisiger Kälte ein Betrunkener im Postamt schlief. Davon abgesehen, wurde jemandem, der in dem Gebäude ein- und ausging, auch in den frühen Morgenstunden, kaum Beachtung geschenkt.

Nordy parkte auf der Rückseite. Seine Gedanken kehrten zu BoomBoom zurück. Jede ungebundene Frau in seinem Umfeld fand ihn scharf. Als junger ungebundener Mann nutzte er das aus, aber die einzige, die er wirklich begehrte, war die große, kühle Blondine. Sie hatte etwas, und es waren nicht nur ihre augenfälligen körperlichen Eigenschaften, was ihn anzog. Er kannte ihren Ruf als Herzensbrecherin. Er könnte den Spieß umdrehen. Er war immerhin gut aussehend, aalglatt und auf dem Weg nach oben.

Er ging um das Postamt herum zum Vordereingang, öffnete die Tür. Als die Tür zuging, sprang sein Angreifer ihn so schnell an, dass Nordy keine Zeit blieb, zurückzuweichen. Er hob die linke Hand. Zu spät. Er fiel wie ein Stein, als ein Kugelschreiber durch seinen linken Augapfel direkt in sein Gehirn drang. Nicht ein Blutstropfen fiel auf den Boden.

Der Mörder wischte ruhig mit einem Poliertuch die Fußabdrücke fort, wo er, flach an die Wand gedrückt, gestanden hatte. Dann ging er rückwärts aus der Tür und beseitigte dabei seine Abdrücke.

Als Amy Wade morgens um sieben durch den Hintereingang hereinkam, hängte sie ihren Mantel auf, schloss dann den Rollladen auf, der wie ein Garagentor auf den Schalter heruntergezogen wurde, und schob ihn hoch. Sie hob die Trennklappe, ging durch, und da bot sich ihr der grausige Anblick. Sie atmete ein, hielt die Luft an und rannte zum Telefon.

Cynthia Cooper fuhr zufällig gerade durch die Stadt, und als sie wenige Minuten später eintraf, prägte sie sich die Lage der Leiche ein und stellte fest, dass die kleinen Muskeln bereits starr waren. Sie hatte noch nie gesehen, dass jemand mit einem Kugelschreiber getötet worden war. Sie war nicht gefühllos, aber wie jeder Gesetzeshüter, der von Berufs wegen brutale Dinge sehen muss, hatte sie einen ausgleichenden Sinn für Humor entwickelt. Als ihr Chef, Sheriff Rick Shaw, die Tür aufstieß, ließ sie ihm einen Moment Zeit, um die Lage einzuschätzen, und sagte dann in Abwandlung eines Sprichwortes: »Der Stift ist mächtiger als das Schwert.«

22

Die orangerote Absperrung um die Stelle, wo Nordys Leiche entdeckt worden war, hinderte die Leute daran, ins Postamt zu gehen. Da die menschliche Natur nun mal so ist, wie sie ist, drängten viele, die in Crozet kein Schließfach gemietet hatten, durch die Tür.

Harry und Miranda arbeiteten fieberhaft, um die Post zu sortieren, die Leute zu bedienen, die wirklich Briefmarken kaufen wollten, Fragen abzuwehren und Freunden zuzulächeln.

Amy Wade, die von dem schrecklichen Anblick schwer geschockt war, hatte gebeten, für heute nach Hause gehen zu dürfen. Der Postvorsteher hatte Harry angerufen, die sofort eingesprungen war, ebenso Mrs. Murphy, Pewter und Tucker. Miranda, die verlässliche Seele in der Not, war aus ihrem Haus über die Gasse geeilt, um zu helfen.

Die zwei Frauen arbeiteten wie eine gut geölte Maschine.

Big Mim kam herein, setzte mit einer Hand ihren Robin-Hood-Hut mit der Fasanenfeder ab, während sie mit der anderen ihre alte Tante Tally stützte. Tante Tally benutzte einen eleganten Ebenholzstock mit einem silbernen Hundekopf als Griff, aber Big Mim blieb lieber dicht bei ihr, wenn Gehwege rutschig oder Treppenstufen nass waren.

»Unbegreiflich!«, erklärte die Queen von Crozet.

»Mimsy, es ist vollkommen begreiflich.« Tante Tally schüttelte die Hand ihrer Nichte sanft ab, um den auf den abgetretenen Holzfußboden gezeichneten Kreideumriss der Leiche zu betrachten. »Er sah ungeheuer gut aus, ein kleiner Hahn, der gern den großen Macker markierte.«

»Hähne sind doof.« Pewter lümmelte sich auf dem Schalter, um alle besser sehen zu können.

Mrs. Murphy neben ihr stimmte Pewter zu.

Tucker, die geduldig neben dem Tisch im hinteren Bereich saß, rief: *»Schon, aber es macht Spaß, sie zu jagen.«*

»Bis sie mit ihrem Sporn zuschlagen.« Als kleines Kätzchen hatte Mrs. Murphy die böse Erfahrung gemacht, dass auch ein gewöhnlicher Hahn Überlebenswerkzeuge besaß.

»Was hat das mit seinem schauerlichen Ende zu tun?« Big Mim konnte dem Gedankengang ihrer Tante nicht gleich folgen.

Harry, die Post in Schließfächer steckte, hörte ebenso zu wie Miranda, die die Post sichtete, die in Leinensäcken gebracht und dann in einen Rollwagen gekippt wurde.

»Er konnte ihn nicht in der Hose behalten.«

»Tante Tally!«

»Sex. Er ist in die Koppel gesprungen und hat die falsche Stute bestiegen. Da wette ich sogar Geld drauf.« Die alte Dame, die noch recht attraktiv, wenn auch klapperdürr war, klopfte mit ihrem Stock auf den Boden.

»Laufen nicht die meisten Morde auf Sex, Geld oder Macht hinaus?« Harry guckte um die Rückseite der Messingschließfächer.

»So sagt man.« Miranda hielt einen Moment inne. »Aber so ein Ende. So gewaltsam.«

»Und schlau.« Mrs. Murphy spreizte die Zehen, fuhr die Krallen aus und zog sie wieder ein.

»Was ist so schlau daran, jemand einen Kugelschreiber ins Auge zu rammen?«, wunderte sich Pewter.

»Ganz einfach. Keine Spuren. Der Stift ist im Auge geblieben, und ich garantiere dir – ja ich schenke dir meine Katzenminze, wenn ich mich irre –, auf dem Kugelschreiber wird man nicht einen einzigen Fingerabdruck finden, auch keine Fasern oder so was.«

Tucker, die jetzt aufmerkte, tappte herbei und setzte sich unterhalb der Katzen auf den Boden. *»Und billig. Kugelschreiber gibt's auf der ganzen Welt.«*

Pewter schnippte die Spitze ihres dicken, dichten Schwanzes hin und her, während sie über diesen Aspekt nachdachte. *»Dass die Waffe ein Stift war, heißt das, der Mörder hat aus Affekt gehandelt, oder er hat sich den Mord überlegt? Ich meine, jeder kann sich einen Kugelschreiber greifen, oder?«*

»Überlegt. Gut ausgeführt.« Mrs. Murphy betrachtete die hochbetagte Dame. Tante Tally erinnerte sie an eine vierundzwanzig Jahre alte Katze, die sie vor Jahren gekannt hatte. Das Feuer des Lebens brannte hell, brannte heller mit dem Alter. Alle Tiere, die so alt sind, wissen viel und haben die Fähigkeit,

sich nicht mehr darum zu kümmern, was andere Katzen oder Menschen denken.

»Hat jemand mit Rick gesprochen?«, fragte Big Mim Harry und Miranda, die beide wussten, dass Big Mim ihn sich in dem Moment geschnappt hatte, als sie von dem Todesfall hörte.

»Nein. Was hat er gesagt?« Als Big Mims Altersgenossin konnte Miranda sich erlauben durchblicken zu lassen, dass sie wussten, was hinter Mims Frage steckte.

»Hm« – die elegante Frau machte sich nicht die Mühe zu erklären, weshalb sie eigentlich gefragt hatte –, »er hat gesagt, es war kein Blut da. Sicher, wenn sie den Stift rausziehen, wird es wohl bluten, nehme ich mal an.« Big Mim brach ab, weil die Vorstellung zu grausig war. »Verzeihung. Jedenfalls hat er gesagt, sie werden Nordys Kleidung untersuchen, und es wird natürlich eine Autopsie geben. Aber er hat mir erklärt, dass bei der Leiche kein einziger Fußabdruck war und die Schneeschmelze alle Hoffnungen auf einen Abdruck vor dem Gebäude zunichte gemacht hat.«

»Der Mörder ist zu schlau, um einen Fußabdruck zu hinterlassen«, war Mrs. Murphys Meinung.

Tante Tally ging zu den Katzen, um sie zu streicheln, Big Mim holte die Post und trat dann zu ihrer Tante an den Schalter.

Die Tür ging auf. BoomBoom und Alicia kamen herein.

»Wir kommen gerade von Amy«, sagte BoomBoom.

»Wie geht's ihr?« Harry mochte Amy Wade; alle in der Stadt mochten sie.

»Sie ist erschüttert.« BoomBooms Miene zeigte Besorgnis.

»Aber nicht verstört«, meinte Alicia und fügte hinzu: »Sie kommt morgen wieder zur Arbeit.«

»Sie lässt euch danken.« BoomBoom betrachtete den Kreideumriss. »Gefallen wie ein Hirsch.«

»Zwischen die Augen, oder in diesem Fall, ins Auge.« Tante Tally fuhr mit dem Zeigefinger unter Pewters Kinn entlang, dann wiederholte sie das angenehme Streicheln bei Mrs. Murphy. »Die Katzen haben starke Motoren.«

»Schnurrmaschinen.« Harry liebte ihre Katzen. Sie hob die Trennklappe und öffnete auch die halb hohe Tür, damit Tucker die Menschen besuchen konnte.

Big Mim berichtete BoomBoom und Alicia, was Sheriff Shaw gesagt hatte.

»Wer den Mord begangen hat, muss flink sein wie eine Katze«, stellte Alicia fest.

»Warum sagst du das, Liebling?« BoomBoom sagte lässig Liebling zu ihr, aber Südstaatenfrauen überschütteten ihre Freundinnen ja gerne mit »Süße«, »Herzchen«, »Zuckerschnäuzchen« und anderen süßen Namen.

»Hat Rick nicht gesagt, dass es keinen Kampf gab? Dass Nordy hingesackt ist?«

»Doch«, antwortete Big Mim.

»Dann hat der Mörder buchstäblich zugeschlagen wie eine Katze, und Nordy hatte keine Zeit zu reagieren«, erklärte Alicia.

»Falls er ihn gekannt hat, sah er womöglich keinen Anlass, rasch zu reagieren.« Eine vage Idee setzte sich in Harrys Kopf fest, beunruhigend, noch unausgegoren.

»Stimmt.« BoomBoom nickte. »Aber ob er den Mörder kannte oder nicht, der Mensch hat schnell und heftig zugeschlagen. Es braucht viel Kraft, um einen Gegenstand in einen Körper zu rammen.«

»Er hat auch die Augenhöhle nicht erwischt. Wenn er den Knochen getroffen hätte, dann hätte es eine üble Bescherung gegeben.« Tante Tally gestattete den Katzen, sich an ihrer dargebotenen Wange zu reiben. »Überlegt doch mal. Dieser Mörder wusste, was er tat. Oder sie.«

»Ein schrecklicher Gedanke.« Miranda schauderte.

»Gestern Abend hab ich noch mit ihm gesprochen.« BoomBoom trat von dem abgesperrten Bereich zurück. »Wie die meisten Männer war er erschütternd durchschaubar.«

Alicia lächelte. »War er nicht, Boom. Er mag auf sexuellem Gebiet durchschaubar gewesen sein, aber in anderen Dingen konnte er undurchsichtig sein, sonst wäre er jetzt nicht tot. Der Mann hat etwas verschwiegen.«

»Schwer zu glauben.« Harry legte die Hände auf den Schalter, dann fiel ihr ein, dass sie noch viel mehr Post in die Schließfächer stecken musste. Die Unterbrechung hatte sie um Stunden zurückgeworfen. »Er war arrogant. Ich konnte ihn nicht leiden, aber ich bedaure, dass er so gestorben ist.«

»Es ist entsetzlich.« BoomBoom ging hinter den Schalter. »Braucht ihr Hilfe? Ich bleib gerne hier.«

Miranda lächelte. »Boom, wenn Sie wirklich helfen wollen, wir haben Verwendung für Sie.« Sie deutete auf den überquellenden Postkarren. »Zeitschriften.«

»Boom, du bist süß.« Alicia ging auch hinter den Schalter. »Viele Hände machen der Arbeit ein schnelles Ende.«

Tante Tally warf einen Blick auf ihre Nichte; denn dies war kaum die Art von Arbeit, für die Big Mim sich melden würde. »Mimsy, ich finde, wir sollten wenigstens eine halbe Stunde mithelfen.«

»Sehr richtig.« Big Mim seufzte, zog ihre luxuriöse Jacke aus kurz geschorenem Silberfuchsfell aus, ging hinter den Schalter und drapierte die Jacke über den Stuhl im hinteren Bereich.

Die sechs Frauen arbeiteten gut zusammen, plauderten dabei, sprachen über das schreckliche Ereignis und gingen dann zu anderen Themen über wie dem baldigen Beginn der College-Basketball-Saison. Alle verfolgten die Spiele der Herren- und der Damenmannschaft der Universität von Virginia.

Susan kam durch die Tür gefegt, blieb abrupt stehen, als sie den Kreideumriss sah, ging dann zum Schalter, hob wortlos die Trennklappe, zog ihren Mantel aus und nahm die großen Pakete in Angriff, die in die Regale geräumt werden mussten. Die Regale waren alphabetisch mit Buchstaben gekennzeichnet. Wenn der Nachname von jemand mit »A« begann, kam dessen großes Pakat in die Abteilung »A«.

»'tschuldigung, hab mich verspätet. Brooks Auto ist stehen geblieben, drum musste ich sie zur Schule fahren. Hab die Gelegenheit genutzt, um mit ihrem Physiklehrer zu sprechen.« Sie nahm ein Paket, das in die Abteilung »T« gehörte. »Nordys Tod kam nicht in den Frühnachrichten, aber um neun über den Ticker, oder wie man diesen Text unter dem Bild nennt. Guter Gott.«

»Es kommt alles ans Tageslicht.« Tante Tally saß an dem Küchentisch im hinteren Bereich, wo sie Post sortierte. »Warum schmeiß ich diesen Mist nicht einfach weg und erspar jemand den Ärger?«

»Die Idee ist uns oft gekommen.« Miranda rollte den Karren zu Harry hinüber.

»Danke.« Harry warf immer noch Post in die Rückseiten der Schließfächer. Sie sah auf die Wanduhr. »Wir holen auf.«

Die Vordertür ging auf. Eine gut gekleidete Frau, die ihren Mercedes SUV vor dem Haus geparkt hatte, trat an den Schalter. Miranda kam am Schalter an, gerade als die Frau ein kleines, ordentlich verpacktes Päckchen darauflegte.

»Würden Sie das bitte wiegen?«

»Gerne.« Miranda stellte das Päckchen auf die Edelstahlwaage. »Als Brief?«

»Ja.« Sie sah sich um. »Was ist denn hier los?«

Da Miranda die Frau nicht kannte, nahm sie an, dass sie nicht hier wohnte und über die Feiertage zu Besuch oder eben erst zugezogen war. »Wir hatten einen unglücklichen Unfall.«

»Was für einen Unfall?« Sie zog einen Handschuh aus, um Geld aus ihrem Bottega-Veneta-Portemonnaie zu nehmen.

»Der Lokalnachrichtenreporter Nordy Elliott wurde heute Morgen hier tot aufgefunden.«

»Was?« Ihre Augen weiteten sich.

»Mehr wissen wir nicht.«

»Nordy Elliott, der schrecklich gut aussehende junge Mann, der die Nachrichtensendung macht?« Sie hielt einen Moment inne. »Ich bin hier bei meinem Sohn und meiner Schwiegertochter zu Besuch, da gucke ich auch die Lokalnachrichten. Oh, das darf nicht wahr sein.«

»Leider doch.«

»Was wird nur aus dieser Welt?« Sie entnahm den Betrag, den Miranda ihr genannt hatte, drei Dollar zwanzig. »Und das vor Weihnachten.«

»Möchten Sie es versichern?«

»Nein.« Die Frau bemerkte die Truppe im hinteren Bereich. Sie kniff die Augen zusammen, als sie Alicia Palmer erkannte, und riss sie dann vor Freude weit auf. »Ist das Alicia Palmer?« Miranda nickte, und die Frau fuhr fort: »Ich werde sie nie in *War Clouds* vergessen.«

»Nein. Darf ich fragen, wer Ihr Sohn ist?«

Sie lächelte. »Dr. Trey Seddons. Er hat eben eine Stellung in der Röntgenabteilung vom Martha-Jefferson-Krankenhaus angetreten, und ich bin hergekommen, um ihm und Beth beim Einrichten zu helfen.«

Als sie ging, murmelte Big Mim abfällig: »Zugereiste. Aus dem Norden.«

»Na, na«, mahnte Tante Tally. »Du darfst sie nicht kritisieren, nur weil ihr Englisch nicht so perfekt und melodisch ist wie unseres hier. Und die Zugereisten bringen Geld. Das war immer so und wird auch so bleiben.«

»Ich hab nichts gegen das Geld, Tante Tally, ich habe was dagegen, dass sie herkommen und wollen, dass wir sind wie sie. Wer zu den Römern geht, soll sich den Römern anpassen.«

»Was ist so toll an den Römern?«, wollte Pewter wissen.

»Ihr Reich hat tausend Jahre gedauert.« Mrs. Murphy liebte Geschichte.

»Dank der Arbeit von Hunden, Pferden, Rindern und euch Katzen. Wie hätten sie vom Getreide Ägyptens leben können, wenn Katzen die Mäuse nicht getötet hätten? Und wie hätten sie Rinder- und Schafherden halten können, wenn wir Hunde sie nicht gehütet und auch Räuber vertrieben hätten? Und wird es den Tieren jemals gedankt?« Tucker schüttelte den Kopf.

»Ich will keinen Dank. Ich will Thunfisch.« Pewter gab ein Maunzen von sich.

Harry kannte diesen Ton. Sie reichte ihre Hand voll Post BoomBoom, die ebenfalls mit einer Hand voll neben ihr stand. »Na gut.«

Harry machte eine Dose für die Katzen und eine kleine Dose mit Rindfleisch für Tucker auf, Alicia und BoomBoom plauderten, Susan unterhielt sich mit Big Mim, Tally und Miranda, während sie Pakete in die Regale beförderte. Harry hielt kurz inne und dachte, was für wunderbare Freundinnen sie doch hatte, und dann bemerkte sie, wie Alicia und BoomBoom sich zueinander beugten; sie glühten. Susan hatte Recht. Harry blinzelte, dann dachte sie: die Glücklichen.

»Die Rollen kullern vom Regal.« Susan stand auf einer kleinen Leiter in der Abteilung »C«, wo Tazio Chappars Blaupausen lagen.

»Ich weiß. Da drüben sind Gummikeile, alte Türstopper. Ich leg immer einen auf jede Seite«, erklärte Harry.

»Ich hätte gedacht, das würde alles von Computern erledigt. Jemand schickt die Blaupausen an Tazios Computer, sie druckt sie aus und vergrößert sie.« BoomBoom war ein Technik-Fan.

»Ginge auch«, antwortete Harry. »Aber Tazio sagt, die klarsten Blaupausen kriegt man nur auf die alte Art und Weise. Und dieses Papier, das Zeug in der Rolle, ist sehr strapazierfähig und hält auf Baustellen was aus. Sie meint, Drucker, Laserdrucker, können nicht auf Blaupausenpapier drucken. Außerdem stören die Rollen mich nicht. Ich find's irgendwie aufregend, sich vorzustellen, wie Gebäude entstehen.«

»Sie haben die Baugene«, scherzte Big Mim.

»Genau wie Ihr Großvater.« Tante Tally war vor langer, langer Zeit leidenschaftlich in Harrys stattlichen Großvater verliebt gewesen. Sie war knapp zwanzig gewesen, und er war verheiratet. Damals ließ man sich nicht scheiden.

»Hätte ich doch bloß das Geld, um diesem Hang nachzugeben.« Harry lachte. »Aber wisst ihr, dass ich heute wieder im Postamt bin, tut mir gut. Jetzt weiß ich, dass ich es richtig gemacht habe. Es war wirklich Zeit, was anderes anzufangen, und ich muss Geld verdienen.«

»Das werden Sie.« Tante Tally ermutigte sie: »Setzen Sie sich ein Ziel, halten Sie daran fest. Sie sind blitzgescheit.«

»Danke.«

»Sehen Sie, Tante Tally, auf Sie hört sie. Auf mich hört sie nicht. Ich sage ihr immer, wie gescheit sie ist.« Susan legte auf jede Seite der Rollen einen Gummikeil.

»Hat Ned sein Team schon zusammen?«, erkundigte sich Tante Tally.

»Ja. Noch drei Wochen, dann wird er als unser Senator vereidigt, und ich bin wahrhaftig mit einem gewählten Politiker verheiratet. Ich kann euch gar nicht sagen, mit wie vielen Leuten er wegen der Jobs gesprochen hat. Er braucht die richtigen Leute, solche, die wissen, wie in Richmond der Hase läuft. Leute, die sich verstehen. Das ist das Problem in jedem Büro und überall: Kommen die Leute, die zusammenarbeiten, miteinander klar? Mir ist auch bange davor, was uns das kosten wird. Er hat eine Wohnung in Richmond; die Kilometer auf dem Tacho werden sich summieren, wenn er hin und her pendelt. Ich wollte nicht, dass er Geld für eine Wohnung ausgibt, aber er hat mich dran erinnert, was passiert ist, als beide Häuser sich über den Staatsetat gestritten haben: lange, sehr lange Sitzungen. Er braucht dort wirklich eine kleine Bleibe. Und wie gesagt, er braucht unbedingt ein Team aus Leuten, die sich verstehen.«

»Wir haben uns immer verstanden.« Miranda schob sich hinter Harry und BoomBoom und klopfte Harry auf die Schulter.

»Es ist leichter, wenn man zu zweit ist«, sagte Big Mim, dann ergänzte sie den Gedanken: »Wenn es die richtigen zwei sind.«

Big Mim und Tante Tally arbeiteten eine Stunde. Harry und Miranda waren ihnen dankbar, weil sie wussten, wie außergewöhnlich diese Geste war, und weil die beiden eine echte Hilfe waren.

Kaum waren die zwei in Big Mims Range Rover gestiegen, den sie nur bei schlechtem Wetter fuhr, als Alicia von ihrem Handy aus das Blumengeschäft Patterson anrief.

»Noch mehr Amaryllis?« BoomBoom zog die Augenbrauen hoch, dann sagte sie zu Harry: »Sie hat ein Zimmer mit roten und weißen Amaryllis voll gestellt und sie auf dem Podest, das sie gebaut hat, wie einen Baum arrangiert. Ich kann das nicht sehr gut erklären. Jedenfalls, sie hat alle Töpfe mit Folie umwickelt und auf die kreisförmigen Stufen gestellt, so was hab ich noch nie gesehen. Sie ist so kreativ.«

»Bist du doch auch«, lobte Harry.

»Nicht so wie Alicia, aber danke schön.«

Sie hörten Alicia am Telefon. »Ja, eine zu Tante Tally und eine zu Big Mim. Möglichst noch heute.« Sie lächelte BoomBoom und Harry zu, dann kehrte sie zu ihrem Auftrag zurück. »Ja. Sagen Sie, ›mit Dank von den Mädels im Postamt‹. Ähem. Setzen Sie's auf meine Rechnung. Vielen Dank.« Sie legte auf.

Miranda schlug vor: »Das teilen wir uns.«
»Nein, kommt gar nicht in Frage.« Alicia winkte ab.
»Du denkst an alles.« BoomBoom war mit ihrer Schließfachreihe fertig.
»Du bist voreingenommen.«
Nach einer kurzen Pause sagte Susan: »Ihr zwei werdet miteinander glücklich werden.«
Einen Augenblick lang sprach keine ein Wort, nicht mal die Tiere. Dann antwortete BoomBoom, die gedacht hatte, sie würde Todesängste ausstehen, und nun entdeckte, dass sie überhaupt keine Angst hatte: »Sind wir.«
Und damit war der Fall erledigt.
Nach einer Stunde waren sie mit der Post fertig. Allein hätten Harry und Miranda noch bis weit nach Schalterschluss gebraucht. Miranda kochte eine frische Kanne Kaffee, sauste über die Gasse und kam bald darauf mit einem großen Korb Schokoladensplitterplätzchen, Erdnussbutterplätzchen und Pfefferkuchen zurück, die mit einer dünnen Vanilleglasur überzogen waren.
»Mädels, ich hatte es so eilig, herzukommen, als Pug anrief« – sie sprach von dem Bezirkspostvorsteher –, »dass ich keine Zeit hatte, ein paar Leckereien herzurichten.«
Es folgte eine improvisierte Feier; wenn Kundschaft kam, stand Miranda oder Harry auf. Miranda hatte auch daran gedacht, getrocknete Leber als Leckerbissen für die Katzen und den Hund mitzubringen.
Harry biss in ihr zweites Stück Pfefferkuchen, dann hielt sie mitten im Kauen inne. Sie schluckte schwer, dann sagte sie: »Wisst ihr was?« Die anderen sahen sie an. »Das Auge. Nordy wurde durchs Auge getötet. Die Jungfrau Maria blutet durch die Augen.«
Katzen und Hund, die sich an den für sie mitgebrachten Leckereien labten, merkten auf.
»Wenn sie riechen könnte, dann hätte sie den Hauch von Lanolin und Bienenwachs gewittert, als wir zur Arbeit kamen«, verkündete Tucker. *»Von Augen verstehe ich nichts, aber den Lanolingeruch, den kenne ich.«*
»Jungfernwolle«, erwiderte Mrs. Murphy.

»Von einem unverheirateten Schaf.« Pewter kicherte.

»Von jemand, der einen Pullover aus Jungfernwolle anhatte oder eine Kutte wie ein Greyfriar.« Die Tigerkatze ging nicht auf Pewters Scherz ein.

23

Ein merkwürdiges Zusammentreffen. Hoffentlich geht das nicht so weiter.« Fair zog die langen, dünnen, weißlichen Latexhandschuhe aus, die er trug, wenn er eine Stute untersuchte.

Die Handschuhe fielen fast lautlos in den Abfalleimer in BoomBooms Stall. Es war sechs Uhr abends, die Sonne war vor einer Stunde untergegangen, der Himmel war von tief hängenden, dichten, hell geränderten Wolken verdeckt, die Reste eines dieser Sonnenuntergänge, die sich lange hinziehen und deren letztes Farbenspiel nach einer Stunde verlöscht.

BoomBoom hielt die Fuchsstute fest, die im Winterhaar stand, ein gut gebautes Tier, geboren von Silly Putty, die von Lemon Drop Kid gedeckt worden war, einer Stute, die auf der Rennbahn zusammengebrochen war. Wie Harry, Fair und Big Mim hatte BoomBoom einen Blick für eine Stute. Das Tier konnte unterernährt, verwurmt sein, ausfallendes Deckhaar haben oder verletzt sein, sie erkannte trotzdem, was in ihm steckte. Sie war bei anderen Pferdekennern hochgeschätzt, zumal diese besondere Zuchtstute von Lemon Drop Kid stammte, einem fabelhaften Hengst, der auf der Rennbahn eine Starkarriere hingelegt hatte.

Während Fair sich mit der Stute befasste, schilderten BoomBoom und Harry ihm die Gespräche im Postamt, ihre Ideen, Susans Ideen, Mirandas Ideen und, ja, die Ideen von allen, die an diesem Tag ins Postamt gestürmt waren – und das waren alle, die aufstehen konnten. Wer sich nicht im Postamt sehen ließ, war entweder einer leidenschaftlichen Verführung erlegen oder zu krank, um zu gehen. War man von beiden Fie-

bern genesen, wurde von einem erwartet, dass man die Einzelheiten so ergötzlich wie nur möglich beschrieb.

Harry zierte sich. »Ach was, ich streue nur Theorien.«

»Deine Theorien sind dazu geschaffen, dich beinahe umzubringen.«

»Genau!«, stimmten die zwei Katzen und der Hund zu, die auf den gestapelten Heuballen saßen.

Alicia erschien in der offenen Stalltür, umrahmt vom verblassenden Licht. In dieser Gegend gehörten die Wintersonnenuntergänge zu den Freuden des Lebens in Virginia.

Als Harry Alicia in der Tür sah, konnte sie einen Augenblick lang verstehen, warum BoomBoom sich in sie verliebt hatte. Dann sah sie zu Fair hinüber, der sich am Waschbecken in der kleinen Sattelkammer die Hände wusch, Schmutz auf dem Overall, die grünen Gummistiefel braun von Schlamm, und sie dachte, er braucht keinen Sonnenuntergang. Für sie war er schön. Eine Spur Begehren und sogar Schuldgefühl durchzuckte sie. Sie hatte ihn noch und noch büßen lassen für seine Sünden. Vielleicht waren es gar keine richtigen Sünden. Sie sagte, sie habe ihm verziehen, und das stimmte. In genau diesem Augenblick erkannte sie, dass sie sich selbst verzeihen musste. Sie hatte zu lange mit der Peitsche hantiert und sich dabei selbst entwürdigt und obendrein einem Mann wehgetan, der sie mehr liebte als sein Leben.

»Wie steht's mit ihr?« Alicia stellte den Kragen ihrer Lederjacke hoch; die Temperatur fiel schneller als die Silvesterkugel am Times Square.

»Sie ist gesund. Die Infektion ist abgeklungen.« Fair sagte zu BoomBoom: »Ich transportiere sie nach Weihnachten nach Kentucky. Die Leute vom Gestüt Payson Stud sind sehr tüchtig und gewissenhaft. Sie werden sie mit Rotlicht bestrahlen, und wenn sie so weit ist, wird sie viele Male von St. Jovite gedeckt werden.« Er sprach von einem guten Hengst, der auf dem Gestüt stand. »Ich weiß, die Einstellkosten sind hochgeschnellt, aber, BoomBoom, das ist der Hengst, der für diese Stute in Frage kommt. Er ist jahrelang gelaufen und hat seine Rennlaufbahn bei bester Gesundheit beendet. Du brauchst sein robustes Blut. Wenn sie trächtig ist, holst du sie nach

Hause. Von da an übernehme ich. Wenn du deine andere Stute decken lassen willst, bring sie zu Tom Newtons Zuchthengst Harbor Dean. Aber schick dieses Mädchen nach Kentucky.«

»Du hast Recht.«

»Bildest du sie für die Rennbahn aus?« Das Tier gefiel Harry; die Beine der Stute waren klar, aber sie musste kürzer treten, weil sie sich bei einem Unfall in der Box einen Beckenriss zugezogen hatte.

»Ich weiß schon, da wäre sie bei Payson Stud genau richtig, aber nein, ich bilde sie für die Fuchsjagd aus. Das Tolle bei den Leuten von Payson Stud ist, dass Mrs. Payson Pferde bei Hindernisrennen laufen hat, sie versteht also was vom Springen und, was noch wichtiger ist, von Stehvermögen. Peggy Augustus ist auch ein hervorragender Pferdekenner, dem es um Ausdauer geht. Heutzutage bildet anscheinend jedermann Pferde für Kurzstrecken-Flachrennen aus. Die guten alten Steher-Blutlinien dünnen aus. Ihr wisst ja, Husband, Peggys Hengst, war der Beschäler von meinem besten Jagdpferd. Im Januar bringe ich eine andere Stute zu Husband.«

Wie Golfer, konnten Pferdemenschen stunden-, tage-, wochenlang reden, nur ging es bei ihnen um Stammbäume, großartige Hindernis- und Rennpferde, großartige Jagdpferde.

Alicia, selbst eine Pferdenärrin – wenngleich ihre Kenntnisse für die Zeit, in der sie als Schauspielerin in Kalifornien lebte, Lücken aufwiesen, sagte: »Wollen wir das nicht am Küchentisch fortsetzen? Es gibt Fleischpastete, falls ihr nichts gegen einfache Kost habt.«

An dem massiven Bauerntisch sprang die Unterhaltung hin und her zwischen den jüngsten Ereignissen, Pferden und Politik, bei der es vor allem um die Karriere von Wendell Ordman ging.

Fair schnitt durch die perfekte Kruste in seine Pastete. »Was hält Maggie Sheraton von Herb?«

Alicia antwortete: »Karma. Ihre Worte.« Sie ahmte Maggie nach: »›Alicia Palmer, Schätzelchen, als ich ihm die Hand gab, hab ich ein karmisches Band gefühlt. Viele Leben. Dann haben wir uns unterhalten, und ich hab in diesem Leben einen höflichen, liebenswürdigen Virginia-Gentleman gefunden.‹«

»Und das bedeutet?« Harry hob eine Augenbraue.

»Das bedeutet, sie kommt Silvester aus New York. Sie wohnt natürlich hier. Sie gehen auf den Ball im Farmington-Country-Club. Sie hat drei Kleider von Bergdorf Goodman gekauft. Eins davon muss das richtige sein.«

»Was Herb wohl denken mag?« Harry fand, dass ein Smoking Herb gut stand. Er verdeckte seinen Bauch, den er jetzt mit gezielten Übungen wegzukriegen suchte.

»Er hat sie eingeladen, dann muss er sie mögen«, meinte Fair.

Fair stand auf und schenkte allen Kaffee nach. Er bemerkte nahende Scheinwerfer in der Zufahrt. »Boom, erwartest du jemand?«

»Nein.«

Auf dem Land fühlen gute Freunde sich nicht verpflichtet, vorher anzurufen, deshalb war unangekündigter Besuch nichts Außergewöhnliches.

Das Auto hielt in der Zufahrt an, das Licht ging aus. Im Dunkeln konnte BoomBoom nicht erkennen, um was für ein Fahrzeug es sich handelte. Die Hintertür würde geöffnet, und herein kam Susan, in Tränen aufgelöst.

»Susan, was ist passiert?«, fragte Harry.

»Ich bin zu dir nach Hause gefahren, dann fiel mir ein, du hast im Postamt gesagt, dass Fair Booms Stute untersucht und …« Susan sprudelte weiter, ehe sie zur Sache kam. »Ned bleibt heute Abend in Richmond. Er sagt, er hat so viel zu tun, dass er dort übernachten muss, aber als ich ihn auf dem Handy anrief, ist er nicht rangegangen.«

Alicia stand auf und zog noch einen Stuhl an den Tisch, BoomBoom holte noch einen Teller und Besteck. »Susan, setzen Sie sich. Bitte leisten Sie uns Gesellschaft.«

»Ich darf nichts essen. Ich bin zu dick. Deswegen schläft er mit anderen Frauen.«

»Susan, das weißt du nicht. Jetzt komm schon. Und er muss manchmal in Richmond bleiben, besonders jetzt.« Harry führte sie an den Tisch.

Fair, der sich um Susan sorgte, schenkte ihr eine Tasse Kaffee ein. »Sie hat Recht, Susan. Mach dir keine Gedanken, weil er nicht ans Handy geht. Er könnte auf einer Versammlung sein, oder der Akku ist leer. Mach dir keine Sorgen.«

Susan wischte sich die Tränen fort, als Alicia ihr heiße Fleischpastete vorsetzte.

»Was soll ich bloß tun?«, fragte Susan verzagt.

Alicia zögerte nicht mit der Antwort: »Sie sollen sich bei Ihren Freunden entspannen, sich die Pastete schmecken lassen, und dann sehen wir weiter.«

»Du wirst dich besser fühlen, wenn du isst«, redete BoomBoom ihr zu. »Sonst sinkt dein Blutzucker, und alles sieht viel schlimmer aus.«

Zögernd schnitt Susan in die Pastete. Der verlockende Duft stieg ihr in die Nase. Sie aß vorsichtig einen Bissen, dann noch einen. »Schmeckt gut.«

»Hat die Göttin selbst gemacht«, scherzte BoomBoom.

»Hörst du wohl auf?« Alicia verdrehte die Augen.

»Susan, ich glaube nicht, dass Ned eine Affäre hat. Ehrlich. Ich sag das nicht nur, um dich zu beruhigen, sondern ich denke, ich weiß es«, meinte Fair.

»Würde er's dir erzählen?«

Fair war zuversichtlich. »Vielleicht. Schau, er war noch nie in der Politik. Er glaubt vermutlich, er muss sich hundertfünfzigprozentig einbringen.«

»Ich hab nicht die Spur Skandalöses über Ned gehört. Wäre da was im Busch, dann wüsste ich es längst«, beschwichtigte BoomBoom.

»Ich bin mit dem Mann verheiratet, seit ich neunzehn war. Da ist was. Er ist distanziert.« Susans Unterlippe zitterte.

»Ist Ihnen schon mal der Gedanke gekommen, dass Sie vielleicht distanziert sind?« Alicia tätschelte Susans linke Hand.

»Wie steht es mit seiner Gesundheit?«, fragte BoomBoom.

»Gesund wie ein Pferd«, antwortete Susan, dann wandte sie zu Alicia: »Vielleicht hab ich mich komisch benommen.«

Harry, die einen dick glasierten Gewürzkuchen anschnitt, fragte: »Susan, du hast gesagt, Ned ist gesund wie ein Pferd. War Großonkel Thomas nicht gesund wie ein Pferd?«

»Doch. Warum?«

»Warum annehmen, dass er an einem Herzinfarkt starb, nur

weil er zweiundachtzig war?«, fragte Harry, während sie Fair ein Stück Kuchen reichte.

»Das ist keine unvernünftige Annahme«, erwiderte Fair.

»Aber er war nie herzkrank, stimmt's?«, beharrte Harry.

Susan überlegte kurz. »Die Bland Wades leben ewig. Er hat sich Sorgen um sein Herz gemacht. Es schlug unregelmäßig. Aber in seinem Alter war das wohl zu erwarten. Wie gesagt, die Bland Wades sind zäh. Brooks hat es von ihnen geerbt.«

»Danny sieht wie ein Bland Wade aus«, sagte Fair.

»Ich fand immer, er sieht seinem Vater ähnlich«, antwortete Susan hastig.

»Er sieht gut aus, egal, wem er ähnelt.« Alicia fand Susans Kinder reizend.

»Er sieht genauso aus wie sein Vater«, wiederholte Susan.

Harry kam auf ihr Thema zurück. »Hast du einen Grund anzunehmen, dass Frater Thomas krank war?«

»Nein.«

Fair dachte über den gütigen Mönch nach. »Eine schwere Koronarthrombose hätte schnell zum Tode geführt. Es muss vor dem Infarkt keine Anzeichen gegeben haben.«

»Du hast keine Autopsie verlangt«, dachte Harry laut. Sie stellte keine Frage.

Susan antwortete trotzdem: »Natürlich nicht, Harry, er war steinalt. Die arme Seele sollte in Würde beerdigt werden.«

»Ich finde, du solltest ihn ausgraben und eine Autopsie vornehmen lassen.«

»Harry, wir sind beim Essen«, schalt BoomBoom.

24

Am 9. Dezember, einem Freitag, endeten die wenigen schönen Tage, an denen das Thermometer auf über vier Grad plus kletterte. Im Westen bildeten sich stahlgraue Wolken, der Wind trieb sie vorwärts, ein Tiefdrucksystem machte Tiere und Menschen müde. Die Temperatur sank und sank.

Eine kleine Schar umstand Frater Thomas' Grab, als Travis Critzer mit Hilfe von Stuart Tapscott die große Schaufel des Baggers in die Erde versenkte. Travis konnte mit allem hantieren, was einen Motor hatte. So geschickt er auch war, und so bereitwillig er den Sarg ausgrub, ehe der starke Frost zurückkehrte, so froh war er jedoch, auch seinen Vater bei sich zu haben. Wenngleich nicht sein leiblicher Vater, war Stuart der Mann, der ihn großgezogen, ihm sein Handwerk beigebracht hatte.

Frater Frank und Frater Prescott standen mit Leichenbittermiene dabei. Da der Freitag seit Jahrhunderten der Tag der öffentlichen Hinrichtungen war, nannte man ihn auch Teufelstag. Und es war Teufelswerk, die Überreste eines guten, gottesfürchtigen Mannes zu stören. Als der zweite Mann im Kloster hatte Frater Prescott sich erboten, diese widerliche Arbeit zu beaufsichtigen. Handle, den seine Verantwortung für die Statue erdrückte, hatte das Angebot gerne angenommen. Der Umgang mit den Menschenmassen, mit der Unruhe unter den Mönchen ließ den Prior sich fragen, wie er hatte denken können, das Leben als Mönch würde die Verrücktheiten der Welt von ihm fern halten. Tatsächlich war die Belastung dermaßen erdrückend, dass er an dem Punkt angelangt war, sich nicht gegen die Exhumierung zu sträuben. Der Prior war der Meinung, wenn ein Grab einmal eingesegnet war, sollte man nicht mehr daran rühren. Doch die Angehörigen von Frater Thomas, allen voran Susan Tucker, hatten auf der Exhumierung bestanden. Der Prior wusste, dass Ned Tucker im November in den Senat gewählt worden war. Da war es ratsam, einen Tucker nicht zu verärgern.

Auch Susan, Harry und Deputy Cooper sahen zu, wie sich die gelbe Schaufel in die harte Erde grub. Eine dünne Schicht guter Boden war rasch weggeräumt, die unteren Schichten waren unergiebig. Aus diesem Grund enthielt diese Ecke des Klostergeländes die sterblichen Überreste der Mönche. Es wäre sinnlos, fruchtbaren Boden zu vergeuden.

Tom Yancy, der Gerichtsmediziner, wartete ebenfalls, froh über die Gelegenheit, dem Labor zu entfliehen. Er und Cooper arbeiteten seit etlichen Jahren zusammen, und sie respektierten sich gegenseitig.

Obwohl heute Coopers freier Tag war, begleitete sie Harry und Susan. Sie hatte genug Exhumierungen gesehen und wusste, wie schockierend so etwas für enge Verwandte oder Freunde sein kann. Außerdem hatte Harry versprochen, anschließend mit ihr auf der Interstate 81 zu Daytons Möbelgeschäft im Süden von Harrisonburg zu fahren. Coop hatte genug Geld für ein Bett im Empire-Stil gespart, das sie sich selbst zu Weihnachten schenken wollte, und Harry meinte, bei Dayton's gebe es die besten – nicht die billigsten, sondern die besten.

Susan band ihren Schal fester. »Wind kommt auf.«

»Ein böser Wind, der nichts Gutes bringt«, zitierte Harry ein altes Sprichwort.

»Wohl in bester Weihnachtsstimmung, wie?«, meinte Tom.

»'tschuldigung. Bisschen schwierig, bei einer Exhumierung froh und munter zu sein.«

»Sehen Sie es doch mal so.« Der Gerichtsmediziner grinste. »Wenn der alte Knabe eines natürlichen Todes gestorben ist, dann ist das eine gute Nachricht. Ich weiß, Sie beide waren noch nie bei einer Exhumierung dabei. Frater Thomas wird nicht in einem so schlimmen Zustand sein, dafür ist er noch nicht lange genug da unten. Seine Nase ist vielleicht ein bisschen schrumpelig geworden, die Nagelhäute werden sich zurückgeschoben haben, so dass es aussieht, als würden die Fingernägel noch wachsen, aber insgesamt ist es sicher nicht so schlimm.«

»Und der Gestank?« Harry lag es nicht, drum herum zu reden.

Er winkte ab. »Er wird nicht nach Chanel Nr. 5 duften, aber bedenken Sie, es war kalt hier oben, und auch wenn er unterhalb der Frostgrenze liegt, ist es da unten sehr kalt. Vielleicht weht ein bisschen was hoch; treten Sie einfach zurück und halten sich die Nase zu. So kriegen Sie nichts von der rausgepressten Luft ab, und falls Sie ohnmächtig werden, fallen Sie nicht in den Sarg.«

Harrys Stolz flammte auf. »Ich werde nicht ohnmächtig.«

»Aber Sie müssen vielleicht kotzen«, meinte er wohlwollend.

»Guter Gott, ist das krass.« Susans Augen wurden feucht. »Ich hab das Gefühl, dass ich ihm Gewalt antue.«

»Ich weiß nicht, ob das so ist, Susan, aber wenn er ermordet wurde, müssen wir den Mörder finden. Das ist das Mindeste, was wir für Frater Thomas tun können. Auge um Auge, Zahn um Zahn.«

»Einfache Gerechtigkeit hat einiges für sich.« Die große, schlanke Polizistin nahm einen wohltuenden Zug von ihrer Camel und stieß eine blaue Rauchfahne aus.

»Cooper, kann ich eine Zigarette von dir schnorren?«, bat Susan.

»Klar.« Coop zog das weiße Päckchen mit der dünnen Zellophanhülle aus ihrer Parkatasche; das Kamel auf der Packung stand in Habachtstellung.

Harry zog Susan auf: »Du schummelst.«

»Kann nicht anders.«

»Tötet den Geruch«, fügte Tom fröhlich hinzu.

»Ach Coop, gib mir auch eine. Ich kauf dir nachher ein Päckchen.« Harry nahm die angebotene Zigarette.

Die drei Frauen zogen an ihren Zigaretten. Das in den meisten Fällen beruhigende Nikotin wirkte bei Cooper und Harry, die selten rauchten. Susan aber blieb nervös und wünschte, sie hätte eine Mentholzigarette zum Inhalieren.

Die Schaufel kratzte am Deckel des Fichtensarges.

In wenigen Minuten grub Travis vorsichtig um die Kanten des handgezimmerten Sarges herum.

Frater Prescott und Frater Frank traten an die Grabstätte. Sie warfen zwei dicke Seile in die Grube. Travis, der viel jünger war als die zwei Mönche, sprang hinunter, schob die Seile mit ein bisschen Hin- und Hergewackele unter den Sarg. Stuart Tapscott packte die Seile am Rand des Grabes, damit sie nicht in die Grube zurückrutschten.

Der Gerichtsmediziner und Frater Frank ergriffen ein Seil an je einem Ende, Frater Prescott und Travis das andere. Stuart stand weiter weg. Er wollte den Leichnam nicht sehen.

»Achtung, fertig, los«, kommandierte Travis, und der Sarg ließ sich einigermaßen leicht heben.

Travis und Frater Prescott stemmten den Deckel auf. Bevor

der Gerichtsmediziner den Deckel abhob, sagte er: »Sie treten wohl besser zurück und lassen mich zuerst schauen, meine Damen.«

Harry trat beherzt direkt an den Sarg, Susan trat zurück.

Tom sah auf, und Harry lächelte müde. Er hob den Deckel ab.

»Verfluchte Scheiße!«, rief Harry laut.

Der Sarg enthielt drei Fünfzig-Pfund-Säcke Pflanzerde.

Schrecken zeichnete sich sowohl auf Toms Gesicht ab wie auch auf dem der beiden Mönche. Susan nahm ihren Mut zusammen und sah hinein.

Coop war bereits an ihrem Handy und sprach mit Sheriff Shaw. »Rick, wir haben ein Riesenproblem.«

Susans Nervosität, dann Wut, konzentrierte sich auf Frater Frank und Frater Prescott. »Was hat das zu bedeuten? Was haben Sie mit meinem Großonkel gemacht!«

Frater Frank, dessen Gesicht so weiß war wie der Schnee in den tiefsten Furchen der Schluchten, stammelte: »Mrs. Tucker, ich schwöre Ihnen bei Gott als meinem Zeugen, Ihr Großonkel war in dem Sarg, als dieser zugenagelt wurde.«

»Ein neues Bergwunder«, platzte Harry heraus.

»Wie bitte?« Frater Prescott war vollkommen durcheinander.

»Sie haben eine Statue, die blutige Tränen weint, und jetzt haben Sie eine Auferstehung.« In diesem Augenblick traute Harry keinem der Mönchen weiter über den Weg, als sie ihre brennende Zigarette werfen konnte.

25

Die Unordnung auf Sheriff Rick Shaws Schreibtisch spiegelte nicht seinen Verstand wider, der klar und präzise arbeitete. Eine Flut aus Faltblättern und Mitteilungen des Bezirks, des Staates und der Bundesregierung überschwemmte seinen Tisch.

Er sonderte sorgsam die Post aus und lächelte jedes Mal, wenn Werbung oder anderer Mist in dem großen runden metallenen Abfallbehälter landete. Alles Sachdienliche stapelte er in einem Ablagekorb aus Stahlgeflecht, den Cooper ihm letztes Jahr zu Weihnachten geschenkt hatte.

Jetzt lastete dieses Weihnachten auf ihm. Er hatte noch kein einziges Geschenk gekauft. Seine Frau, die er innig liebte, nahm einen Großteil dieser Last auf sich, aber er wollte ihr etwas Besonderes kaufen und hatte keine Idee.

Drei Leute waren heute wegen Grippe nicht zur Arbeit erschienen, darunter die Sekretärin, die Menschen aussonderte wie Rick die Post. Deputy Cooper standen ein paar harte Tage bevor. Sie hatte dieses Jahr noch keinen Urlaub genommen, aber es war Not am Mann, und weil Coop eben Coop war, sprang sie ein. Sie hatte sich heute einen Tag freigeben lassen, und daraus war ein Arbeitstag geworden. Zu Dayton's kam sie nicht.

Rick schob seinen Stuhl zurück, als sie ins Büro kam.

»Hier.« Sie warf eine Stange Camel auf seinen Schreibtisch. Eine zweite Stange hatte sie unter den Arm geklemmt.

»Sehr großzügig. Danke.« Er schob die Stange in die lange Mittelschublade seines Schreibtisches. »Wirklich.«

»Die sind von Harry.«

»Harry?«

»Sie hat eine Fluppe von mir geschnorrt, deswegen hat sie mir eine Stange gekauft und dann noch eine für Sie. Sie lässt grüßen und ausrichten, es tut ihr Leid, dass alle wegen dieser verdammten neuen Grippewelle flachliegen. Jesses, hoffentlich werden wir nicht krank.«

»Ich schlucke so viel Vitamin C, dass ich mich bald orange färbe. Und Echinacea. Meine Frau stopft es mir in den Hals, sie ist ein Segen.«

»Helen ist ein guter Mensch. Jedermann braucht eine Ehefrau – sogar eine Frau braucht eine.« Cooper zog den Holzstuhl heran, einen alten Bürostuhl aus den 1940er Jahren. »Ich würde mich allerdings mit einem Ehemann zufriedengeben.«

»Der hätte das große Los gezogen.« Rick hatte seine Stellvertreterin mit den Jahren schätzen gelernt, obgleich er anfangs gegen eine Frau im Polizeidienst gewesen war und ihr jede beschissene Aufgabe aufgehalst hatte, die des Weges kam. Ihre Beschwingtheit, ihre Genauigkeit und ihr Gleichmut in Krisensituationen hatten ihn umgestimmt. Er machte sich Sorgen, dass sie nicht den Richtigen finden würde. Viele Männer glauben, Polizistinnen sind lesbisch; Cooper war es nicht. Sie war keine Filmschönheit, aber attraktiv. Doch bei Männern, die sie anziehend fand, war sie schüchtern.

»Danke, Chef.« Sie machte ein Päckchen Camel auf. »Sie werden es nicht glauben, aber Harry hat, direkt vor dem Sarg voll Säcke mit Pflanzerde, meine ich, doch tatsächlich eine halbe Zigarette geraucht. Sie hat gewürgt, aber gequalmt wie ein Schlot.«

»Nein, wirklich?« Er lachte.

»Sie dachte, wenn der Sargdeckel runterkäme, müsste sie von dem Gestank kotzen, deswegen hat sie sich eine angesteckt. Keine schlechte Taktik; denn rauchen schwächt den Geruchssinn. Sich einen Klumpen VickVaporub in die Nase schmieren ist aber besser.« Cooper zog ein Döschen aus ihrer Jackentasche. »Hab's nicht gebraucht, weil ich mir dachte, Frater Thomas wäre tiefgefroren.«

Rick grunzte. »Vielleicht wollten sie ihn verbuddeln und haben die Leiche verlegt.«

»Sehr komisch.« Sie klopfte mit dem Ende der neuen Zigarette auf den Schreibtisch. »Irgendwas über Nordy?«

»Pete Osborne hat Nordys Beiträge vom letzten Jahr kopiert. Wir haben uns die Ausschnitte angeguckt, von denen Pete meinte, sie könnten möglicherweise jemand zu einem Mord animieren.« Rick nahm die Zigarette, die Cooper ihm anbot. Er zog das charakteristische Aroma von ungerauchtem Tabak ein, dann riss er an der großen roten Streichholzschachtel ein Zündholz an. Rick mochte keine Feuerzeuge. Er war der Meinung, dass der Benzingeruch in die Zigarette drang. »Er hat uns Kopien gemacht.« Er hielt eine DVD in einer blauen Papphülle in die Höhe, die mit Petes unverkennbarem Gekritzel beschriftet war. »Nicht zu glauben, diese Technik.«

»Wenn die Weihnachtsgratifikation großzügig ausfällt, kauf ich mir einen DVD-Player. Aber die Raten für mein Auto laufen noch ein Jahr.« Sie hielt inne. »Die Preise sinken ständig. Irgendwann werde ich mir einen leisten können. Wollte nicht vom Thema abkommen. Was halten Sie von dem, was Sie gesehen haben?«

»Es gibt eine lebhafte Sequenz, wo Nordy vor dem Haus eines mutmaßlichen Drogendealers steht. Jamaikaner kamen rausgelaufen und haben ihn verprügelt. Der Ausschnitt, wo er die Story von dem Plan mit den ungedeckten Schecks bringt, hat die Leute erschüttert. Die Verhandlung darüber beginnt im März. Menschen haben schon für weniger getötet. Dann sind da noch die üblichen Interviews mit den Familien von Opfern, mit Mördern – gefühlsstark, aber keine besonderen Knaller.«

»Wie meinen Sie das?«

»Emotionen wogen hoch, und Nordys Filmmaterial erzeugt Sympathie für das Opfer. Aber das ist nicht dasselbe wie anklagend mit dem Finger auf jemand zeigen. Mord ist meistens kein überlegtes Verbrechen; die meisten Morde, die wir sehen, geschehen spontan. Aber die Pläne mit den ungedeckten Schecks, hmm, so ein Verbrechen erfordert Überlegung. Es wird gewöhnlich von jemand mit höherer Bildung begangen, jemand, der mit einem guten Anwalt ungeschoren davonkommen könnte. Um den eigenen Hals zu retten, könnte ein solcher Verbrecher einen Mord begehen.«

»Aber ein Weiße-Kragen-Verbrecher würde Nordy nicht umbringen. Er würde jemanden für die Drecksarbeit anheuern, oder?«

»Genau.« Rick legte die Füße auf den Schreibtisch. »Nordy wollte die Story mit den ungedeckten Schecks bis zum bitteren Ende verfolgen. Auch bei den jamaikanischen Drogendealern steht eine Menge Geld auf dem Spiel. Wir leben in einem wohlhabenden Bezirk, und die Leute wollen ihr Kokain, ihr Oxycontin und was sonst noch alles. Sie kriegen es. Mit List und Willen.«

»Sie sind nicht überzeugt.«

Er stieß den Rauch aus. »Nein.«

»Es ist der Kugelschreiber im Auge, ja?«

Er hob anerkennend die Brauen. Sie wusste, wie sein Verstand arbeitete, was von Vorteil war. »Mein Lebtag hab ich so was noch nicht gesehen. Ich habe Folter gesehen, ich habe vergewaltigte Kinder gesehen, und das ist das verdammt Abartigste, was ich je zu sehen gekriegt habe, aber so was wie dies hab ich nie gesehen. Es ist so simpel.«

»Ja, wie spürt man einen Kugelschreiber auf? Harry meint, es könnte was mit Augen zu tun haben. Die Augen sind eine Botschaft.«

Er schürzte die Lippen. »Die Stange Zigaretten ist eine Bestechung. Harry wird sich in diesen Fall reinknien. Unverbesserlich! Der leere Sarg muss sie sozusagen in die Stratosphäre katapultiert haben.«

»Es war ein Schock.«

Er drehte sich mit seinem Stuhl, um Coop anzuschauen, wobei er jedoch die Beine kaum bewegte. »Verdammt abartig.«

»Harry ist überzeugt, es hängt mit Nordys Ermordung zusammen. Sie sieht eine Verbindung mit den blutenden Augen der Jungfrau Maria. Wörtlich hat sie gesagt, ›die Augen haben es in sich‹.«

»Solche Inspirationen ersparen ihr die Beinarbeit, was?«

»Sie hat nichts gegen Beinarbeit, Chef, aber sie ist kein Profi. Sie übersieht so manches. Sie kommt vors Tor, ohne die Mittellinie zu passieren, aber Sie müssen zugeben, sie kommt jedes Mal in Ballbesitz.«

Er stieß den Rauch aus, womit er quasi seine Zustimmung bekundete. »Na, immerhin besser, als sich einzubilden, im Tor geboren zu sein und jeden Ball halten zu können.«

Seine erste Sorge galt dem Schutz der Öffentlichkeit. Seine zweite Sorge galt der Vorgehensweise. Wenn er nicht alles niet- und nagelfest ausarbeitete, könnte ein Anwalt, der nicht mal besonders gerissen sein müsste, die ganze mühsame Arbeit zerpflücken. Harry bereitete ihm mit ihrer Einmischerei Sorgen, weil sie sich und andere in Gefahr brachte, und weil sie einen sorgsam konstruierten Fall verpfuschen konnte.

Sie rauchten stumm, dann brach Cooper das Schweigen. »Wie hält Pete durch?«

»Gut. Er ist stark. Die anderen Berichterstatter sind nervös.

Er muss viel Händchenhalten, und er führt Vorstellungsgespräche für einen Ersatz. Er sagt, es ist ein makabres Gefühl, aber es muss sein. Der Sender ist eh schon unterbesetzt. Dieses Problem kann ich weiß Gott nachempfinden.«

»Wenigstens ist es ein profitables Geschäft.«

»Ja, allerdings. Wir dagegen sind Staatsdiener, und es gibt Tage, da komm ich mir wirklich wie ein Diener vor.«

»Glauben Sie, es gibt eine Verbindung zwischen Nordys Tod und der Statue, dem Kloster?«

»Ich kann keine Möglichkeit ausschließen. Nordy war dabei, sich mit der Story einen Namen zu machen. Pete und ich haben uns alles angeguckt, was Nordy da oben gedreht hat, auch das nicht verwendete Material. Er ist nicht hingegangen und hat gesagt, dass die Tränen nicht echt sind, nur, dass sie ein unerklärtes Phänomen sind. Er war respektvoll. Ich kann den Jungfrau-Maria-Aspekt nicht ausklammern, aber ich kann absolut nichts finden, das sich zusammenfügt.«

»Ich auch nicht. Ein über Achtzigjähriger stirbt, als er in einer Nacht, so bitterkalt, dass nicht mal der Teufel mit seiner eingebauten Heizung draußen rumlaufen würde, vor einer Statue betet. Andrew, Mark und Prescott tauen ihn auf, waschen den Leichnam, richten ihn fürs Begräbnis her. Sie legen ihn in den Sarg, nageln den Deckel zu – ist alles bezeugt.« Sie hielt das kleine Notizbuch in die Höhe, das sie in ihrer Handtasche bei sich trug. »Gemäß den Ordensregeln findet eine schlichte Zeremonie statt. Susan und ihre Familie nehmen teil. Sie werfen Erde auf den Sarg und fertig. Ich habe auch mit Handle gesprochen, dem Oberboss. Er sagt, Frater Thomas war sehr beliebt. ›Und warum hat man seine Leiche gestohlen?‹, hab ich gefragt.« Sie tat wieder einen langen Zug. »Er meint, die Leiche wurde möglicherweise an eine medizinische Fakultät verkauft. Aber wer tut denn so was? Bestimmt keiner von den Mönchen. Das glaubt er auch nicht, aber die Idee mit dem Verkauf an eine medizinische Fakultät ist von ihm. Er ist übrigens total überdreht, das ganze Gelände ist voller Menschen, die vor der Statue weinen und beten. Sie würden es nicht glauben.«

»Weint sie wirklich Blut?«

»Ich habe eine Probe genommen und ins Labor geschickt. Dürfte nicht lange dauern, obwohl sie so viel zu tun haben.«

Coop hörte draußen an den Fensterscheiben von Ricks Büro ein Prasseln. Sie ging nachsehen. »Verdammt, das wird wieder ein langer Tag.«

Er schwenkte die Beine vom Schreibtisch, stand auf und sah aus dem Fenster. »Wo kam das her? Ich hab heute Morgen den Wetterkanal und den Wetterbericht auf Channel 29 geguckt.«

»Wer weiß.« Ihre Stimme klang betrübt, als die Hagelkörner stärker gegen die Scheibe schlugen.

Rick setzte sich wieder. »Wenn wir Frater Thomas' Leiche finden, das wird uns was verraten.«

»Die Toten verraten ihre Geheimnisse, wenn man weiß, wie man fragen muss.«

26

Weil er wusste, dass eine Frau als Vertreterin der Obrigkeit den Greyfriars womöglich unangenehm war, befragte Rick die Mönche selbst.

Der Prior war dazu bereit, weil Frater Frank und Frater Prescott ihm nahe legten, wie schlecht es aussähe, wenn er nicht kooperierte. Es würde so aussehen, als hätten die Greyfriars etwas zu verbergen.

Rick hielt die Befragung kurz. Er wusste aus jahrelanger Erfahrung, dass er den Fall zusammensetzen musste; jedes Beweisstück, jede befragte Person lieferte ein winziges Informationsteilchen, so dass sich am Ende ein lesbares Mosaik ergeben würde. Er hatte Frater Mark gefragt, wann er Thomas' Leichnam zuletzt gesehen hatte, danach schaltete er um und fragte ihn nach Nordy.

Frater Mark saß ihm mit gesenktem Kopf gegenüber. »Ich habe ihn verabscheut. Ich habe mich bemüht, ihn zu mögen. Ich habe gebetet. Und ihn trotzdem gehasst.«

»Auch am Michigan State College?«

»Da besonders. Er war großspurig, hat mich vor meinen Freundinnen gedemütigt. Wir waren in derselben Verbindung, aber er war ein Jahr über mir.«

»Verstehe. Wie war das mit dem Drucken und Verkaufen von falschen Pässen?« Rick überraschte ihn damit, dass er darüber Bescheid wusste.

Mark hob den Kopf. »Seine Idee. Ich war schwach und hab mitgemacht.«

»Viel Geld verdient?«

»Ja.« Seine Miene hellte sich auf, obwohl er vor dem Sheriff auf der Hut war. Er fragte sich, warum Rick so tief in seiner Vergangenheit gewühlt hatte. »Wir haben in einem Semester mehr als fünfzehntausend Dollar verdient. In einem Semester!«

»Und Sie wurden eingelocht. Er nicht.«

»Nordys Vater konnte Beziehungen spielen lassen. Meiner hatte nur eine Beziehung zur Flasche«, sagte er erbittert.

»Und da sind Sie dann, äh, sozusagen abgestürzt.«

»Volle Kanne.«

»Volle Kanne, das ist gut. Ist wohl schlimmer als voll daneben?«

»Genau.«

»Und dann?«

»Drogen. Verlor alle Jobs. Hätte ich nicht zu Gott gefunden, dann wäre ich im Gefängnis oder tot. Ich war so dicht dran« – er hielt Daumen und Zeigefinger ganz nahe zusammen –, »Berufsverbrecher zu werden.«

»Was ist passiert?«

»An einem kalten Abend bin ich mitten auf der Beverly Street in Staunton aufgewacht. Eine Ärztin zog mich von der Straße und sagte, ›mein Sohn, du kannst in den Entzug gehen, oder du kannst zu Gott finden. Ich helfe dir bei beidem.‹«

»Und hat sie's getan?«

»Ich kam in eine Klinik in North Carolina, nicht teuer oder so. Ich habe entgiftet. Ich habe zu Gott gefunden, und ich habe zu den Greyfriars gefunden. Aber ich muss jeden Tag an mir arbeiten.«

»Hätten Sie Nordy töten können?«

Mark lächelte müde. »Der Gedanke ist mir gekommen. Ich nehme an, ich hätte es können, aber obwohl ich ihn nicht ausstehen konnte, nöh.« Er zuckte mit den Schultern. »Ich bete inständiger.«

Rick schaute auf die Uhr. »Sie haben mir sehr geholfen. Eine letzte Frage: Passen Sie hierher? Ist dies der rechte Ort für Sie?«

»Ja. Ich bin von Dinosauriern umgeben. Ich weiß, dass sie sich hinter meinem Rücken über mich lustig machen, aber«, er zuckte wieder mit den Schultern, »ich gehe nicht auf sie ein. Thomas fehlt mir. Er hat mir viel beigebracht. Mit ihm konnte ich mich unterhalten, und obwohl er schon zweiundachtzig war, konnte er so mühelos mit dem Computer umgehen wie ich. Er hat gesagt, wenn er dreiundachtzig wird, konstruiert er sich seinen eigenen Computer. Er wusste sogar, dass er selbst bestimmen konnte, was er von ASUS bekommen würde, der Firma in Kalifornien.«

»Da komm ich nicht mit.«

»ASUS. Die bauen Motherboards. Thomas wollte sich seinen eigenen Computer bauen mit einem Motherboard, dessen Design er mitbestimmte.«

»Ich kann verstehen, warum Sie ihn vermissen.«

»Hier wissen sie ja nicht mal, was ein Motherboard ist.«

»Nordy hat es sicher gewusst.«

»Ja, aber das musste er ja auch. Ab und zu habe ich mich hier an einen Computer gesetzt und ihm eine E-Mail geschickt.« Er stützte das Kinn auf die Hand. »Komisch, ich hatte eine Stinkwut auf ihn, aber er wird mir fehlen. Ich hätte nie gedacht, dass jemand in meinem Alter stirbt, verstehen Sie?«

»Tja, Frater Mark, Sie hatten das große Glück, nicht in den Krieg zu müssen. Ihre Generation ist verschont geblieben. Hätten wir 1943 oder 1970, wären viele von Ihren Zeitgenossen tot. Sie selbst wären vielleicht tot. Wenn Sie Ihre Gebete sprechen, beten Sie für sie, für die, die vorzeitig gestorben sind.«

Mark blinzelte. »Das tue ich. Und ich weiß, die heilige Jungfrau Maria weint um sie.«

27

Als Harry und Susan mit dem voll beladenen Transporter von der Fuchsjagd zurückkehrten, erklärte Harry: »Ich bin bester Laune. Allerbester Laune.«

»Gut so, denn wenn du nach Hause kommst, haben die zwei Katzen bestimmt irgendwas zerfetzt.« Susan lächelte. Der entspannende Tag hatte auch ihr neuen Schwung gegeben.

Sie sollte Recht behalten. Sie setzte Harry zu Hause ab, Harry ging hinein und erblickte zwei aufgeschlitzte, zerfetzte seidene Lampenschirme. Darauf ging sie in den Keller, um ein Glas Orangenmarmelade zu holen, und fand die Säcke mit Vogelfutter, die Mrs. Murphy und Pewter aufgerissen hatten, als sie das letzte Mal allein zu Hause gelassen wurden.

Tucker beeilte sich, Harry unmissverständlich klar zu machen, dass sie niemals seidene Lampenschirme zerfetzen würde, noch würde sie Samen auf der Erde verschütten wie der biblische Onan, allerdings hatte Onan kein Vogelfutter verschüttet.

»*Arschkriecherin*«, knurrte Mrs. Murphy den Hund an.

»*Unbeherrschte Triebe.*« Tucker ging fort von der Katze; ihre Krallen klackten auf den Küchendielen aus Fichtenkernholz.

»*Warum freust du dich so? Du musstest heute auch hier bleiben*«, klagte Pewter.

»*Wir dürfen nicht auf die Fuchsjagd. Manchmal lässt Mom mich in der Fahrerkabine schlafen, aber eigentlich dürfen wir nicht mit. Das weißt du doch.*«

»*Tucker, ich weiß es, aber ich bin nicht einverstanden.*« Die Tigerkatze schlug nach der Corgihündin.

Das Telefon klingelte. Miranda erzählte Harry, Big Mim sei soeben von ihrer Tochter informiert worden, dass Blair Bainbridge ihr an Thanksgiving einen Heiratsantrag gemacht hatte. Big Mim hatte gemischte Gefühle, machte aber gute Miene. Mim hatte Miranda angerufen, um es durchzusprechen.

Dann klingelte das Telefon erneut.

»Susan, du musst eben erst nach Hause gekommen sein. Was gibt's?«

»Harry, du und ich sind Landmädchen. Die Jagd heute hat mich aus meiner Starre gerissen. Mein Hirn funktioniert wieder, und ich bin bereit, gegen die Welt anzutreten.«

»Ich bin auch bereit.« Harry hörte erfreut den Elan aus Susans Stimme.

»Hör zu, was ich denke. G-Onkel Thomas wird in den Sarg gelegt, drei Mönche sehen ihn. Laut Frater Mark wurde der Deckel zugenagelt, Thomas wird beerdigt, stimmt's?«

»Stimmt.«

»Alle Mönche wohnen dem kurzen Begräbnis bei, und ich auch.«

»Stimmt.«

»Der Sarg ist schwer. Keinerlei Verdacht. Kannst du mir noch folgen?«

»Überallhin.«

»Also gut. Entweder lügen Frater Andrew und Frater Mark wie gedruckt, was ich nicht ausschließe, oder jemand entfernt den Leichnam, bevor alle auf den Friedhof kommen, und legt drei Säcke Pflanzerde rein. Irgendwas war im Sarg.«

»Du hast Recht.« Harry hatte das schon bedacht.

»Was machen sie also mit ihm? Keiner von den Mönchen hat an dem Abend das Gelände verlassen. Zumindest hat keiner was gemerkt. Kein Auto wurde bewegt, und nur wenige Mönche haben Zugang zu den Schlüsseln. G-Onkel Thomas wurde irgendwohin gebracht und abgeladen oder wieder eingegraben. Es wäre Schwerstarbeit gewesen, ihn wieder einzugraben. Ich nehme an, alles geschah in einer einzigen Nacht, im Dunkeln. Er kann nicht weit weg sein. Wie weit kann man einen Leichnam in Eiseskälte und Schnee schleppen? Ich möchte wetten, mein Großonkel ist im Umkreis von anderthalb Kilometern von seinem Grab, oder besser gesagt, dem ihm zugedachten Grab.«

»Susan, da ist was dran«, stimmte Harry ihr zu, froh, dass ihre Freundin sich nicht mehr so ängstlich und bekümmert anhörte wie in den letzten Wochen.

»Wenn wir ihn finden, kriegen wir vielleicht raus, was mit ihm passiert ist.«

»Wir sind Landmädchen. Wenn jemand ihn finden kann,

dann wir. Katzen und Hund können helfen. Wir müssen vorsichtig sein. Wir können nicht durch das Gelände pesen, verstehst du? Wir müssen uns von der Schlucht hocharbeiten.«

»Daran hab ich auch schon gedacht. Ich würde sagen, wir fangen gleich nach dem Dunkelwerden hinter dem Gasthaus am Afton Mountain an. Wir arbeiten uns hoch, bis die Jungfrau Maria in Sicht kommt, dann weiter südwestlich im Bogen herum. Weil Sonntag ist, werden die Mönche bei der Messe und beim Gebet sein, zumindest am frühen Morgen. Wir können es auf einen Versuch ankommen lassen, und wir können wieder weg sein, bevor jemand was merkt. Wir müssen abschnittweise vorgehen. Wir können nicht alles an einem Tag schaffen.«

»Gute Idee.« Harry hielt kurz inne. »Aber, Susan, wenn wir ihn finden, willst du deinen Onkel Thomas wirklich so sehen, wie, hm, wie auch immer wir ihn vorfinden?«

»Ich sage mir, die Seele hat den Körper verlassen. Was immer wir finden, ist eine Hülle. Und ich sage mir, dass er was Besseres verdient hat. Er hat nach einem Leben im Dienst der Lehre Jesu ein anständiges christliches Begräbnis verdient.«

»Du hast Recht.«

»Ich habe so eine Vorahnung. Harry, ich spüre irgendwie, dass er nach mir ruft. Ich habe eine Schuld abzutragen, aber ich weiß nicht, was für eine.«

28

Östlich vom Gipfel des Blue-Ridge-Gebirges schied ein schmales graues Band den Horizont von der frostigen Erde. Das Band dehnte sich aus, bis sich ein rosafarbener Hauch über den Boden legte und einen rosigen Schimmer auf die dunkle Erde warf.

Harry, Susan, Mrs. Murphy, Pewter, Tucker und Owen, Susans Corgi, blieben stehen, um die Morgenröte zu betrachten, ehe sie in dem Hohlweg hinter dem Kloster verschwanden.

Der frühe Morgen, grabesstill und klar, verhieß einen kalten, aber strahlenden Tag. Die Wintersonnenwende, die in zehn Tagen bevorstand, brachte sanftes Licht.

Harry staunte, wie das Licht mit jeder Jahreszeit wechselte. Das sanfte, einladende Licht des Winters bot einen Kontrast zu der Kälte.

Die zwei Hunde tapsten den Hohlweg hinunter. Die Katzen kletterten über herabgefallene Äste und Felsvorsprünge. Pewter, die nie für körperliche Anstrengungen zu haben war, meckerte bei jedem Hindernis.

»Du hättest beim Gasthaus im Auto bleiben können.« Mrs. Murphy war das ewige Gejammer leid.

»Und alles verpasst! Wenn wir Frater Thomas finden, braucht ihr meine Beobachtungsgabe.«

»Wenn wir Frater Thomas finden, wirst du kotzen. Wie bei einem dicken Haarknäuel.« Mrs. Murphy sprang über einen großen Eichenast, der an der Stelle, wo er vom Baum abgebrochen war, eine andere Farbe hatte.

»Werd ich nicht.« Pewter ging lieber um den Ast herum. *»Mir macht so was aber keinen Spaß. Nicht wie den Hunden. Aasfresser. Die finden das lecker.«*

»Hunde können schrecklich unfein sein.« Mrs. Murphy konnte sich nicht vorstellen, etwas Vergammeltes zu verzehren oder sich darin zu wälzen.

»Und Tucker prahlt mit ihrer guten Nase.« Pewter rümpfte die ihre.

»Sie hat einen guten Riecher. Verwestes riecht für sie nach einem köstlichen Mahl. Ich verstehe das auch nicht. Ich meine, du und ich, wir haben einen guten Riecher, aber so einen Geruch mögen wir nicht. Menschen auch nicht. Bussarde schon, nehm ich an.«

»Ist dir schon mal aufgefallen, dass die oberen Schnäbel von Vögeln, die Fleisch rupfen, irgendwie nach unten gebogen sind? Denk an Plattgesicht, nicht bloß Bussarde.« Pewter sprach von der großen Eule, die bei ihnen zu Hause im Stall wohnte.

»Ja. Hast du schon mal bemerkt, dass Bussarde am Hals keine Federn haben?« Mrs. Murphy beantwortete ihre Frage selbst: *»Sie können den ganzen Kopf in ein mausetotes Tier stecken, aber ihr Hals wird nicht klebrig und schwer. So können sie sauber bleiben,*

denk ich mir, und auch fliegen. Würde ein Bussard über und über verklebt, wäre Fliegen schwieriger.«

»Praktisch. Krebse sind auch Aasfresser. Warum haben sie dann Stielaugen?« Pewter aß gerne Krebsfleisch, solange sie nicht darüber nachdachte, was der Krebs gefressen hatte.

»Damit sie albern aussehen.« Die Tigerkatze lachte.

Harrys Blick folgte den Hunden. Einerseits hoffte sie, dass sie Frater Thomas fanden. Andererseits hoffte sie, sie würden ihn nicht finden. Sie hatte einen robusten Magen, aber trotzdem.

Susan stapfte stumm vorwärts. Der Schnee in den Ritzen und Spalten der Gesteinsblöcke schimmerte dunkelblau. Der Rand der Sonne krönte den Horizont, was aber weder sie noch Harry unten an der tiefsten Stelle der Schlucht sehen konnte.

»Ist sie arg durcheinander?«, fragte Tucker ihren Bruder.

»Ziemlich, aber nachdem sie sich entschlossen hatte, was zu unternehmen, hat sie sich beruhigt«, antwortete Owen. *»Sie kann nicht verstehen, warum er verschwunden ist. Sie befürchtet das Schlimmste.«*

»Mord«, sagte Tucker lakonisch. Sie schlitterte eine vereiste Felsbank hinunter, sprang behände über ein schmales Rinnsal, das in einen stark strömenden Bach mündete.

»Ist dir schon mal aufgefallen, dass Menschen immer Gründe für alles Mögliche finden? Sie können sich nicht entspannen, solange ihnen kein Grund einfällt. Susan konnte sich nicht damit abfinden, dass ein Mensch einen anderen nur um des Tötens willen tötet. Es muss einen Grund geben.«

»Gibt es meistens auch. Im zivilen Leben. Im Krieg ist es was anderes. Da gewöhnt sich ein Mensch ans Töten, nehm ich an.« Tucker hoffte, nie einen Krieg zu erleben. *»Sie gewöhnen sich ans Töten, und es macht ihnen nichts aus. Ist es ein Religionskrieg, dann wollen sie sich wirklich gegenseitig töten.«* Sie seufzte. *»Wenn das die Herde ausdünnt, könnte es was Gutes haben, aber sie machen bloß kehrt und vermehren sich in immer größerer Zahl. Sie lernen nicht viel.«*

»Lernen nicht viel aus ihrer Geschichte und lernen kein bisschen von uns.«

»Mir egal. Harry ist mir nicht egal, aber weil ich für den Rest der Menschheit nichts tun kann, schaufeln sie sich ihr eigenes Grab.«

»Komisch, ein Tier zu lieben, das so dämlich ist, was?« Owen verstummte, schnupperte. *»Mmm.«*

»Könnte Wild sein. Weit weg.« Auch Tucker witterte den schwachen, sehr schwachen süßlichen Verwesungsgeruch.

Die Katzen stießen zu ihnen, indem Mrs. Murphy, ganz von sich eingenommen, im Zickzack hin und her flitzte, sich über alles beugte, was auf dem Weg lag, und Bodennister-Vögel sowie kleine Finken aus den Büschen gen Himmel jagte.

Pewter, die nicht hintanstehen wollte, lief ebenfalls den Hang hinunter. Sie sprang über das Rinnsal und stürmte die steile Seite der Schlucht hinauf.

Nach wenigen Minuten kamen die Tiere oben an.

Tucker hob den Kopf, richtete die Nase himmelwärts, senkte sie wieder und wendete sich nach Südosten. *»Da unten.«*

Owen wiederholte die Bewegungen seiner Schwester. *»Jetzt stärker.«*

Pewter zögerte kurz, sah Mrs. Murphy an, die kicherte. Ohne einen Mucks folgte sie den Hunden. Sie wollte verdammt sein, wenn sie sich Feigling nennen ließ.

Die zwei Menschen stapften in vierhundert Meter Abstand hinterher, das schroffe Gelände war für sie schwieriger zu bewältigen. Sie schwitzten, obwohl die Temperatur sich in den Schluchten bei minus zwei Grad hielt; als die Sonne höher stieg, erwärmten sich die Kämme ein bisschen. Der östliche Horizont war eine Flut von Rosa, Pfirsichgelb und Scharlachrot, die sich rasch westwärts ausbreitete. Bei Sonnenaufgang schienen die Farben nie so lange zu verweilen wie bei Sonnenuntergang – so empfand Harry es zumindest.

Oben auf dem Kamm angekommen, hörten Harry und Susan die zwei Hunde bellen. Über ihnen flogen aufgeschreckte Bussarde.

»Hoffentlich hört das keiner«, sorgte sich Susan.

»Wir sind weit genug weg vom Kloster«, beruhigte Harry sie. »Und die Mönche sind in der Messe, hoffentlich psalmodieren oder singen sie gerade oder machen, was Mönche so machen.« Harry ließ ihren Blick über den Kamm schweifen und richtete ihn dann nach unten. Der Anblick von Tucker und Owen, die fröhlich an einem abgetrennten Arm zerrten, ließ sie erstarren. »Susan, vielleicht bleibst du lieber hier oben.«

Susan, die bei ihr ankam, sah dasselbe Schauspiel. »Nein.«

»Meiner!« Tucker jagte mit Frater Thomas' Arm davon, den sie hinter einem großen Felsbrocken gefunden hatte.

»Ich hab ihn gefunden, nicht du.« Owen jagte ihr nach, beide Hunde hatten Spaß an dem Spiel, nicht ahnend, wie entsetzlich die Menschen das fanden. Den Katzen gefiel es auch nicht besonders.

»Ein Arm. Wo ist der Rest von ihm?«, fragte Pewter.

»Mmm.« Mrs. Murphy setzte sich hin, sah den Hunden zu, jeder jetzt an einem Ende des Arms. Tucker hatte die Hand; Owen zerrte knurrend an dem Knochen, der am anderen Ende herausragte, wo der Unterarm mit dem Ellenbogen verbunden gewesen war.

»Kojote?« Pewter fiel die graue Farbe auf an dem, was vom Fleisch übrig war.

»Oder Hunde. Wilde oder Haushunde. Wahrscheinlich haben sie den armen alten Frater Thomas total zerfetzt. Bussarde waren auch an ihm dran. Wir werden Teile auflesen bis in alle Ewigkeit.«

»Wär doch lustig, wenn der geliebte Golden Retriever von jemand mit einem Fuß nach Hause käme, was? Dieser Jemand würde mit Sicherheit in Ohnmacht fallen.« Pewter konnte sich die Vorstellung von dem entsetzten Menschen nicht verkneifen.

»Los, weiter.« Mrs. Murphy trabte an den Hunden vorbei, die immer noch an dem Arm zerrten. *»Komm, Pewter, bleiben wir dran. Wir finden noch mehr von ihm.«*

Als Harry zu den Hunden kam, sagte sie streng: »Loslassen!«

Gehorsam ließ Tucker ihr Ende des Arms fallen. *»Spielverderberin.«*

Als Owen Susan schimpfen hörte, ließ auch er den Arm fallen. *»Ich hab doch bloß gespielt.«*

»Nicht anfassen, Susan. Keine Fingerabdrücke.« Harry war froh, dass der Morgen so kalt war. Der Arm, der in den letzten Tagen ein paar Mal abwechselnd aufgetaut und wieder gefroren war, würde stechender riechen, sobald die Temperatur stieg.

»Mach ich nicht. Ich nehme an, es ist der Arm von meinem Onkel, aber ich kann es nicht mit Sicherheit behaupten.« Sie war von dem Anblick nicht so abgestoßen, wie sie gedacht hatte. Jedenfalls noch nicht.

»Hier drüben«, brüllte Mrs. Murphy, die sich in eine große Felsspalte schob, in die man Frater Thomas' Kopf und den größten Teil seines Rumpfes gestopft hatte. Kojoten oder Hunde hatten die Gliedmaßen abgerissen, aber wer immer den alten Mann in die Felsspalte gezwängt hatte, hatte ihn dort eingeklemmt, indem er den Rumpf mit großen Steinen beschwert hatte.

Harry kam als Erste bei dem Leichnam an. »Gottverdammt!«, stieß sie hervor.

Vögel hatten Frater Thomas die Augen ausgepickt. Sie hatten auch an seinen Haaren gezogen, denn Vögel flechten lange Haare – von Menschen, Pferden, vom Schwanzende einer Kuh – gerne in ihre Nester.

Susan blieb stehen. Sie hatte es ertragen, den Arm ihres Großonkels zu sehen, aber das hier war ziemlich übel. »O Harry.«

»Nicht hinsehen. Er ist es, das steht fest.«

»Wir haben ihn gefunden.« Pewter blähte die graue Brust, obwohl der Anblick sie anwiderte.

Tucker stieß zu den Katzen. *»Warum hat man ihn nicht in seiner Fichtenkiste gelassen?«*

»Weil jemand so schlau war, nicht zu riskieren, dass er exhumiert wurde. Tucker, im Körper ist offenbar was nachzuweisen«, antwortete Mrs. Murphy.

Owen verließ den gefundenen Schatz und ging zu den Katzen. *»So was von lecker.«*

»Wer immer dahinter steckt, versteht was von Leichen. Wird die Leiche freigelegt, dann verflüchtigt sich die Tötungsart vielleicht. Ich weiß es nicht. Der Gerichtsmediziner hat sein Schema, nach dem er bei der Arbeit vorgeht, aber es muss einen Grund geben, warum man Frater Thomas nicht in der Kiste gelassen hat. Überleg doch mal.« Mrs. Murphy ging über die Bemerkung von wegen »lecker« hinweg.

»Tu ich ja. Mir gefällt das alles nicht, und mir gefällt erst recht

nicht, dass Harry mittendrin steckt.« Pewter wollte jetzt nach Hause.

»Sie hat keine Geduld. Sie handelt impulsiv«, bemerkte Tucker, die so gerne an Frater Thomas' Überresten zupfen würde. *»Sie denkt über diese Sachen nach. Sie kriegt einen Teil von der Lösung raus, aber sie geht überstürzt ran, verstehst du?«*

»Sie stecken beide drin.« Owens große braune Augen sahen die kreidebleiche Susan an.

»Musst du kotzen?« Auch Harry bemerkte Susans Blässe.

»Nein«, fauchte Susan. »Es ist furchtbar. Um Gottes willen, Harry, wie kannst du so kaltblütig sein?«

Harry trat von dem Leichnam zurück, ging zu ihrer Freundin und legte den Arm um Susans Schultern. »Die Seele ist bei seinem Schöpfer. Das hier ist nicht dein Großonkel. Es ist wie eine alte Maishülse, Susan. Wir messen ihr Bedeutung bei, aber Thomas existiert nicht mehr.«

Ein leichter Geruch lockte Tucker und Owen hinter die großen Gesteinsbrocken. Sie beschnupperten die Stellen, die Kojoten markiert hatten.

»Die kommen wieder.« Owen konnte Kojoten nicht ausstehen.

»Ja, aber dann sind wir hier weg, und das, was von dem Menschen übrig ist, ist auch weg.« Wie Mrs. Murphy versuchte auch Tucker, die Dinge zu durchdenken. *»Und wenn derjenige, der dahinter steckt, erfährt, dass wir die Leiche gefunden haben, dann wird es gefährlich.«* Der kräftige kleine Hund setzte sich. *»Ich versuche die Teile zusammenzusetzen – da steckt kein Doppelsinn dahinter.«*

Owen kicherte. *»Ein paar Teile werden nie gefunden. Sie stecken in Kojoten- und Bussardbäuchen.«*

»Wir können nicht mit Kojoten reden, selbst wenn wir die fänden, die das gemacht haben.« Tucker sah Harry zu, die Nummern in ihr Handy tippte.

»Wenn wir alle vier zusammen wären, möchten wir's können.« Mrs. Murphy verwendete einen alten Südstaatenausdruck.

»Ich spreche nur mit einem Kojoten, wenn ich oben auf einem Baum bin.« Pewter spie das Wort *»Kojote«* regelrecht aus.

»Sehr richtig, Pewter. Die würden uns in der Sekunde töten, wo wir ihnen den Rücken zukehren.« Mrs. Murphy hasste die grauen Marodeure genau so wie ihre graue Katzenfreundin.

»Ich krieg keine Verbindung, Susan, ich versuch's oben auf dem Kamm. Komm mit. Wir verlieren diese Stelle sicher nicht aus den Augen.«

Oben auf dem Kamm erreichte Harry Cynthia Cooper, die Harry anwies, eine Spur zu legen, aber von dort zu verschwinden.

»Warum?«

»Weil ihr beide nicht bewaffnet seid. Vermutlich droht euch keine Gefahr, aber was, wenn derjenige zurückkommt, der Frater Thomas abgeladen hat? Es ist nur eine vage Annahme, aber ich will dich und Susan da weg haben. Du hast doch dein Taschenmesser bei dir?«

»Hab ich immer«, antwortete Harry.

»Ritz Markierungen, wo du kannst. Wir treffen uns auf dem Parkplatz. Das ist mein Ernst, Harry.«

»In Ordnung, Coop. In Ordnung.«

Auf dem Parkplatz angekommen, warteten Tiere und Menschen.

»Prüfet aber alles, und das Gute behaltet.« Susan brach in Tränen aus, als sie aus dem ersten Brief des Paulus an die Thessalonicher, Kapitel fünf, Vers einundzwanzig, zitierte.

»Wie bist du da drauf gekommen? Normalerweise zitiert Miranda die Bibel.«

»Als ich Thomas von meinen Ängsten erzählt habe – du weißt schon, wegen Ned –, da hat er das zu mir gesagt. Ich weiß gar nicht, warum ich ihm das ausgeplappert habe. War ja nicht seine Sache.«

»Er war weise und gütig. Es hat ihm sicher gut getan, dass du dich ihm anvertraut hast.«

Als Harry später Miranda anrief, zitierte Miranda tatsächlich aus der Bibel. »Deine Augen sind rein, dass du Übles nicht sehen magst, und dem Jammer kannst du nicht zusehen.«

Harry schauderte, als sie das Zitat aus Habakuk, Kapitel eins, Vers dreizehn hörte.

Und Cooper und Rick schauderten, als das Labor wegen der Probe von der Statue anrief, die Coop vorbeigebracht hatte. Menschenblut Gruppe null.

29

Auf dem Edelstahltisch, der an den Seiten mit Rillen versehen war, um Flüssigkeiten aufzufangen, sollte der Leichnam welche ausscheiden, waren sorgfältig die Teile von Frater Thomas ausgelegt.

Sheriff Shaw und Deputy Cooper sahen zu, wie Tom Yancy und sein Assistent Marshall Wells die Überreste untersuchten. Mit einer langen Pinzette zupfte Tom hier eine Faser, dort einen Knochensplitter heraus.

»Was wir hier sehen, Rick, ist typisch für eine von Tieren zerrupfte Leiche.« Er deutete mit der Pinzette auf ein Stück Oberschenkel, das noch mit dem Hüftgelenk verbunden war. »Der Knochen ist aufgehackt, angekaut. Man sieht hier deutlich die Spuren von Reißzähnen.«

»Hunde, Kojoten, die meisten Fleischfresser lieben Knochenmark«, erklärte Marshall.

»Und Geier?« Für Rick war ein Anblick wie dieser eine rein sachliche Angelegenheit. Was aber nicht hieß, dass es ihm angenehm war.

»Ja. Die waren auch an ihm dran.«

»Tom, können Sie feststellen, ob er vor seinem Tod verletzt wurde?«, fragte Coop.

»Der Schädel ist intakt, der Oberkiefer noch dran. Der Unterkiefer ist weg. Kein Knochenbruch an der Schulterpartie. Ist natürlich zu spät, was über die Arme zu sagen. Es ist gerade genug von seiner Leber und ein bisschen Niere übrig, um eine Probe zu nehmen. Wenn er vergiftet wurde, könnte es nachzuweisen sein, je nachdem, was für ein Gift es war.«

Rick ließ seine Knöchel knacken. »Verzeihung, üble Angewohnheit.«

»Nicht so übel wie rauchen.« Tom griff in die Körperhöhle, hob ein winziges Nierenstückchen an, und Marshall schnitt es ab.

»Keine Anzeichen von einem Stich?« Coop konnte sich nicht vorstellen, warum man den Leichnam in die Schlucht geschleppt und zwischen große Gesteinsbrocken gezwängt hatte.

»Nein.«

»Wenn man ihm eine subkutane Injektion verabreicht hätte, um ihn ins Jenseits zu befördern, wäre der Einstich wohl nicht mehr zu sehen?«, wollte Rick wissen.

Tom berührte ein paar Reste von einem Arm; den anderen hatte man nicht gefunden. »Kaum. Wäre der Leichnam intakt gewesen, dann eventuell, Rick, weil die Kälte uns geholfen hätte. Nun, wir hatten ein paar warme Tage, genug für ihn, um sich aufzublähen und einen Geruch auszuscheiden, was die Müllsammler der Natur angezogen hat, aber dann ist die Kälte mit Macht zurückgekehrt. Das meiste Fleisch ist abgenagt. Marshall und ich haben den Rumpf mit Vergrößerungsgläsern untersucht; keine sichtbare Einstiche, nur Abdrücke von Fangzähnen. Manche Kanülen hinterlassen kaum eine Spur.«

»Hmm, sagen wir mal, im Nierengewebe oder in der Leber taucht was auf. Was wäre Ihre erste Vermutung?«, fragte Rick.

»Sie meinen, wie er getötet wurde?« Yancy legte die Pinzette auf ein Edelstahltablett. »Erst einmal, Rick, muss er nicht getötet worden sein, wo man ihn fand. Das wäre eine Möglichkeit. Man hätte ihn, sagen wir, woanders vergiften, zu der Statue tragen und in die knieende Haltung bringen können. Die Wärme wäre aus seinem Körper gewichen, es war ja eisigkalt; er wäre in weniger als drei Stunden erstarrt. Er hatte nicht viel Körperfett. Ich schätze etwa neun Prozent, bei seinem Alter und nach dem, was ich über seine Familie weiß. Die Bland Wades magern ab dem sechzigsten Lebensjahr furchtbar ab. Er war ziemlich dürr. Natürlich hätte er in der bitterkalten Nacht beten können, so schwer es mir fällt, das zu glauben. Er hätte einfach loslassen können. Menschen können durch eigene Willenskraft sterben.«

»Nein. Ich glaube nicht, dass es sein Wille war.« Rick schüttelte den Kopf.

»Nun gut, sagen wir mal, er ist hingegangen, um zu beten.« Tom Yancy zuckte mit den Schultern. »Er ist ins Zwiegespräch mit Gott vertieft, und jemand tritt von hinten an ihn heran. Er kniet. Wenn sein Genick gebrochen wäre, dann hätten wir hier einen klaren Fall. Ist aber nicht so. Entweder hat jemand um ihn herumgegriffen und ihn, sagen wir, mit Chloroform betäubt, oder ihn mit demselben Zeug gespritzt, mit dem ein Tierarzt einem alten Streuner den Garaus macht, wenn dessen Zeit gekommen ist. Morphium und Heroin kämen auch in Frage. Oder, meine letzte Vermutung, er wurde erstickt.« Tom rückte zu Kopf und Hals vor. »Es müsste ein blauer Fleck am Hals sein, auch jetzt noch. Ist aber nicht. Und wenn er erstickt worden wäre, dann würde ich es hier nicht erkennen können, weil die Augäpfel fehlen.« Er hielt inne, dann fuhr er fort: »Wenn jemand erwürgt oder auf weniger gewaltsame Weise erstickt wurde, sind die Augäpfel blutunterlaufen, rot.« Er kniff die Lippen zusammen. »Ich hab nicht viele Anhaltspunkte, aber wir haben Leichenteile. Das ist schon mal ein Anfang, und wir werden den armen alten Frater Thomas auffordern, uns so viel wie möglich zu erzählen.«

»Haben Sie eine Ahnung, wie lange es dauert, bis wir von Richmond hören?« Rick hoffte, dass das staatliche Labor, eins der besten im Land, rasch arbeitete.

Tom schüttelte den Kopf. »Rick, es sind keine zwei Wochen mehr bis Weihnachten. Mehr Menschen als sonst bringen sich um oder rasen auf der Autobahn in den Tod. Es gibt immer einen verdammten Idioten, der sich totsäuft, die Angehörigen wollen nicht glauben, was der Gerichtsmediziner ihnen sagt, also ab mit der Whiskeyleiche in die Pathologie. Weihnachten ist ein Albtraum. Ich will alles tun, was ich kann, um den Leuten Dampf zu machen.«

»Sie haben Frater Thomas gekannt; was hielten Sie von ihm?«, fragte Coop.

Tom verschränkte die Arme vor seinem Laborkittel. »Ich habe den alten Knaben gelegentlich im Heimwerkermarkt gesehen, manchmal in dem großen Gartencenter in Waynesboro, wo Jimmy Binns so tolle Sachen gemacht hat. Der Mann konnte wirklich alles gestalten.« Yancy sprach von einem Pensionär, der ein Talent für Landschaftsgestaltung besaß.

»Haben Sie ihn auch mal, mmm, in der Bank gesehen?« Rick schwenkte auf Coops Gedankengang ein.

»Nein. Dürfen Mönche denn eigenes Geld haben?«, wunderte sich Tom.

Marshall, der katholisch war, meinte: »Kommt auf den Orden an. Bei den Greyfriars kann Geld, das von der Familie stammt, in Treuhandverwahrung gegeben werden. Der Orden kann nicht daran rühren, aber der Mönch kann Gebrauch davon machen. Treuhandvermögen und Testamente können sowohl schöpferisch als auch verpflichtend sein.« Er fügte an: »Auf der kirchlichen Privatschule musste ich die Mönchsorden lernen. Die Zisterzienser haben mir immer gefallen.«

Rick sagte zu seiner besten Beamtin: »Coop, erkundigen Sie sich bei Susan danach, ja?«

»Okay.«

Rick wandte sich wieder an Tom. »Ich hab ihn schon mal in Jeffrey Howes Baumschule *Mostly Maples* gesehen. In seiner grauen Kutte mit der weißen Kapuze war er nicht zu übersehen. Ein wirklich liebenswerter Mensch.«

»Ich habe ihn nie auch nur ›verflixt‹ sagen hören.« Tom sah auf die Teile dessen herunter, was einmal ein guter Mensch gewesen war. »Rick, warum jemand ihm was antun wollte, weiß ich nicht. Das ist Ihr Job. Meiner ist es, von dem, was übrig ist, so viel herauszufinden, wie ich kann.«

»Solange ich noch hier bin«, Rick schaute auf die große Wanduhr, »ist was über Nordy Elliott gekommen?«

»Alkohol im Blut. Nicht über dem Grenzwert. Ein gesunder Mann. Der Tod war direkt.«

»Und schmerzhaft.« Coop verzog das Gesicht.

»Extrem schmerzhaft, aber schnell. Ein blendender Schmerz, blendend im wahrsten Sinne des Wortes, und es war vorbei.« Tom Yancy seufzte. »Nordy war nicht annähernd so lange auf der Welt wie Frater Thomas, aber er hat sich wahrlich einen Haufen Feinde gemacht. Und Frater Thomas hier hatte keine, soweit wir wissen.«

»Einen hatte er«, sagte Rick.

»Einen Todfeind«, ergänzte Coop.

30

Mit bleichen Lippen, das Gesicht puterrot vor Zorn, mühte sich der Prior um Selbstbeherrschung. »Er ist aus dem Sarg gewandelt!«

»Deine Angina, Handle, denk an deine Angina«, mahnte Andrew leise, der von den zitternden Fratres Prescott und Mark flankiert war.

»Die Angina kann mich mal. Ihr habt ihn in den Sarg gelegt und den Deckel zugenagelt.«

»Ich habe den Deckel zugenagelt«, quäkte Mark.

»Da hast du verdammt schlechte Arbeit geleistet.« Der Prior fuhr sich mit der rechten Hand über den Kopf und befühlte seine Tonsur.

»Handle, es ist für uns alle schmerzlich und schwierig, aber wir werden der Sache auf den Grund gehen.« Als zweiter Mann im Kloster wusste Frater Prescott seinen Vorgesetzten zu nehmen, aber er hatte ihn noch nie so verzweifelt gesehen.

Handle ging vor den drei Männern auf und ab. Der Strick um seine Taille schlenkerte mit jedem Schritt. »In all meinen Jahren, *all meinen Jahren*, und nicht nur als Mönch, habe ich so etwas Abscheuliches noch nicht erlebt, so etwas Bizarres, so etwas Schändliches, so etwas Abscheuliches.« Er brach ab, weil er merkte, dass er sich wiederholte. Obwohl er drauf und dran war, die Beherrschung zu verlieren, wog der Prior seine Worte.

»Es ist unvorstellbar.« Prescotts Stimme klang sanfter als sonst.

»Nichts geschieht ohne Grund. Dies ist Gottes Wille«, jammerte Mark dümmlich.

»Das hat nichts mit Gottes Willen zu tun, du impertinenter junger Schnösel. Jemand hat es darauf abgesehen, unseren Orden zu vernichten!« Er blieb vor dem schmächtigen jungen Mann stehen, fast Nase an Nase. »Unseren Orden vernichten! Zuerst blutet eine Statue aus den Augen. Jeder Halbidiot, jeder von der Liebe enttäuschte Narr, jeder, der an einer Krankheit leidet, alle haben sich diesen Berg hochgeschleppt, um vor der Statue zu beten. Nordy Elliott, der unerträgliche Reporter, hat sich hier rumgetrieben wie eine Schmeißfliege. Er ist tot, und jetzt das!«

»Die Tränen unserer Lieben Frau sind ein Zeichen.« Marks Unterlippe zitterte.

»O ja, sie sind ein Zeichen, ganz gewiss«, murrte Handle mit finsterem Gesicht. »Ein Zeichen, dass deine geistige Wattleistung ungefähr bei fünfzehn liegt. Der Fünfzehn-Watt-Mark.« Er schlug die Hände zusammen. »Weinende Ikonen und Statuen gehören seit Jahrhunderten zum Katholizismus, ob sie in den Karpaten auftreten oder in Kalifornien!«

Das laute Klatschen ließ Mark zurückspringen und Andrew zusammenzucken.

»Die Tränen sind möglicherweise …«

Ehe Frater Prescott zu Ende sprechen konnte, sagte der Prior: »Gefälscht? Das wolltest du doch sagen?«

»Nein«, erwiderte Prescott etwas gereizt, was die anderen erstaunte. »Nein, das wollte ich nicht sagen. Sie könnten tatsächlich ein Zeichen sein.«

»Ach, Quatsch! Du bist so schwachsinnig wie der Idiot hier.« Handle drehte sich um, schritt zu dem großen offenen Kamin, der in seinem Büro die Hauptwärmequelle bildete. Unterhalb des Fensters war ein kleiner Heizkörper, aber der Prior sparte Kosten, indem er den Kamin heizte. »In Brisbane in Australien hat eine kleine Statue Blut und nach Rosen duftendes Öl geweint. 1992 hat eine fünfzehn Zentimeter große Porzellanstatuette in Santiago de Chile Blut mit der Gruppe null geweint. Alles Schwindel, ob erwiesen oder nicht.« Er deutete mit dem Zeigefinger auf Mark. »Ein wahrhaft Gläubiger braucht keine physische Manifestation Gottes, basta.«

Frater Andrew hatte es in seinem früheren Leben regelmäßig mit extremen Gefühlsanwandlungen zu tun gehabt. Man kann kein Arzt sein, ohne das Beste und das Schlechteste in den Menschen zu sehen. Er sah es ungern, wie Mark von Handle tyrannisiert wurde. Er hatte keine Angst vor dem Prior. »Auch ich bezweifle, dass es sich bei den Tränen um ein Wunder handelt, Handle. Würden wir die Statue aufbohren, dann ließe sich sicher eine einfache Erklärung finden.«

»Das dürft ihr nicht!« Tränen strömten über Marks Gesicht.

»Sie weint aus Mitleid für unsere Sünden und unsere Leiden. Sie weint, um uns zum Glauben zurückzuführen. Die Menschen brauchen Zeichen.«

»Die Dinge, über die sie weint, werden ihr nie ausgehen, da die Welt nun mal so ist, wie sie ist«, sagte Andrew zu ihm. Dann wandte er sich wieder an Handle: »Dieses Ereignis hat unserer Kasse einen höchst willkommenen Geldsegen beschert. Frank ist in jüngster Zeit nahezu vergnügt – soweit man bei ihm von vergnügt sprechen kann.« Handle drehte sich mit dem Rücken zum Kamin, um dem Arzt ins Gesicht zu schauen, als dieser fortfuhr: »Es sind nicht die Opfergaben, die wir von den Besuchern erhalten haben; die Verkäufe in den Läden sind sprunghaft angestiegen. Die Leute schicken uns Spenden. Wenn wir überhaupt etwas unternehmen sollen, dann sollten wir uns eine bessere Strategie ausdenken, wie wir dieses ökonomische – wenn nicht wahrhaft spirituelle – Wunder präsentieren. Das Aufbohren der Statue, selbst wenn das ginge, ohne sie zu zerstören, bringt keinen Nutzen. Schlafende Hunde soll man nicht wecken.«

Nach langem Schweigen sprach der Klostervorsteher mit leiserer, weniger emotional aufgeladener Stimme: »Das hat was für sich. Aber, falls du nicht auf den Gedanken gekommen bist, mir ist er gekommen, *wenn* die Tränen als Fälschung entlarvt werden, als eine List, um dem Orden mehr Geld einzubringen, dann werden Köpfe rollen. Sollte es sich als Betrug erweisen, macht man mich verantwortlich, obwohl ich nichts davon wusste. Der Orden gerät in Misskredit. Der Geldsegen versiegt. Ich muss die Verantwortung übernehmen.« Er hielt inne; als er weitersprach, klang seine Stimme so gereizt, wie es die anderen selten von ihm gehört hatten. »Ich habe euch hierher gerufen, weil ich auf eine Erklärung für die Schändung von Thomas gehofft habe. Ich habe die Beherrschung verloren. Das tut mir Leid. Wenn einer von euch den Leichnam entfernt hat, dann sag es mir jetzt. Ich werde dir vergeben, wenn du die Wahrheit sagst.« Er sah einem nach dem anderen eindringlich ins Gesicht. Keiner reagierte. »Dann muss ich annehmen, dass einer von euch oder ihr alle drei mich anlügt, oder dass jemand in unserem Kloster etwas sehr Schwerwiegendes zu verbergen hat. Schwerwiegend genug, um einen Leichnam zu beseitigen, schwerwiegend genug, um einen Mord zu begehen.«

Bruder Prescott war schockiert. »Handle, was sollte einer denn zu verbergen haben? Und was hätte Thomas damit zu tun gehabt, falls es etwas zu verbergen gäbe?«

Der Prior trat auf die drei zu, seine Silhouette hob sich vor dem mächtigen Kamin ab, der Feuerschein ließ ihn größer wirken. »Habt ihr euch mal gefragt, was Thomas getan hat?«

»Alles repariert. Er fehlt mir jetzt schon.« Andrew lächelte traurig.

»Er war uns ein Beispiel.« Mark fand die Sprache wieder, nachdem er gerügt worden war. »Er war gütig, nachsichtig, hilfsbereit. Er war geduldig. Er hat mir so viel beigebracht. Er hat unsere heilige Jungfrau Maria von ganzem Herzen und aus ganzer Seele geliebt.«

»Hmm.« Der Prior hätte dem Jungen am liebsten eine geknallt. Stattdessen machte er nur »hmm«. Er schaute Prescott an.

»Er hat das Gelände hier gekannt, bevor irgendeiner von uns auf den Afton gestiegen ist. Er kannte die Gegend, den Pflanzenbestand, die Menschen, die vor uns dahingegangen sind«, bemerkte Prescott nachdenklich.

»Sehr richtig.« Der Prior durchbohrte mit seinem Blick die drei Männer.

»Wie meinst du das?«, fragte Frater Andrew, der im mittleren Alter, aber viel jünger war als Handle und Prescott.

»Ich meine, wenn etwas geschehen wäre, bevor einer von uns hier heraufkam, dann hätte Thomas es gewusst. Geheimnisse. Er kannte jeden Zentimeter aller Rohrleitungen, jeden Teil der reparierten Gebäude. Man kann mit Fug und Recht behaupten, er kannte alle Bohlen und Balken.«

»Aber das war seine Beschäftigung, seine Begabung.« Frater Andrew zuckte mit den Schultern.

»Allerdings. Und wenn unsere Liebe Frau vom Blue-Ridge-Gebirge aufgebohrt und präpariert wurde, um blutige Tränen zu weinen, dann darf man wohl mit Sicherheit behaupten, dass Thomas herausgefunden hätte, wie es gemacht wurde – falls er es nicht selbst getan hat.«

»Nein!«, schrie Mark. »So etwas hätte er niemals getan.«
»Du bist jung«, erwiderte der Prior schneidend.
»Wieso?«, schluchzte Mark.
»Ich weiß nicht.« Handle reckte das Kinn.
»Vielleicht dachte er, er könnte mehr Geld hereinbringen, uns aus unserem Existenzkampf erlösen.« Frater Prescott verschränkte die Hände hinter dem Rücken. »Er wollte etwas schaffen, das uns ein mehr oder weniger stetes Einkommen sicherte.«
»Ja, daran habe ich auch gedacht.« Der Prior drehte sich halb zum Kamin hin. »Doch das war eigentlich nicht seine Art.« Er lachte kurz auf. »Aber bei Frank, da könnte ich mir das vorstellen. Nicht, dass er es tun würde, aber als unser Schatzmeister trägt er eine schwere Last. Thomas gehörte der ›Schauet-die-Lilien-auf-dem-Felde‹-Finanzschule an.«
»Schauet die Lilien auf dem Felde, wie sie wachsen«, begann Frater Prescott die berühmte Bibelstelle zu zitieren, die darauf hinweist, dass die Lilien sich weder placken noch Schweiß vergießen, noch sich darum grämen, dass das Finanzamt ihre Gewinne auffrisst.
»Wir kennen die Stelle.« Andrew gestattete sich einen Anflug von Zorn.
»Wenn wir schon mal beim Zitieren sind, lasst mich den hundertzwanzigsten Psalm erwähnen.« Der Prior deutete mit der Hand auf die drei Männer. »Herr, rette mein Leben vor Lügnern, rette es vor falschen Zungen.«
»Ich verwahre mich dagegen.« Endlich trat Prescott für sich selbst ein. »Ich habe diesem Orden, und ich habe dir seit fast zwanzig Jahren gedient. Ich bin kein Lügner. Ich bin keine falsche Zunge. Ich möchte der Sache genauso dringend auf den Grund gehen wie du.«
Ungerührt faltete Handle wieder die Hände. »Das will ich hoffen, Prescott, das will ich hoffen. Aber ihr drei habt Thomas zuletzt berührt. Um euretwillen muss ich nach einer Lösung suchen.«
»Er war in der Kapelle.« Frater Mark hob die Stimme. »Jeder, hätte vorsichtig hereinkommen, den Deckel aufstemmen und Thomas herausheben können.«

»Nicht jeder. Einer von uns. Ein Angehöriger dieses Ordens!«, bemerkte Handle. »Nachdem Thomas nun gefunden wurde, wird die moderne Wissenschaft vielleicht aufdecken, was mit ihm geschah, als er vor der Statue gebetet hat.« Zorn durchdrang die Stimme des Priors. »Ich werde jeden und alle finden und bestrafen, die damit zu tun haben.«

»Die Rache ist mein, spricht der Herr.« Frater Mark war sehr nahe daran, respektlos zu werden.

Der Prior trat auf ihn zu und sprach klar und deutlich: »›Die Rache ist mein, ich will vergelten. Zu seiner Zeit soll ihr Fuß gleiten; denn die Zeit ihres Unglücks ist nahe, und was über sie kommen soll, eilt herzu.‹ Du kennst doch das fünfte Buch Mose? Ich bin das Werkzeug dieser Rache.«

31

Harry, ich mach dir so viele Umstände«, entschuldigte sich Susan, die über den Stop-and-go-Verkehr rund um die Virginia-Commonwealth-Universität schimpfte.

Je näher sie dem als »Fächer« bekannten Gebiet von Richmond kamen, desto dichter wurde der Verkehr, ebenso der prasselnde Regen, der fast schon ein Eisregen war.

Katzen und Hunde schliefen hinten im Kombi auf den Schaffelldecken.

»Du würdest für mich dasselbe tun.«

Susan, den Blick starr auf den Verkehr gerichtet, knurrte, als ein Subaru WRX Sti vor ihr ins Rutschen geriet. »Idiot! Ist dir schon mal aufgefallen, dass die Leute mit den kleinsten Autos die schlechtesten Autofahrer sind?«

»Das ist ein super Auto für das Geld. Nur eine Sekunde langsamer von null auf hundert als ein Porsche Boxter. Ist aber trotzdem eher ein Auto für junge Leute, wie die meisten Kleinwagen.« Harry zuckte mit den Schultern. »Die Jugend hat es immer eilig.«

»Bei diesem Wetter!«

»Du hörst dich an wie im mittleren Alter, dabei sind wir noch keine vierzig«, mahnte Harry grinsend.

»Verdammt nah dran. Menschenskind, hoffentlich fahren Danny und Brooks nicht so, wenn ich nicht mit im Auto sitze.«

»Wer weiß, was sie machen oder mit wem sie's machen – aber egal, wenn das Schicksal es gut meint, bleiben sie am Leben. Immerhin sind sie ziemlich vernünftig. Das führe ich natürlich auf dich zurück.«

»Natürlich.« Susan bog nach rechts in eine von Bäumen gesäumte Straße mit hübschen alten Häusern ein. »Wir sind da.«

»Wo ist ›da‹?« Pewter schlug die Augen auf.

»Der Fächer«, antwortete Owen zuvorkommend. Der Motor kam zum Stillstand.

»Das sagt mir verdammt viel«, murrte Pewter.

Mrs. Murphy streckte sich, Tucker ebenso; beide hofften, dass sie mit den Frauen gehen durften.

»Kommt.« Susan machte die Tür auf.

Harry zog ein Handtuch hinter ihrem Sitz hervor. Als sie durch die Eingangstür des Hauses traten, das in Mietwohnungen aufgeteilt worden war, kniete Harry sich hin und wischte allen vier Tieren die Pfoten ab.

Pewter zog ihre zurück und schüttelte sie, nachdem sie abgewischt worden waren. *»Ich kann das alleine.«*

Der Teppichbelag auf der Treppe dämpfte ihre Schritte, als sie vier Stockwerke hoch bis ins Dachgeschoss stiegen. Susan schloss auf.

»So ein hübscher Raum«, rief Harry.

Die Tiere inspizierten sogleich die Wohnung.

»Ja. Die verlangen ja auch eine horrende Miete.« Susan steckte den Schlüssel wieder in ihre Jeanstasche. »Ich führ dich rum. Zwei Schlafzimmer. Wie du siehst, hat er aus diesem hier sein Büro gemacht.« Sie hielt kurz inne. »Wo hat er den Ätzglastisch her? Der muss ein Vermögen gekostet haben. Davon hat er mir gar nichts erzählt.«

»Susan, der hat keine fünfhundert Dollar gekostet. Bei Pottery Barn führen sie solche Sachen. Ich bin ganz überrascht, wie er das hier eingerichtet hat. Ich hab Ned nie als besonders

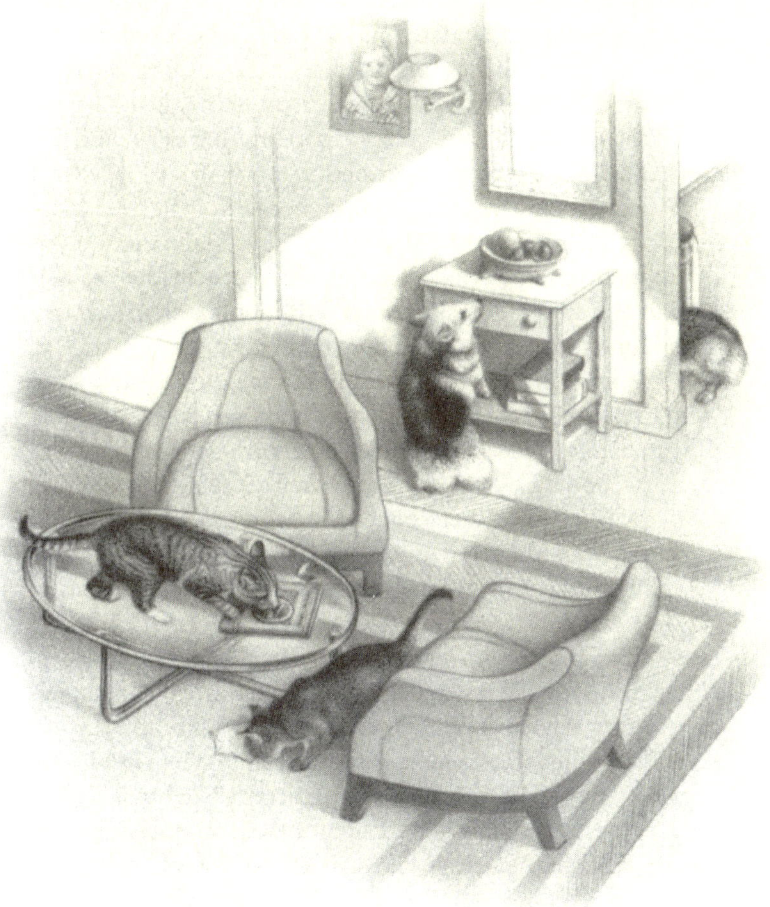

ästhetischen Menschen gesehen. Eher als Herbs Angelkumpan.« Sie lächelte.

»Dafür, dass wir alles in allem sechstausend Dollar zur Verfügung hatten, und ich hab mich krummgelegt, um die zu zusammenzukriegen, ist es nicht schlecht. Ich hab das Wohnzimmer eingerichtet, Pseudo-Parish-Hadley« – sie lächelte, als sie das berühmte konservative New Yorker Einrichtungshaus nannte –, »aber alles andere spiegelt genau seine Wünsche wider. Ich bin zwei Wochen nicht hier gewesen. Er hat eine Menge geschafft. Ich bin selbst ein bisschen überrascht, wie modern es ist. Viel Glas und Chrom, oder was als Chrom durchgeht.«

»Na, fühlst du dich jetzt besser?«

»Ein bisschen.«

»Susan, denk doch mal nach. Wenn der Mann eine Affäre hätte oder an eine Affäre dächte, würde er dir dann einen Schlüssel für seine Richmonder Wohnung geben?« Harry zeigte auf die juristischen Bücher und Untersuchungsberichte, die sich schon im Regal stapelten. »Er hat alle Hände voll zu tun. Er muss Personal einstellen, er muss sich eiligst über alle Themen informieren, die im Senat vorgetragen werden. Und er muss für die Leute zu Hause erreichbar sein, sonst wird er keine zweite Amtszeit erleben.«

»Verdammt Harry, aber irgendwas ist faul.«

»Kann schon sein, aber ich sag dir, das hier ist kein Liebesnest.«

»Was nicht ist, kann ja noch werden.«

Harry hob abwehrend die Hände gegen Susans Halsstarrigkeit. »Zeig mir die anderen Zimmer.«

In dem schlichten Schlafzimmer waren Bücher neben dem Bett gestapelt, auf dem schwarz lackierten Nachttisch stand eine Leselampe. Die Küche war zwar klein, war aber mit Corian-Arbeitsflächen ausgestattet; in eine davon war ein Hackklotz eingelassen. Der Raum strahlte Charme aus, zu dem auch das Licht beitrug – auch wenn es heute eher spärlich war –, das durch ein großes Oberlicht über dem Wohnzimmer und ein kleineres über der Küche hereinfiel. Die Fenster zur Straße taten ein Übriges, und die nach hinten hinaus gingen auf einen kleinen Garten.

»Hier waren keine Frauen«, verkündete Tucker nach einer gründlichen Inspektion, bei der sie die Möbel mit der Nase berührte.

»Nur Neds Geruch«, pflichtete Owen bei. *»Und Dannys. Er war gestern hier, um seinem Dad zu helfen. Er war mit den Abschlussprüfungen früh dran, so dass er nach Hause konnte. Stellt euch vor, Danny hat mit eins Komma null abgeschnitten. Heute wollen sie Weihnachtseinkäufe machen.«*

Pewter, deren Humor wiederhergestellt war, kicherte. *»Ein Geschenk für Dad, ein Geschenk für Mom, ein Geschenk für Brooks, ein Geschenk für mich, hmm, noch ein Geschenk für mich.«*

»Willst du Ned eine Nachricht dalassen?«, schlug Harry vor.

»Klar.« Susan kritzelte ein paar Zeilen und heftete den Zettel mit einem Magneten, dem Werbegeschenk einer Versicherungsgesellschaft, an den Kühlschrank.

»Wo ist Neds Computer?« Harry fiel auf, das auf dem für einen Computer eingerichteten Schreibtisch keiner stand.

»Er ist mit Danny heute einen kaufen gegangen. Ned sagt, ohne Danny macht er's nicht.«

»Schlau. Willst du Weihnachtseinkäufe erledigen, wo wir schon mal in Richmond sind?«

»Nein, du?«

»Nein. Ich kann's nicht glauben, dass du dir einen Shopping-Marathon entgehen lässt.«

»Ich hab genug Geld ausgegeben.«

»Wollen wir mal in das Zubehörgeschäft in Manakin-Sabot reinschauen? Dort gibt es zwei Zubehörgeschäfte. Das eine, wo wir immer hingehen, und eine Art Westernladen gegenüber. Wir könnten Mary Robertson anrufen und hören, ob sie oder Ronnie Thornton Zeit haben, sich zum Lunch mit uns zu treffen. Oder Ginny Perrin.« Harry ging im Geiste ihre Freundinnen vom Jagdclub durch, die hier in der Gegend wohnten.

»Heute ist Dienstag. Sie sind auf der Jagd«, meinte Susan.

»Sie sind vielleicht aufgebrochen, aber sie kehren bestimmt um. Es wird ungemütlich da draußen. Bis wir sie erreichen, sind sie im Stall, aufräumen.«

»Lass uns sie anrufen, wenn wir alle entspannt sind und was von einander haben«, schlug Susan vor.

»Hey, es gibt noch ein Zubehörgeschäft in Manakin-Sabot. Damit sind es drei. Wir können in die ersten beiden gehen und dann ist noch eins bei Mary Robertsons Farm um die Ecke.«

»Harry, was brauchst du? Wozu der Zubehör-Trip?«

»Ein neues Martingal. Wir können die Geschäfte in Manakin-Sabot abklappern, dann zu Horse Country in Warrenton fahren, dann nach Marshall, dann nach Middleburg und ...«

»Sicher. Ich würde einen Tank Benzin verfahren, während du in jedem Geschäft jammerst, wie teuer alles ist. Du würdest die Preise von allen Martingalen vergleichen, keins kaufen, dann nach Weihnachten eins kaufen gehen. Harry, du musst deine Einstellung zum Geld ändern, so wie ich vermutlich meine Einstellung zu Ned ändern muss. Wenn du sagst, er betrügt mich nicht, dann wird es wohl so sein.« Sie hielt inne, sah zu dem Regen auf dem Oberlicht hinauf.« »Trotzdem, irgendwas ist ... hmm.« Sie zuckte mit den Schultern.

»Ich habe kein Geld.«

»Und wer ist daran schuld?« Susan ging so hart mit ihr ins Gericht, wie es nur eine alte Freundin kann, die einen seit Jahren kennt. »Du hast deine Zeit im Postamt vertrödelt. Du hast dich nie bemüht, dass Geld von draußen reinkommt. Du bist finanziell in den Keller gerasselt, als du dich von Fair scheiden ließest, und jetzt hast du die Chance, bei ihm zu arbeiten, und lässt sie sausen.«

Harry versteifte sich. »Ich will nicht für ihn arbeiten. Wenn ich Tierärztin wäre, dann wäre das was anderes.«

Als ihre Stimmen lauter wurden, kamen die Tiere nach und nach herein, um zuzuhören.

»Das verstehe ich, aber wenn du kein Geld hast, dann ist das deine Entscheidung. Du bist mit vielen Vorzügen auf die Welt gekommen, genau wie ich. Wir sind beide nicht reich geboren, aber wir waren nicht arm, wir haben eine ausgezeichnete Ausbildung genossen, wir sind weiß – was in dieser Welt immer noch ein Vorzug ist – und, okay, wir sind Frauen, das ist eine Hürde, die wir in manchen Situationen überwinden müssen, aber in anderen wiederum ein echter Pluspunkt ist. Womit rechtfertigst du dich?«

Harry lief rot vor Zorn an. »Ich muss mich nicht rechtfertigen. Geld war nie mein Lebensmittelpunkt.«

»Von wegen. Du redest ununterbrochen darüber, dass du keins hast. Wie ein Alkoholiker bei den Anonymen Alkoholikern. Nein, sie trinken nicht mehr, aber Alkohol, der abwesende Alkohol, spielt die zentrale Rolle in ihrem Leben. Wach endlich auf!«

Harry kniff den Mund zusammen, zischte »blöde Kuh!« und riss sich dann zusammen. »Dann mach mir wenigstens eine Tasse Kaffee zum Aufwachen, bevor du weiter an mir rummeckerst.«

»Gerne.« Susan füllte Wasser in die Kaffeemaschine. Sie mahlte Kaffeebohnen, die im Tiefkühlfach aufbewahrt wurden. Als der Kaffee durchlief, lehnte sie sich an die Anrichte und verschränkte die Arme. »Wer sonst sagt dir die Wahrheit?«

»Niemand. Sogar Miranda würde sie versüßen«, gab Harry zu. »Ich hasse es, wenn du Recht hast. Ich hasse es einfach.«

»Ich habe dich lieb. Du bist meine Schwester, die Schwester, die ich nie hatte. Ich will, dass du glücklich bist, und glücklich kannst du nur sein, wenn du produktiv bist. Das ist deine Natur. Andere Menschen brauchen Liebe. Ich sage nicht, dass du keine Liebe brauchst, aber du musst was tun, du brauchst eine Aufgabe, ein Ziel.«

»Stimmt.« Harry machte den Kühlschrank auf. »Ned hat wenigstens Kaffeesahne. Wenn ich schon Kaffee trinke, brauche ich echte Sahne oder Kaffeesahne.«

»Fast fertig.«

Wohltuender Kaffeeduft verbreitete sich in der Küche. Susan schenkte zwei große Becher ein. Sie setzten sich auf Hocker an der Theke zwischen dem Wohnraum und der kleinen Küche.

»Ich war ein Esel.«

»Nein, warst du nicht. Du bist den großen Kernfragen aus dem Weg gegangen, und weißt du, woran ich das erkenne? Weil ich es genauso gemacht habe.«

»Susan, du hast zwei Kinder großgezogen, hast dich ununterbrochen für jede gute Sache im Bezirk und im Staat eingesetzt. Du bist vollkommen. Fast.« Harry lächelte ironisch.

»Hast du nicht manchmal das Gefühl, durch ein Fernglas zu gucken? Ein Fernglas, das in die Zukunft sieht. Ich gucke durch und sehe Leere.«

Harry stieß einen langen Seufzer aus. »Ja.«

»Aber ich habe ein schönes Leben. Ich weiß, dass ich ein schönes Leben habe, bloß, ich hab das Gefühl ...« Susan fand die Worte nicht; sie drehte die Handflächen nach oben.

»Ich weiß. Deswegen löse ich gerne Probleme. Dann habe ich was geleistet. Ich nehme an, das hat mich vor der Leere bewahrt.«

»Bedauerst du, dass du keine Kinder hast?«

»Wenn ich dich mit deinen Kindern sehe, dann ja. Wenn ich andere Leute mit ihren kleinen Konsumparasiten sehe, nein.« Harry lachte.

»Was machen wir jetzt?«

»Keine Ahnung. Wir werden wohl in Unehren alt.«

»Ich will nicht alt werden. Ich will nicht mal vierzig werden.« Susan wollte witzig klingen, dabei meinte sie es vollkommen ernst.

»Weißt du, Susan, es ist komisch, aber das ist mir schnurzpiepegal. Das mit dem Altern, meine ich, aber es ist genau, wie du gesagt hast: Ich habe kein Ziel. Und ich habe Geld nicht ernst genommen, was, glaube ich, ein regelrechter Frauenfehler ist. Wir werden in dieser Hinsicht nicht zur Verantwortung erzogen. Wir werden erzogen, uns um andere Menschen zu kümmern, nicht ums Portemonnaie.«

»Da ist viel Wahres dran.«

Sie tranken ihren Kaffee, saßen still da, bis Harry sagte: »Seit wir Großonkel Thomas gefunden haben, habe ich mich über den Karmelitenorden schlau gemacht, nach dem das Afton-Kloster gestaltet ist. Im siebzehnten und achtzehnten Jahrhundert haben die Menschen, auch die Karmeliten selbst, an eine Ordensmythologie geglaubt. Sie glaubten, dass die Söhne der Propheten, der Propheten des Alten Testaments, tausend Jahre vor Christus zu den Essenern gehörten. Sie lebten auf dem Berg Karmel. Tausend Jahre später waren einige von diesen heiligen Männern bei Petrus' erster Pfingstpredigt dabei. Er hat sie zum Christentum bekehrt, und sie haben auf dem

Berg Karmel eine Kapelle zu Ehren der heiligen Jungfrau Maria gebaut. Der Mythos sagt, dass die Jungfrau Maria und die Apostel in den Orden eingetreten sind. Das ist ganz sicher alles erfunden, aber es hat die Menschen nicht daran gehindert, es zu glauben. Im Laufe der Jahrhunderte lockerte sich die Disziplin des Ordens, dann unterzog er sich einer Säuberung. Die Disziplin wurde wiederhergestellt. Aber die ganze Zeit haben viele die Geschichte von Maria geglaubt. Damit möchte ich zweierlei zum Ausdruck bringen.« Sie lächelte. »Hör ich mich wie eine Anwältin an?«

»Eher wie eine Professorin.«

»Ach egal, jedenfalls, das sind meine Gedanken: Dieser Orden hat eine lange, bedeutsame Geschichte, und die heilige Jungfrau Maria steht darin im Mittelpunkt. Mein zweiter Gedanke ist, an was glauben wir heute, das so offensichtlich falsch ist wie die Geschichten von den Essenern, den Söhnen der Propheten, Maria und den Aposteln? Hier scheitern wir, verstehst du? Wir sehen nicht, was wirklich ist. Wir sehen buchstäblich nicht, was vor unseren Augen ist.«

»Wie in deinem und meinem Leben?«

»Genau.«

»Wie bei meinem Großonkel Thomas und Nordy Elliott, wie sie vor ihren Schöpfer traten?«

»Genau. Es ist vor unseren Augen, aber unser Glaubensschema ist so starr, wir sind so darin gefangen, dass wir nicht sehen können.«

»Ich sehe, äh, ich verstehe«, sagte Susan, dann musste sie lachen. »Ich meine, ich höre deinen Standpunkt, aber ich sehe ihn nicht. Noch nicht.«

»Noch etwas. Ich hab's dir nicht erzählt. Ich hab's niemandem erzählt, falls dich das beruhigt. Du hattest Sorgen. Rings um uns passieren die verrücktesten Sachen.«

»Und?«

»Fair hat mir bis Heiligabend Zeit gegeben, um auf seinen oft wiederholten Heiratsantrag mit Ja oder Nein zu antworten.« Sie schaute auf die Tasse. Susan richtete sich auf dem Hocker auf. »Das ist mal 'ne Neuigkeit!«

32

Harry, Mrs. Murphy, Pewter und Tucker standen in dem Specksteinbruch im Nordosten von Nelson County vor einer Schneehöhle. Der Steinbruch war so tief, dass der Schnee auf dem Grund erst gegen Ende April völlig wegschmolz. Mitte des achtzehnten Jahrhunderts hatte der Steinbruch der kleinen Gemeinde Schuyler Wohlstand gebracht. Wie mit allem in Virginia, war es nach 1865 aus mit dem Profit. Zwei Generationen nach dem Krieg florierte der Steinbruch wieder. Im Laufe des zwanzigsten Jahrhunderts gingen die Gewinne mehrmals hoch und runter. Ungeachtet der veränderlichen Nachfrage nach Speckstein und anderen Steinsorten, blieb die hohe Qualität des Erzeugnisses unverändert.

»Stellen Sie sich vor, Steine mit Spitzhacken zu brechen«, sagte Iggy Monroe, der neben Harry, den Tieren und Bo Newell ging, der ihn mit Harry bekannt gemacht hatte. »Bevor die Weißen kamen, hatten die Indianer nicht mal eiserne Hacken und Schaufeln. Für sie war es richtige Schwerstarbeit.« Seine abgetragenen Arbeitsstiefel sanken im Schnee ein, als er Harry zu dem Hauptweg führte, von dem aus es in die offenen Gruben ging. »Dieser Stein ist deshalb so besonders, weil aus ihm die besten Öfen der Welt gemacht werden. Das ideale Material.«

»Es leitet Hitze«, ergänzte Bo. »Gleichmäßig.«

»Diese Steinsorte leitet die Hitze gleichmäßig, ohne zu zerspringen«, fügte Iggy hinzu. »Die Hitze strahlt nicht nach außen ab wie bei einem Eisenofen. Ein Eisenofen kann außen rotglühend werden. Bei diesem Stein kann das nicht passieren.«

»Lässt er sich schneiden?«, fragte Harry.

»Ja, aber am besten in Platten.«

»Aber kann man daraus Statuen und so was machen, kann man ihn zu Tafeln zerschneiden?«

»Wär schade drum. Tafeln macht man am besten aus Schiefer.«

»Ist Speckstein nicht ein bisschen fettig?«, fragte Bo.

»Ja.«

»Könnte Flüssigkeit austreten?«

»Nein, bei einem ordentlich gebauten Ofen nicht.«

»Ich habe mich nicht deutlich ausgedrückt. Mr. Monroe, ich meine, wenn in dem Stein eine Eisenerzader wäre, könnte dann Eisenerz aus dem Stein sickern – so eine rostrote Flüssigkeit, die aus einem Riss austritt?«

Er schüttelte den Kopf. »Nein, dieser Stein enthält kein Eisenerz. Sonst wären wir längst auf eine Ader gestoßen, und wie Sie sehen« – er wies mit einer Hand zu der Höhle –, »hat es seit mehr als zweihundertfünfzig Jahren keine Eisenadern gegeben.«

»Wäre es möglich, in den Stein zu bohren und Flüssigkeit hineinzuleiten?«

»Sicher, aber das lässt sich mit fast jedem Stein machen, sogar mit Marmor, der eine große Dichte hat. Der Speckstein ist dafür nicht so geeignet.«

Nachdem sie noch ein paar Minuten mit Mr. Monroe geplaudert und sich von Bo verabschiedet hatte, ging Harry mit den Tieren zu ihrem Transporter. Als sie auf der kurvenreichen Asphaltstraße zur Route 29 fuhr, schaltete sie das alte Radio ein, murrte über die atmosphärischen Störungen und schaltete es wieder aus.

»Kinder, jemand hat die Statue unserer heiligen Jungfrau Maria manipuliert. Da gibt es für mich keinen Zweifel. Und wer das getan hat, war schlau. Schlau genug, um die kleine Leitung unterhalb der Frostgrenze zu verlegen.« Sie überlegte eine Weile. »Es gefriert oberhalb der Frostgrenze, wenn es bitterkalt ist. Hmm.«

»Wenn jemand ein Wunder geplant hat, dann hat er das ganz bestimmt berücksichtigt«, bemerkte Tucker weise.

»Falls sie Recht hat. Es ist immer noch möglich, dass es ein Wunder ist.« Pewter setzte sich neben den Hund. *»Ich glaube es zwar nicht, aber man muss es bedenken.«*

»Ich kann's nicht glauben, du gibst zu, dass du unschlüssig bist«, jubelte Mrs. Murphy.

»Ich gebe vieles zu.« Pewter warf den Kopf leicht zurück, dann lachte sie. *»Gelegentlich.«*

Harry war total aufgedreht. »Ein Heizband? Das würde zuviel Platz wegnehmen. Könnte man ein Rohr mit einer Batterie warm halten? Möchte wissen, ob es eine Möglichkeit gibt, Tränen zu erzeugen, ohne die Maria zu durchbohren.« Sie fasste geistesabwesend nach Mrs. Murphy, die ihr am nächsten saß. »Und wie konnte jemand sich unentdeckt an der Statue zu schaffen machen? Wenn ich richtig liege mit meiner Idee, dass sie durchbohrt wurde, das hätte doch Zeit gebraucht. Wie hätte jemand das hinkriegen können? Und es hätte im Sommer gemacht werden müssen. Verdammt.«

»Sie kriegt sich gar nicht mehr ein.« Pewter hörte den frustrierten Ton in Harrys Altstimme.

»Wenn sie Recht hat mit der Bohrerei, dann zielt das in eine Richtung, stimmt's?« Die Richtung gefiel Mrs. Murphy nicht.

»Bruder Thomas.« Harry sprach aus, was Mrs. Murphy dachte. »Unmöglich. Warum hätte er so was tun sollen? Ich kann's nicht glauben.« Sie stieß die Luft durch die Nase aus.

Außerstande, an sich zu halten, fuhr sie zu Susan. Susan kam gerade aus ihrer Zufahrt gefahren. Sie hielten nebeneinander an, Susan drückte einen Knopf, das Automatikfenster glitt quietschend nach unten.

Harry kurbelte ihr Fenster herunter.

»Harry, ich fahre nach Afton.«

»Warum?«

»Der Bericht vom Labor in Richmond ist gerade gekommen. Mein G-Onkel hatte Spuren von Chloroform im Körper und«, sie hielt inne, ihre Wut steigerte sich, ihre Stimme zitterte, »Morphium. Er wurde mit einer Überdosis Morphium getötet.«

»Ach, Susan.« Harrys Augen weiteten sich. »Aber warte. Warte. Fahr nicht rauf, Susan. Noch nicht. Es ist gefährlich. Komm, dreh um, ich erzähl dir, was ich ausgegraben habe« – sie kam nicht auf die Idee, dass da ein Doppelsinn darin lag –, »und dann können wir einen Plan fassen.«

»Wieso ist es gefährlich? Ich will mir den verdammten Prior da oben vorknöpfen!«

»Nein. Tu das nicht. Beruhige dich. Onkel Thomas ist tot, Nordy Elliott auch. Okay, uns lag an Nordy nicht so viel wie an Onkel Thomas, aber, Susan, die Todesfälle hängen zusammen. Ich weiß es. Ich weiß es einfach. Du willst doch nicht auch auf der Liste stehen.«

Susan spürte die kalte Luft an der linken Wange. »Na gut.«

In Susans Küche setzten sie sich an den Holztisch. Susan schenkte zwei Tassen Tee ein.

»Schau, Susan, ich hab keine Ahnung, was da oben vorgeht. Die üblichen Mordmotive passen anscheinend nicht, oder wenn, dann bin ich nicht dahinter gekommen. Liebe, Sex und Geld scheiden so gut wie aus.«

»Bei Geld bin ich mir nicht so sicher.« Susan schaute Harry in die Augen. »Als G-Onkel zum Thanksgiving-Essen hier war, hat er mir gesagt, dass er mir den Bland-Wade-Grund vermacht hat, die ganzen fünfzehnhundert Morgen.«

»Jesses Maria.«

»Ist viel Geld wert, sowohl als Grundbesitz wie als Nutzholz.«

»Das kann man wohl sagen.« Wie die meisten Südstaatler liebte Harry Grund und Boden und fand, dass man nie genug davon haben konnte.

»Er hat gesagt, das klösterliche Leben versiegt. Aber ich weiß nicht, ob er es sonst den Greyfriars vermacht haben würde. Er hatte auf seine Art Familiensinn, auch wenn er die meiste Zeit von uns getrennt war.«

»Wer weiß davon?«

»Ned. Brooks. Danny. Das Testament ist noch nicht eröffnet worden, deswegen weiß ich nicht, ob Prior Handle es weiß.«

»Fünfzehnhundert Morgen in Albemarle County, das könnte ein ziemlich starkes Motiv sein, um jemand umzubringen – wenn man annahm, dass sie einem zufallen.«

»Meinst du mich?« Susan griff sich ans Herz.

»Nein, Dummchen, Prior Handle.«

»Jetzt bin ich doppelt unruhig. Rick wird mir alle möglichen Fragen stellen. Er wird mich verdächtigen.«

»Das ist sein Job. Er ist seit langem Sheriff. Er hat ein Gespür dafür, wer mordet und wer nicht, je nach den Umständen.«

»Wie beruhigend«, meinte Susan sarkastisch.

»Reg dich ab.«

»Du hast leicht reden.«

»Irgendwas geht da oben auf dem Berg vor. Verdammt, wir müssen rausfinden, was.«

»Guck doch, was mit Nordy passiert ist. Vielleicht hat er's rausgefunden.«

33

Als Nordy Elliott an dem Morgen aufstand, wusste er nicht, dass er sterben würde.« Die tiefe Stimme von Herb Jones durchdrang sein Arbeitszimmer, einen schönen Raum, dessen Fenster auf den gepflegten Hof der lutheranischen St. Lukaskirche hinausgingen.

Eloquenz und Cazenovia, seine zwei Katzen, lümmelten mit offenen Augen auf der Rückenlehne des Ledersofas und schienen jedes Wort in sich aufzusaugen.

»Weiter so, Poppy, das ist gut«, ermunterte ihn Cazenovia, die langhaarige buntscheckige Katze.

»Er stand auf, wie wir es alle tun, ging seinen alltäglichen Verrichtungen nach, fuhr dann zur Arbeit. Wie konnte jemand, der – nein, halt, das ist nicht gut.« Er brach ab, schrieb etwas auf.

»Huhu.«

»Ich bin im Arbeitszimmer, Harry. Kommen Sie rein.«

Sie stapfte herein, zog auf dem Weg durch den Flur den Mantel aus und hängte ihn an einen Haken vor Herbs Tür. Mrs. Murphy, Pewter und Tucker begleiteten sie.

»Rev, Sie sehen mit Brille göttlich aus.«

»Sehr komisch.« Er setzte die Brille ab, stand auf und ging zum Sofa. »Ehe ich mich setze, Kaffee, Tee, Sherry?«

»Für mich nicht.«

»Also ich brauche eine Stärkung. Der Gedenkgottesdienst für Nordy ...« Er schüttelte den Kopf. »Ich kann den richtigen Ton nicht finden.«

»Haben seine Eltern seine Leiche nicht nach, wo war das doch gleich, Michigan überführt?«

Herb schenkte sich ein kleines Glas Portwein ein, dann setzte er sich zu Harry. Die vier Katzen drängten sich um die zwei Menschen, Tucker ließ sich vor den Kamin fallen, in dem Apfelholz knisterte.

»Ich glaube, ja. Pete meinte, wir sollten einen kleinen Gottesdienst abhalten für die, die ihn gekannt haben. Aber ich habe den Mann kaum gekannt. Ein aufdringlicher Mensch.« Herb zuckte mit den Schultern. »Ich will nicht dastehen und Plattitüden von mir geben.«

»Das könntest du gar nicht«, schmeichelte Eloquenz.

»Mom geht allein seinetwegen in die Kirche. Sie hört Herb so gerne predigen.« Mrs. Murphy sah auf die großen Walnussbäume vor dem Fenster. Vögel flatterten zu den Ästen, weil Herb ein großes Futterhäuschen in den Baum gehängt hatte, der am dichtesten beim Fenster stand.

»Vielleicht kann Pete helfen«, schlug Harry vor.

»Pete war nicht besonders angetan von ihm.« Herb deutete ein Lächeln an.

»Nordy hat jeden als Sprungbrett für seine Karriere benutzt, besonders Pete, nehme ich an.«

»Ich vermute, ein Reporter muss aggressiv sein, ein dickes Ego haben, aber ich denke, Pete hat Nordy nicht für halb so gescheit gehalten wie Nordy sich selbst.« Herb nahm einen Schluck von dem köstlichen hochprozentigen Getränk. »Gottes Segen denen, die den Portwein erfunden haben.«

»Dionysus.«

»Die Portugiesen.«

»Ist Portwein nicht mit Alkohol verstärkter Wein?«

»Eine harmonische Verbindung aus Wein, der ja eine Frucht ist, und Weinbrand. Portwein in bester Qualität ist ein königliches Getränk.«

»Portwein ist für Sie, was Orange-Pekoe-Tee für mich ist.« Sie lächelte. »Wenn er gut ist, muntert er mich auf.« Sie kuschelte sich tief in die Lederpolster, wo im Lauf der Jahrzehnte so manches Hinterteil gehockt hatte. »Wollen Sie mich nicht fragen, warum ich vorbeigekommen bin?«

»Sie werden es mir schon sagen, wenn Sie so weit sind, aber ich weiß, es geht nicht um Themen, die im Pfarrbeirat anstehen.«

»Woher wissen Sie das?«

»Gewöhnlich sind Sie dann mit Unterlagen bewaffnet, oder Sie treten zusammen mit Tazio Chappars an.«

»Möchten Sie es mir nicht aus der Nase ziehen?«, neckte sie ihn. »Denken Sie mal nicht an die Lobrede.«

»Nordy.« Er stützte sich auf die große geschwungene Armlehne, im Rücken hatte er ein Petitpoint-Kissen. »Pete hat ihn womöglich unterschätzt. Nordy war wie ein Terrier, er gab nie auf. Ich könnte vielleicht von seiner Beharrlichkeit sprechen. Wie ich gehört habe, war er auf mehr Gebieten als nur in seinem Beruf beharrlich.«

»Sehr richtig, aber bei BoomBoom war er auf der falschen Fährte – um bei Ihrem Hundebild zu bleiben.«

»Terriere sind plemplem«, behauptete Tucker lakonisch.

»Sie sind halt ungestüm, Tucker, nicht so besonnen und vernünftig wie du«, schnurrte Eloquenz.

Pewter kicherte. *»Aber manche haben einen Schwanz.«*

»Die guten nicht«, bellte Tucker.

»Tucker, du nimmst nicht teil an diesem Gespräch«, ermahnte Harry ihre Corgihündin.

»Du musst dir ja Pewters Beleidigungen nicht anhören«, sagte der Hund.

»Eine einfache Feststellung ist keine Beleidigung.« Pewters Stimme war zuckersüß.

»Ihr könnt reden so viel ihr wollt, aber wenn eine von euch Katzen den Schrank aufmacht, wo die Abendmahloblaten drin sind, dann könnt ihr was erleben«, grollte Herb.

Harry lachte. »Die Geschichte, wie die Katzen die Abendmahloblaten gefressen haben, werden die Leute sich noch erzählen, wenn wir schon alle auf dem Friedhof liegen.« Sie brach ab, weil das Wort »Friedhof« sie auf ihr Thema brachte. »Der eigentliche Grund, weshalb ich hier bin, abgesehen von der Freude an Ihrer Gesellschaft, ist, dass ich Sie nach den Greyfriars fragen möchte. Sie kennen die Männer da oben vermutlich besser als wir alle.«

»Manche.«

»Sie werden sich mit den Jahren eine Meinung gebildet haben über den Prior, Frater Prescott, Frater Andrew und den armen alten Thomas.«

»Ja.«

»Und?«

Er trank von dem dunkelroten 1987er Cockburn, ein recht anständiger Jahrgang; Herb hatte sich aber auch eine Kiste 1983er zurückgelegt und wartete nun auf 2010, wenn der Wein seiner Meinung nach die optimale Trinkreife erreichte. »Das religiöse Leben erscheint an der Oberfläche gütig, frei von Rivalität. Betrachtet man eine Gruppe Männer, die sich aus der Welt zurückgezogen haben, mag einem das Leben einfach vorkommen. Ist es aber nicht. Ein geistliches Amt ist schwierig, denn wenn man wirklich seine Schäfchen hütet, wenn ein Priester, ein Pastor, ein Reverend eine Gemeinde hat, dann bekommt er es mit Geburt, Tod, Eheschließung, Scheidung, Enttäuschungen, Betrug zu tun, mit der ganzen Skala menschlicher Gefühle. Man leidet unter Geldnot, wie Sie durch Ihr Wirken im Pfarrbeirat wissen. Man hat mit Politik zu tun.« Er atmete ein. »Sobald zwei Menschen zusammenkommen, Kindchen, kommt Politik ins Spiel. Die Mönche haben oft dieselben Probleme wie wir anderen auch, und komischerweise denke ich, dass sie es deshalb umso schwerer haben.«

»Wieso?«

»Weil sie sich zurückziehen, um Betrachtungen über das Leben anzustellen und glauben, dass das ihnen helfen wird. Das denke ich zumindest. Und weil sie keine Frauen haben. Frauen versüßen das Leben.« Er hob die Hand. »Ich meine damit keinen lockeren Lebenswandel. Ich meine, weibliche Energie verändert einen Mann. Sehen Sie nur, wie wir im Beirat zusammenarbeiten.«

»Manchmal denke ich, das ist leeres Geschwätz.«

»Kann es auch sein, aber wenn nicht der halbe Beirat aus Frauen bestünde, würden wir Männer die Zeit mit der Hackordnung verschwenden, uns streiten, wer an der Spitze ist.«

»Sie.«

Er lachte. »Ja und nein. Aber Männer sind anders. Frauen bewirken, dass die Männer besser zusammenarbeiten, und wenn ein Mann die richtige Frau findet, dann ist das Leben reicher.«

»Sie müssen manchmal sehr einsam sein, Herb. Es tut mir Leid, dass ich Ihnen gegenüber nicht empfindsamer war. Ich weiß, Sie haben getrauert und alles, aber ich weiß nicht, wie es ist, eine Lebenspartnerin zu verlieren. Verzeihen Sie mir, dass ich Ihnen keine bessere Freundin bin.«

Er griff nach ihrer Hand. »Herzchen, Sie sind jung. Und Sie sind eine gute Freundin. Es war ein Glück für mich, eine gute Frau zu haben, und ich fange wieder an, mich der Welt zuzuwenden. Das braucht seine Zeit.«

»Was wird aus Männern ohne Frauen? Heterosexuellen Männern, meine ich.«

»Schwule brauchen sie auch. Ich nehme an, es geschehen drei Dinge: Ein Mann wird verbittert und hasst die Frauen, macht sie für sein Versagen verantwortlich; ein Mann wird verdrießlich und zieht sich aus der Welt zurück, weil er denkt, er kann keine Frau erobern, oder er ist nichts wert, oder, dritte Möglichkeit, ein Mann schaut nach innen und erkennt, dass er sich verändern muss. Die dritte Möglichkeit sehe ich natürlich am wenigsten. Die Menschen haben einen erstaunlich großen Widerwillen gegen Veränderungen, auch wenn es zu ihrem besten ist.« Er trank seinen Portwein aus.

»Die Greyfriars sind kein mystischer Orden. Was immer ihre Gründe sind, sich zurückzuziehen, ohne Frauen zu leben – ein falsches Wunder schaffen, das passt nicht zu ihnen. Das ist jedenfalls meine Schlußfolgerung nach einem flüchtigen Studium des klösterlichen Lebens«, erklärte Harry.

Herb verlagerte sein Gewicht. »Da die katholische Kirche seit über zweitausend Jahren einen festen Platz im westlichen Leben hat, hat sie massenhaft Betrügereien, Fälschungen und Schwindeleien erlebt. Das Grabtuch von Turin ist eine von den besseren Reliquienfälschungen. Es wurde irgendwann zwischen 1260 und 1390 gemalt. Der Bischof hat Papst Klemens berichtet, der Künstler, von dem es stammte, sei listig und schlau gewesen.«

»Die Menschen wollen an solche Dinge glauben. Je unterdrückter sie als Gruppe oder als Individuen sind, desto größer ist ihr Bedürfnis nach Wundern, scheint mir.«

»Mir sind die konservierten Leichname von Heiligen am liebsten. An manchen wurde herumgepfuscht, andere sind zu Mumien vertrocknet, und die in Kalksteinerde bestattet wurden, täuschen alle Welt. Der Kalkstein verwandelt das Körperfett in Handseife, die sich nicht zersetzt. Voilà! Ein Wunder.«

»Vielleicht kann ein nicht verfallener Leichnam einen Menschen bewegen, sein Leben zu ändern, sich Gott zu weihen. Ich persönlich würde davonlaufen. Ich will nicht in der Nähe von Leichen sein, egal in welchem Zustand sie sind! Das heißt, ich hab schon welche aus der Nähe gesehen, aber ich will da weg, so schnell ich kann!« Harry schauderte.

»Die Wenigsten von uns sehen tot besonders gut aus.« Reverend Jones kicherte.

»Sie glauben also nicht an das Wunder von Blue Ridge?«

»Nein.«

»Ich auch nicht.«

»Das war mir klar.« Er lächelte.

»Aus welchem Grund auch immer, ich glaube, Frater Thomas – höchstwahrscheinlich ein gläubiger Mensch – und Nordy sind mit den Tränen, mit der Statue verbunden.«

»Möglicherweise. Ermordet von …« Er brach ab, drehte die Handflächen aufwärts.

»Ermordet von einem Mönch«, sagte Harry voll Überzeugung. »Alle beide. Ich glaube nicht, dass Frater Thomas wegen seines Grundbesitzes umgebracht wurde. Er hat Susan das Bland-Wade-Land vermacht. Sie hat es mir gestern erzählt, und ich vermute, sie ist in diesem Moment bei Sheriff Shaw. Nachdem wir jetzt wissen, dass ihr Großonkel durch eine Morphiuminjektion – ich nehme an, es wurde ihm gespritzt – getötet wurde, meint sie, Rick soll wissen, dass sie von seinem Tod profitiert hat.«

»Sie hat es mir am Tag nach Thanksgiving mitgeteilt. Susan« – er machte eine Pause – »ist besonnen. Sie denkt lange und intensiv über moralische Belange nach. Viele Leute sehen nur ihre gesellige Seite. Sie und ich wissen, dass sie ein nachdenklicher Mensch ist.«

»Man wird sie verdächtigen, glaubt sie. Wie auch immer, ich habe sie gestern getroffen, gleich nachdem sie die Neuigkeit erfahren hat, da war sie auf dem Weg nach Afton, um denen die Hölle heiß zu machen, entschuldigen Sie den Ausdruck.«

»Wie unklug.«

»Ja. Aber sie war außer sich. Verständlich. Jedenfalls habe ich sie zurück in ihre Küche gelotst. Schließlich hat sie sich beruhigt. Wir haben alles durchgesprochen. Der Mörder ist einer von den Mönchen, ich weiß es einfach. Aber ich weiß nicht, warum.«

Herb trommelte mit den Fingern auf die Armlehne. »Kein Mensch bringt jemanden wegen dem Bland-Wade-Land um, egal, wie lukrativ ein Verkauf sein mag. Außerdem, Harry, ist es zu auffällig.«

»Das meine ich auch.«

»Frater Thomas hat in seinem langen Leben viel gesehen, viel gehört. Was Nordy anbelangt, ich nehme an, er hat seine Nase da reingesteckt.«

»Ich denke immerzu, es hat etwas mit Augen zu tun. Wohl wegen der Statue und der Art, wie Nordy starb.«

»Doppelsinn.«

»Was?«

»Sie sehen einen Doppelsinn. Was tun Augen anderes als bezeugen?«

Harrys Handy klingelte. Sie zog es aus ihrer Anglertasche. »Susan. Ich gehe vielleicht besser raus.«

»Bleiben Sie nur«, sagte Herb nachsichtig.

»Hi. Ich bin bei Herb.«

»Harry, Rick hat jemanden zu der Statue geschickt, um eine zweite Blutprobe zu nehmen. Die erste, die Coop genommen hat, hatte Blutgruppe null. Die zweite hat Gruppe A.

»Herrgott!«, rief Harry aus.

34

Sheriff Shaw saß Frater Andrew gegenüber, eine dünne Rauchfahne kringelte sich aufwärts. Er bot dem Mönch eine Zigarette an, doch Frater Andrew lehnte ab. Rick erbot sich, auf die Zigarette zu verzichten, doch der Arzt-Mönch sagte, er könne ruhig rauchen, es sei ja schließlich das Büro des Sheriffs. Er könne tun, was er wollte.

Rick zog dankbar an der filterlosen Zigarette, Frater Andrew sog den Rauch ein.

»Wollen Sie ganz sicher keine? Ich kann Filterzigaretten kommen lassen, falls Sie die lieber mögen.«

»Nein. Ich verstehe die Sucht nur zu gut, und ich kann Ihren Rauch genießen.«

»Raucht keiner da oben?« Rick konnte es nicht glauben.

»Ah, theoretisch nein. Praktisch ja.« Frater Andrew faltete die Hände auf dem kleinen Metalltisch, der bei jeder Berührung klapperte.

»Muss wie auf der Highschool sein, heimlich Zigaretten paffen.« Rick lächelte bei der Erinnerung an seine Zeit in der alten Lane Highschool, als er und seine Freunde sich auf dem Parkplatz hinter ein Auto gehockt hatten, um sich eine anzuzünden.

»Ja. Die Nikotinsüchtigen unter uns hatten ihre Verstecke da, wo wir gearbeitet haben. Ich zum Beispiel habe meine Zigaretten im Medikamentenschrank im Krankenrevier eingeschlossen. Prescott – aber ich soll einen Bruder nicht verraten, oder?«

»Bleibt unter uns.«

»Er verwahrt seine Zigaretten auf einer schmalen Leiste hinter einem Bücherregal. Ist wirklich komisch.«

»Alkohol?«

»O ja.« Frater Andrew nickte. »Wir sind nicht im Gefängnis, Sheriff. Wir können in die Stadt gehen.«

»Ich dachte, Sie hätten ein Armutsgelübde abgelegt.«

Frater Andrew drehte die Handflächen aufwärts. »Ja, aber man verdient hier und da ein kleines Taschengeld. Einige haben Zugang zum Geld der Familie. Wir haben ein paar irdische Freuden, wenn Sie so wollen, und auf dem Berggipfel den Sonnenaufgang betrachten, das ist gewiss eine ganz große Freude.«

Ein Klopfen an der Tür lenkte sie für einen Moment von ihrem Gespräch ab.

»Coop?«

»Ja«, kam die Stimme von der anderen Seite der Tür. »Kann ich reinkommen?«

»Stört es Sie, wenn Deputy Cooper Notizen macht? Sie kann das viel besser als ich.«

»Nein, überhaupt nicht.« Frater Andrew begrüßte die Gelegenheit, in Gesellschaft einer Frau zu sein, auch wenn es unter angespannten Umständen geschah.

»Kommen Sie rein.«

»Hallo.« Coop trat ein, nahm ein wenig hinter Rick Platz, so dass sie nicht direkt am Tisch saß. Sie hatte einen Notizblock dabei.

»Nett, Sie wiederzusehen, Deputy.« Frater Andrew konnte Coop gut leiden.

»Ich finde es auch nett, Sie wiederzusehen, und ich bedaure die Umstände.«

»Ja«, erwiderte er ruhig.

»Hat Frater Thomas geraucht?«, fragte Rick.

»Bis zu seinem achtzigsten Geburtstag, dann hat er aufgehört. Von heute auf morgen. Ich habe ihn deswegen aufgezogen.« Frater Andrew gestikulierte mit der rechten Hand. »Warum mit achtzig etwas aufgeben, das seine Nerven beruhigt hat? Er hat gesagt, ›ich will sehen, ob ich es kann.‹ Das war eine Herausforderung, deshalb habe ich mich ebenfalls von den Glimmstängeln verabschiedet. Dadurch sind wir uns sehr nahe gekommen.«

»Hatte Frater Thomas Feinde?«

»Nein.«

Rick beugte sich vor, die Stuhlbeine schurrten über den Boden. »Frater Andrew, wie Sie wissen, hatte Frater Thomas Chloroform und Morphium im Körper, an Letzterem ist er gestorben. Sie und Frater John sind die Einzigen, die Zugang dazu haben.« Rick drückte seine Zigarette aus. »Befugten Zugang.«

»Richtig. Und warum bin ich hier und John nicht?«

»Wir haben Frater John gründlich in die Mangel genommen. Er sagt, in dem verschlossenen Medikamentenschrank fehlen eine Flasche Morphium und Kanülen.« Rick brach ab und dachte lange nach.

»Kanülen können sich verbiegen. Wer Thomas getötet hat, hat vermutlich zur Sicherheit extra starke genommen. Sie ließen sich ziemlich leicht verstecken.«

»Wie Zigaretten und Alkohol.«

»Ja.« Frater Andrew war ganz ruhig geblieben, als er hörte, dass Morphium und Kanülen fehlten.

»Darf ich was sagen, Chef?« Coop blickte von ihrem Notizblock auf.

»Was dagegen?«, fragte Rick Frater Andrew.

»Nein.«

»Haben Sie gewusst, dass Kanülen und Morphium fehlen?«, fragte die Polizistin den Mönch.

Er saß still da, atmete einige Male, antwortete dann: »Ja.«

»Sie sehen es doch sicher nicht gern, wenn Morphium in Ihrem Medikamentenschrank fehlt.« Rick klang überrascht.

»Nein.«

»Warum haben Sie es nicht gemeldet?«, fragte Cooper.

»Ich dachte, ich könnte selbst herausfinden, wer es genommen hat. Hätte ich es dem Prior oder Ihnen erzählt, das hätte nicht weitergeholfen. Ich hielt es für besser, den Mörder in Sicherheit zu wiegen.«

»Praktische Erklärung«, erwiderte Rick lakonisch.

»Die Mönche verbringen viel Zeit mit Schweigen. Ich habe wirklich geglaubt, ich könnte den Dieb aufspüren.« Frater Andrew hob den Blick ein wenig. »Das wird am besten unter uns erledigt. Sie hier, verzeihen Sie, wären keine Hilfe gewesen. Sie wären hinderlich gewesen. Sie verstehen den Orden nicht.«

»Sie wissen genau, wie Chloroform verwendet wird. Sie wissen, wie viel man auf Mull geben muss, um jemand bewusstlos zu machen. Sie haben Morphium zur Verfügung. Sie wüssten genau, wie man einen Gegenstand durch den Augapfel ins Gehirn stoßen müsste. Sie sind groß und stark genug, um so was zu tun«, sagte Rick ruhig.

Es blieb einen Augenblick lang still, dann fragte Cooper: »Wie war Ihr Verhältnis zu Frater Thomas?«

»Ich habe ihn geliebt.«

»Wir töten oft die, die wir lieben«, stellte Rick fest.

»Ja.« Frater Andrew sah in Gedanken vor sich, wie er seiner leidenden Frau die Spritze gab, die ihren elenden Schmerzen ein Ende machte. »Ja, vermutlich, aber Sie denken in anderen Kategorien als ich. Sie denken an Mord. Ich habe Medizin studiert. Meine Aufgabe ist es, Leben zu retten, nicht Leben zu nehmen. Meine Aufgabe ist es, Leiden zu lindern. Weshalb hätte ich Thomas töten sollen?«

»Genau das möchten wir wissen. Zum Beispiel, vielleicht war er unheilbar krank, was niemand außer Ihnen wusste. Sie haben ihm zu einem sicheren, raschen Tod verholfen.«

Frater Andrew erbleichte, dann fasste er sich. »Nein, und falls ich es getan hätte, würde ich ihn nicht an die Statue von unserer heiligen Jungfrau Maria gelehnt haben.«

»Ich stelle mir vor, dass die Mönche viele Geheimnisse verbergen. Die kleinen Geheimnisse wie rauchen und trinken«, er machte eine Pause, »und Drogen, ohne Zweifel. Kleine Geheimnisse. Dann gibt es vielleicht die größeren Geheimnisse, weshalb jeder dort ist.«

»Sie vermuten, wir sind dort, weil wir Unrecht getan haben, wir sind dort, um eine Sünde zu sühnen. Es ist möglich, Sheriff, dass ein Mann ein solches Leben wählt, weil er spürt, dass es ihn näher zu Gott bringt.«

»Hat es das getan?«

»Ja und« – Frater Andrew schluckte schwer – »nein. Das Christentum ist ein schwieriger Weg.« Er gestattete sich ein zögerndes Lächeln. »Wenn ich Experten sagen höre, dass wir uns jetzt in einem Kreuzzug befinden, im entscheidenden Krieg mit den Muslimen, der stets gerechtfertigt wird durch die Behauptung, alle Muslime möchten alle Christen töten, dann denke ich mir, hier bei uns besteht keine Gefahr. Es gibt keine Christen in Amerika, nur Heuchler.«

»Ein paar gibt es bestimmt.« Aus Coops Stimme klang Warmherzigkeit.

»Oh, ich bin zynisch, aber ich weiß aus Erfahrung, dass das Christentum schwierig ist. Hat Christus nicht gesagt, eher geht ein Kamel durch ein Nadelöhr, als dass ein Reicher ins Himmelreich kommt? Was sammeln wir an außer Reichtümern? Es gibt Priester bei uns, die ihren Gemeinden verkünden, dass Jesus es nicht so gemeint hat. Je reicher sie seien, desto mehr sei dies ein Zeichen für die Gunst Gottes.«

»Kalvinismus.« Coop hatte ihre Geschichtsbücher gelesen.

»Wahrhaftig. Und dann sage ich mir, es ist nicht meine Aufgabe, irgendjemandes Seele zu retten, sondern meine eigene.«

»Frater Andrew, ich bin erstaunt«, sagte Rick.

»Dachten Sie, ich komme hier herein und führe fromme Reden oder bitte um Vergebung oder gestehe ein Verbrechen, das ich nicht begangen habe?«

»Nennen Sie mir einen Grund, warum Sie es nicht getan haben«, forderte Rick ihn auf.

»Das habe ich Ihnen bereits gesagt. Ich habe Thomas geliebt. Ich habe mich nicht mit ihm wegen irgendwas gestritten. Er kam einem christlichen Menschen so nahe, wie ich je einen gesehen habe. Er war frei von Eitelkeit, von Falschheit, von List und Tücke. Er hat mit Freuden Aufgaben übernommen, ob es sich um Gartenbau handelte, seiner Lieblingsbeschäftigung, oder um Installationen, die ihm nicht ganz so lieb waren. Er half frohgemut, wo es nötig war, und er hatte ein unheimliches Gespür, wann jemand Hilfe brauchte. Ich hätte ihn niemals ermordet.«

»Wer dann?«

»Das weiß ich nicht.«

»Aber wenn Sie es getan hätten, würden Sie es sagen? Steht der Schutz des Klosters bei Ihnen an erster Stelle?«

»Wenn ich denken würde, einer von uns hat Frater Thomas getötet, und ich wüsste, wer, dann hätte ich hoffentlich den Mut, zu Ihnen zu kommen.«

»Hören Sie, das Kloster steht auf dem Berggipfel, kaum mehr als drei Kilometer von der Interstate 64 und nur höchstens eine halbe Stunde von der Kreuzung Interstate 81 und Interstate 64 entfernt. Es wäre das ideale Versteck, um Drogen zu verteilen – nicht verkaufen, sondern verteilen. Und nicht unbedingt Straßendrogen, sondern harte Drogen. Wie leicht lässt sich kiloweise Marihuana lagern? Oder Oxycontin? Percodan? Viagra und Levitra?«

»In Anbetracht unseres Keuschheitsgelübdes wäre Letzteres doch recht abnorm.«

Rick lächelte. »Ich habe nicht gesagt, dass Sie da oben das Zeug nehmen, nur, dass Sie es verteilen.«

»Das wüsste ich.«

»Woher denn? Sie wissen ja auch nicht, wer sich an Ihrem verschlossenen Medikamentenschrank zu schaffen gemacht hat.«

»Nein.«

»Ich bleibe bei meinem Verdacht, dass Sie das Morphium geliefert haben.«

»Habe ich nicht«, widersprach Frater Andrew.

»Frater Andrew, Sie sind nun mal der Hauptverdächtige, es sei denn, Sie können mich in eine bessere Richtung lenken.«

»Das kann ich nicht.« Frater Andrew hob die Hände.

»Sie haben den Leichnam in den Sarg gelegt.«

»Nachdem er aufgetaut war, ja.«

»Sie haben den Sarg zugenagelt.«

»Nein, das war Frater Mark. Prescott und ich haben den Leichnam hergerichtet und in den Sarg gelegt. Frater Frank war dabei, aber er hat nicht viel getan. Wir haben den Deckel draufgelegt, und Mark hat ihn zugenagelt. Ich habe ihm dabei zugesehen.«

Ricks Stimme wurde energischer. »Und Sie haben ihn zu Grabe getragen.«

»Ich war einer von den Sargträgern, und wenn der Sarg leer gewesen wäre, hätte ich es gemerkt. Jetzt weiß ich freilich, dass drei Fünfzig-Pfund-Säcke im Sarg lagen, nicht Frater Thomas.«

Rickging zu einer anderen Taktik über. »Nordy Elliott muss das Geheimnis gekannt haben. Vielleicht war er beteiligt, an einem Verteilerring zum Bespiel.«

»Er war ehrgeizig, Sheriff, was nicht heißt, dass er Drogen verkauft hat«, entgegnete Frater Andrew kühl.

»Er muss etwas gewusst haben.«

»Wenn es so ist, dann hat er es mit ins Grab genommen. Und Frater Thomas auch, falls er etwas wusste. Aber was hätte er gewusst haben können? Sollte es einen Drogenring geben, und der alte Mann wäre darauf gestoßen, dann wäre er sofort zum Prior gegangen. Auf der Stelle.«

»Und wenn Prior Handle mit drinsteckt?« Rick machte eine Pause, um seinen Worten Wirkung zu verleihen. »Haben Sie Frater Thomas Ihre Geheimnisse anvertraut?«

»Er hat mich rauchen sehen. Gelegentlich habe ich Alkohol getrunken.«

»Sie waren in Ihrem anderen Leben ein erfolgreicher Arzt. Sie haben viel Geld verdient. So etwas lässt einer selten hinter sich.«

»Ich schon.«

»Warum?« Rick blieb schonungslos an ihm dran.

»Meine Frau lag im Sterben. Krebs. Ich konnte sie nicht retten, und sie hatte furchtbare Schmerzen. Als sie schließlich starb, bin ich – ich kann es nicht anders ausdrücken – zusammengebrochen. Wenn ich mich nicht zu diesem Leben in Zurückgezogenheit und Gebet entschlossen hätte, ich glaube, ich hätte Selbstmord begangen oder mich zu Tode gesoffen. Das hätte sie nicht gewollt.«

Rick schwieg eine ganze Weile, dann sagte er: »Nein, das hätte sie nicht gewollt.« Er griff nach dem Zigarettenpäckchen auf dem Tisch, dann besann er sich. »Überprüfen Sie Ihre Medikamentenvorräte täglich?«

»Das sollte ich, aber manchmal lasse ich es schleifen. Ich nehme an, Frater John hat es für mich getan.«

»Hätte Frater John das fehlende Morphium nicht gemeldet?«

»Nicht unbedingt. Ich hatte ihn für vernünftiger gehalten. Ich dachte, ich könnte an ihn herankommen, bevor er etwas sagte, falls er etwas sagte.«

»Er ist direkt zum Prior gelaufen. Wie lange wussten Sie es?«

»Ein paar Stunden.« Frater Andrew stützte den Kopf in die Hände. »Der Schrank ist abgeschlossen. Deswegen dachte ich natürlich, dass John die Flasche genommen hat, verstehen Sie? Ich wollte mich langsam an ihn herantasten. Ich dachte, er ist der Mörder.«

»Ein geschickter Mann hätte das Schloss knacken können. Ich möchte wetten, jeder hätte es knacken können. Vielleicht war es nicht John, der die Flasche genommen hat.«

»Wieso haben Sie geglaubt, Frater John hat Frater Thomas umgebracht?«, warf Cooper ein.

»Das ist es ja eben. Ich konnte es mir nicht erklären. Ich brauchte Zeit.«

»Lassen Sie mich eines fragen: Die blutigen Tränen der Marienstatue. Glauben Sie, das ist Schwindel?«

»Schwindel ist ein starkes Wort. Ich denke, es ist ein Naturphänomen.«

»Das Geld hereinbringt, dringend benötigtes Geld.«

»Wenn Handle skrupellos wäre, könnte es viel mehr bringen.«

»Woher wissen Sie, dass er es nicht ist?«

Entsetzen zeigte sich auf Frater Andrews Gesicht. »Das wüsste ich. Frater Frank erstellt einen Kassenbericht.«

»Und wenn Prior Handle und Frater Frank gemeinsame Sache machen und das Geld für sich behalten?« Rick ließ nicht locker.

»Niemals. Vielleicht hat Frater Thomas etwas entdeckt und hat Nordy Elliott einen Wink gegeben. Frater Thomas hätte sich vermutlich nicht draußen an eine Behörde gewandt, aber Nordy war Reporter, kein Polizist. Wenn die Geschichte herauskäme, könnte das die Intriganten unter Druck setzen. Bruder Thomas dachte so.«

»Er hätte zu Ihnen kommen können«, sagte Rick.

»Ich bezweifle, dass er das getan hätte«, erwiderte Bruder Andrew.

»Er hat herausgefunden, dass Sie an der Sache mit dem falschen Wunder beteiligt sind«, bohrte Rick weiter.

»Bin ich nicht. So etwas würde ich niemals tun.«

»Sie sind hier, weil Sie des Mordes verdächtig sind. Was sind eine kleine Fälschung und unrechtmäßige Gewinne dagegen?«

»Ich habe niemanden getötet.« Frater Andrew faltete die Hände.

»Dann können Sie mir dies vielleicht erklären.« Rick sprach wie mit einem begriffsstutzigen Kind. »Sie erneuern regelmäßig Ihre ärztliche Approbation, richtig?«

»Ja.«

»Und wie machen Sie das?«

Diese Frage widerstrebte dem Mönch, weil er wusste, dass Rick die Antwort kannte, da er seine Hausaufgaben gemacht hatte. »Um meine Approbation zu behalten, muss ich jedes Jahr dreißig Stunden Studium absolvieren und meine Kenntnisse auf den neuesten Stand bringen.«

»Das verlangen die Gesundheitsbehörde und die Medizinische Gesellschaft von Virginia, richtig?«

»Richtig. Diese Erfordernisse können durch Vorlesungen, durch außerstaatliche Konferenzen erfüllt werden, sofern die Behörde sie anerkennt. Sollte ich in Rückstand geraten, würde mir die Approbation entzogen.«

»Es freut mich, dass Sie sich mit den gesetzlichen Bestimmungen für Ihren Beruf auskennen, ich meine, soweit es Ihre Approbation betrifft. Dann sagen Sie mir doch, warum Sie im Krankenrevier Blutplasma vorrätig halten, wenn Sie wissen, dass das gegen die staatlichen Bestimmungen verstößt? Ein Arzt darf in seiner Praxis keine Blutkonserven lagern. Wenn ich das Gesetz richtig gelesen habe, dann ist es Ihnen weder national noch in unserem herrlichen Staat Virginia gestattet, privat eine Bluttransfusion vorzunehmen.«

Hierauf folgte eine Pause. Frater Andrew saß regungslos da.

Der hagere Mönch räusperte sich und erwiderte: »Das ist der Buchstabe des Gesetzes, Sheriff, aber der Geist des Gesetzes ist, wenn Sie wollen, vielleicht flexibler.«

»Nicht in meinem Beruf«, sagte Rick entschieden.

»Wir retten beide Leben, so gut wir können, aber auf verschiedene Weise.« Frater Andrew beugte sich vor. »Ich zweifle nicht daran, dass Sie auch mal das Recht gebeugt haben, um jemanden zu retten.«

»Frater Andrew, Sie sind hier derjenige, der verhört wird, nicht ich. Aber ich höre Ihnen zu, und ich möchte doch annehmen, dass ich mich gerecht verhalte.«

»Strömender Regen, die Ausläufer eines Hurrikans oder ein

heulender Schneesturm machen es unmöglich, den Afton Mountain hinauf- oder hinunterzugelangen. Haben Sie bei Ihrer Ermittlungsarbeit mal auf das Durchschnittsalter der Mönche geachtet? Der Durchschnitt liegt bei neunundfünfzig Jahren. Ich muss Blut und Plasma zur Hand haben für den Fall, dass einen ein Unglück ereilt. Also ja, ich habe gegen den Buchstaben des Gesetzes verstoßen, und ich würde es wieder tun, um ein Leben zu schonen. Ich muss einfach in der Lage sein, jemandem im äußersten Fall eine Transfusion zu verabreichen.«

»Das verstehe ich, aber ich weiß auch, dass die Blutvorräte streng überwacht werden. Wie kommen Sie an das Blut?«

»Das sage ich nicht.«

»Stehlen Sie es?«

»Natürlich nicht«, bekam Rick entrüstet zur Antwort.

»Führen Sie selbst Blutspendeaktionen durch?«, fragte Rick feixend.

»Nein. Hören Sie, Sheriff, ich werde niemanden in Gefahr bringen. Ich sage nur so viel, man kann Blut bei einer Blutbank bekommen, in einem Krankenhaus oder einer Ambulanzklinik, die meistens von einer Krankenschwester unter Aufsicht eines Arztes geleitet wird. Aber das wissen Sie sicher.«

»Ja. Ich weiß auch, wenn Sie jemanden umbringen wollten, wäre es mit, sagen wir mal, verseuchtem Blut schrecklich einfach.«

»Wunderbar einfach. Ich bräuchte nicht mal infiziertes Blut. Ich kann zu viel Pottasche in das Blut pumpen, und aus. Und als behandelnder Arzt unterschreibe ich die Todesurkunde. Für einen Arzt oder eine Krankenschwester ist es einfach, jemanden zu töten und es aussehen zu lassen, wie eine natürliche Todesursache. Aber habe ich Frater Thomas getötet? Nein. Nebenbei, er brauchte keine regelmäßigen Transfusionen. Frater Sidney ist derjenige, der sie braucht.«

»Sie sind ein kaltblütiger Zeitgenosse, Frater Andrew.«

»Ein Arzt muss kaltblütig sein, sonst kann er seiner Aufgabe nicht gerecht werden.«

»Na gut, kommen wir zu etwas anderem. Ich nehme an, es ist kein großes Geheimnis, dass Sie Frater Sidney Transfusionen verabreichen. Hat niemand Ihr Tun in Frage gestellt?«

»Warum sollte man? Die Medizin ist eine andere Welt. Es besteht kein Grund für jemand da oben auf dem Berg, sich darüber zu wundern, dass Frater John und ich Blut vorrätig halten. Hinzu kommt, solange die Menschen gesund sind, achten sie nicht auf ihre Ärzte.«

»Dann sagen Sie mir, wie bringen Sie die Konserven da rauf?« Rick hob die Hand. »Ich will Sie nicht über Ihre Quelle ausquetschen, ich möchte nur wissen, ob jemand Sie begleitet.«

»Frater John natürlich, wenn wir beide entbehrlich sind. Frater Thomas hat mich gelegentlich begleitet, dann haben wir alles besorgt, was er brauchte, und zum Schluss das Blut abgeholt. Er ist im Auto geblieben, ich bin schnell hineingelaufen und habe den Behälter geholt. Es ist ein blauer Behälter, der Trockeneis enthält. Aber auch hier bin ich überzeugt, dass Sie das wissen, weil Ihre Nachforschungen Ihnen gesagt haben müssen, wie schnell warmes Hämoglobin verderben kann.«

»Ja. Sonst noch jemand?«

»Ah, nein.«

»Denken Sie nach. Haben Sie mal jemanden Blut abholen geschickt, ohne dass Sie oder Frater John dabei waren?«

»Nie.«

»Hat niemand anders Sie mal begleitet?«

»Nein. Nur Frater Thomas.«

»Hätte Frater Thomas jemals Grund gehabt, eine Blutkonserve zu stehlen?«

»Nein.« Frater Andrew zuckte mit den Schultern. »Ich kann mir keinen Grund denken.«

»Aber ich, wenn die heilige Jungfrau Maria blutige Tränen weint.«

Das verschlug Bruder Andrew für einen Augenblick den Atem. »Guter Gott!«

»Scheint mir einleuchtend. Und es sollte Ihnen eigentlich auch einleuchten. Ihre überraschte Reaktion überzeugt mich nicht, oder lassen Sie es mich so sagen, es ist gut, dass Sie Arzt und nicht Schauspieler geworden sind.«

»Ich verwahre mich dagegen.«

»Das war zu erwarten.« Rick lächelte. »Sie geben zu, dass Sie gegen das Gesetz verstoßen, indem Sie Blut vorrätig halten und Transfusionen verabreichen?«

»Ja«, lautete die knappe Antwort.

»Schön, wenn Sie bereit sind, auf einem Gebiet das Gesetz zu beugen, dann, denke ich, werden Sie es auch auf einem anderen Gebiet beugen oder brechen.«

»Sheriff Shaw, ich bemühe mich, nicht vom Weg abzuweichen. Aber manchmal muss ich gegen Vorschriften verstoßen.«

Hierauf schwiegen sie eine Weile. Schließlich sagte Rick: »Ich verhafte Sie wegen Mordes an Frater Thomas. Sie haben das Recht auf einen Anwalt.«

»Ja, aber ich weiß nicht, wohin ich mich wenden soll. Und ich darf nur einmal telefonieren, oder?«

»Machen Sie sich darüber keine Sorgen.« Rick rieb sich die Stirn. »Der Staat ernennt einen Anwalt, wenn Sie keinen haben. Oder Sie können jemanden anrufen, dem Sie vertrauen, damit er Ihnen einen besorgt. Ich nehme das mit dem einen Anruf nicht so genau. Ihre Situation ist einzigartig, weil Sie sich größtenteils von der Welt zurückgezogen haben. Vielleicht haben Sie mal jemanden behandelt, dem Sie vertrauen.«

»Ich vertraue Ned Tucker.«

»Warum Ned?«

»Wegen Frater Thomas. Susan hat ihn von Zeit zu Zeit besucht. Frater Thomas hatte sie sehr gern, und er hielt große Stücke auf Ned.«

»Hmm. Sie können es versuchen. Er könnte ablehnen, weil Sie beschuldigt sind, den Großonkel seiner Frau ermordet zu haben.«

»Werden Sie mich einsperren?«

»Ja.«

Das Unbehagen stand Frater Andrew ins Gesicht geschrieben. »Ich verstehe. Werde ich mit anderen Männern in einer Zelle sein?«

»Nein. Ich stecke Sie in eine eigene Zelle. Aber denken Sie daran, Jesus starb mit Verbrechern. Ich denke, das Zusammensein mit Delinquenten wäre eine gute Gelegenheit für Sie, christliche Nächstenliebe zu üben.«

Frater Andrew ließ einen Augenblick den Kopf hängen, dann sah er auf. »Ich will mein Bestes tun, aber ich wünschte, Sie würden mich nicht einsperren.«

»Frater Andrew, Sie sind bislang mein Hauptverdächtiger.« Rick senkte die Stimme. »Und wenn Sie Frater Thomas und Nordy Elliott nicht getötet haben, könnte das Gefängnis Ihnen das Leben retten.«

35

Wir können's ja nicht lassen, dass wir nicht reden sollten, was wir gesehen und gehört haben«, zitierte Miranda aus der Apostelgeschichte, Kapitel vier, Vers zwanzig.

»Miranda, was habe ich gesehen?« Harry beugte sich über Mirandas großen Esszimmertisch, auf dem Miranda die Pläne für die Umgestaltung ihres Gartens und die Blaupausen für ein Gartenhäuschen ausgebreitet hatte. »Hey, Sie haben fließendes Wasser, schräge Fensterscheiben, um Zwiebeln und Knollen zu ziehen, gestaffelte Regale, sogar längliche Becken zum Eintopfen, Wässern und Umpflanzen. Sie haben an alles gedacht.«

»Tazio war mir eine große Hilfe. Die junge Frau hat ein unglaubliches Denkvermögen; sie kann sich Sachen dreidimensional vorstellen.«

»Deswegen ist sie auch Architektin geworden.« Harry bewunderte die Schindelkonstruktion mit einer kleinen Wetterfahne auf dem Dach. »Was für eine Wetterfahne wollen Sie kaufen?«

»Darüber muss ich noch nachdenken.« Miranda stemmte die Hände in die Hüften. »Dies ist ein lebenslanger Traum von mir. Harry, ich bin so aufgeregt.«

»Sie haben es verdient. Ich kann gut mit Hammer und Nägeln umgehen, wie Sie wissen.«

»Ich werde darauf zurückkommen.« Miranda umarmte sie.

»Jetzt zu diesem Zitat vom Sehen und Hören. Damit ist Bezeugen gemeint, oder?«

»Ja, aber bezeugen ist nicht so sehr reden als vielmehr nach Gottes Wort leben. Man bekundet Zeugnis, legt Zeugnis ab, beredet es nicht.«

»Verstehe, aber Herb hat etwas zu mir gesagt, was mir nicht aus dem Kopf geht. Es ist die Sache mit den Augen. Die Tränen, Nordys Tod. Ich weiß nicht, ich bin auf Augen fixiert, und Herb hat gesagt, ›was tun Augen anderes als bezeugen?‹«

»Das ist rein akademisch, Harry. Frater Andrew ist in Untersuchungshaft.«

»Indizienbeweis, sage ich. Solange wir nicht wissen, warum, lassen Sie es mich so ausdrücken: Auch wenn Rick genug für eine Überführung in der Hand hat, kann ich nicht ruhen, bis ich weiß, warum.«

»Das ist die Hepworth in Ihnen.« Miranda sprach von Harrys Familie mütterlicherseits. »Neugierig wie die Katzen, alle miteinander. Deswegen hat Ihre Mutter sich so viel in der Bibliothek aufgehalten. Es hat sie davor bewahrt, sich einzumischen, aber sie hat ihre Wissbegierde befriedigt.«

»Das ist eine nette Art zu sagen, dass ich neugierig bin.«

Die ältere Frau lächelte. »Sie sind großartig, so wie Sie sind. Es ist kein Fehler, wissbegierig zu sein.«

»Untersteh dich!«, herrschte Harry Mrs. Murphy an, die mit dem Hinterteil wackelte und ansetzte, auf den Tisch zu springen. »Pfotenabdrücke auf Ihren Plänen.«

»Spielverderberin«, klagte Mrs. Murphy, sprang aber nicht hinauf.

»Sie wird brummig, wenn sie in einer Sackgasse landet«, bemerkte Pewter.

»Das macht mir Sorgen. Und wenn es wirklich eine Sackgasse ist, nämlich zu Ende? Ein Mann ist im Gefängnis. Sie sollte es dabei bewenden lassen.«

»Wenn sie aufhört, herumzuschnüffeln, dann wissen wir, dass sie bereit ist zu sterben. Sie wäre nicht sie selbst.« Die Tigerkatze schlenderte in die Küche, die anderen hinterdrein.

»Geben Sie mir noch ein Beispiel für Bezeugen.«

Miranda strich sich mit dem Zeigefinger übers Kinn, dann zitierte sie: »So sind wir nun Botschafter an Christi Statt, denn

Gott vermahnt durch uns; so bitten wir nun an Christi Statt: Lasset euch versöhnen mit Gott!«

»Neues Testament, ja?«

»Zweiter Brief an die Korinther, Kapitel fünf, Vers zwanzig. Wir werden nicht so sehr gebeten, herumzugehen und zu predigen, als vielmehr beauftragt, nach Christi Lehre zu leben. Freilich, einige sind berufen. Sie gehen hin und predigen. Ich könnte das nicht.«

»Warum nicht?«

»Mir ist bange davor, in der Öffentlichkeit zu reden.« Sie lachte.

Die Tür flog auf, Susan stürmte fuchsteufelswild herein, wedelte mit einer teuren Angelrute in ihrer Hand. »Wieder ein Geheimnis gelüftet! Ich bring ihn um. Er hat mir versprochen, die Angel nicht zu kaufen. Ich knausere, um das Haus innen streichen zu lassen. Wisst ihr, was die Angel kostet?« Sie beantwortete ihre Frage selbst: »Tausend Dollar. Kein Fisch im James River ist tausend Dollar wert. Ich erwürge ihn!«

Harry machte ihren großen Mund auf. »Susan, die hatte er bereits im Sommer.«

»Hoppla«, sagte Mrs. Murphy in der Küche kichernd und drehte sich auf den Pfoten um, damit sie das Schauspiel besser sehen konnte.

»Susan braucht unbedingt einen Drink. Sie ist überlastet«, empfahl die verständige Pewter.

»Du hast es gewusst!« Susan riss die Augen weit auf. »Du hast es gewusst und hast es mir nicht gesagt. Dich sollte ich auch erwürgen.«

»Moment mal, Susan ...«

Susan warf die Angelrute auf den Tisch, bemerkte, dass sie auf Blaupausen und Pläne fiel, und hob sie schnell wieder auf. »Entschuldigen Sie, Miranda.«

»Mädels, ein Sherry am späten Nachmittag würde nicht schaden.«

»Gott sei Dank.« Pewter rieb sich an Mirandas Beinen.

»Danke, ich nehme einen Baseballschläger.« In Susans Augen loderte es.

»Ach komm, Suz. Trink was. Setz dich. Ich kann es erklären, wirklich.«

Sie setzten sich ins Wohnzimmer, Miranda reichte jeder ein Glas Sherry. Harry trank gewöhnlich keinen Alkohol, aber ein Schlückchen Sherry an einem kalten Tag kann etwas Wärme spenden.

»Sie zwei klären das, und ich bringe Hörnchen und Tee. Heißer Tee mit Sherry wirkt Wunder.«

Während Miranda sich in der Küche zu schaffen machte – die Tiere blieben bei ihr, weil sie ihnen Leckereien zuwarf –, legte Harry los: »Es ist nämlich so: Herb hat sich die neue Rute und die Angelrolle geliehen. Er hat letzten Sommer mit Ned gewettet, ich weiß nicht mehr, worum es ging, und er hat gewonnen, deswegen durfte er Neds phantastische Rute und Rolle mit nach Monterey zu einer Angeltour auf dem Jackson River nehmen. Ned hatte Angst vor deinem Zorn, darum hat Herb Rute und Rolle bei sich zu Hause aufbewahrt. Ned hat sie sich wohl wieder geholt. Wo hast du sie gefunden?«

»Hinten in seinem Kleiderschrank. Ich gehe da selten ran, aber ich wollte eins von seinen Brooks-Brothers-Hemden. Wie konntest du das vor mir geheim halten?«

»Jeder Mensch braucht seine Geheimnisse. Ich fand es vollkommen harmlos. Und ist es nicht besser, dies zu wissen, als zu denken, er hat eine Affäre?«

»Die könnte er trotzdem haben.«

»Vermutlich hat er wegen der Angel ein schlechtes Gewissen. Er weiß, wie gern du die Zimmer streichen lassen möchtest. Das kostet viel Geld.«

»Für nur zwei Zimmer siebentausend Dollar.« Susan ließ sich tief in den Sessel sinken. »Das ganze Haus hat es nötig. Ich könnte es vielleicht selbst versuchen, aber ich finde Anstreichen einfach grässlich. Von den Ausdünstungen wird mir schwindlig. Und wir haben gerade das viele Geld für die Wohnung in Richmond ausgegeben. Wie konnte er nur!«

»Hör mal, ich arbeite nicht. Es ist Winter, also gibt es keine Ernte einzubringen. Ich mache das für dich. Nimm es als mein Weihnachtsgeschenk. Du kaufst die Farbe. Ich mache die Arbeit.«

Susan brach in Tränen aus, stand auf, schlang die Arme um Harry. »Ich liebe dich!«

Die überraschte Harry umarmte Susan, wofür sie aber aufstehen musste. Susan war so überwältigt, dass sie beide wieder in den Sessel fielen. Just da kam Miranda herein.

»Tut euch bloß nicht gegenseitig was an!«

Susan, der die Tränen über die Wangen liefen, löste sich von Harry, die in den großen Sessel gezwängt war. »Wir sind umgefallen. Ehrlich, Miranda, ich hab ihr nichts getan.«

»Kindchen, was ist passiert?«

»Harry streicht mein Haus innen, als Weihnachtsgeschenk.« Susan fing wieder an zu heulen.

»So ein tolles Geschenk. Das ist das schönste Weihnachtsgeschenk aller Zeiten.« Miranda legte ihren Arm um Susans Taille. »Jetzt setzen Sie sich mal hin. Ich serviere Hörnchen und Tee, während Sie Ihren Sherry trinken.« Als Susan sich gesetzt hatte, holte Miranda das große Tablett und stellte es auf den zierlichen alten Couchtisch. »Herzchen, Sie haben ziemlich viel durchgemacht. Sie hatten solche Sorgen wegen Ned, und Sie haben Thomas geliebt. Es war eine sehr schwere Zeit. Es liegt in Gottes Hand. Jetzt entspannen Sie sich, und genießen wir es, dass wir zusammen sind.« Dann bediente sie Harry, und Harry musste Pewter wegscheuchen, die sich nach der dicken Sahne verzehrte.

»Wenn ich bettele wie George Packard, der langhaarige Rotscheckige, meint ihr, dass sie mir dann Sahne gibt?« Pewter sprach von einem Kater, der Hunde nachmachte.

»Da.« Miranda stellte ein Schälchen mit der fetten Sahne auf den Boden; Pewters neuer Trick hatte gewirkt.

»Wenn sie noch dicker wird, muss ich ihr so einen Autositz für Kinder kaufen, in dem man sie anschnallt.« Harry lachte über ihre Katze, deren dunkelgraue Schnurrhaare jetzt mit Sahne überzogen waren.

Mrs. Murphy steckte ihr Gesicht auch in das Schüsselchen, Tucker begnügte sich mit einem großen Hundeknochen.

»Ich hab heute Morgen mit Coop gesprochen«, sagte Susan. »Andrew hat nicht gestanden.«

»Das überrascht mich nicht«, erklärte Harry.

»Man sollte meinen, ein Mönch sagt die Wahrheit.« Susan fand, das Hörnchen mit den kleinen Korinthen drin war das Leckerste, was sie je gegessen hatte.

»Vermutlich gab es deswegen bei den diversen Orden im Laufe der Jahrhunderte immer wieder Säuberungsperioden. Sie werden korrupt.« Harry brach ein Hörnchen durch, aus dem Inneren stiegen Duft und Wärme hoch.

»Die Frage ist doch, Susan, sind Sie zufriedengestellt? Finden Sie, der Gerechtigkeit ist Genüge getan?« Miranda kam direkt zur Sache.

»Ich weiß nicht. Ich hab Harry kurz nach Thanksgiving gesagt, dass ich so eine komische Vorahnung habe. Die habe ich immer noch.«

»Wir müssen die Jungfrau Maria ganz genau abtasten.«

»Bei den vielen betenden Menschen?« Susans Augenbrauen schnellten in die Höhe. »Das geht nicht, und nachts geht es auch nicht. Außerdem schneit es auf den Bergen wieder. Wenn an ihr herumgepfuscht wurde, wirst du es im Schnee nicht entdecken.«

»Wenn an ihr rumgepfuscht wurde, dann durch die Mitte, eine Leitung, die von unter der Erde nach oben geführt wird. Die werden wir nicht sehen. Ich wollte, wir hätten so ein Dings, das Wärme anzeigt. Wenn die Leitung mit Thermoband umwickelt ist, würden wir es merken.«

»Gott, so was ist mir nie in den Sinn gekommen.« Susan war entsetzt.

»Die Leitung muss irgendwie warm gehalten werden, sonst platzt sie.« Harry kaute, hielt inne, sagte dann: »Außer, die Leitung wird jeden Abend entleert.«

»Das ist mal eine Idee. Wenn die Leitung weit genug von der Statue entfernt rauskommt, könnte jemand hinschleichen und sie entleeren. Aber sie wäre trotzdem unterm Schnee, was denkst du?«, überlegte Susan.

Harry stand auf, holte Mirandas Pläne und legte sie auf den Couchtisch. »Seht ihr, wie Tazio die Wasserleitungen angeordnet hat?«

Miranda und Susan betrachteten das Gartenhaus. »Ja«, antworteten sie gleichzeitig.

»Bei Miranda werden poröse Rohre installiert. Sie braucht für ihren Garten nichts weiter zu tun, als den Hahn aufzudrehen und mit einer Zeitschaltung zu koppeln. Sie braucht ihn nicht zuzudrehen, falls sie es vergisst oder mit was anderem beschäftigt ist. Die Rohre werden entleert. Angenommen, dies ist ein poröses Rohr, mit den kleinen Löchern, damit es sich entleert, aber die normale Wasserleitung in das Gartenhaus ist ein übliches Kupferrohr. Das Rohr wird oberhalb der Frostgrenze mit PVC umhüllt, und zwischen dem PVC und dem Kupfer bekommt es eine widerstandsfähige Isolierung, die sich nicht ausdehnt, wenn sie nass wird. Die Isolierung geht bis in das Gartenhaus, drum frieren diese Rohre theoretisch nie zu. Und das Gartenhaus ist beheizt. Nun hat sie die Rohre aber nicht zum Entleeren vorgesehen, weil es unnötig sein dürfte, aber wenn sie wollte, könnte sie hier eine kleine Entleerungswanne montieren, ein Ablaufrohr installieren und es nachts, wenn es kalt ist, entleeren. Versteht ihr?«

»Sie hat's geschnallt«, stellte Mrs. Murphy voll Bewunderung fest.

»Wenn die Jungfrau Maria manipuliert ist«, sagte Miranda kopfschüttelnd, »wer hätte das tun können, ohne auf sich aufmerksam zu machen?«

»Frater Thomas«, antwortete Harry. »Er war der Einzige, der die notwendigen Kenntnisse hatte.«

»O Gott.« Susan ließ sich schwerfällig zurückfallen.

»Und er hat sie letzten Sommer restauriert.«

»Mit Frater Marks Hilfe. Das denke ich zumindest. Frater Mark war sein Lehrling.«

»Mädels, ich kann es einfach nicht glauben, nicht eine Sekunde lang, dass Thomas sich so weit erniedrigt haben würde, ein falsches Wunder zu schaffen.« Miranda wurde vor Erregung ganz rot im Gesicht.

36

Zermürbt von Befragungen, von Zorn und Gram unter den Mönchen sowie von dem Andrang der Menschen, die am Sockel der Marienstatue beteten, hatte Prior Handle das Gefühl, dass seine geistigen Kräfte schwanden. dass seine Beherrschung schwand, wusste er, aber er musste ein und dieselbe Frage, ein und dieselbe Mitteilung zwei-, dreimal durchdenken, ehe sie sich in seinem Kopf festsetzte. Er hatte nie besonders tief geschlafen, jetzt aber lag er mit weit geöffneten Augen wach.

Es waren erst wenige Tage vergangen, seit er von Frater Thomas' Ableben verständigt worden war, aber ihm kam es wie Wochen vor, da sich in diesen Tagen so viel zusammengeballt hatte. Von Rick gelöchert, auf freundlichere Weise von Deputy Cooper befragt, bewogen ihn die steinernen Mienen der Mönche, darüber nachzudenken, ob er von seinem Amt zurücktreten sollte. Einerseits würde er den Weg für einen energischeren Prior feimachen, andererseits würde es so aussehen, als liefe er vor Schwierigkeiten davon. So bedrückt er war, er beschloss, es durchzustehen. Er erzählte niemandem von seinem inneren Ringen. Selbst wenn er gedacht hätte, dass jemand bereitwillig zuhören würde, hätte er seine Qualen nicht preisgegeben.

»Ich weiß, ich bin jetzt schon zum zweiten Mal hier« – Prior Handle stand mitten im Untersuchungszimmer des Krankenreviers, »aber zeig es mir noch einmal.«

»Das Morphium?« Frater John hob die buschigen Augenbrauen.

»Den Vorgang. Zeig mir den gesamten Vorgang.«

Geduldig trat Frater John an den großen Vorratsschrank, der Prior stellte sich dicht hinter ihn. »Hier wird alles aufbewahrt. Wie ich schon sagte, Medikamente, Spritzen, Verbandszeug, alles, was wir brauchen, ist hier drin. Die chirurgischen Instrumente im Untersuchungszimmer liegen in einer verschlossenen Schublade. Wenn Andrew oder ich sie brauchen, legen wir sie auf das Edelstahltablett. Natürlich alles sterilisiert.«

Der Prior wies auf ein weißes Metallschränkchen, dessen Schloss in den Griff eingelassen war. »Es ist da drin.«

»Ja.« Frater John zog einen Schlüssel von einer Kette, die er um den Hals trug. »Nur Andrew und ich haben einen Schlüssel.«

Handle kniete sich hin und betrachtete das Schloss, während John es vorsichtig öffnete, damit er ihm nicht die Tür ins Gesicht schlug. »Ein geschickter Mensch könnte das Schloß knacken.«

»Ja, einem, der äußerst geschickt ist, könnte es gelingen.« Frater John deutete auf die Flaschen, die meisten waren dunkelbraun mit weißen Etiketten; ein paar steckten in weißen Schachteln.

»Das Morphium ist deutlich gekennzeichnet. Mmm, Grippespritzen.«

»Bist du schon geimpft? Ich habe dir die Spritze nicht gegeben. Hat Andrew dich geimpft?«

»Nein, aber …«

»Handle, du musst gegen Grippe geimpft werden. Es ist höchste Zeit. Dies wird ein schlimmes Jahr.«

»Das können wir morgen machen.«

»Heute. Ein kleiner Piks und fertig.«

Der Prior ergab sich in sein Schicksal und setzte sich auf den Holzstuhl. »Bringen wir's hinter uns. Ich kann so was nicht ausstehen.«

»Kennst du jemand, der sich gerne impfen lässt?«

»Nein.«

Frater John nahm die Flasche heraus. Mit dem Daumen schnippte er den harten Plastikdeckel ab. Er streifte die durchsichtige Plastikschutzkappe von der dünnen Nadel, steckte die Spitze in das Gummi, drehte mit der linken Hand die Flasche auf den Kopf, saugte durch Zurückziehen des Spritzenkolbens das flüssige Serum heraus. »Ganz einfach. Jeder kann Flüssigkeit aus einer Flasche ziehen. Andrew ist in Haft, weil er die fehlende Flasche nicht gemeldet hat, aber man braucht keine Spezialkenntnisse, um eine Spritze zu benutzen. Die Polizei nimmt ihn zu hart ins Gebet.« Er prüfte die Miligramm-Striche auf der Skala, drehte die Flasche um und zog die Nadel heraus. Er träufelte Alkohol auf einen Tupfer und rieb Handles linken Trizeps damit ein. Schnurgerade führte er rasch die Nadel ein, drückte mit dem Daumen auf den Kolben, zog die Nadel heraus, drückte den Tupfer auf die Einstichstelle. »Du wirst es überleben.«

»Ich weiß nicht recht«, stöhnte der Prior pessimistisch.

»Eine Grippeimpfung bringt dich nicht um.«

»Wegen der Grippeimpfung mache ich mir keine Sorgen.«

»Ich verstehe. Wir alle machen uns Sorgen.«

Handle beugte sich vor. »Bei welcher Temperatur gefriert Blut?«

»Bei unter null Grad. Deswegen trennt man Blut und Plasma; Wasser und Minerale gefrieren früher als das eigentliche Blut.«

»Wer würde Blut stehlen?«, fragte der Prior.

»Niemand. Es verdirbt rasch. Es wäre untauglich für medizinische Zwecke.« Frater John breitete die Hände aus, die Handflächen nach oben. »Das Blut wird rasch unbrauchbar, es sei denn, der Dieb wäre Arzt oder Krankenschwester. Ich sehe keinen Grund, weshalb jemand Blut stehlen sollte.«

»Zählt ihr die Blutkonserven nicht täglich?« Handle sah John eindringlich an.

»Nein. Andrew und ich zählen sie, aber nicht täglich.«

»Habt ihr mal welche vermisst?«

»Nein.« Frater John machte die Kühlschranktür zu. »Halt. Doch. Im September.«

»Wie kam das?«

»Thomas und Andrew haben einen Behälter mit Blut abgeholt – du kennst die blauen Behälter mit Trockeneis. Sie haben das Auto hier oben geparkt, und dann konnten sie das Blut nicht finden.«

»Den Behälter.«

»Der Behälter war im Wagen.«

»Verstehe.«

»Jetzt haben wir Dezember. Was hat das mit der furchtbaren Situation zu tun – Andrew steht unter Verdacht, aber ich sehe nicht, was Blut damit zu tun hat, und ich glaube auch nicht, dass Andrew Thomas getötet hat. Das ist absurd.« Frater John reckte das Kinn.

»Ich weiß nicht mehr, was ich denken soll. Ich weiß aber, dass ein Kran nötig war, um Maria wieder auf ihren Sockel zu hieven, und das war Mitte September.« Der Prior hob die Stimme. »Wer, wenn nicht Andrew? *Wer*?«

Frater John trat zu dem Prior. »Wir leben hier eng zusammen, Handle, aber wir wissen in vielen Dingen nichts voneinander. Es kann einer sein ganzes Leben hier verbringen, und die anderen kennen nur sein Naturell und seine Gewohnheiten. Wer kann sagen, wie oder warum?«

»Du bist wahrhaft kaltblütig, entschuldige, sollte kein Witz sein.«

»Ich bin Wissenschaftler. Ein Arzt ist ein Wissenschaftler. Wenn ich kühl und sachlich bin, kann ich schneller helfen, als wenn ich emotional beteiligt bin.« Frater John notierte sich im Geiste, dass Handle nichts davon wusste, dass Ärzte in ihrer Praxis keine Blutkonserven vorrätig halten durften. Er fragte sich, wie lange es dauern mochte, bis der Prior Ärzten außerhalb des Klosters Fragen stellen und erfahren würde, was Frater John als notwendige Vorschriftswidrigkeit ansah.

Frater Mark kam ins Krankenrevier gerannt. »Prior!«, rief er.

»Wenn man von Emotionen spricht«, sagte Handle mürrisch.

Mark lief zu der offenen Tür. »Handle, der große Heizkessel ist kaputt.«

»Dann reparier ihn.«

»Ich weiß nicht, ob ich das kann.«

»Du bist Thomas die ganze Zeit zur Hand gegangen und kannst den Heizkessel nicht reparieren?« Der Prior hob entrüstet die Hände.

»Mir fehlt seine Begabung«, wandte Frater Mark ein.

»Dann sieh schleunigst zu, wo du sie herkriegst; denn ich denke nicht daran, j. g. cohen zu holen.«

»Das ist eine Elektrofirma«, korrigierte Frater John leise.

»Wie auch immer«, wütete der Prior, »ich hole keinen Installateur. Eine verdammte Horde Diebe. Die Sorte, gegen die der heilige Paulus gewettert hat.«

»Davon abgesehen, draußen sind es minus sieben Grad«, bemerkte Frater John lakonisch.

Der Prior zischte Frater Mark an: »Versteht sonst niemand hier was von Installation?«

»Prescott kennt sich ein bisschen mit dem Heizkessel aus. Er war im Sommer dabei, als wir den Kessel und alle Heizkörper entleert und dann den Druck wieder richtig eingestellt haben.«

»Dann hol ihn!«, brüllte der Prior.

»Ja, aber«, Frater Marks Stimme zitterte, »wenn ich den Kessel nicht reparieren kann, musst du sofort einen Installateur holen, denn wenn die Heizkörper einfrieren, explodieren sie. Ein großes Metallstück könnte jemanden töten.«

Das brachte Handle zur Besinnung. »Wir gehen jetzt alle in den Untergrund. Du auch, John.«

In dem höhlenartigen Keller angekommen, stiegen sie noch einmal einen guten Meter tiefer zu dem gewaltigen Eisenkessel, der 1914 gebaut und im selben Jahr installiert worden war. Er wurde noch mit Kohle beheizt, der Riesenhaufen Anthrazit mit der Schaufel daneben lag nahe der offenen Kesseltür.

Ein Wasserstandsmesser – ein durchsichtiges dreißig Zentimeter langes Rohr an Eisenscharnieren – war neben dem Kessel angebracht, aber weit genug von dem Eisen entfernt, damit man sich beim Ablesen nicht verbrannte. Der Druckmesser, so groß wie eine Bahnhofsuhr, war an einem Rohr befestigt, das direkt aus dem Kessel kam.

»Der Druck fällt rapide.« Frater Prescott, den Mark gerufen hatte, stellte fest, was offensichtlich war.

»Der Kessel ist bis obenhin voll Kohle. Ich habe sie selbst reingeschippt«, sagte Frater Mark, dessen rußige Hände es bewiesen.

»Du musst wissen«, meinte Frater Prescott zu dem Prior, »die meisten, die heute leben, haben so eine Heizung noch niemals gesehen, einen so riesigen Kessel. Thomas hat als Junge an solchen Sachen gearbeitet. Wenn du einen Installateur holst, wird vermutlich jeder, der hierher kommt, überfordert sein. Er wird dir bloß raten, den Kessel durch einen modernen oder durch Wärmepumpen zu ersetzen.«

»Das weiß ich!«, blaffte Handle ihn an.

»Ich kann mir höchstens denken, dass ein Wasserrohr undicht oder geplatzt ist. Hier ist alles in Ordnung«, erklärte Frater Mark.

»Du bist der Kleinste, du musst in den Kriechgang. Es muss hier unten sein«, erklärte Frater Prescott. »Wenn in der Küche oder in den Badezimmern ein Rohr geplatzt wäre, hätten wir es gemerkt. Alles wäre voller Wasser.«

»Hier.« Frater John gab dem jungen Mann eine starke Taschenlampe, dann half er ihm, sich in den Kriechgang zu zwängen, ein Gewirr aus Rohren.

Frater Mark rutschte durch die kalte Unterwelt des Klosters. Spinnweben blieben an seiner Kutte hängen. Die Kutte war hinderlich. Gelegentlich glotzte ihn eine Ratte an und huschte davon. Schließlich fand er die undichte Stelle an einem U-Rohr, wo die Rohre zum Wohntrakt des Gebäudes abgingen. Er stand bäuchlings im Wasser.

Er musste rückwärts wieder herauskriechen, dabei stieß er sich den Kopf.

Frater Prescott packte seine Füße, als sie aus dem Kriechgang lugten.

Der rußverschmierte Frater Mark verkündete: »Ich hab's gefunden. Ich brauche ein neues U-Rohr, einen Schraubenschlüssel und Schmiere. Wir müssen den Hauptwasserhahn abdrehen. Ich kann es in einer Stunde reparieren, in noch kürzerer Zeit, wenn einer von euch mit mir kommt, die Lampe hält und mir das Werkzeug reicht.«

»Ich stelle den Haupthahn ab«, erbot sich Frater John.

»Prescott, du gehst mit Mark da rein«, ordnete der Prior an. »Das muss so schnell wie möglich repariert werden.«

Wortlos ging Frater Prescott zu einem Korridor, der im rechten Winkel von dem großen Raum abzweigte. Thomas hatte dort alles für die Heizung Notwendige aufbewahrt. »Das U-Rohr, welche Größe?«, rief er.

»Ich hole es.« Der triefende Frater Mark eilte zu ihm.

»John«, sagte der Prior zu dem Arzt, »du bleibst am besten hier unten, um ihnen zu helfen und sie rauszuziehen. Dann bist du auch gleich zur Stelle, falls einer sich da drin verletzen sollte. Sicher ist sicher.«

»In Ordnung.«

Darauf schritt der Prior hinaus und überließ sie ihrem Schicksal. Er ging in sein Arbeitszimmer, zog einen Mantel über, nahm eine kleine Hochleistungstaschenlampe von seinem Schreibtisch. Eine Pumpe war in der Schmiede, eine hinter dem Gewächshaus, die auch den Garten bediente, eine weitere in einem kleinen Gebäude hinter der Kerzenzieherei.

Obgleich er weder Installateur noch handwerklich besonders geschickt war, kannte er sich mit dem Grundsätzlichen aus. Er konnte ein schadhaftes Rohr, einen abgenutzten Schlauch erkennen. Er konnte einen Druckmesser so gut ablesen wie jeder andere. Er wollte trotz der Kälte nach draußen, und er wollte allein sein. Alles noch einmal genau zu kontrollieren gab ihm einen Grund, nach draußen zu gehen, aber eigentlich brauchte er gar keinen Grund.

In der Kerzenzieherei war alles in Ordnung, in der Schmiede ebenso. Sein letztes und am weitesten vom Kloster abgelegenes Ziel war das Pumpenhaus hinter dem Gewächshaus. Obwohl er hundert Meter entfernt und oben auf dem Kamm war, konnte er die Menschen beten und singen hören.

Mit verkniffener Miene trat er gebückt in das Pumpenhaus, das zweieinhalb mal einsachtzig Meter maß und zwei Meter hoch war. Die Pumpe, die moderner war als die im Kloster, versorgte die Berieselungsanlage im Gewächshaus und das Bewässerungssystem draußen. Als der Garten größer wurde, hatten die Mönche es aufgegeben, Eimer zu den vielen Pflanzen und Sträuchern zu schleppen.

Die nackte, 150 Watt starke Glühbirne an der Decke gab gutes Licht. Ein Ölofen brannte, um zu verhindern, dass die Rohre zufroren. Der Ölgeruch machte Handle benommen. Er knipste die Taschenlampe an, prüfte Messgerät, Skala, Rohre. Dann ließ er sich fluchend auf Hände und Knie nieder, um die Rohre zu prüfen, die nach draußen und unter die Erde führten. Hinter der Pumpe fiel ihm ein schmales Kupferrohr ins Auge. Es steckte hinter einem dicken Rohr. Das Kupferrohr hatte einen frischen schwarzen Anstrich. Er kratzte mit dem Daumennagel daran und wurde mit dem Anblick von glänzendem neuen Kupfer belohnt. Unter diesem Rohr hing ein Metallkasten, der passend zu den Rohren und Wänden des Pumpenhauses schwarz gestrichen war.

»Er hat meine Brüder fern von mir getan, und meine Verwandten sind mir fremd geworden. Meine Nächsten haben sich entzogen, und meine Freunde haben mein vergessen.« Verzagt zitierte Handle aus dem Buch Hiob, Kapitel neunzehn, Verse dreizehn und vierzehn.

Er berührte mit den Fingerspitzen den Kasten, der sich kalt anfühlte. Auch das Rohr war kalt, aber nicht eisig.

Er wusste nicht, wie lange er, unter das größere Rohr gezwängt, dort verweilt hatte. Er blinzelte und schüttelte den Kopf, um ihn klar zu bekommen, rutschte dann rückwärts, bevor er aufstand.

Er flüsterte Hiobs Klage vor sich hin: »Meine Brüder fern von mir.«

37

Susan, die in der großen, mit Perserteppichen ausgelegten Halle stand, schaute fasziniert in die Silberschale von einem Meter Durchmesser, in die alle Einzelheiten eines Sieges beim Jagdrennen eingraviert waren, den Mims Großvater Angus Urquhart errungen hatte.

»Ma'am.« Der kleine livrierte Herr hinter der Schale hielt einen silbernen Becher in die Höhe, die lange, anmutig gebogene Kelle hatte er in der rechten Hand.

»Hank, ich kann mich nicht daran gewöhnen, Sie in Livree zu sehen.«

»Mizz Big« – er nannte Big Mim mit dem Spitznamen, den ihr Personal benutzte – »macht alles tiptop. Wie gefällt Ihnen Gretchen in ihrem Aufzug?«

Gretchen, Big Mims rechte Hand, die Frau, die den Haushalt in Dalmally schmiss, trug eine Morgenhaube zu einem tief ausgeschnittenen dunkelbraunen Kleid à la achtzehntes Jahrhundert. Darüber hatte sie eine gestärkte, strahlend weiße

Schürze. Mitte des achtzehnten Jahrhunderts war es nicht unüblich, dass gut angezogene Frauen eine Schürze über dem Rock trugen. Sie schützte das Kleid, wenn die Frauen servierten oder Schmutzarbeit verrichteten. Zum Essen oder Tanzen banden sie die Schürze ab. Was die Dame des Hauses von den dienstbaren weiblichen Geistern unterschied, war nicht so sehr die Kleidung, denn ein wohlhabendes Haus staffierte das Personal mit großer Sorgfalt und großem Aufwand aus. Die Trennungslinie bei Frauen war der Schmuck.

Mim, die Queen von Crozet, beklagte das Schwinden von Eleganz. Sie zitierte gerne Talleyrand, der gesagt hat, wer die Zeit vor der Revolution nicht mehr erlebt habe, kenne die Süße des Lebens nicht.

Reverend Herb Jones erwiderte, das komme auf die Stellung des Einzelnen an. Ein Aristokrat konnte ein gutes Leben haben, aber er konnte auch verarmen. Ein Kaufmann konnte leben wie ein Fürst, auch wenn er kein Wappen oder etwas Ähnliches führen durfte. Ein tüchtiger Arbeiter konnte die Früchte seiner Arbeit genießen. Und dann gab es die Hunderttausende, die sich plagten, die säten, ohne zu ernten. Was das Leben an Süße bereithielt, fand sich unter den Unterröcken einer Frau, in einer Flasche oder vielleicht an einem sonnigen Tag, wenn ein Bursche ein Goldstück auf der Straße fand.

Hierauf führte Big Mim an, dass das Jahrhundert nicht maßgeblich sei, was die leidenden Massen betreffe. Es werden immer Millionen ganz unten sein. Bei allem, was die Gesellschaften ausgetüftelt haben, bis heute wisse niemand, wie man den Reichtum so verteilt, dass weder die Unternehmer bestraft, die Aristokraten ermordet noch Ressourcen im Krieg verbrannt werden.

Vielleicht hatte sie Recht. Das einundzwanzigste Jahrhundert zeigte keinerlei Anzeichen einer Lösung, obgleich regelmäßig Gleichmachungstendenzen aufflammten.

Als Susan die gigantische Punsch-Schale sah, war sie von der Handwerkskunst sowie der perfekten Gravierung in Schreibschrift tief beeindruckt.

Harry trat neben sie. »Jedes Mal, wenn ich diese Schale sehe, die Mim für ihre extravaganten Feste hervorholt, denke ich, das verdammte Ding muss mehr als hunderttausend Dollar wert sein. Es ist innen vergoldet, du meine Güte.«

Susan warf den Kopf zurück und lachte. »Harry, du bist so berechenbar.«

»Was hab ich denn jetzt schon wieder gemacht?«

»Nichts. Du bist eben du.« Susan nahm Hank den vollen Silberbecher mit einem anerkennenden Nicken ab.

»Mizz Harry?«

»Hank, ich brauche ein Tonic mit Zitrone. Ich hol's mir an der Bar. Eierpunsch kann ich nicht trinken.«

»Hat Jim selbst zusammengemixt. Der erste Becher ist einfach köstlich.« Hanks Augen blitzten. »Nach dem zweiten Becher brüllen Sie wie ein Löwe. Wenn Sie einen dritten trinken, tragen wir Sie mit den Füßen voran hier raus.« Er lachte dröhnend.

»Danke für die Warnung.« Susan sah in ihren Becher; obenauf schwamm ein frischer Minzezweig, der mit einem Hauch Muskatnuß bestreut war. Die Minze hatte Jim als seine persönliche Note hinzugefügt, als er Hank seine Anweisungen gab.

»Und wissen Sie was, Mizz Big hat ihren Orangenblütensud gekocht. Nicht ganz so tödlich.« Hank zwinkerte ihnen zu.

»Danke. Frohe Weihnachten, Hank.«

»Ihnen auch, meine Damen.«

Susan begleitete Harry, die sich zur Bar durchkämpfte, und fragte: »Hast du die Farbe von dem Eierpunsch in der Schale gesehen?«

»Ja.«

»Wohnzimmer. Die Farbe möchte ich fürs Wohnzimmer.«

»Ich dachte, du streichst nur zwei Zimmer, und das Wohnzimmer war nicht dabei.« Harry schlängelte sich um zwei rundliche Gäste, deren Bäuche fast aneinander stießen.

»Ich weiß. Ich lass mich hinreißen. Aber ich bezahle dir was dafür.«

»Sei nicht albern. Ich streiche richtig gerne. Aber ich werde eine große Menge mischen, damit ich kein zweites Mal mischen muss. Das wird nie ganz genauso, ich schwör's. Auf jeden Fall besorge ich genug, dass es auch noch für mein Wohnzimmer reicht. Das kannst du mir dann zu Weihnachten schenken.«

»Dabei komm ich immer noch besser weg.«

»Eigentlich komm ich besser weg, weil ich dich als beste Freundin habe.« Harry lächelte und zeigte ihre ausnehmend weißen Zähne.

Nachdem sie ein großes Tonicwasser mit einer Zitronenscheibe geholt hatten, schoben sich die zwei Freundinnen durchs Wohnzimmer, das festlich in Weiß, Rot und Gold geschmückt war. Rot und Gold waren auch Big Mims Stallfarben.

In diesem Teil der Welt wiesen die Leute, selbst wenn sie nur einen einzigen Morgen Land mit einem einfachen Unterstand besaßen, Stallfarben vor, oft in einem kleinen Viereck auf der Fahrerseite ihres Transporters, ganz gewiss auf dem Hinweisschild zu ihrem Haus. Das machte ein Land, das von der Natur bereits mit Farben gesegnet war, noch bunter. Der Winter begrüßte das Auge mit Weiß, allen Schattierungen von Grau, Mauve, Lila und mit leuchtend roten Beeren vor dunklem, glänzendem Grün. Der Himmel leuchtete rotkehlcheneierblau oder kräftig türkis, das am Abend in Lila, Lachs, alle Töne von Scharlachrot bis Purpur überging.

Das Wohnzimmer, ja sämtliche Räume im Erdgeschoss quollen über von Freunden, Bekannten, etlichen Nichtfreunden und einigen Feinden. Im Alter rangierten sie von ein paar Monaten bis zu Tante Tally, die bald hundert wurde. Der Nettowert reichte von unter zwanzigtausend Dollar jährlich bis zu mehr als sieben Milliarden Dollar. Und es war nicht nur ein Milliardär im Raum. Es waren Leute anwesend, die weder lesen noch schreiben konnten, und andere, die mit Sprache ihren Lebensunterhalt verdienten. Die berauschende, ja erregende Mischung war typisch für eine echte Virginia-Party, und sie war perfekt.

Fast alles, was Big Mim tat, war perfekt. Es behagte ihr zwar nicht, dass sie nicht die Reichste unter den Anwesenden war, aber sie setzte alles daran, die reizendste und eleganteste Gastgeberin zu sein. Ihr legendärer Sinn für Ästhetik kam überall zum Ausdruck, und auf diesem Gebiet hatte sie eine starke

Konkurrenz. Schließlich war man in Virginia. Farben mussten dezent, Möbel aus Edelhölzern handgefertigt sein, Fußböden, oft mehrere hundert Jahre alt, mussten den Schimmer der Patina aufweisen. Wenn das Haus aussah, als hätte man für die Innenausstattung ein Vermögen ausgegeben, war man schon unten durch. Was natürlich den Wettlauf um ein schönes Heim und einladendes Interieur noch viel härter machte. Big Mim lief vorneweg, dicht gefolgt von Alicia, und BoomBoom kam gleich hinterdrein: Sieg, Platz, dritter Platz.

Harry bildete hier tapfer die Nachhut. Aber man schätzte sie, weil sie wusste, was gut war und die Authenzität ihres alten Farmhauses bewahrte. Zudem wussten alle, dass sie nicht das Geld hatte, um mit den anderen mitzuhalten.

Tazio Chappars, die von einer wohlhabenden afro-amerikanischen und einer italienischen Familie in St. Louis abstammte, hatte eine Anpassungszeit durchmachen müssen, als sie nach Albemarle County zog. Als Architektin hatte sie klar umrissene Vorstellungen, was Design betraf, und sie liebte Innenarchitektur, obwohl das nicht ihr eigentlicher Beruf war. Trotzig hatte sie ihr hübsches Schindelhaus minimalistisch eingerichtet. Nach zwei Jahren fand sie es langweilig. Sie ließ sich von Wegdwoodblau-, Hellgrau-, Seetanggrüntönen verlocken. Die sacht geschwungene Rückenlehne eines Sheraton-Sofas war umwerfend. Als ihre zwei Brüder sie besuchten, zogen sie sie auf, mussten aber zugeben, dass Anmut und eine einladende Behaglichkeit Teil ihres Heims und ihres Lebens waren.

Paul de Silva, Big Mims Jagdrennen-Trainer, war ebenfalls ein Teil ihres Lebens. Sie konnten es nicht lassen, sich an den Händen zu berühren, wenn sie sich mit anderen unterhielten. BoomBoom, Alicia, Fair und Ned plauderten mit ihnen, Harry und Susan stießen dazu.

»Wo warst du?«, fragte Ned.

»Hat ewig gedauert, bis ich meinen Eierpunsch hatte.«

Ned spähte in den Silberbecher. »Sieht nicht so aus, als hätte es ewig gedauert, ihn auszutrinken.«

»Ich bleib bei dem einen. Hank hat mich netterweise gewarnt.«

»Jim macht das Gebräu jedes Jahr stärker.« Fair lachte.

»Na, Harry, wann sind Ihre Stuten so weit?«, fragte Paul.

»Mitte Februar.«

»Fair, Sie sollten sich jetzt austoben, denn sobald der Januar da ist, werden Sie alle Hände voll zu tun haben.« Tazio lächelte.

»Jedes Fohlen ist ein Geschenk. Ich werde nie müde, einem neuen Leben beizustehen.« Fair meinte es ernst.

»Ich weiß, dass ihr Wetten auf meine Stute abgeschlossen habt. Wurde sie von Peggy Augustus' Hengst gedeckt, oder hat sie sich wie eine Schlampe mit dem Esel an der Straße eingelassen?« BoomBoom kicherte.

»Das Mädchen hat sich bestimmt gut amüsiert.« Harry kicherte auch.

»Wenn sie mir ein Maultier schenkt, reite ich es auf der Jagd.«

»BoomBoom, das bringst du glatt fertig.« Alicia lachte.

»Darf ich um Ihre Aufmerksamkeit bitten«, rief Jim Sanburne.

Es dauerte ein paar Minuten, aber als die Kapelle sich im Ballsaal aufbaute, waren alle still.

Big Mim stellte sich neben ihren Mann. »Frohe Weihnachten«, begrüßte sie die Gäste.

Jim hob die Arme. Er lächelte übers ganze Gesicht. »Weihnachten freuen Mim und ich uns jedes Mal, Sie bei uns zu haben. Die Urquharts feiern seit 1809 in diesen Räumen Weihnachten. Davor haben sie vermutlich in einer Blockhütte gefeiert.« Er hielt lächelnd inne. »Ich denke gern an frühere Weihnachtsfeiern zurück, ich stelle mir gerne vor, dass die Gäste, die vor uns getanzt haben, bei uns sind. Und ich denke gerne, dass Weihnachten aus jedem von uns das Beste herausholt. Die heutige Weihnachtsfeier ist für meine Frau und mich etwas Besonderes; denn wir freuen uns, die Verlobung unserer Tochter mit Blair Bainbridge bekannt zu geben. Komm her, mein Herz.«

»Daddy«, zierte sich Little Mim, aber Blair nahm sie am Arm und führte sie zu ihrem Vater.

»Auf die zukünftige Verbindung von Marilyn Sanburne der

Zweiten und Blair Bainbridge.« Er hob sein Glas. »Auf die Zukunft.«

Lärm brach aus, die Kapelle stimmte ihre Instrumente, spielte dann »The Virginia Reel« zum Zeichen, dass der Tanz beginnen konnte.

Die Gäste strömten nach vorn, um Blair zu gratulieren und Little Mim alles Gute zu wünschen; Harry, Fair, Susan, Ned, BoomBoom, Alicia, Tazio und Paul reihten sich in die Schlange ein.

Alicia fragte Harry: »Waren Sie auf der Website der Greyfriars?«

»Ja, warum?«

»Uninteressant. Nichts über die Tränen«, antwortete Alicia.

Harry rückte vor, sie hoffte, dass Fair ihr Gespräch nicht mithörte. Er beugte sich hinunter, um Paul zuzuhören, der kleiner war als er – aber das waren die meisten Männer.

Harry wies auf Fair. BoomBoom zwinkerte.

Alicia verstand und flüsterte: »Haben Sie Websites über die Jungfrau Maria besucht?«

»Ja«, sagte Harry.

Susan drängte näher heran, um mitzuhören.

»Ich habe eine gefunden, wo die Statue auf dem Afton erwähnt ist. Die ganze Geschichte ist aufgeführt – die Legende von den Tränen vor dem Ersten und dem Zweiten Weltkrieg. Die Seite berichtet von den heutigen Tränen, und der Webmaster verspricht einem, an der Statue ein Gebet zu sprechen oder, wenn man möchte, einen Rosenkranz zu beten.«

Susan hob die Stimme. »Im Ernst?«

»Susan.« Harry stieß sie an. »Er soll dich doch nicht hören.«

»Harry«, flüsterte BoomBoom, »er war mit dir verheiratet. Er weiß, dass du was vorhast.«

»Er braucht nicht zu wissen, was«, flüsterte sie zurück.

»Der Webmaster – bestimmt ein Pseudonym – nennt sich Bruder Liebe.« Alicia fasste nach BoomBoom, um ihr Gleichgewicht zu halten, als sich eine Gruppe Menschen hinter sie drängte. »Bruder Liebe heimst einen hübschen Batzen ein.«

»Ich weiß«, erklärte Harry. »Cooper weiß es auch. Ich hab

eines Abends rumgesurft und die Seite gefunden. Ich hab Cooper angerufen, aber sie wusste es bereits.«

So wundervoll die Feier war, Harry konnte es nicht erwarten, nach Hause zu kommen. Fair kam mit ihr, und es blieb ihr nichts anderes übrig, als ihn auch vor den Computer zu setzen.

Schweigend las er alles.

Als sie alles durchgegangen waren, die Katzen rechts und links vom Computer, bemerkte Fair: »Bruder Liebe will unsere Visakarten-Nummer für einen Rosenkranz. Sondergebete sind auch zu haben. Ich finde das widerlich.«

»Das ist Kapitalismus.« Sie nahm seine nächste Frage vorweg. »Ich habe dir nichts davon gesagt, weil du so beschäftigt warst – ich auch, und ich bin ja erst gestern drauf gestoßen.«

»Du hättest es mir postwendend sagen sollen, verdammt noch mal.«

Harry blinzelte, holte tief Luft. »Susan hat mal was zu mir gesagt. Sie hat gesagt, ›manchmal geht es nicht darum, wer am meisten zu gewinnen hat, sondern darum, wer am meisten zu verlieren hat.‹«

Während sie durch die Website von der blutenden Maria scrollten, konnten weder Harry, Fair noch die Tiere ahnen, dass Prior Handle die lange, dunkle Nacht der Seele durchlitt. Er kniete in der Kapelle auf dem kalten Fußboden und betete. Er wusste, der Mörder war in seiner Herde, und er glaubte nicht, dass es Frater Andrew war. Wenn er den Sheriff riefe, würde der Mörder gewarnt, der sich dank der Verhaftung von Frater Andrew wahrscheinlich in Sicherheit wiegte. Er hoffte, den Mann überführen zu können. Er konnte sich immer noch keinen Grund für eine so üble Sache denken. Er wusste nichts von der Website, aber selbst wenn, hätte es ihn nicht zu dem Mörder geführt. Er wusste nicht, was er tun sollte. Er hatte keine Ahnung, wie er eine Falle stellen konnte. Er konnte sich niemandem anvertrauen. Er traute keinem.

Während des Gebets liefen Tränen über seine Wangen, und er dachte, dies sei die schlimmste Nacht seines Lebens. Es war ein Segen, dass er von dem, was folgte, nichts ahnen konnte.

38

Eine mächtige, mehr als dreihundert Jahre alte Eiche zierte die Mitte des Familienfriedhofs auf der Farm von Blair Bainbridge, die im Westen an Harrys Farm grenzte; ein stark strömender Bach bildete die Trennungslinie.

Der Friedhof enthielt die sterblichen Überreste der Vorfahren von Reverend Herbert C. Jones. Für den Reverend war diese Farm stets die alte Heimat, die der Familie durch die Leichtfertigkeit seines Onkels verloren gegangen war. Der längst verstorbene Mann hatte zwischen den handgemeißelten Grabsteinen unter der Eiche gesessen und nichts getan als gelesen. Aus Liebe zu russischen Romanen hatte er russisch gelernt, aber er hatte auch Literatur in französischer, italienischer und deutscher Sprache verschlungen. So hochintelligent er war, der sture Kerl hatte nicht einen Funken gesunden Menschenverstand besessen.

Ein Pastor verdient kaum genug, um Leib und Seele zusammenzuhalten. Herb konnte die Nebengebäude oder das Wohnhaus nicht reparieren lassen. Als die Farm notgedrungen verkauft werden musste, war er froh, dass ein wohlhabender junger Mann sie kaufte. Blair hatte die Farm mit Hilfe von Harrys Land- und Bodenwissen in ein schmuckes, funktionierendes Anwesen verwandelt.

Leichter Schnee rieselte auf die Eiche, unter der Harry und Blair standen. Morgens um Viertel vor acht verhieß der Himmel noch mehr Schnee; denn im Westen färbten sich die Wolken dunkler. Auf dem Land treffen sich die Menschen früh, weil der Arbeitstag um sechs Uhr beginnt. Im Sommer beginnt er oft bereits um fünf, damit Menschen und Tiere der Hitze zuvorkommen können.

»Sieh sie dir an.« Er lächelte matt. »Ich habe mein Herz an diese Farm gehängt.« Er lachte. »Wenn ich gewusst hätte, wie viel Arbeit die paar hundert Morgen machen!« Er stieß einen Pfiff aus. »Ohne dich hätte ich das nicht bewältigt.«

»Du bist sehr intelligent, Blair. Du hättest es auch allein geschafft«, wehrte sie ab.

»Weißt du, was ich getan hätte? Ich hätte einen Berater angestellt, der mich ausgenommen hätte wie eine Gans. Du hast das alles getan, weil du eine gute Nachbarin bist. Ich glaube, es gibt nichts, was du nicht über Landwirtschaft weißt.« Er stieß einen tiefen Seufzer aus. »Es ist so schön auf diesem Friedhof mit dem schmiedeeisernen Zaun, der Eiche, die siebzig Jahre vor dem amerikanischen Unabhängigkeitskrieg ein kleines Bäumchen war. Ich nehme an, du weißt, warum wir hier sind.«

»Ja, Blair, ich habe so eine Ahnung.«

»Du hattest mich gebeten, zuerst zu dir zu kommen, wenn ich mich zum Verkauf entschließe. Ich liebe diese Farm, aber Little Mim möchte auf Tante Tallys Farm wohnen. Sie wird die Farm erben, und ich vermute, sie und Stafford werden eines Tages Dalmally erben.«

»Ja, am Sankt-Nimmerleins-Tag; denn die Urquharts leben ewig.« Harry lachte.

»Das habe ich mir auch gedacht. Dalmally wird wohl an Staffords und unsere Kinder fallen. Wir hoffen, dass wir Kinder haben werden. Mim hat in New York mit ihrem Bruder über alles gesprochen. Sie liegen auf einer Linie. Aber ich gehe ungern hier weg, wirklich, obwohl Rose Hill nur drei Kilometer entfernt ist.«

»Es ist ein wunderschönes Anwesen, und ihr zwei werdet dort heimisch werden.«

»Tante Tally wird uns sicher manchmal zum Wahnsinn treiben, aber sie ist ein guter Mensch. Ich bin froh, dass ich sie kenne. Sie ist ein Freigeist. Mit der Energie, die sie mit neunundneunzig hat, ist sie mir ein Vorbild geworden.«

»Mir auch.«

Er sah einem Blauhäher zu, der auf einen Grabstein flog, die Katzen unter ihm anmeckerte, dann fortflog und sie mit Schnee bestäubte. »Jane Fogleman von der Maklerfirma Roy Wheeler Realty sagt, ich kann eins Komma zwei Millionen verlangen und wahrscheinlich für eine Million verkaufen, aber …« Harrys Gesicht fiel zusammen. Er hob die Hand. »Du und Herb könnt soviel Geld nicht aufbringen. Dies ist mein Vorschlag. Du hast mir eine Menge erspart. Du hast meine Weiden angelegt. Bist mit mir zum Traktorhändler gegangen. Hast mich mit den redlichen Arbeitern und Handwerkern im Bezirk bekannt gemacht. Du hast mich zu Art Bushey geschleppt und mir günstig zu zwei Lastern verholfen. Du hast dich sogar hingesetzt und mir erklärt, was ein Vierzehn-Achser im Vergleich zu einem kleineren leistet, und warum ich ihn brauche, um Vieh zu transportieren, obwohl die Fahrt holpriger ist. Du hast mir einen Sommer wochenlang die diversen Rinderarten, das Verhältnis von Fleisch und Knochen erklärt. Du warst geduldig. Du bist mir eine gute Freundin. Lass mich dir ein guter Freund sein. Ich verkaufe dir und Herb die Farm für fünfhunderttausend Dollar. Ich setze euch einen einfachen Mietkaufvertrag für alle meine Maschinen auf. Fünftausend Dollar im Jahr. Du behältst die Maschinen und überlässt mir das Recht, sie von Zeit zu Zeit auszuleihen, sollten Tante Tallys Traktoren oder Geräte den Geist aufgeben. Was sagst du dazu?«

Die verblüffte Harry machte den Mund auf, brachte aber keinen Ton heraus.

»Ja!« Mrs. Murphy sprach für ihren Menschen.

»Aber wir haben das Geld nicht.« Tuckers braune Augen flehten die Tigerkatze an, sich was zu überlegen.

»So eine Gelegenheit lässt man sich nicht entgehen, Tucker. Und sie wird das Geld auftreiben. Risiko kurbelt die Menschen an. Rangeleien wie diese trennen die Böcke von den Schafen.«

Harrys Gedanken rasten, sie sog die kalte belebende Luft tief ein. Sie streckte die Hand aus. »Blair, ich nehme dein Angebot an. Wie viel Zeit habe ich, um das Geld aufzutreiben?«

»Wenn du es in vier Monaten schaffst, schön. Wenn nicht, ein Jahr.«

»Einverstanden.«

Er berührte einen niedrigen Ast, der alt und so dick war wie ein Männeroberschenkel. »Ich bin kein armer Mann. Mit meinem Beruf, so albern er ist, habe ich eine Menge Geld verdient, aber verglichen mit den Sanburnes und den Urquharts bin ich ein armer Schlucker. Sie müssen dreistellige Millionen haben.«

»Locker, aber sie sind verantwortungsbewusst. Sie verwalten ihren Reichtum klug, und sie sind die Hauptstützen bedeutender Wohlfahrtsverbände.«

»Ja, ich weiß. Ich bewundere sie, aber ich frage mich immer, wie ziehe ich Kinder in diesem Reichtum auf und bringe ihnen bei, dass anderswo Kinder verhungern?«

»Tally und Big Mim werden das weitergeben. Richte dich nach ihnen. Du kannst gut mit Menschen, du wirst auch gut mit Kindern können. Eigentlich habe ich keine Ahnung, wie andere das machen. Ich kann Katzen, Hunde, Pferde und Rinder großziehen, aber ich weiß nicht, wie ich es mit der menschlichen Variante machen würde.«

Er strahlte. »Du würdest es einfach super machen. Vermutlich würdest du sie Sattelzeug putzen lassen, sobald sie laufen können.«

Sie lachte, Erleichterung und Angst befielen sie gleichermaßen. »Blair, vermutlich hast du Recht.«

Als sie durch den Schnee zurückging und an dem ständig wachsenden Biberdamm im Bach vorbeikam, dachte sie daran, wie unberechenbar das Leben war. Dann lachte sie laut auf, weil sie froh darüber war.

»Glücklich«, bemerkte Pewter, die von einem Menschenfußstapfen zum anderen hüpfte.

»Sie geht ausnahmsweise ein großes Risiko ein. Und selbst wenn sie auf die Schnauze fällt, und ich weiß, dass sie es nicht tun wird«, sagte Mrs. Murphy, *»wird es gut für sie sein. Sie wird sich endlich in der Welt bewähren, in der Welt der Menschen.«*

Jenseits des Biberdamms, jenseits des niedrigen Hügels, der im rechten Winkel zu dem Teich lag, den die Biber gebaut hatten, bemerkte Harry Fuchsspuren, die zu dem Bau auf dem Hügel führten. »Schlau«, sagte sie zu ihren Gefährtinnen.

»Zu schlau«, erwiderte Tucker.

Harry hob den Kopf. »Los, kommt.« Sie rannte schwer atmend durch den Schnee. Schnee strengte an.

Susan machte die Küchentür auf, und Harry kam in dem Moment dort an, als Susan gerade gehen wollte. Ehe sie den Mund aufmachen konnte, um ihr Glück auszuposaunen, packte Susan sie am Arm und zog sie in die Küche. Sie half Harry aus dem Mantel.

»Susan, ich kann …«

»Harry, Ned hat die Website von Bruder Liebe überprüft. Er hat es vergessen, es ist ihm erst heute Morgen wieder eingefallen. Er ist überlastet, drum wird er vergesslich. Als gewählter Staatsbeamter kann Ned bei der Telefongesellschaft und den Internet-Diensten Informationen einholen, an die wir nicht rankommen. Er kann auch den Sheriff auffordern, Informationen zu beschaffen.«

»Und was habt ihr rausgekriegt?«

»Bruder Liebe war Nordy Elliott.«

»Was?« Harry hatte einen Arm in der Jacke, den anderen Arm draußen. Die Jacke hing auf den Boden, wo sie von den Katzen attackiert wurde.

»Nordy Elliott hat die Seite eingerichtet und betrieben.« Susan wurde deutlicher. Sie war durcheinander.

»So ein ausgefuchster Gauner.«

»Wenn Nordy sie eingerichtet hat, und jetzt ist er tot, dann musste noch jemand mitgemischt haben.« Pewter stellte fest, was auf der Hand lag.

»Es ist fürchterlich«, sagte Mrs. Murphy. Es war viel zu schlau eingefädelt, beinahe katzenhaft.

»Susan, wir müssen auf den Berg.« Harry schob den Arm wieder in die Jacke.

»Nimm deine Achtunddreißiger mit, Harry. Ich bin so überstürzt aus dem Haus gerannt, da hab ich meine vergessen.«

39

Ich kränge nach Steuerbord«, bemerkte Harry, als sie und Susan wieder durch den Schnee stapften. Katzen und Hund gingen den Menschen voraus, weil die fünfunddreißig Millimeter dünne Eiskruste auf dem Schnee unter ihrem leichten Gewicht nicht barst. Harry und Susan aber brachen ein, versanken knöcheltief im Pulverschnee, zogen die Füße heraus und gingen weiter. Nach zwanzig Minuten spürten sie die Anstrengung in den Oberschenkeln. Sie kamen nur langsam voran.

»Ich kränge nur«, grummelte Susan.

»Die Pistole. Sie ist schwerer, als ich dachte«, erwiderte Harry. Sie hatte die Les-Baer-Sportpistole, eine 38er Super, die Fair ihr zum Geburtstag geschenkt hatte, in die Manteltasche gesteckt. Harry besaß eine ausgezeichnete Hand-Auge-Koordination. Fair wusste, dass sie mit dieser Sportpistole, die äußest genau und zuverlässig war, gerne Scheibenschießen übte.

Ein Schwarm Bussarde drehte die langen Hälse, um die fünf Wesen zu betrachten, die durch den Schnee stapften. Die Vögel hatten sich auf den Überresten eines Rehs niedergelassen. Ein gewaltiger Bussard breitete die Flügel aus und verharrte eine Weile so.

»Himmel, das ist bestimmt eine Flügelspannweite von über einem Meter.« Susan hatte Respekt vor dem, was Bussarde vollbrachten.

»Hoffentlich ist das kein Omen.« Harrys rechter Fuß sank tiefer im Schnee ein als der linke.

»Ein positiver Gedanke«, meinte Pewter, deren Krallen sich ins Eis hakten, sarkastisch.

»Wenn die zwei denken, sie bleiben da oben unerkannt, dann haben sie 'nen Knall.« Mrs. Murphy musste lachen.

»Mutter weiß, dass sie früher oder später entdeckt wird. Aber auf diesem Weg mussten sie wenigstens nicht durchs Tor. Mutter fürchtet, man würde sie nicht reinlassen, weil Prior Handle und Frater Frank finden, dass sie eine Nervensäge ist. Vielleicht will sie auch die Menschen nicht stören, die an der Statue beten«, bemerkte Tucker.

»Tucker, warum sich im Schnee hinknien?« Pewter fand die Positur lächerlich.

»Sklaven knien. Freie Bürger stehen aufrecht«, bemerkte Mrs. Murphy.

»Häh?« Pewter krallte sich wieder ins Eis.

»Zu Römerzeiten kniete ein Sklave manchmal vor seinem Herrn oder seiner Herrin. So zeigen die Menschen der Jungfrau Maria, dass sie ihre Sklaven sind. Sie ist der Boss«, folgerte Mrs. Murphy.

»Ich dachte, Christen dürfen keine Götzen anbeten.« Tucker fand die Religionen der Menschen verwirrend.

»Für sie ist Maria kein Götze«, widersprach Mrs. Murphy entschieden.

»Moment mal. Moses kriegt Zustände, weil die Hebräer ein goldenes Kalb anbeten, aber die Leute hier dürfen sich hinwerfen und einer Statue was vorschluchzen?« Pewter blähte die kleinen Nasenlöcher, als der Wind sich drehte und eine Geruchswolke von den Bussarden zu ihr rüberwehte.

»Deswegen sind die Menschen, wie sie sind, Pewter. Sie können alles rational erklären. Für sie ist die Realität ziemlich unerheblich. Wichtig ist, was sie sich vormachen. Deswegen werden so viele geisteskrank. Wie viele alkoholsüchtige Katzen kennst du? Katzen, die Prozac nehmen? Denn früher oder später dringt die Realität in das Leben der Menschen ein, in das Leben ihres Volkes, und sie ist immer unerwünscht, eine dicke fette Erschütterung. Sie drehen einfach durch.« Mrs. Murphy wackelte zur Unterstreichung mit dem Kopf.

Die anderen beiden lachten.

»Sie können Realität und Illusion oder Wahn nicht in Einklang bringen«, stellte Tucker fest.

»Tucker, das war ja fast poetisch.« Pewters rosafarbene Zunge entrollte sich beim Sprechen.

Als sie sich dem Standort der Statue näherten, hörten die Tiere Menschen den Rosenkranz beten. Harry und Susan konnten es noch nicht hören.

Harry blieb stehen. Susan stieß mit ihr zusammen und fiel hin.

»Verdammt, Harry, du hättest mich ruhig warnen können.«

»Verzeihung.« Harry setzte sich einen Moment in den eiskalten Schnee, um zu verschnaufen.

»Komm.« Susan, die als Erste aufstand, streckte die Hand aus.

Harry rappelte sich hoch. »Lass uns bei den Nebengebäuden anfangen, die am nächsten an der Statue sind.«

»Das Gewächshaus, der Gartenschuppen, die Kerzenzieherei. Die anderen Nebengebäude und Geschäfte ziehen sich bis zum hinteren Kamm hin.«

»Wenn wir doch nur die Jungfrau Maria genau unter die Lupe nehmen könnten.« Harry seufzte.

»Im Frühjahr«, antwortete Susan.

»Dann ist es zu spät.« Harry blieb unten am Hang, fern der Statue.

Sie gingen am Pumpenhaus und am Gewächshaus vorbei, entschlossen, zuerst zur Kerzenzieherei zu gehen, weil sie im Gewächshaus Gestalten sahen.

Die schwere Tür zur Kerzenzieherei war wegen der Kälte geschlossen, Schnee häufte sich davor. Aus dem Schornstein ringelte sich grauer Rauch und fiel dann tief nach unten, als würde eine große Hand ihn flach drücken.

Harry öffnete die Tür.

»Harry.« Frater Mark lächelte. »Wie nett, Sie hier zu sehen. Das Geschäft war schwach bei diesem Wetter. Hi, Susan. Wissen Sie, ohne Thomas ist es hier nicht mehr wie früher.«

»Das kann ich mir gut vorstellen.« Susan liebte den Duft der verschiedenen Kerzen. »Was tun Sie im Kerzenladen?«

»Frater Frank hat mich heute hierher beordert, weil sich bei Frater Michael, der den Laden sonst betreibt, eine Erkältung ankündigt.« Er beobachtete Mrs. Murphy und Pewter, die geradewegs zu einem kleinen Loch in einem Dielenbrett in der Ecke marschierten. »Ich habe gewusst, dass hier Mäuse sind! Hin und wieder klagt Frater Michael über eine angenagte Kerze – nie eine aus Talg, immer aus Bienenwachs.«

»Macht Frater Michael die Kerzen alle selbst?« Susan bewunderte eine hohe konische Kerze.

»Er hat Hilfe.«

»Ziehen Sie auch Kerzen?«, fragte Harry.

»Nein. Das ist mir ein bisschen zu künstlerisch. Ich kann zwar das Wachs in die Formen gießen, das geht einigermaßen, aber wenn Frater Michael Farben braucht, dann vermassele ich alles.« Er strahlte. »Bienenwachs kann ich mindestens so gut einsammeln wie die anderen. Sie rufen mich, wenn sie nicht weiterkönnen.«

»Berghonig.« Susan könnte ein ganzes Glas Honig austrinken und jeden Tropfen genießen. Aber die Kalorien würden ihr glatt den Rest geben.

»Frater Prescott ist für die Bienenstöcke zuständig. Komisch, ihn sich in Imkerkluft vorzustellen. Die Bienenstöcke stehen immer noch da, wo sie seit dem neunzehnten Jahrhundert waren, am Rand von den Wiesen.«

Harry hatte sich an den Computer herangeschlichen, während Susan und Frater Mark miteinander plauderten. Der Computer war neu, ein hochentwickeltes Gerät.

Frater Mark bemerkte aus dem Augenwinkel ihre Bewunderung. »Toll, was?«

»Ich dachte, Sie hätten lauter altes Zeug.« Sie bewunderte den Flachbildschirm.

»Hatten wir auch. Frater Prescott und ich haben Prior Handle zu einer neuen Anlage überredet. Alle Geschäfte sind miteinander vernetzt. Frater Frank kann von seinem Büro aus die Verkaufszahlen abrufen.«

»Und der Prior?«, fragte Susan mit gepielter Unschuld.

»Er hat den besten.« Frater Mark beugte sich vor und sagte verschwörerisch: »Alles, was er kann, ist ihn einschalten. Verschwendung.«

»Ich könnte mir denken, dass viele Mönche nicht mit einem Computer umgehen können.« Harry konnte den Blick nicht von dem Bildschirm mit der guten, hohen Auflösung wenden.

»Ah, das ist eine Altersfrage. Ich meine, es ist überwiegend eine Frage des Alters. Die Fratres, die die Geschäfte betreiben, mussten es lernen, waren aber nicht gerade begeistert. Die anderen benutzen sie nicht.«

»Konnte mein Großonkel mit einem Computer umgehen?«, fragte Susan.

»Er konnte alles. Thomas hatte von allem Ahnung, was einen Motor hatte oder verkabelt war.«

»Er war wirklich erstaunlich«, stimmte Susan zu.

»Ich weiß, dass ihr da unten seid«, rief Mrs. Murphy in das Mäuseloch.

Eine hohe Stimme rief zurück: *»Und hier unten bleiben wir.«*

Eine andere Stimme kreischte: *»Haariges Scheusal.«*

Mrs. Murphy steckte ihre Pfote in das Loch.

»Du würdest bestimmt gern eine schnappen!« Die Pupillen von Pewters hellgrünen Augen wurden größer.

Während die Katzen sich an dem Mäuseloch zu schaffen machten, beschnupperte Tucker alles. Es war alles in Ordnung.

»Haben Sie einen eigenen Computer?«, fragte Harry.

»Nein.« Frater Mark zeigte auf eine Kerze in Gestalt einer Katze.

»Mädels.« Harry zeigte auf die Kerze.

Die Katzen warfen einen Blick darauf, dann konzentrierten sie sich wieder auf die Mäuse zwischen den Dielenbrettern und dem Holzunterbau.

»Ich kaufe diese Kerze für die Kätzchen.« Susan zog Geldscheine aus ihrer Jeanstasche. »Frater Mark, glauben Sie, dass Sie Mönch bleiben werden?«

Er schwieg eine ganze Weile. »Es war leichter, als ich Frater Thomas hatte, an den ich mich wenden, mit dem ich arbeiten konnte. Jetzt fühle ich mich oft sehr allein. Ich weiß nicht, ob ich für das kontemplative Leben geschaffen bin.«

»Verflixt.« Das Geld fiel Susan herunter, die Scheine flatterten auf den Boden.

Harry bückte sich, um sie aufzuheben, dabei wurde die 38er Pistole in ihrer Tasche sichtbar.

»Wieso haben Sie eine Pistole?« Die Stimme von Frater Mark kletterte in eine höhere Tonlage.

»Hab vergessen, sie nach dem Scheibenschießen wegzulegen«, flunkerte sie.

»Stecken Sie sie tief in die Tasche. Hier sind alle übernervös.«

»Glauben Sie, dass Frater Andrew meinen Großonkel getötet hat?«, fragte Susan.

»Ich weiß es nicht.« Frater Mark ließ sich die Geldscheine in die geöffnete Hand geben. »Er hatte die beste Gelegenheit.«

»Ist schon eigenartig«, meinte sie. »Gehen Ihnen die vielen Menschen an der Statue nicht auf die Nerven?«

»Nein, eigentlich nicht. Sie brauchen Beistand und Trost. Und sie sind großzügig. Sogar die Armen spenden etwas. Ich glaube, dass unsere Liebe Frau sich für sie verwenden wird. Sie gibt ihnen vielleicht nicht das, worum sie bitten, aber sie gibt ihnen, was das Beste für sie ist.«

»Ja«, sagte Susan nur.

»Sie sollte was gegen die Mäuse unternehmen«, meldete sich Pewter.

Harry streckte verstohlen die Hand nach der Tastatur aus, berührte sie aber nicht. »Frater Mark, kennen Sie die Website, die unserer Lieben Frau vom Blue Ridge gewidmet ist? Wenn man Geld schickt, spricht die Person, die sich Bruder nennt, ein Gebet oder betet den Rosenkranz.«

»Nein.«

»Das ist kein Scherz.« Harrys Hände verweilten über der Tastatur. »Wollen Sie mal sehen?«

»Ah – hm, ja, aber wenn ein Frater hereinkommt, müssen Sie schnell abschalten. Private Nutzung ist nicht erlaubt.«

Flink gab Harry die Adresse der Website ein, Frater Mark sah ihr dabei über die Schulter. Als das Foto von der heiligen Muttergottes mit blutigen Tränen auf den Wangen erschien, seufzte er.

Harry scrollte den Text herunter, und Frater Mark las ihn rasch. Dann ging die Tür auf, und sie schaltete den Computer aus, trat zurück, damit Frater Mark vortreten konnte, als würde er gerade etwas verkaufen.

Frater Frank kam herein, seine Miene wurde säuerlich, als er Harry erblickte. »Sind Sie hier, um sich einzumischen?«

»Das ist aber eine christliche Begrüßung«, erwiderte sie postwendend.

Er sann darüber nach. »Also, was tun Sie hier?«

»Kerzen.« Susan zeigte auf die Tüte, in die Frater Mark gerade die Katzenkerze und eine dicke Bienenwachskerze packte.

»Kaufen die Katzen und der Hund auch was?« Frater Frank machte ein finsteres Gesicht.

»Mäuse.« Frater Mark deutete auf das Loch im Fußboden.

»Dann tu Rattengift rein!«, befahl Frater Frank.

»Das geht nicht, Frank. Es tötet die Mäuse, aber ich kriege sie nicht heraus, ohne den Fußboden aufzureißen, und dann stinkt der Laden zum Himmel.«

»Schafft euch eine Katze an«, empfahl Mrs. Murphy.

»Jawohl.« Pewter war auch dafür.

»Immer weißt du alles besser«, sagte Frater Frank wutschnaubend, lenkte dann aber sofort ein. »In diesem Fall hast du aber Recht.«

Susan nahm ihre Tasche und lächelte Frater Mark zu. »War nett, Sie zu sehen.«

Als Harry, Susan und die Tiere den Laden verlassen hatten, spähte Frater Frank durchs Fenster. »Sie ist auf Schnüffel-und-Verdruss-Mission. Ah, sie geht zum Gewächshaus. Bleibt stehen. Spricht mit Susan. Geht hinters Gewächshaus. Nanu, warum macht sie das?«

Frater Mark zuckte mit den Schultern. »Keine Ahnung.«

»Da hinten ist nur das Pumpenhaus.« Frater Frank drehte sich vom Fenster weg. »Ich bin hergekommen, weil ich was Bestimmtes wollte, und jetzt hab ich's vergessen. Diese verdammte Harry. Wegen ihr hab ich's vergessen.« Er schaute wieder aus dem Fenster. »Da geht Handle. Er geht auch hinters Gewächshaus. Oh, er wird nicht erfreut sein, wenn er auf Harry und Susan trifft.« Frater Frank kicherte. »Er wird ganz und gar nicht erfreut sein. Also, ich gehe jetzt. Wenn's mir wieder einfällt, was ich eigentlich hier wollte, sag ich's dir.«

»Wiedersehen, Frank.« Frater Mark blinzelte, als der Schatzmeister die Tür zuschlug.

Wegen des Abflusses vom Gewächshaus und vom Gartenschuppen war die Eisdecke hinter diesen Gebäuden dicker. Katzen und Hund krallten sich ein, aber Harry und Susan sahen aus wie Skiläuferinnen ohne Skier.

Harry landete mit einem Plumps an der Seite des aus Stein erbauten Pumpenhauses. Ihr Blick fiel auf die freigeschaufelten Stufen aus Holzbohlen, die auf der Rückseite zu einem Pfad führten. »Verdammter Mist!«

Susan sah sie im selben Moment und lachte. »Rauskommen dürfte leichter sein als reinkommen. Meinst du, ein Mönch kann mitten in der Nacht unbemerkt an einem Computer arbeiten?«

»Ja. Ich muss rauskriegen, ob die Information in Prior Handles Computer eingespeist wird. Jedes Mal, wenn man sich anmeldet, wird das im Computer aufgezeichnet, richtig?«

»Richtig.«

»Wenn alle Computer miteinander vernetzt sind, dürfte es nicht so schwer sein, zu verfolgen, wer sich was anguckt. Aber auch wenn nicht, hat jeder Computer das gespeichert. Einer, der sich auskennt, kann sich bestimmt den Datenverkehr vom Motherboard holen.«

»Richtig.« Susan stieß mit Harrys Hilfe die Tür auf.

Die Tiere sausten hinein.

»Mach mal Licht«, rief Susan, die den Ölgeruch bemerkte.

Harry fand den Schalter. »Wow, im dem Dingen steckt Kraft drin.«

»Wieso ist ihr nicht bange, dass jemand das Licht sieht?«, wunderte sich Pewter.

»Sie ist schon so weit, dass es ihr egal ist, ob sie ausgemeckert wird. Falls wer aus dem Gartenschuppen oder dem Gewächshaus rausgeguckt hat, hat er uns hier reinkommen gesehen.«

Harry und Susan inspizierten die Pumpe.

»Hätte ich bloß eine Taschenlampe.« Susan fand, dass ein helles, konzentriertes Licht hilfreich wäre.

»Wir sehen auch so genug.« Harry quetschte sich hinter die Pumpe. Sie ließ sich auf Hände und Knie nieder, Tucker kam hinzu und steckte ihrer Mutter ihre nasse Nase ins Gesicht. »Tucker, lass das.«

»Du siehst dämlich aus auf allen vieren«, gab Tucker zurück.

»Susan, hier ist es.« Harry hatte das dünne angestrichene Kupferrohr gefunden. »Das muss es sein.«

»Könnte zu einem Springbrunnen führen.«

»Ja, könnte, aber guck mal, das Kupfer ist ganz neu. Siehst du hier den Kratzer? Wäre es schon länger in Gebrauch, dann wäre das Kupfer grün.« Sie bemerkte den kleinen schwarz gestrichenen Kasten, der unter dem Kupferrohr hing und mit ihm verbunden war. Sie zog ihr Trappermesser hervor und klemmte es unter eine flache Verschlusskappe. »Verdammt.«

»Eingefroren?«

»Es ist eisig hier drin. Wenn nicht, sähe es hier aus wie am Niagara.« Sie deutete auf den Ölofen in der Ecke. »Sein Werk. Jemand hat wohl die Aufgabe, ihn anzuzünden.« Sie wandte sich wieder dem kleinen Kasten zu. »Verdammt, ich krieg ihn nicht auf.«

»Wonach suchst du?«

»Ich vermute, da ist eine Flüssigkeit oder ein Pulver drin. Rot.«

Susan sagte nichts, dann drehte sie sich um und erstarrte. Harry war noch auf allen vieren.

»Eindringling!«, warnte Tucker, und Harry kroch rückwärts heraus.

Prior Handle öffnete die Tür und machte sie hinter sich zu. »Was machen Sie denn hier?«

»Das Wunder aufklären.« Harrys Stimme war leise, wütend. »Sie haben es gewusst, nicht?«

Ehe er antworten konnte, fragte Susan mit leicht zitternder Stimme: »Haben Sie Thomas umgebracht?«

»Werden Sie uns umbringen?«, fiel Harry ein.

Die Tür wurde mit großer Kraft aufgestoßen, so dass sie den Prior auf den Boden streckte.

»Er wird Sie nicht umbringen, aber ich.« Mit einem Messer in der Hand sprang Frater Mark Harry an und hielt sie so fest, dass sie nicht nach ihrer Pistole greifen konnte.

Tucker versenkte ihre Reißzähne in seine Fessel.

»Die Kutte raufklettern«, befahl Mrs. Murphy.

Die zwei Katzen kletterten mühelos hoch und zerrissen dabei den dicken Wollstoff. Sie erreichten Marks Schultern; er hielt Harry fest, versuchte aber gleichzeitig, die Katzen abzuschütteln.

Auch Susan sprang Frater Mark an und packte ihn von rechts am Hals. Das Messer mit der dünnen, scharfen Klinge hielt er in der rechten Hand. Er konnte damit nicht an Susan heran, ohne Harry loszulassen.

Prior Handle, der wieder auf den Beinen war, taumelte zu dem Handgemenge.

Tucker ließ Frater Marks Fessel los und drehte sich um, um der neuen Gefahr zu begegnen. Zu ihrer Überraschung zog der Prior geschwind den Strick von seiner Kutte, zog ihn Frater Mark blitzschnell um den Hals und drückte ihm gleichzeitig sein Knie in den Rücken. Susan ließ von ihm ab.

Würgend ließ Frater Mark Harry los, holte jedoch mit der linken Hand aus und stach den Prior in die Seite.

Der ältere Mann stöhnte vor Schmerzen auf und lockerte den Strick etwas. Frater Mark, der sich fast befreit hatte, schwenkte das Messer zu Harry hin, aber sie zog die 38er aus der Tasche.

»Keine Bewegung.«

»Das wagen Sie nicht«, höhnte er. Prior Handle hielt sich die Seite, ließ aber den gelockerten Strick nicht los.

»O doch.«

Frater Mark schlug nach Harry. Sie duckte sich in dem engen Raum und schoss ihn in den Unterleib. Er schrie auf und fiel auf ein Knie, die Katzen sprangen von seinen Schultern. »O Gott«, stöhnte er.

»Der hört Sie nicht«, zischte Susan. »Sie haben meinen Onkel getötet! Bring ihn um, Harry. Auge um Auge, Zahn um Zahn.«

»Nein.« Harry hielt standhaft die Pistole mit ausgestreckten Armen fest. »Ruf Rick an.«

Susan zog ihr Handy heraus und klappte es auf.

»Wie sind Sie dahintergekommen?«, fragte Frater Mark stöhnend.

Harry ging nicht auf ihn ein. »Prior Handle, ist es sehr schlimm?«

Er hielt seine blutbedeckte Hand in die Seite gedrückt. »Ich werde es überleben.«

Frater Marks Schmerzen wurden stärker. Wenn man von einer Kugel getroffen wird, ist es zuerst ein harter Schlag. Die Schmerzen werden von Minuten zu Minute heftiger, bis sie unerträglich sind. Eine Bauchverletzung ist nie angenehm. Er krümmte sich zusammen.

Als Susan fertig telefoniert hatte, stützte sie den wankenden Prior. »Lehnen Sie sich an mich. Versuchen Sie, sich nicht zu verkrampfen. Ich weiß, das ist schwer, aber je ruhiger Sie sind, je tiefer Sie atmen, desto besser. Ehrlich.«

Er ließ sich gegen sie sacken. »Gott verzeihe mir. Ich habe mich geirrt. Ich habe einen Tag zu lange gewartet.«

Harry wandte weder den Blick noch die Pistole von Frater Mark. »Sie haben getan, was Sie für das Beste hielten, Prior Handle.«

»Der Orden ging für mich vor.« Er zitterte und schwitzte.

»Setzen wir uns. Können Sie sich ohne große Schmerzen

setzen?« Susan führte ihn vorsichtig zu der dicken Steinmauer, beugte ganz langsam ein Knie und stemmte es dagegen. Seine Augen flackerten. Sie sah Harry flehend an.

»Kratzt er ab?« Pewter wollte weg, falls dem so war. Sie hatte für den Augenblick des Todes nichts übrig. Zu heikel für ihren Geschmack.

»Nein, er hat eine Schockreaktion. Susan versucht, ihn zu wärmen«, antwortete Mrs. Murphy.

»Und was ist mit dem?« Pewter ging zu dem stöhnenden Frater Mark, um ihn zu beschnuppern.

»Keine Ahnung.« Mrs. Murphy horchte auf, als sie in der Ferne eine Sirene hörte. *»Hoffen wir, dass er am Leben bleibt, damit wir erfahren, was wirklich passiert ist und warum.«*

Tucker, die sich entschlossen zwischen Harry und Frater Mark gestellt hatte, sagte: *»Ich würde ihm zu gerne die Kehle aufschlitzen.«*

Harry hörte jetzt die Sirene. »Nie im Leben war ich so froh, diesen Ton zu hören.«

Frater Handle, der abwechselnd ohne und bei Bewusstsein war, hob in einem klaren Moment kurz den Kopf. »Heilige Maria, Mutter Gottes, voll der Gnaden ...« Er ließ den Kopf wieder sinken.

40

Es war ein einfaches Gaunerstück. Ganz unkompliziert«, sagte Coop zu Harry und Susan. »Wir waren nahe dran, aber ihr zwei seid uns zuvorgekommen. Wirklich, Harry, manchmal bist du schlauer, als die Polizei erlaubt.«

»Ein wahres Wort.« Reverend Herb Jones lächelte.

Die vier hatten sich im Pfarrbüro von St. Lukas versammelt. Das Feuer in dem großen Kamin knisterte.

»Wie geht es Prior Handle?«, erkundigte Harry sich bei Herb, der am Morgen im Krankenhaus gewesen war.

»Er hat eine verdammt tiefe Stichwunde, aber er hat Glück gehabt. Ist knapp an der Niere vorbeigegangen.«

Harry sah zu, wie die vier Katzen mit Tucker und Owen spielten, zum Schein das Fell sträubten, während die Hunde so taten, als schnappten sie zu. Sie waren wie toll.

»Dann war doch Geld das Motiv.« Susan seufzte.

»Ja und nein.« Coop rieb ihre Hände an den Armlehnen des Clubsessels. »Mark wollte Geld. Nordy wollte Geld und Ruhm. Es war ursprünglich seine Idee. Er wollte die Story groß rausbringen, die große Sache vor Weihnachten, versteht ihr, eine hoffnungsvolle, fromme Story. Der Bericht würde so lange laufen, wie Nordy mit interessanten Aspekten aufwarten, die Story ausweiten konnte, was er getan hat. Und er hatte Recht, die Filme wurden von Sendern im ganzen Land ausgestrahlt. Er dachte, das sei seine Eintrittskarte nach ganz oben, in einen riesigen landesweiten Markt.«

»Wer hätte gedacht, dass die beiden Partner waren?« fragte Harry.

»Sie kannten sich vom Michigan State College, das war kein Geheimnis. Sie sind in Kontakt geblieben. Auf dem College haben sie eine kleine Gaunerei betrieben, indem sie falsche Pässe druckten. Wie man sieht, war keiner von beiden ein ausgesprochen redlicher Mensch. Als Nordy bei Channel 29 anfing, hat Mark, oder soll ich Frater Mark sagen, sich mit ihm zusammengetan. Im Kloster war er ausgegrenzt. Er fühlte sich von Prior Handle und den anderen Mönchen verachtet, aber er konnte nirgends hin. Er hatte alle Brücken hinter sich abgebrochen. Er brauchte Geld, und er wusste von seinem Leben außerhalb des Klosters, dass er viel Geld wollte. In den fünf Jahren als Mönch hat er offenbar nichts über die Zehn Gebote gelernt.« Coop lächelte sarkastisch.

»Vielleicht dachte er, es waren die Zehn Empfehlungen.« Harry sah die Tiere aus dem Zimmer gehen.

»Warum hat er G-Onkel umgebracht?« Susan faltete die Hände.

»Er hat darüber geweint«, sagte Coop lakonisch.

»Krokodilstränen«, entgegnete Susan erbittert.

»Nein, ich glaube, er bereut es. Wie du weißt, war er der Lehrling deines Großonkels, er ist ihm auf Schritt und Tritt gefolgt. Frater Prescott hatte Mark zu Frater Thomas gesteckt, weil Thomas so geduldig war. Keiner kam über längere Zeit mit Mark aus. Frater Thomas brachte ihm bei, wie man den Laden am Laufen hielt, er weihte ihn in das Innenleben der Anlage ein. Er lernte Drähte und Leitungen verlegen. So fromm Frater Thomas auch war, die blutigen Tränen haben ihn misstrauisch gemacht. Er wollte dahinter kommen, wie das vor sich ging, und er wusste, Mark war der Einzige, der das außer ihm selbst hinkriegen konnte.

»Aber wie hat Mark es gemacht?« Harry hörte die Tür am Ende des Flurs langsam aufgehen.

»Als die Statue im Sommer vom Sockel entfernt wurde, hat Frater Mark sie jede Nacht innen ein kleines Stück aufgebohrt. Zuerst, und das war der leichteste Teil, hat er ihren Kopf ausgehöhlt. Er hat die Innenseite versiegelt, um zu verhindern, dass das Blut nach und nach durch den Speckstein sickerte. Er hat das Loch außen mit Epoxidharz verschlossen, das so bearbeitet war, dass es wie Stein aussah. Spezialeffekt-Leute machen so was andauernd. Nordy hat ihn mit Spezialeffekt-Leuten zusammengebracht, die er kennen gelernt hatte, als er über Filmaufnahmen in Virginia berichtete. Mark hat per E-Mail gelernt, was er wissen musste. Dann hat er eine Leitung vom Kopf bis unten in den Fuß gebohrt. Das war nicht weiter schwierig, nur zeitraubend. Er führte ein Kupferrohr von oben nach unten. Danach hat er im Fuß ein großes Loch gebohrt, um das aufgewickelte Kupfer zu verstecken, bis er einen schmalen Graben bis zum Pumpenhaus ausheben konnte. Das musste er nachts tun. Solange die Statue nicht auf dem Sockel war, arbeitete er tagsüber daran, weil Frater Thomas nicht immer dabei war. Den Graben für die Kupferleitung ausheben war das Schwierigste, und er musste es mit der Hand machen.«

»Also war in dem schwarzen Kasten hinter der Pumpe Blut?«, fragte Harry.

»Nein, Wasser. Er hat ein bisschen Wasser, warmes Wasser, durch das Kupferrohr nach oben geleitet, wo es mit dem Blut zusammenkam, und den Rest hat die Schwerkraft erledigt.« Coop bewunderte die Methode.

»Ah, deswegen hat er sich den Winter ausgesucht.« Susan

hatte begriffen. »Bei warmer Witterung hätte sie ununterbrochen geweint; er hätte das Blut ersetzen müssen.«

»Genau. Auf diese Weise konnte er das Wunder etwas länger dauern lassen, aber ein bisschen unberechenbar machen. Er konnte den Kopf wieder ausfüllen. Der Verschluss wurde herausgedreht, sobald er das Bindemittel heruntergeschabt hatte. Er hat sie nur einmal wieder ausgefüllt und das Bindemittel durch seinen Spezialeffekte-Anstrich ersetzt – Make-up für Statuen! Sehr raffiniert. Und nicht zu vergessen, er hat nur einen Behälter mit verschiedenen Blutgruppen gestohlen. Er wusste nicht, wann er noch einmal einen stehlen konnte. Früher oder später hätte Frater Andrew oder Frater John ihn erwischt.«

»Aber warum in Gottes Namen hat er Thomas' Leichnam entfernt? Das war so entwürdigend!« Susan wurde rot im Gesicht.

»Er hat Panik gekriegt.« Coop gab zwei Stück Würfelzucker in ihren Kaffee.

Linda, Herbs Sekretärin, hatte ein großes silbernes Service hereingebracht und auf den Couchtisch gestellt. Ihr Büro lag unmittelbar neben Herbs Arbeitszimmer, und gleich daneben war praktischerweise die Küche.

»Warum? Warum hat er Panik gekriegt?« Harry fand die Prozedur schauerlich.

»Wegen dir. Du stehst in dem Ruf, Geheimnissen auf die Spur zu kommen. Er wusste, dass das Morphium eine Weile im Körper bleiben würde, deswegen wollte er die Leiche loswerden, falls eine Exhumierung stattfinden würde. Er rechnete damit, dass man den Leichnam nicht vor dem Frühjahr finden und er bis dahin längst nicht mehr da sein würde. Darin hat er dich unterschätzt.«

»Susan auch«, meinte Harry.

»Eigentlich müssen wir uns bei den Katzen und Hunden bedanken.« Susan hielt inne. »Coop, erwähn sie lobend in deinem Bericht.«

Herb nahm sich ein in Schokolade getauchtes Plätzchen und fragte: »Aber warum hat Mark Nordy umgebracht?«

»Aus Habgier. Nordy hat ihn angetrieben. Nordy hat alle

Leute angetrieben. Sie haben sich über die halbe-halbe-Teilung gestritten. Laut Marks Aussage hat Nordy erklärt, das Geld würde nur tröpfeln, wenn er keine landesweite Ausstrahlung erreicht und dann die Website eingerichtet hätte. Da ist was Wahres dran.«

»Hat mein Onkel wirklich vor der Statue gebetet?«

»Laut Marks Aussage, ja. Vielleicht hat er sich aus Gewohnheit hingekniet. Mark ist ihm gefolgt. Er musste nur herumgreifen und ihm Chloroform vor den Mund halten. Als Thomas das Bewusstsein verlor, hat Mark ihn mit Morphium voll gepumpt. Die dünnen Nadeln, wie sie für Impfungen verwendet werden, hinterlassen kaum eine Spur. Thomas hatte eine Taschenlampe; er hatte vor, sich umzusehen. Er war misstrauisch. Mark hat die Taschenlampe genommen und wieder in den Geräteraum gelegt.«

»Wie viel Geld hat er verdient?« Harry, die sich stets abmühte, den Etat von St. Lukas auszugleichen, musste das einfach fragen.

Coop beugte sich vor. »Bis jetzt hatten sie mehr als eine halbe Million Dollar eingenommen.«

»Was!« Harry hätte beinahe ihren Tee ausgespuckt.

»Frömmigkeit ist ein großes Geschäft. Der Verkauf von Heilmitteln und Hoffnung ist ein noch größeres Geschäft.« Coop zuckte mit den Schultern. »Die Bakkers haben ein Imperium darauf aufgebaut, Jerry Falwell und Pat Robertson ebenso. Diese Leute, oder ihre Organisationen, wenn man so will, scheffeln jedes Jahr Millionen. Ich sage nicht, dass Falwell und Robertson Gauner sind, nur, dass wir uns nicht vorstellen können, wie viele einsame und verängstigte Menschen vor dem Fernseher sitzen und zum Telefon greifen, ihre Kreditkarte benutzen oder einen Scheck ausstellen.«

Herb blickte zur Decke. »Es ist nicht anzunehmen, dass für die St. Lukaskirche ein Wunder bereitgehalten wird, oder?«

Harry stand auf. »Von einem Wunder weiß ich nichts, aber ich glaube, es ist ein Frevel im Gange.«

»Häh?« Herb machte große Augen.

Harry schlich auf Zehenspitzen hinaus, spähte durch den Flur. Die Tür zum Vorratsschrank stand offen, eine Schachtel mit Abendmahloblaten war zerfetzt, und sie konnte gerade noch sehen, wie Eloquenz, auf den Hinterbeinen stehend und von Pewter angestachelt, die nächste Schachtel herauszog.

»Was macht ihr da?«, schrie Harry.

»Rennt um euer Leben!« Eloquenz schoss so schnell aus dem Schrank, dass sie Pewter umstieß, die sich geschwind hochrappelte.

Die Katzen rannten die Treppe hinauf, unter der der Schrank stand. Weil die Hunde größer waren, konnten sie sich nicht zwischen den Geländerstäben durchquetschen, darum schlitterten sie um den Fuß der Treppe herum und rasten zum Treppenabsatz hinauf.

Herb trat zu Harry. »Auf frischer Tat!«

Susan, Coop und Linda, die den Kopf aus ihrem Büro steckte, sahen über den Flur.

Alle gingen auf dem Teppich zu dem Schrank. Von der zerfetzten Schachtel war kein Oblatenkrümel übrig geblieben.

»Na ja«, Herb schüttelte den Kopf, »jetzt wissen wir, dass sie keine Muslime sind.«

»Lucy Fur muss von Ihrer Schwester nach Hause kommen. Sie wird ihnen Mores beibringen.« Susan sprach von Herbs dritter Katze, die bei seiner Schwester zu Besuch war.

Nachdem die Tiere eingefangen und gescholten waren, fuhren Harry und Susan auf der Route 250 Richtung Westen. Sie hatten Fair und Ned angerufen und alles genau geschildert. Dann hatten sie BoomBoom und Alicia angerufen, die einfach nicht glauben konnten, dass Nordy so verschlagen und gerissen war. Big Mim wusste bereits Bescheid, weil Sheriff Shaw sie und ihren Mann als Bürgermeister der Stadt auf dem Laufenden hielt.

Als Susan blinkte, sagte Harry: »Nein, lass uns zum Afton rauffahren. Ich möchte die heilige Jungfrau Maria noch mal sehen. Ich muss ein Gebet sprechen.«

»Komisch, ich auch.«

Harry drehte sich zu den Tieren hinten in Susans Kombi um. »Es würde euch gut tun, auch ein Gebet zu sprechen. Ich schäme mich so für euch. Könnt ihr keine Ritz Cracker essen? Müssen es Abendmahloblaten sein?«

»Die Katzen haben uns angestiftet«, winselte Tucker.

»Halt die Klappe, du Würstchen.« Mrs. Murphy schlug sie auf die Schnauze, worauf Owen sich tiefer in der Schaffelldecke verkroch.

»Sei nicht so gemein, Murphy«, ermahnte Harry sie.

»Warum Ritz Cracker essen?«, erwiderte Pewter. *»Die sind zu salzig. Außerdem macht man mit Abendmahloblatenessen eine Aussage.«*

»Echt?« Owen hob geschwind den Kopf.

»Na klar. Kennt ihr die Geschichte von den Fischen und den Broten? Also, wenn ihr mir Fische gebt, ess ich die Oblaten nicht.« Pewter fand sich schrecklich witzig.

Die Tiere kicherten. Harry verschränkte die Arme. »Susan, hast du manchmal das Gefühl, dass sie uns auslachen?«

»Jeden Tag.«

Diesmal fuhr Susan auf den Parkplatz des Klosters, der fast voll war. Für die Frommen oder diejenigen, die des geistigen Beistands bedurften, taten die Ereignisse der Macht von unserer Lieben Frau vom Blue Ridge offenbar keinen Abbruch.

Harry und Susan gingen, gefolgt von den Tieren, den Hang hinauf, blieben dann in einiger Entfernung von den Betenden stehen.

Der Kardinalvogel kam angeflogen und setzte sich auf Marias Hand. *»Eine Bande Schwachköpfe.«*

»Gut, dass außer uns keiner versteht, was er sagt.« Mrs. Murphy plusterte sich auf.

»Seit Thanksgiving ist so viel passiert, es kommt mir vor, als wäre ein ganzes Jahr vergangen«, sagte Susan. Ihr Atem sah aus wie eine weiße Rauchfahne.

»Mir auch. Herb und ich werden alles tun, um die Farm zu kaufen. Und die ganze Sache hier oben – ich konnte nicht direkt mit dem Finger auf Mark weisen, aber immerhin hatte ich die Hand im Spiel. Das hat mich zum Nachdenken gebracht, zum Nachdenken darüber, wie aufgrund von Selbstsucht und Habgier ein Leben in einem Sekundenbruchteil ausgelöscht werden kann und andere ruiniert werden können.« Sie schüttelte den Kopf. »Warum? Ich versteh einfach nicht, warum.«

»Ich glaube, wir werden es nie verstehen, und ich glaube, es wird nie aufhören, Harry. Es wird immer Menschen geben, die bereit sind zu vergewaltigen, zu stehlen, zu lügen, zu töten. Sie handeln entweder impulsiv oder meinen, einen guten Grund zu haben. Ich glaube, das Tier namens Mensch hat emotional keine Fortschritte gemacht, seit wir aufrecht gehen.«

»Trostlos.«

Susan schob kurz die Unterlippe vor. »Vielleicht können wir nicht viel für die Menschheit tun, aber wir selbst können uns ändern. Wir haben meinem Großonkel an Gerechtigkeit widerfahren lassen, was wir konnten. Ich bin zufriedengestellt.«

»Gut.«

»Und«, sie hielt inne und nahm Harrys Hand, »ich möchte dir was sagen, etwas, das ich für mich behalten habe, seit ich neunzehn war, seit ich Ned geheiratet habe. Durch diesen Zusammenstoß mit dem Schicksal oder wie immer man das nennen mag, habe ich erkannt, dass nicht Ned sich zurückgezogen hat, sondern ich.«

»Wovon redest du?«

Sie sah Harry ins Gesicht. »Ich hab mich in Charlie Ashcraft verliebt und bin schwanger geworden. Ned war zur gleichen Zeit bis über beide Ohren in mich verknallt. Natürlich hab ich keinem erzählt, was Sache war, und du weißt ja, wie Charlie war. Er hat mich fallen lassen wie eine heiße Kartoffel. Darauf hab ich zu Ned gesagt, ich sei von ihm schwanger, und wir haben geheiratet. Danny kam acht Monate später auf die Welt, falls du nicht gezählt hast.«

»Susan, warum hast du's mir nicht gesagt? Wie musst du gelitten haben!«

»Anfangs«, endlich kamen die Tränen, »hab ich mich glücklich geschätzt. Weil ich unentdeckt blieb, meine ich. Und Ned ist so ein guter Mensch. Schließlich habe ich ihn lieben gelernt. Danny sieht Charlie so ähnlich, aber – und das ist das Komische – die Leute sehen, was sie sehen wollen. Ned hat blaue Augen, also sagten die Leute von Danny, ›er hat die Augen von seinem Vater.‹ Darauf ich, ›ja, er ist Ned wie aus dem Gesicht geschnitten.‹ Die ganze Zeit hab ich das Blaue vom Himmel erzählt. Aber ich hab nicht gemerkt, dass ich mich nach und nach distanziert habe. Ich kann die Menschen nicht anlügen, ohne dafür zu büßen. Es ist, wie wenn man jeden Tag einen Tropfen Gift in einen Brunnen schüttet, bis man das Wasser eines Tages nicht mehr trinken kann.«

»Susan, das tut mir so Leid. Ehrlich.«

»Du bist meine beste Freundin, und ich hab dich belogen. Verzeih mir.«

»Aber natürlich.« Sie überlegte ein paar Sekunden. »Ich kann verstehen, warum du das getan hast. Ich wünschte, du hättest mir vertraut, aber ich verstehe es, und ich hab dich lieb. Du bist meine Schwester. Ich habe dich lieb, egal was ist.«

Susan war eine Sekunde lang sprachlos, dann gestand sie: »Ich hab's Ned gestern Abend gesagt.«

»Echt?«

Susan nickte und sagte stotternd: »Es war das Schwerste, was ich je im Leben getan habe.«

»Gott Susan, und wie hat er reagiert?«

»Er hat gesagt, er hat es immer gewusst.«

Die zwei standen da, reglos, stumm.

Schließlich flüsterte Harry: »Das ist eine große Liebe.«

»Guckt mal«, bellte Tucker.

Tränen liefen der heiligen Jungfrau Maria übers Gesicht, blutrot im Sonnenlicht.

Harry dachte kurz, dass vermutlich noch ein bisschen Blut in der Statue übrig war, und dann dachte sie, es spielt keine Rolle. Wunder gibt es immer wieder.

Als Fair an diesem Abend vorbeikam, sagte Harry ihm »Ja«.

Liebe Leserinnen und Leser,

Katzenminze! Thunfisch! Rindergehacktes! Das sind die Dinge, die das Leben schön machen. Natürlich hätte ich auch nichts gegen ein hinkendes Häschen.

Je mehr Krimis ich schreibe, desto mehr Spaß habe ich dabei. Ich brauche Mutter eigentlich gar nicht, außer zum Tippen, Dosenöffnen und um mir Fellspielzeug zu schenken.

Pewter steuert etwa so viel bei wie der Mensch im Haus.

Die Hunde, die ärmsten, geben sich so viel Mühe beim Lesen.

Ich hoffe, es geht euch gut, jede Menge Mäuse in den Getreidefeldern, Maulwürfe in der Erde, und auch kleine Wühlmäuse.

Der alte Transporter hat bei plusminus dreihunderttausend Kilometern den Geist aufgegeben. Ich will einen großen neuen mit meinem Namen auf der Seite. Zu protzig? Wie wär's dann mit einem kleinen S. P. B. auf der Fahrertür? Ich weiß, Mutter ist kribbelig, einen zu kaufen, aber sie muss es hinziehen, sich gründlich umsehen. Im Moment kann sie sich nicht zwischen einem F-250 und einem F-150 Geländewagen entscheiden. Ich persönlich verdiene einen SL 55 AMG, aber wir sind Farmer, da muss ich praktisch denken. Aber das S. P. B. ist ein Muss.

Ihr solltet darauf bestehen, dass eure Menschen eure Initialen auf die Tür pinseln. Schließlich kriegen sie ohne uns nichts getan.

Tschüss,

Sneaky Pie

Liebe Leserinnen und Leser,

gerade habe ich das Manuskript abgeholt und Sneaky Pies Brief entdeckt. Ich muss da wohl was klarstellen.

Mein Gott, wie sie sich lobt.

Ich arbeite genauso viel an den Krimis wie sie. Darüberhinaus verschwende ich keine Zeit damit, Mokassinschlangenbabys ins Haus zu bringen. Auch sause ich nicht hinter den Hühnern her, nur um sie gegen mich aufzubringen. Sie ist nicht so schlau, wie sie euch glauben machen will.

Was den alten Transporter angeht, er hat mir gute Dienste geleistet. Was ist dagegen einzuwenden, sich gründlich umzusehen? Ein Transporter oder ein PKW ist eine große Anschaffung. Ich kann nicht einfach mit Geld um mich werfen, damit sie es beim Fahren bequem hat. Ja, der Star möchte stilvoll herumkutschiert werden. Haben Sie das mitgekriegt? Ein SL 55, und ein AMG obendrein. Katzenallüren!

Katzenallüren in der Größenordnung von 119 750 Dollar Einzelhandelsgrundpreis. Ich meine, sie kann nicht mal an einen regulären SL 500 für 88 500 Dollar denken. Nein, sie will den SL 55 AMG. Diese Mieze muss es auf die Nummer eins der Bestsellerliste der *New York Times* bringen; denn ich denke nicht daran, ihr einen Sportwagen zu kaufen. Bewahre, einen Sportwagen mit ihren Initialen an der Tür.

Ich werde ihre Initialen wohl auf den Transporter pinseln müssen, sonst zerfetzt sie meine Schuhe. Sneaky Pie übt Rache.

Wünscht mir Glück,
Rita Mae